Reinhard Marheinecke

Ich, der Lord von Barmbeck

Historischer Roman

CBK-Productions
www.marheinecke-verlag.de

Mein Dank geht an Kirsten Krakau, Jutta Laroche und Torsten Greis.
Besonders danke ich meiner lieben Frau Gitta
für ihre Geduld und die moralische Unterstützung.

CBK-Productions
1. Auflage März 2015
Coverlayout: Pinta Gestaltung & Kommunikation
Satz und Layout des Buches: Reinhard Marheinecke
Druck: CPI Buch Bücher.de, Frensdorf

ISBN 978-3-932053-84-9

Inhaltsverzeichnis

Inhaltsverzeichnis

Meine Kindheit – Kein Zuckerschlecken

Was soll ich groß über meine Kindheit erzählen, viel Spaß macht mir das nicht! Aber man fängt ja nun mal mit seiner Lebensgeschichte an, oder? Nach und nach wurden wir jedenfalls vier Kinder bei uns zu Haus. Und nicht vom Klapperstorch gebracht! Mein älterer Bruder heißt Karl, mein jüngerer Bruder Arnold, meine jüngere Schwester Martha. Ach so, und ich heiße eigentlich mit vollem Namen Julius Adolf Petersen, aber alle haben mich immer nur Adolf gerufen, bis mir die Presse den hübschen Beinamen „Der Lord von Barmbeck[1]" verpasst hat, sodass mich auf einmal ganz Hamburg so gerufen hat, aber dazu später mehr. Geboren wurde ich übrigens am 7. Oktober 1882 in Hamm, das ist ein Städtchen vor den Toren Hamburgs, das hatte ich wohl vergessen zu erwähnen.

Vadder und Mudder waren wie Feuer und Wasser, wie man so schön sagt. Vadder, der nur von uns so gerufen wurde und ansonsten Wilhelm Jasper Martin Petersen hieß, hatte sich durch das Lesen von unzähligen Büchern ein erstaunliches Wissen selbst angeeignet. Und Mudder …, tja, war eben Mudder. Sie war Mutter vom Wesen her und auch von Beruf. Schon als kleines Kind hatte sie immer tüchtig mitarbeiten müssen, damit ihre Familie überhaupt genug zu essen hatte. Sie rackerte und schuftete von früh bis spät. Auch dann wieder nach der Hochzeit mit Vadder bei uns zu Hause. Vor allem für uns Kinder opferte und rieb sie sich völlig auf. Da blieb einfach keine Zeit mehr für Bildung und Lesen. Dieser große Wissensunterschied führte bei meinen Eltern immer wieder zu so manchem deftigen Zoff. Mudder wurde übri-

---

[1] Bis 1946 wurde der Hamburger Stadtteil Barmbek noch mit „ck" geschrieben.

gens als Emilie Henriette Euphrosine Maack geboren, hab ich wohl noch nicht erwähnt.

Mein Vater war stolzer Geschäftsinhaber eines kleinen Kramladens. Er versuchte zumindest, uns Gören alles beizubringen, was man zu einem ehrlichen Leben so braucht. Den ersten Knacks bekam er, als 1880 die Sozialistengesetze[2] so verschärft wurden, dass willkürlich Razzien bei Sozialdemokraten durchgeführt werden konnten. Und Vadder war glühender Sozialdemokrat, durch und durch! Ein Flugblatt hinten im Ladenlokal angepinnt und zwei Fotos von Bebel und Lasalle an der Wand führten zu seiner sofortigen Ausweisung aus dem Vaterland.

Doch auch hier zeigte sich wieder nur die große Intelligenz und Flexibilität meines Vaters, denn in Dänemark fasste er sofort Fuß und arbeitete dort umgehend sehr erfolgreich in der Tabakbranche. Aber das war natürlich eine schwere Zeit für Mudder und Karl, denn ich war da ja noch nicht auf der Welt. Selbstverständlich versorgte er die Seinen aus der Fremde, so gut es irgend ging. Wie ein gesuchter Straftäter und Schwerverbrecher reiste er, so oft er konnte, heimlich nach Deutschland zurück, vor allem, um sein Kind zu sehen, das nun lange Zeit ohne den Vater aufwachsen musste.

Und dann kam ich! Doch der nächste Schock sollte für meine Eltern nicht lange auf sich warten lassen, erklärten die Ärzte mich im ersten Jahr nach meiner Geburt doch nicht für lebensfähig. Pausenlos lief Mudder mit mir ins Krankenhaus, weil sie das nicht wahrhaben wollte. Zusätzlich zur Milch aus der Mutterbrust fütterte sie mich mit Eiern und Wein. Ob das letztlich den Ausschlag für mein Überleben gab? Jedenfalls habe ich durchgehalten, sonst würde ich ja jetzt wohl kaum meine Memoiren verfassen.

Mit sechs Jahren kam ich zur Schule, natürlich erstmal in die Elementarschule. Aber weiterhin war ich ein schwächliches, kränkliches Kind. Man diagnostizierte bei mir die Englische

---

[2] Hier ist vom Bismarkschen Ausnahmegesetz (21. Oktober 1878 erlassen) gegen die gemeingefährlichen Bestrebungen der Sozialdemokratie die Rede.

Krankheit[3]. Außerdem war ich ein großer „Schisser“. Ich hatte eigentlich vor allem und jedem Schiss. Ob nun ältere oder stärkere Jungs, ein auf mich geworfener Stein oder Stock, ja schon eine in die Luft geblasene Daunenfeder ließen mich wie am Spieß aufschreien. Nee, es brauchte eigentlich nur jemand über eine Daunenfeder zu reden, die er gleich aus der Tasche ziehen wolle, schon brüllte ich wie angestochen.

In den Pausen spielten wir auf dem Schulhof typische Draußen-Spiele wie „Himmel und Hölle“, das andere Kinder auch Hickelkasten nennen, warum weiß ich allerdings nicht. Und natürlich „Fischer, Fischer, wie tief ist das Wasser“ oder „Wer hat Angst vorm Schwarzen Mann“, was ich besonders liebte, da das Spiel was mit Weglaufen zu tun hatte, was ich zeit meines Lebens besonders beherrschen sollte.

Bei den üblichen Jungenstreichen war ich eher der, der zuguckte, als dass ich das Heft in die Hand nahm. Zum Beispiel ging ein Junge auf dem Weg zur Schule zum Metzger vor die Tür und fragte:

„Haben Sie Schweineohren?“

Wenn dann postwendend die Antwort zurückkam:

„Ja sicher, mein Junge!“

„Dann müssen Sie aber komisch aussehen!“

„Ihr Lause-Lümmel“, schrie der aufgebrachte Metzger, und wir mussten sehen, dass wir die Füße in die Hand nahmen, um nicht eins hinter die Ohren zu kriegen.

Beliebt war auch der Streich, sich in einer Grünanlage an eine Parkbank wie ein Indianer heranzuschleichen, wenn darauf ein Liebespärchen eng umschlungen Platz genommen hatte, und dann hinten durch den Durchlass zwischen Sitz und Lehne durchzugreifen und der Frau einfach den Hintern zu streicheln. Nicht selten kam es vor, dass der Mann plötzlich eine Backpfeife fing und gar nicht wusste, wofür.

---

[3] Heute Rachitis genannt, zumeist hervorgerufen durch akuten Vitamin-D-Mangel.

Die Schule war die ersten fünf Jahre ganz in Ordnung. Da ich alles schnell begriff und vor allem ein sehr ruhiges und artiges Kind war, gab es keine Probleme. Aber dann kamen immer mehr Fächer dazu, die mich zu Tode langweilten und anödeten, wie Erdkunde. Im Deutschen mussten wir gar ellenlange Gedichte auswendig lernen, oder andauernd aufs Neue fremde Vokabeln einüben. Und wen interessiert schon, wo die Ostgoten oder die Westgoten zu Hause waren?

Da ich in all diesen Fächern nicht gut war, versuchten die Lehrer, mir die ihrer Meinung nach nötige Bildung mit dem Rohrstock einzubläuen. Das Perfide daran war, dass ich vor der Strafaktion oftmals auf den Schulhof geschickt wurde und die passende Gerte selbst aus einem Gebüsch heraussuchen sollte. Und wehe der Stock war dann nicht biegsam und kräftig genug!

Im Nachhinein kann ich gar nicht mehr genau sagen, ob ich jeden Tag Dresche bekam, oder es auch mal Tage ohne Prügelstrafe in der Schule gab. Ich hasste die Schule nur noch aus tiefstem Herzen. Mein Vater hatte mir genug Freigeist und Widerstandswillen beigebracht.

Und wenn ich mich im Klassenraum nicht tief genug für die jeweilige Prügelstrafe bückte, dann wurde mein Kopf einfach vom entsprechenden Lehrer in den Schwitzkasten, sprich zwischen seine Beine, genommen und dann freudig der Stock geschwungen, bis mein Hintern nur so glühte.

Einmal hatte ich mich bei einer Frage in Erdkunde einfach erdreistet, den Finger zu heben, war aber gar nicht bei der Sache gewesen, denn ich wusste die Antwort überhaupt nicht. Das wurde mir gleich als arglistige Täuschung ausgelegt. Ich musste zur Strafe fast eine geschlagene Schulstunde in der Ecke stehen, ja, der Lehrer machte sogar noch Witze darüber, dass nur noch die Eselsohren fehlen würden, sodass die ganze Klasse schallend über mich lachte. Ich hätte im Erdboden versinken mögen. In der folgenden Pause gab es dann zusätzlich natürlich noch eine gehörige Tracht Prügel, dass ich tagelang nicht auf meinen vier Buchstaben sitzen konnte.

Die absolute Eskalation in meiner Schullaufbahn sollte dann auch nicht lange auf sich warten lassen. Inzwischen war ich übrigens dreizehn Jahre alt. Als wieder einmal Schläge in der großen Pause angedroht waren und mein Kopf, nicht das erste Mal, zu fest zwischen den Beinen des dabei tabakkauenden Lehrers eingeklemmt war, biss ich dem Pauker einfach mit voller Wucht in den Oberschenkel. Vom Schmerz gepeinigt, öffnete er die Schenkel, sodass ich rückwärts einige Schritte zurückweichen konnte, dabei aber über das hinter mir befindliche Lehrerpodest stolperte und mich kräftig auf meinen Hosenboden setzte, den der Pauker doch gerade zu bearbeiten wünschte.

Der Lehrer geiferte wutentbrannt:

„Na warte, Bürschchen, das sollst du mir büßen, du verdammter Lause-Lümmel!"

„Nicht, nicht, bleiben Sie mir vom Leibe!", schrie ich entsetzt und versuchte mich aufzurappeln.

„Eine Respektsperson zu beißen, nimm dafür das und das und das."

„Hilfe, aua, aua!"

Wie von Sinnen schlug er von oben herab auf mich ein. Ich weiß nicht mehr, wer von uns beiden lauter schrie. Aber der Lärm der tobenden Kinder auf dem Schulhof war so groß, dass außer uns keiner etwas davon mitbekam. Der Lehrer achtete nicht mehr darauf, wohin er schlug. Mehrere Stockschläge trafen mich mit voller Wucht mitten im Gesicht, sodass die Haut der Wange aufplatzte. Wut und Schmerz wurden bei mir übermächtig. Ich grabschte mir den erstbesten Gegenstand, in diesem Fall das vollgefüllte Tintenfass vom Lehrerpult, und warf es ihm genau ins Gesicht. Glücklicherweise wandte er seinen Kopf reaktionsschnell zur Seite, sonst hätte das schwere gläserne Gefäß ihm sicherlich die Nase gebrochen. So aber troff nun die dunkelblaue Tinte über die Wangen in seinen wohlgestutzten Vollbart. Dämonisch verzog sich sein Gesicht zu einer üblen, hässlichen Fratze. Er freute sich offensichtlich auf all die zusätzlichen Schläge, die er dieser Untat folgen lassen wollte.

Doch ehe er sein Ansinnen ausführen konnte, war ich schon zur Zimmertür hinaus, riss noch rasch meine Mütze vom Kleiderhaken und machte, dass ich vom Schulgelände herunterkam. Vier Wochen schwänzte ich nach diesem Vorfall den Unterricht. Aber nach Hause konnte ich auch auf gar keinen Fall. Ich kannte doch meinen Vater. Der hatte zwei Grundsätze: Erstens und damit § 1: Der Lehrer hat immer Recht, und zweitens und damit § 2: Hat er einmal nicht Recht, tritt automatisch § 1 in Kraft.

Ich kam nur an einem einzigen Abend nach Hause, von dem ich wusste, dass Vadder auf keinen Fall da sein konnte, weil das sein Abend war, an dem er für gewöhnlich in die Wirtschaft ging, ein, zwei warme Biere und vielleicht mal 'nen kleinen Köm[4] zu trinken.

Mudder erklärte mir weinerlich:

„Ich habe schon mehrfach versucht, mit Vater zu reden."

„Ist er immer noch böse auf mich?"

„Böse? Das ist gar kein Ausdruck, mein lieber Adolf. Unversöhnlich zeigt er sich, ganz und gar unversöhnlich!"

„Aber Mensch, Mudder, das mit dem Pauker ist doch nun schon so viele Wochen her."

„Ja, aber trotzdem … oh, oh, hör mal, hörst du die Schritte auch? Da kommt Vater schon! So schnell hatte ich den noch gar nicht zurückerwartet. Er bleibt doch sonst immer 'n büschen länger in der Kneipe."

Ach du Schreck! Glücklicherweise wohnten wir damals ja in einer Kellerwohnung im Hochparterre, im Borstelmannsweg, sodass ich wie der Blitz hinten heraus, über den Hof und damit dem unbändigen Zorn meines Vaters entkam.

Doch die Zeit meines Wutausbruchs in der Schule war mehr als schlecht gewählt, denn im Sommer hätte ich ja noch auf einer

---

[4] Auch Kööm, ist ein heller oder gelber Aquavit aus Norddeutschland. Er wird entweder kalt getrunken oder als Grundlage für Teepunsch (ein grogähnliches Heißgetränk) verwendet.

Wiese, zum Beispiel im „Chapeaurougenhof[5]“ schlafen können, aber leider schrieb der Kalender gerade Februar. Glücklicherweise war der Winter nicht ganz so knackig wie die vorigen. Tauwetter und leichter Frost wechselten sich ab, aber auf der Straße oder auf einer Wiese zu schlafen ging gar nicht. So wählte ich einen Torfschuppen am Hammer Marktplatz, was aber nur unwesentlich besser als die Nacht unter freiem Himmel war, denn ich fror in der Behausung wie Espenlaub. Jeden Morgen waren meine Glieder wie steifgefroren. Fast noch schlimmer war aber der nagende Hunger. Ich konnte mich leider beim besten Willen nicht nach Hausc wagen, wo mir Mudder ganz bestimmt sonst was zum Beißen zusteckt hätte, wenn nur Vadder nicht gewesen wäre.

So lauerte ich jeden Morgen hinter einer Häuserecke auf den ersten Bäckerkarren und den wenig später folgenden Milchwagen. Was heißt morgens, eigentlich war das noch mitten in der Nacht, denn die Bäcker fuhren ihre frischen Rundstücke[6] und Franzbrötchen[7] schon um drei Uhr in der Frühe aus. Wie ein Apache oder Comanche schlich ich mich an das jeweilige Gefährt heran und mopste mir, wenn möglich, meine Tagesration. Mehr als die Morgenbrötchen und die Milch gab es oftmals aber nicht, denn erwischen lassen durfte ich mich auf keinen Fall, schließlich wollte ich am nächsten Tag wieder was zum Beißen haben.

Ein schmutziger Junge ertappte mich bei meinem ersten Coup, ohne mich gleich beim Kutscher zu verpfeifen, und fragte nur:

„Lebst du auf der Straße?“

„Im Augenblick ja.“

„Willst du einer von uns sein?“

„Was heißt das denn?“

---

[5] Der Hamburger Kaufmann Jacques de Chapeaurouge kaufte 1773 das Gelände des heutigen Hammer Parks und legte neben einem Landhaus einen Garten im englischen Stil an.

[6] In Hamburg bezeichnetes Brötchen, Semmel, Wecke, Weckerl, Weckle oder Weggle.

[7] Ein Franzbrötchen ist ein süßes Feingebäck aus Plunderteig oder Hefeteig, das mit Zucker und Zimt gefüllt ist. Es handelt sich um eine Abwandlung der Zimtschnecke.

„Na, wir ziehen einfach so rum und machen irgendwelche Streiche.“

„Streiche?“

„Manno, du bist aber schwer von Kapee, genauso wie du doch eben auch.“

„Ach, ihr klaut! Sag das doch gleich!“

„Oh, so hart würde ich das jetzt nun auch wieder nicht ausdrücken.“

Aber es war so. Die ganze Bande, fast ein Dutzend gleichaltriger Jungen aus verwahrlosten Elternhäusern, zeigte mir von nun an Diebespraktiken, die ich bisher noch gar nicht gekannt hatte. Das Schlechte lernt sich eben viel schneller und leichter.

Doch ich hatte natürlich auch Freunde, die zu mir hielten. Mein bester Freund, Fiete, war der Junge, der in der Schule direkt neben mir die Schulbank drückte. Nachmittags verdiente er sich als Laufbursche ein paar Groschen[8]. Auf seinen Botengängen traf ich mehrfach mit ihm zusammen. Ich hatte ja augenblicklich alle Zeit der Welt. Eine seiner Besorgungen führte ins Stadtzentrum. Beim Schopenstehl, in der Altstadt, wohnte eine Tante von ihm, die wollte er fragen, ob ich nicht ein paar Tage bei ihr untertauchen könne. Ganz wohl war mir bei der Sache nicht, denn die Altstadt hatte den Ruf, der berüchtigtste Stadtteil Hamburgs zu sein, da waren mir schon so einige Räuberpistolen zu Ohren gekommen.

Als ich die Tante zu Gesicht bekam, blieb mir fast die Spucke weg. Ihre Nase sah aus, als ob die Frau in einem Vorleben als Preisboxerin gearbeitet hätte. Zerquetscht und zermatscht ist noch geprahlt. Die Augen konnten sich von dieser „Pracht an Nase“ offensichtlich kaum lösen, so schielten sie immer in die Richtung des Riechorgans. Ihre Haare konnte man nicht sehen, da sie auf dem Kopf eine Haube trug, die entweder schwarz oder furchtbar schmutzig war. Das erschloss sich mir nicht so ganz.

Mit dicker Zigarre im Mundwinkel öffnete sie uns die Tür.

---

[8] Den Groschen gab es zwar offiziell seit 1871 nicht mehr, es blieb aber die Bezeichnung für 10 Pfennige in vielen Gegenden Deutschlands bis zur Einführung des Euros.

„Ach, du bist's, hallo Junge!", nuschelte sie zwischen Stumpen und Lippen hervor.

Fiete nickte bloß.

Artig sagte ich:

„Guten Tag, gnädige Frau", aber sie hielt meine höfliche Begrüßung keiner Antwort für würdig.

„Du Tante, kann der Adolf ein paar Tage bei dir wohnen?", kam Fiete gleich zur Sache.

Wieder erwiderte das holde Weibsbild nichts, drehte aber auf ihren Puschen um und schlurfte, wie eine Dampflok rauchend, in die gute Stube. Die Tür ließ sie sperrangelweit offen stehen, sodass wir ihr einfach nachfolgten. Sie setzte sich auf ein abgewetztes Kissen auf den Sitz eines hohen Lehnstuhls und schien über etwas tüchtig nachzugrübeln. Auf einmal wurde sie gesprächig, horchte mich aus und brachte Fiete und mir sogar Butterbrotstullen und eine dünne Plörre, die sie Kaffee nannte.

Ohne Vorwarnung sagte sie auf einmal zu mir:

„Gut mein Jung; du kannst hierbleiben."

„Danke, vielen Dank gnädige Frau, das ist sehr liebenswürdig."

„Leg dich doch schon mal auf den Diwan da, ob das zur Nacht passt."

Freund Fiete hatte nun nichts Eiligeres zu tun, als nach erfüllter Mission so schnell wie möglich das Weite zu suchen. Ich war mit seiner Tante allein. Mehrere Nächte hatte ich schon im zugigen Torfschuppen zugebracht, sodass ich, kaum in der Horizontalen, sogleich in einen dornröschenähnlichen Schlaf fiel.

Nach etwa sieben Stunden, so gegen elf Uhr abends, weckte sie mich auf einmal und fragte, ob ich wieder etwas essen wolle, aber mein Schlafbedürfnis war größer als der Hunger.

Ohne Vorwarnung setzte sie sich neben mich auf den Diwan und fragte mit säuselnder Stimme:

„Na, so ein schnieker Bengel wie du hat doch bestimmt schon eine kesse Braut, was?"

„N … nein, ich habe noch keine Braut, w … wirklich nicht!"

„Aber du spielst doch sicherlich schon so mit Mädchen rum, oder?“

„M … mit M … Mädchen, s … spielen?“

Plötzlich fing sie an, meinen Handrücken zu streicheln.

„Na, na, vertell nich[9], du hast doch bestimmt schon den Deerns[10] in eurer Straße unter den Rock geguckt, oder?“

„N … nein!“

„Wirklich nicht?“

Zuerst waren die Streicheleien noch unverfänglich, aber plötzlich streichelte sie mein nacktes Bein bis zum Oberschenkel hoch, ich trug schließlich eine kurze Büx[11]. Schlagartig wurde mir klar, was diese alte Wetterhexe von mir wollte. Aber ich war doch erst dreizehn! Auf einmal fasste sie mir grob zwischen die Beine. Das war nicht schön, sondern tat einfach nur weh.

„Aua, ich will nicht, hören Sie doch bitte auf!“

Doch das schien sie nur noch mehr in ihrer Lust anzustacheln. Als Nächstes versuchte sie, mit roher Gewalt meinen Hosenstall zu öffnen. Nun schrie ich wie am Spieß, ja, wie ein angestochenes Schwein, und das war mein Glück, denn eine Nachbarin klopfte an das Fenster und fragte, was vorgefallen wäre. Ich muss hier dazu sagen, dass die Häuser im Gängeviertel so dicht beieinanderstanden, dass die Nachbarn einfach rüberlangen und selbst die Fenster öffnen konnten.

„Ist was passiert, Frau Nachbarin?“

„Nee, alles in Butter!“

„Aber der Schrei eben, als ob jemand umgebracht worden wäre.“

„Muss draußen irgendwo ‘ne Katze gewesen sein.“

„Na, ich hab doch noch gute Ohren, das kam doch aus ihrer Wohnung.“

„I wo, ich hab doch noch nie nich’ eine Katze gehabt.“

---

[9] Erzähl nicht.

[10] Hamburgisch für Mädchen. Een lütten Fruunsperson, de noch nich full opwassen is (eine kleine Frauensperson, die noch nicht voll aufgewachsen ist).

[11] Hose.

„Stimmt auch wieder."

Bei dem Wortgeplänkel hatte die alte Vettel das Fenster nur einen Spalt weit geöffnet und versperrte der Nachbarin mit ihrer unförmigen Figur die Sicht, sodass diese mich unmöglich in der Stube sehen konnte. Ich war aber auch nicht geistesgegenwärtig genug, mich einfach laut bemerkbar zu machen.

„Dann man schönen Tach noch."

„Jo, obwohl ja schon fast Nacht ist, was?"

„Jo, dann eben gute Nacht!"

Ich hatte die kurze Unterhaltung genutzt und meine Schuhe und die Joppe wieder angezogen. Die zwei geöffneten Knöpfe meiner kurzen Büx schloss ich auch wieder und war blitzschnell auf den Beinen.

Die Alte flehte mich nun geradezu an, doch dazubleiben:

„Ich mach dir das auch wunderschön, wenn es dein erstes Mal ist! Ich bin gut, wirst du schon sehen."

Am liebsten hätte ich mich übergeben. Ich war dreizehn und noch unberührt!

„I … ich hab Heimweh nach meiner Mutter."

Eine dümmere Ausrede fiel mir nicht ein.

„Pass mal auf, mien Jung; das hast du gleich vergessen, wenn wir hübsch miteinander kuscheln und schmusen."

„Nee, ich hab mir das anders überlegt. Zuhause ist eben doch Zuhause."

„Aber morgen kannst du doch immer noch …"

Bevor sie noch weiter auf mich einreden konnte, war ich zur Tür hinaus. Ich rannte zum Fischmarkt und rechnete im Kopf nach: Es musste jetzt so zwölf oder halb eins sein, es regnete und ein leichter Sturm heulte um mich herum. Ich wollte nur noch zu meinem Torfschuppen in Hamm zurück. Da blieben mir dann noch knapp zwei Stunden Schlaf, bis ich mich wieder an die Milchkarren und Bäckerswagen ran schleichen musste.

Doch erstens kommt es meistens anders und zweitens als man denkt. Ich war gerade auf der Steinstraße, wo die Marktfrauen immer ihre Fischstände haben, als auf einmal aus dem Dunkeln ein junges Mädchen auf mich zutrat. Sie mochte etwa in meinem Alter sein, das sah ich sofort.

„Huch!“, entfuhr es mir dennoch leicht erschreckt.

„Hast du einen Schutzmann gesehen?“

Na, das war ja eine seltsame Begrüßung! Sie machte einen scheuen Eindruck auf mich, und unruhig gingen ihre Augen hin und her, als ob sie vor etwas Angst hätte.

„Nee, bin aber auch noch nicht lange auf der Straße unterwegs.“

Ich konnte mich kaum sattsehen. Eben noch diese alte Vettel und nun dieses zauberhafte Geschöpf mit dem süßen Stupsnäschen und dem lustigen kleinen Mozartzopf.

„Was macht so’n junger Bengel denn noch so spät auf der Straße?“

Das war spaßig, war sie doch bestimmt nicht viel älter als ich.

„Ich kann nicht nach Hause, mein Alter würde mich windelweich kloppen.“

„Erzähl mal!“

Das war schon grotesk. Es regnete, war kalt und windig, und ich hatte nichts Besseres zu tun, als hier diesem zauberhaften Wesen meine Lebensgeschichte aufzutischen, aber die Worte sprudelten nur so aus mir heraus. Eins hatten wir gemeinsam: Lehrer waren ihr genauso verhasst wie mir. Sie schien auch nicht mehr die Schulbank zu drücken, das hörte ich irgendwie aus ihrer Erzählung heraus.

Plötzlich tauchten wie aus dem Nichts aus einer kleinen Gasse zwei Udl[12] auf. Ihre Helme blitzten schon von weitem, sodass wir sie noch rechtzeitig sahen. Das Mädchen wurde übernervös und zerrte mich mit sich.

---

[12] Udl, auch Udel war ein Spottname für Hamburger Polizisten bis weit in das 20. Jahrhundert hinein. Diese Bezeichnung stammt von dem plattdeutschen Wort Uhlen für Eulen bzw. Nachteulen, woraus umgangssprachlich Uhle, Udl oder Udel wurde. Im Volksmund war dies eine gängige Bezeichnung für die Nachtwache, aus der 1876 die Hamburger Polizei hervorging. Im Oktober 1892 wurde dann das Gesetz zur Reform der Polizeibehörde erlassen. Die uniformierte Polizei wurde zur Schutzmannschaft, vor allem rekrutiert aus ehemaligen Unteroffizieren der preußischen Armee.

„Komm, bloß weg hier!“

Sie lief, was ihre Beine hergaben, sodass ich Mühe hatte, mit ihr mitzuhalten.

Als wir uns außer Gefahr wähnten und kräftig nach Luft japsten, sagte sie:

„Ich wohne übrigens in der Mohlenhofstraße!“

„Ehrlich? Das kann ich kaum glauben!“

„Du hörst dich ja richtig entsetzt an.“

„Na, ist doch so. In der Mohlenhofstraße sollen doch in der Nacht die Begriffe Gesetz, Recht und Ordnung aus dem Wörterbuch gestrichen sein …“

„Na, na, na …“

„Kein anständiger Christenmensch zieht um diese Stunde freiwillig in diese Straße! Nicht für alles Geld der Erde!“

„Ich aber, ich wohn’ da nämlich. Und wer hat dir denn um alles in der Welt solche Räuberpistolen erzählt? Und? Was ist nun? Willst du die Nacht lieber draußen bleiben oder kommste mit?“

Die Kälte und die Müdigkeit waren stärker als meine Muffe vor dieser berüchtigten Straße, also führte sie mich weiter in ihrem Schlepptau mit. Es ging links, rechts, links, links, rechts, bis mir schon ganz duselig im Koppe war. Plötzlich bog sie in einen Toreingang ein. Über den Hinterhof gelangten wir zu einer Wohnung im Hinterhaus, die im ersten Stock lag, und die wir nur über eine knarrende, primitive Holzstiege mit wackeligem Geländer erreichten. Die Bude war mehr als ärmlich ausgestattet. Es gab ein einfaches Bett, ein zerschlissenes Liegesofa, eine Kommode, einen großen, fast blinden Wandspiegel, einen Tisch und zwei Stühle und schon war kaum mehr genug Platz, um sich in dem Zimmerchen bewegen zu können. Die Küche sollte sich im Haupthaus befinden.

„Wohnst du hier allein?“

„Derzeit ja.“

„Was heißt derzeit?“

„Meine Mutter musste für sechs Wochen in den Knast.“

„Und dein Vater?“

„Den hab ich nie kennengelernt.“

„Und wie kommst du allein zurecht?“

„Anfangs ging das ja noch, Mutter hatte mir Geld dagelassen, aber das hab ich in den ersten Tagen bereits mit meinen Freunden verprasst.“

„Und dann?“

„Na, wie kann ein junges Mädchen schon auf der Straße Geld verdienen?“

„Ich weiß nicht“, war ich schwer von Kapee.

„Du bist aber auch naiv. Indem sie die Beine breit macht. Erst gestern Abend musste ich einen greisen Lüstling so lange mit der Rute peitschen, bis er endlich konnte.“

„Sachen gibt das. Ich bin vor der Rute des Paukers abgehauen, und es gibt Kerle, die lassen sich zum Lustgewinn so einfach auspeitschen und zahlen auch noch dafür.“

„Du musst noch viel lernen“, schulmeisterte sie, fast mütterlich, von oben herab.

Hätte nur noch gefehlt, dass sie mich „Kleiner“ genannt hätte, wo wir doch fast im gleichen Alter waren. Aber dann verwöhnte sie mich stattdessen mit Zigaretten und Schokolade, und wir unterhielten uns angeregt bis fünf Uhr morgens. Sie hieß übrigens Erna.

Ich schlief dann brav auf ihrem Diwan, sie in ihrem Bett, wobei ich ehrlich bin, dass ich nicht weiß, wie ich auf Avancen dieses liebreizenden Mädchens reagiert hätte, wenn sie mich denn zu sich ins Bett eingeladen hätte. Zumindest wäre ich da bestimmt nicht panisch weggelaufen wie bei der alten Vettel. Bei mir erwachten im Unterkörper Gefühle, die ich noch gar nicht kannte. Aber nur so zum Spaß lief bei ihr wohl nichts, kann ich im Nachhinein aber auch irgendwie verstehen.

Gegen elf Uhr pochte es auf einmal wild an die Tür. Noch müde und total verschlafen, schreckte ich hoch. Im Geiste sah ich schon eine Horde Udl über uns herfallen, aber es waren nur zwei Freunde von Erna.

Als der Struwwelhaarige, der andere war ‘n Kopf kleiner und hatte glatte, straßenköterfarbige Haare, mich sah, packte er mich am Schlafittchen und brüllte:

„Was willst du denn hier, häh?“

„Ich … äh … also …“

„Erna ist unsere Freundin, hast du verstanden, Freundchen? U – n – s – e – r – e!“

„Ich … natürlich … äh … also …“

Glücklicherweise befreite mich Erna aus der Erklärungsnot und schilderte den Freunden in knappen Worten die Geschehnisse der gestrigen Nacht. Sie betonte auch, dass zwischen uns nichts vorgefallen sei.

„Na, dann ist ja gut“, schloss der Struwwelhaarige generös.

Aber das Band zwischen Erna und mir war irgendwie jäh zerschnitten. Eine ganz eigenartige Stimmung herrschte plötzlich in der Bude.

Erna kochte noch schnell einen Kaffee und schickte den Struwwelhaarigen zum Rundstücke holen. Fast wie zur Entschuldigung drückte mir Erna nach einem hastigen Frühstück zum Abschied, zu dem sie mich fast zur Tür hinausschob, noch drei Mark in die Hand. Donnerlüttchen, so viel Knete hatte ich noch nie auf einmal besessen!

Und wie es weiterging?

Na, nur Mudder konnte den gordischen Knoten zerschlagen (ich hab also doch irgendwie was in der Schule gelernt!). Sie muss die Wochen meiner Rumtreiberei in Hamm und Umgebung fast ununterbrochen zu Hause auf Vadder eingesabbelt haben, bis dieser endlich klein beigab und versprach, mich in Ruhe zu lassen, wenn ich denn heimkehren würde.

Mudder musste aber zwei Tage und zwei Nächte durch ganz Hamm strolchen, bis sie mich letztlich in der Hirtenstraße aufgabelte.

Natürlich ließ man mich nicht mehr an die alte Schule zurückkehren, dazu war zu viel Porzellan zerschlagen worden. Es hagelte nur so Ermahnungen und Verweise, und ich wurde zum Schluss in eine andere Penne umgeschult.

Lehrversuche – Auf einem Bein kann man nicht stehen

Das Jahr 1896 brachte erst einmal meine Konfirmation und unseren Umzug mit sich. Da Vadder sein mühsam verdientes Geld weder versoff noch verspielte, hatte er so viel gespart, dass wir die feuchte, zugige Kellerwohnung gegen ein kleines Häuschen zur Pacht, am Rande Barmbecks, eintauschen konnten. Zu dem Häuschen gehörte sogar ein wenig Gartenland, na, das war doch ein anderer Schnack, baute Mudder nun sogar 'n büschen Gemüse an.

In der Schule riss ich mich zusammen, sodass es zu keinen weiteren Zusammenstößen mit den Lehrern kam. Die Prügelstrafen wurden auch deutlich weniger. In meiner Freizeit zog es mich aber nun magisch zu der Jungenbande, die ich in meinen vier Wochen auf der Straße in Hamm kennengelernt hatte. Wir unternahmen so manchen Streich, natürlich gingen wir auch oft „englisch einkaufen“[13]. Wenn Vadder das gewusst hätte, wäre die Straße wohl mein Dauerzuhause geworden.

Besonderen Spaß machten wir Jungs uns daraus, uns die Gaslaternen auf den Straßenzügen vorzunehmen, aber natürlich erst, wenn der Laternenanzünder in der aufkommenden Dämmerung das Gaslicht gerade angezündet hatte. War er dann vermeintlich außer Hörweite, warfen wir kleine Steinchen nach dem Glas der Laternen. Wer die meisten Glasscheiben kaputt warf, war der Sieger. Natürlich mussten wir uns immer vor Passanten und Udln hüten, und ich sah zu, dass die für die Laternen-Schmeißerei ausgesuchten Straßen möglichst weit von unserer Wohnung entfernt lagen, wollte ich doch nicht zufällig erkannt werden, wenn wir mal die Beine in die Hand nehmen mussten.

---

[13] Der Begriff soll daher stammen, dass Engländer im 18. und 19. Jh. viele Sachen und Ländereien widerrechtlich an sich nahmen.

Ein weiteres Spielchen bestand darin, hinten auf die Waggons der Dampfbahn aufzuspringen. Als einzige Straßenbahnlinie wurde die Strecke Rathausmarkt – Steindamm – Wandsbecker Chaussee[14] – Wandsbeck-Zoll mit Dampflokomotiven betrieben. In der Regel wurden zwei doppelstöckige Beiwagen von einer Dampflok gezogen. Aufgrund der gedrungenen Form der Letzteren nannten wir die Zugmaschinen nur „Plätteisen". Der Dampfbetrieb wurde aber schon ein Jahr später, 1897, nach und nach durch elektrische Triebwagen abgelöst, da gab es für mich diese Art von Spielchen also nicht mehr.

Dieser „Mitfahr-Spaß" war allerdings nicht ganz ungefährlich, denn von der aalglatten Außenplattform konnte man bei Schietwetter leicht abrutschen, wenn viele Fahrgäste mit klatschnassen Schuhen den Waggon betreten hatten. Außerdem mussten wir mit Argusaugen darauf achten, dass der Schaffner nicht gerade hinten im Waggon zugange war, denn ‘n Billet hätten wir uns nicht kaufen können.

Heute würde ich sagen, das war mehr so eine Art Mutprobe in unserer Jungenbande, der sich aber keiner entziehen konnte, wenn er nicht als Feigling gelten wollte. Außerdem musste ich natürlich immer zusehen, dass ich nicht zu spät nach Hause kam, was ja weiß Gott nicht für alle Jungs der Bande galt, hatten die doch gar kein richtiges Zuhause.

Eines schönen Abends, ich war gerade von einer meiner Stromereien zurück, rief mich Vadder zu sich und sagte:

„In drei Wochen ist ja nun die Schule aus."

„Stimmt, Vadder."

„Ich glaube, dass das Töpferhandwerk für dich genau das Richtige ist, mien Jung. Mit Pauken und Lernen hattest du das ja nicht so, also kommt die Arbeit in einem Kontor oder in einer Schreibstube für dich wohl nicht in Frage."

„Wenn du meinst, Vadder."

„Mein Freund Hinnak ist ja Töpfermeister und hat zugestimmt, dass du bei ihm in die Lehre gehen kannst. Kannst sogar gleich

---

[14] Auch Wandsbek wurde damals noch mit „ck" geschrieben.

bei ihm im Hause wohnen. So bist du zumindest immer pünktlich!“

Widerworte wären sowieso nicht geduldet gewesen, also fügte ich mich dem Willen meines Vaters und begann meine Töpferlehre.

Acht Monate ging das auch gut. Meine Eltern schwebten in Glückseligkeit, glaubten sie doch, dass nun ein anständiger, ordentlicher Bursche aus mir geworden sei, aber weit gefehlt. Der Schalk saß mir im Nacken, und ich war immer zu irgendwelchen Streichen aufgelegt.

Es begann damit, dass mein Meister mich zum Hauswirt schickte, der in der Nachbarschaft wohnte, um seinen Ofen wieder in Gang zu setzen. Der Hauswirt war ein grantelnder, miesepetriger, ekelhafter Kerl, der durch seine Art schon oft Opfer von Streichen der Lehrjungen geworden war. Ich war kaum da, schon polterte er los:

„Sieh bloß zu, dass der Ofen wieder läuft, Kerl, mir ist lausekalt.“

„Ist nun mal Dezember!“

„Werd’ nicht frech, sonst erzähl ich das dem Meister. Mach lieber zu, ich frier’ mir noch den Arsch ab.“

Oh, wie ich diesen Griesgram hasste! Irgendwie musste ich den doch ärgern können. Und da kam mir die Idee: Die acht Monate Lehrzeit waren nicht umsonst gewesen. Mit Geschick und in einem Affenzahn mauerte ich mit Lehm und Steinen das Feuerloch zu. Glücklicherweise sah mir der Griesgram bei meinem schändlichen Tun nicht zu.

„Ich bin fertig. Muss aber noch eine Stunde austrocknen, bevor wieder geheizt werden kann.“

„Werde ich mich dran halten. Und nun mach, dass du wegkommst.“

Nette Verabschiedung. Aber auf eine Aktion folgt halt immer eine Reaktion. Ich saß gerade mit der Töpferfamilie beim Abendbrot, als wutentbrannt der Hauswirt zur Tür hereinschneite. Ich will es kurz machen: Es setzte eine gewaltige Backpfeife vom Meister.

„Bring das wieder in Ordnung, Lause-Lümmel, und wenn du die ganze Nacht dazu brauchst."

„Das ist wohl das Mindeste, was dieser Strolch tun muss", geiferte der Hauswirt. „Aber zack, zack."

Hätte nur noch gefehlt, dass der Hauswirt mich an den Ohren zu seiner Wohnung gezerrt hätte. Nun sah mir der olle Griesgram die ganze Zeit auch noch über der Schulter bei meiner Arbeit zu und traktierte mich pausenlos mit Schimpftiraden über die heutige Jugend und dass früher alles besser gewesen sei, dass uns Zucht und Ordnung fehlen würde und dass wohl nur der Kommiss[15] noch anständige Menschen aus uns machen könne.

Ich hatte meinen „Rückbau" des Feuerlochs fast beendet, als ein menschliches Bedürfnis ihn in den Hof ins Klohäuschen trieb. Das war meine Chance! Von der guten Stube konnte man über eine Schiebetür in sein Schlafgemach gelangen. Kaum war Griesgram zur Tür hinaus, zog es mich, wie magnetisch angezogen, durch die offene Schiebetür in die Schlafkammer. Eine ordentliche Portion zurechtgemachten nassen Lehm verteilte ich auf dem Laken und brachte die Bettdecke in die ursprüngliche Position zurück, dass das nicht auffallen konnte. Ich beendete meine Arbeit am Ofen und wurde mit Beschimpfungen und Drohungen von dem ekelhaften Hauswirt entlassen.

Doch die Strafe für mein Tun sollte auf dem Fuße folgen. Mitten in der Nacht klopfte und krachte es an des Töpfers Haustür.

„Nanu, was machen Sie denn hier mitten in der Nacht?"

„Wo ist der Adolf, ich muss den dringend sprechen. Meine Geldbörse ist weg. Die lag ganz offen in meiner guten Stube herum."

„Ihre Geldbörse? Ist weg? Das kann ich mir nicht vorstellen, dass der Bengel die geklaut hat. Seit acht Monaten arbeitet der Adolf doch zumeist für mich in fremden Häusern, und noch nie ist irgendwas weggekommen!"

---

[15] Das Militär.

Doch der Hauswirt wartete gar nicht weitere Erklärungen ab, sondern riss die Tür meiner Schlafkammer auf. Ich hatte mich, durch den Lärm geweckt, gerade aufgesetzt. Schon zog er mir die kuschelige Bettdecke weg, und ein Schwall eiskalten Wassers, vermischt mit dem von seinem Laken entfernten Lehm, übergoss meinen ganzen Körper. Ich schrie wie am Spieß. Der Töpfer hatte durch die Dunkelheit im Flur gar nicht gemerkt, dass der Hauswirt einen mit Wasser gefüllten Eimer bei sich getragen hatte.

Und das Ende vom Lied? Ab dem Tage war das Verhältnis zwischen Meister und Lehrjungen unwiederbringlich zerstört. Eine eisige Atmosphäre herrschte nun Tag für Tag, dass ich die Lust verlor und die Lehre einfach hinschmiss.

Mudder versuchte zwar mit Engelszungen sowohl den Meister zu überzeugen, es noch mal mit mir zu versuchen, als auch mich dazu zu bewegen, meine Lehre wieder aufzunehmen, aber bei beiden biss sie auf Granit.

Allerdings war die Angelegenheit für den Hausfrieden bei uns daheim eher abträglich. Die unverdiente Milde und das für mich aufgebrachte Verständnis meiner Mutter brachten Vadder total in Rage. Es war keine schöne Zeit. Ich war ständig in Habachtstellung, meinem Vater aus dem Wege zu gehen. Irgendwann resignierte Vadder nach Tagen aber, und zog sich einfach in seinen Schmollwinkel zurück, was wenigstens wieder etwas Ruhe in die Bude brachte.

Ich hatte nun alle Zeit der Welt, während Mudder und Vadder einfach nicht wussten, wie es mit mir weitergehen sollte. An einem fehlte es mir natürlich immer, an Schnopgroschen[16]. Vor allem auf Zigaretten waren wir Bengel scharf. Gab's wenig Geld, dann kauften wir uns lose ein paar Eckstein Nr. 5, hatten wir mal genug Geld, dann natürlich lieber teure Jamaica Zigaretten aus edlen amerikanischen Tabaken von Louis Großkopf.

Mit zwei Kumpels klauten wir bei einem Klempnermeister mehrere alte Zinkrohre. Der Weiterverkauf geriet zum Fiasko. Wir wurden von der Obrigkeit geschnappt. Das war das erste Mal

---

[16] Geld für Süßigkeiten und Zigaretten.

in meinem Leben, dass ich es mit dem Gericht zu tun bekam. Aber ich hatte ja noch eine weiße Weste, zumindest vor dem Kadi, so gab es nur einen strengen Verweis. Ich war heilfroh, aber Vadder, der tickte fast aus.

Als ich mich dann immer öfter im finsteren Gängeviertel herumtrieb, unterschlug ich, da nicht einen Schnopgroschen in der Tasche, eine Geldbörse mit Zwanzig-Mark-Stücken. Ich stellte das so dusselig an, dass ich sofort geschnappt wurde, und wanderte zur Strafe für fünf Tage ins Gefängnis.

Das war das Ereignis, das für Vadder endgültig dem Fass den Boden ausschlug.

„Der Strolch muss aus dem Milieu heraus, Emilie, der geht uns hier in Hamburg sonst noch vor die Hunde!“

„Meinst du?“

„Natürlich, der Bengel hat nur Blödsinn im Kopf und einen schlechten Umgang. Zinkrohre klauen und Geldbörsen stibitzen, ich werd’ nicht mehr.“

„Aber was sollen wir denn nur machen, Wilhelm?“

„Ja, dass dir nichts einfällt, das war mir schon klar, hast ja auch fast nur Stroh in der Birne.“

„Aber Wilhelm!“

„Weg muss der Junge, ganz weit weg, und ich hab da auch schon so eine Idee.“

„Wo willst du denn mit dem Bengel hin?“

„Kannst du auch was anderes als dumm fragen? Ich nehm den Jungen mit nach Kopenhagen. Schließlich habe ich da mehrere Jahre lang gelebt und hab da noch so meine Kontakte. Außerdem spreche ich fließend Dänisch.“

„Aber der Adolf doch nicht.“

„Das wird sich schon finden.“

Gesagt, getan. Eh ich wusste wie mir geschah, war ich durch einen Stellenvermittler im Nachbarland bei einem Müller in dem Kaff Storhedingen untergebracht worden. Zur Feier des Tages, sprich unserer Ankunft, durften wir sogar zum Abendessen am Tisch des Müllers sitzen. Danach musste ich natürlich alle Mahlzeiten in der Gesindestube einnehmen. Der Müller war ein sehr gebildeter Mann, er hatte sogar die höhere Schule besucht; ob er sie abgeschlossen hat, weiß ich allerdings nicht. Aber allein die Tatsache überhaupt, auf einer höheren Lehranstalt gewesen zu sein, machte ihn in den Augen meines Vadders schon zu einer hoch zu verehrenden Person. Was positiv hinzukam, war, dass der Müller ein Faible für die Deutschen hatte.

Nun sollte ich also das Müllerhandwerk von der Pieke auf erlernen. Bevor Vadder von dannen zog, hielt er mir noch eine eindringliche, ellenlange Rede, die zumeist aus Ermahnungen bestand. Das erste Mal in meinem Leben sah ich Tränen in den Augen meines Vaters. Er machte sich also wirklich große Sorgen um mich. Doch auch das hat nichts genutzt! – Immerhin ging die Lehrzeit drei Monate gut.

Vor allem die Müllers- und Wirtschaftsknechte hatten schnell spitz bekommen, dass ich für jeden Streich und für jede Art von Blödsinn zu haben war. Bevorzugte Opfer waren zumeist die Mägde des Müllers. Mit meiner Handvoll dänischer Wörter, die ich nur in der Zeit gelernt hatte, trug ich zusätzlich zur Erheiterung des Personals bei.

Dann fiel mir ein Streich ein, der mit den Mägden nur indirekt zu tun hatte, weil sie für das Aufhängen der gewaschenen Wäsche zuständig waren.

Die Dänen sind vor allem stolz auf ihre Nationalflagge. Jeder, der auf sich hält, hat so eine Fahne an einem großen Holzmast aufgezogen im Vorgarten stehen. Danebrog[17] nennen sie die Fahne. Eines Sonntags saß ich auf der Wiese vor dem Haupthaus und starrte so vor mich hin. Da fiel mein Blick zur Linken auf die Fahne und dann zur Rechten auf die Wäscheleine, an der sich gerade bunt geblümte Bettwäsche leicht im Wind bewegte.

---

[17] Danebrog bedeutet in dänischer Sprache „dänisches Tuch“. Der Dannebrog ist eine der ältesten Flaggen der Welt. In einem niederländischen Wappenbuch findet sich bereits Ende des 14. Jahrhunderts die Abbildung einer roten Fahne mit weißem Kreuz am Wappen Waldemars IV.

Sofort saß mir der Schalk im Nacken. Da mich keiner beobachtete, holte ich die Fahne ein und tauschte sie mit der bunt geblümten Bettwäsche aus, die ich nun am Fahnenmast hochzog. Den Danebrog hängte ich stattdessen ordentlich auf die Wäscheleine.

Dieser Spaß kam bei den Knechten und Mägden prächtig an, und auch der Meister machte gute Miene zum bösen Spiel, um nicht als Spielverderber dazustehen.

Dann nahm das Unheil aber wieder einmal seinen Lauf. Eines Sonntags fragte der Müller mich nämlich:

„Na, Adolf wie geht es dir denn so?"

Mit ziemlicher bekümmerter Miene antwortete ich:

„Ach, eigentlich ganz gut!"

„Na, das hört sich aber nicht so richtig überzeugt an, mein Junge."

„Wenn ich ehrlich bin, Müller, hab ich ganz schön Heimweh!"

„So, so Heimweh!"

Auf einmal stellte sich der Müller ohne Vorwarnung vor mir in Positur und deklamierte in Deutsch, denn unsere Sprache beherrschte er erstaunlich gut:

„Was ist das für ein mächtig' Gefühl?
Kaum wagt's mein Herz zu ergründen.
Es treibt mit mir am Tag sein Spiel,
Lässt nachts mich den Schlaf nicht finden.

Es bleibt sich Stunde um Stunde gleich
Und lässt sich durch nichts verscheuchen.
Kaum öffnet der Traumgott mir freundlich sein Reich,
Es weiß mit hinein sich zu weichen.

Was macht mir die leichteste Arbeit so schwer,
Lässt plötzlich im Kampf mich ermatten?
Was scheuchet den Frieden vor mir her
Und folgt mir nach wie mein Schatten?

Was blickt mich an wie ein Sphinxgesicht
Mit rätselhaftem Verlangen?
Verlässt mich im heitersten Kreise nicht
Und hält mir die Lust gefangen?

Was bereitet mir unendliche Qual,
Und ich kann es Niemandem klagen?
Was entlockt mir Tränen ohne Zahl
Lässt bänger das Herz mir schlagen?

So stehst du fragend im fremden Land,
Und vergebens fließen die Tränen.
Das Gefühl, — du hast es mit Beben erkannt,
Es ist nach der Heimat das Sehnen!

Es ist des Heimwehs verzehrender Schmerz,
Aus dem es dort gibt kein Erlösen;
Von dem das arme gequälte Herz
Nur kann in der Heimat genesen.

Und hättest du's — dann lass mich immer wähnen,
Es habe dir mit seinen fremden Tönen
Das Sprachenchaos, das dich dort umschwirret,
Das Herz verwirret.

So lass' ich denn, dein starres Herz zu zwingen,
Der Muttersprache traute Weisen klingen.
Süß locken dich zum Heimatherde wieder
Der Heimat Lieder.

Da staunst du, was? Das Gedicht stammt von Stine Andresen[18], sie ist Deutsche wie du, und du siehst, Heimweh ist nichts Neues

[18] Stine Andresen geb. Jürgens (* 23. Dezember 1849 in Boldixum; † 13. Mai 1927 ebenda) war eine deutsche Schriftstellerin von der Insel Föhr.

oder was nur du jetzt gerade bei uns kennenlernst. Heimweh hat, glaube ich, jeder irgendwann einmal gehabt.“

„Weiß nicht.“

„Mein Opa hat uns als Kinder immer gefragt: ‚Was ist schlimmer, Durst oder Heimweh?‘ Und wenn wir dann sagten: ‚Heimweh‘, dann hat er aus seinem Flachmann getrunken und gesagt: ‚Nee, Durst! Durst ist schlimmer!‘“ Nun lachte der Müller, dass sich die Balken bogen. Als er sich wieder eingekriegt hatte, sagte er: „Na, da muss ich dich wohl mal auf andere Gedanken bringen, was? Da Sonntag ist, hättest du viel zu viel Zeit zum Grübeln. Was hältst du denn davon, wenn ich dir das kleine Pony nebst Stuhlwagen zu einer Ausfahrt zur Zerstreuung leihe?“

„Au, fein“, war meine einzige Antwort.

Nun muss ich noch dazusagen, dass Pony und Wagen eigentlich der achtzehnjährigen Tochter des Müllers gehörten. Und diese verhätschelte und vertätschelte das Pferdchen dermaßen, dass es kugelrund und fett geworden war. Vor jeder Ausfahrt, also jeden Morgen, gab es erst einmal zwei Stück Zucker für das Tier. Als ich die Erlaubnis zur Spazierfahrt erhielt, gab mir der Müller natürlich auch zwei Zuckerstücke, aber mit mir mitnichten für das Pony, Pustekuchen, das Vieh war dick genug. Die Zuckerstückchen ließ ich mir selbst gut munden.

Kaum wollte ich das Tier anspannen, drehte es seinen Kopf in aristokratischer Manier in meine Richtung, seine Zuckerration erwartend. Aber das war wohl nichts. Das verwöhnte Vieh merkte, dass heute alles anders sein würde und keilte mit seinen Hufen erst einmal nach hinten aus.

„Das hätt’st du wohl gerne, was? Heute ist nichts mit Liebkosungen, zärtlichem Gesäusel und Zuckerstücken. Wenn du mein Pony wärst, dann würde dein Futter ab sofort schwer rationiert, das kann ich dir flüstern!“

Und so watschelten wir dann wenig später zum Müllerhof hinaus. Beim Schreiten wackelte das Pony dermaßen aufreizend mit seinem aristokratischen Allerwertesten, dass mich das in Rage versetzte.

Kaum waren wir aus der Sichtweite des Müllerbetriebes, zückte ich die Peitsche und wollte das Pony zum Galopp antreiben. Aber was tat das elende Vieh? Zur Strafe setzte es den Rückwärtsgang ein und schob dadurch den Wagen gefährlich nahe in Richtung des Straßengrabens.

Nun wollte ich dem Tier unmissverständlich aufzeigen, wer denn hier eigentlich der Herr im Hause war und ließ die Peitsche noch mehrfach knallen. Ohne Vorwarnung gab das Pony seine Sturheit auf und raste davon.

Erstes Hindernis im Weg war eine Gänseschar. Das Ergebnis der wilden Fahrt: Zwei Gänse wurden totgefahren. Aber noch schlimmer: Als Nächstes setzte das rasende Tier den Wagen gegen einen Baum. Beim Aufprall wurde ich weit aus dem Gefährt herausgeschleudert. Glücklicherweise prallte ich nicht mit dem Kopf gegen den Baumstamm. Beim Unfall brach aber die Deichsel des Wagens. Das Pony sprang wie von Sinnen auf der Wiese hin und her, auf der ich völlig benommen lag und mich erst einmal von dem heftigen Sturz erholen musste.

Die Nachbarn wussten natürlich, wem Pferd und Wagen gehörten, eilten herbei und fuhren mich zum Müller zurück. Ich erwartete ein Donnerwetter, wie von Vadder zu Hause, aber kein böses Wort fiel. Ich wurde nur aufgefordert, Pony und Wagen zum Hof zurückzubringen, und dann wurde ich ins Bett gesteckt.

Die wunderhübsche Tochter des Hauses sah wenig später nach mir.

Sofort polterte ich los:

„Das blöde Vieh …“

„Hey, mein Pony ist doch kein blödes Vieh!“

„Es ist dick, verwöhnt und benimmt sich nicht wie ein normales Pferd.“

„So? Das muss an dir liegen, denn ich habe mit ihm jeden Tag nicht das geringste Problem.“

„Verhätschelt und vertätschelt ist das Tier. Wo hat man denn sowas schon mal gehört? Vor jeder Ausfahrt zwei Stück Zucker!“

„Das ist wohl nicht deine Aufgabe, das zu kritisieren.“

„Pferde, die nicht im Galopp laufen wollen, sind unnatürlich!“

„Pah!“, sagte sie nur noch verächtlich und rauschte beleidigt davon.

Ich ärgerte mich ein wenig über mich selbst, denn ich fand das Mädchen eigentlich bezaubernd und wäre ihr gern näher gekommen, aber so hatte ich es mir mit ihr natürlich hoffnungslos verscherzt. Außerdem erzählte sie unseren kleinen Disput gleich brühwarm ihrem Vater, und ab da war es mit seiner Freundlich- und Herzlichkeit vorbei.

Rasch merkte ich, dass ich nur noch geduldet und nicht mehr gern gesehen war, so schnürte ich mein Bündel und verließ, bei Nacht und Nebel, wie man so schön sagt, den Müller und seine hübsche Tochter.

Damit war die Müllerlehre also auch gegessen. Meine Ersparnisse reichten mit Ach und Krach, um per Bahn nach Kopenhagen zu fahren, weiter ging es von da mit dem Dampfschiff nach Lübeck und aus der alten Hansestadt an der Trave auf Schusters Rappen nach Hamburg zurück, denn für eine Kutschfahrt hatte ich nicht mehr genug Geld. Was für eine schmähliche Niederlage!

Die Jugendzeit – Der Beginn meiner „Karriere“

Und die Begrüßung zu Hause? Na, ich ahnte schon, was auf mich zukommen würde:

„Nein, das gibt es doch gar nicht! Ich glaube ich leide an Halluzinationen!“

„Hallo Mudder, hallo Vadder, hier bin ich wieder!“

„Das sehen wir, das sehen wir. Aber warum? Wir glaubten dich in Sicherheit. In einem fremden Land, an einem fremden Ort.“

„War ich ja auch.“

„Aber was machst du dann hier? In Storhedingen solltest du dich doch zu einem tüchtigen und ordentlichen Menschen entwickeln.“

„Äh … es gab da leider ein kleines Problem mit einem störrischen Pony und seinem Wagen.“

„Und das ist der Grund für den Abbruch der Lehre?“

Nun versuchte ich natürlich, die Vorkommnisse in das für mich allerbeste Licht zu rücken. Eigentlich gab es nur drei Schuldige: Den Müller, seine Tochter und vor allem sein dickes, ungelehriges Pony.

„Und was soll nun werden? Wie stellst du dir das vor?“

„Keine Ahnung, Vadder.“

„Das hab ich mir gedacht. Anstatt dass du dir mal ‘n Kopp machst, wie du dir deinen Lebensweg weiter vorstellst. Bist doch kein lütter Schulknabe mehr.“

Bevor die Schimpftirade weitergehen konnte, legte ich nur ganz sachte mein Reisebündel auf die Dielenbretter und flüchtete in die Arme meiner Mutter, die mich liebevoll umarmte und wie ein Baby hin und her wiegte. Ihr war wichtiger, dass der verlorene Sohn wieder daheim war.

Von allen zeitlichen und vor allem von Arbeitszwängen befreit, suchte ich am nächsten Tag natürlich gleich wieder meine alten

Kumpel aus Hamm auf, mit denen ich so schön rumhängen konnte. Mit meinen spannenden – ich gebe es ja zu, deutlich aufgebauschten – Erzählungen stand ich natürlich sofort im Mittelpunkt der Horde Jugendlicher.

Immer noch waren Streiche aller Art bei den Kerlen angesagte Sache. Für einen bösen Streich hatte einer der Jungs einen Pott Honig mitgebracht. Wo er den herhatte, fragte ich lieber nicht. An einem Zeitungskiosk warteten wir dann zu fünft hinter der Bude versteckt, bis ein vornehm gewandeter Herr, wahrscheinlich ein Börsianer, kam und seine Ledertasche zu seinen Füßen an die Wand des Kiosks lehnte, um das Hamburger Fremdenblatt in der Zwischenzeit bezahlen zu können.

Während der Pfeffersack[19] in seinem Portmonee nach Kleingeld kramte, robbte einer der Jungs um die Ecke, löste die Schnalle der ledernen Aktentasche, öffnete sie, und schon floss der goldgelbe Saft aus dem großen Honigpott in alle Schubfächer der Tasche hinein. Rechtzeitig, bevor der Mann seinen Kauf beendet hatte, kniff ein anderer Kumpel aus der Bande dem Ausführer der Tat von hinten in die Wade, damit der sich rasch vom Tatort zurückzog. Dann machten wir Jungs, dass wir aus der Nähe des Kiosks verschwanden, aber noch nah genug dran waren, um alles Kommende gut überblicken zu können.

Natürlich bemerkte der Geschädigte das Malheur postwendend, denn er wollte ja die Zeitung in die Ledertasche schieben. Der Veitstanz, den der Mann dann vor den erschrockenen Augen des Zeitungsverkäufers aufführte, war allein schon die Sache wert

---

[19] Als Pfeffersäcke wurden zunächst spöttisch der Hanse angehörende Händler bezeichnet, aber auch Nürnberger Kaufleute oder die Kaufleute der Vereenigde Oostindische Compagnie. Seit dem 19. Jahrhundert wird das Wort allgemein als verächtliche Bezeichnung für einen reichen Kaufmann gebraucht. Diese Bezeichnung entstand, weil der Wohlstand einiger von ihnen auf dem Handel mit Gewürzen aus Übersee beruhte, für die im Mittelalter zusammenfassend der Begriff „Pfeffer“ stand. Bis heute wird „Pfeffersack“ abfällig für reiche, rücksichtslos nur auf Geld und Macht bedachte Menschen verwendet.

gewesen. Wenn der Blasierte noch Kauf- und Verkaufsnoten von Börsengeschäften des Vortags in seiner Ledertasche mit sich führte, die noch abgerechnet werden mussten, dürfte der restliche Tag für den Herrn kein Vergnügen mehr gewesen sein.

Aber ich hatte die Rechnung ohne Vadder gemacht. Der hatte schon wieder die nächste Idee parat. Leider hatte er einfach zu viele Freunde ringsherum. Einer davon, Holger Harms, war Kaiwächter in der Marktstraße[20]. Natürlich sollte ich da auch gleich wieder wohnen, damit ich ja nicht wieder richtig Kontakt zu meinem „normalen“ Umgang aufnehmen konnte, den Vadder so sehr verabscheute. Doch Kaiwächter konnte ich nicht sein, das war ja schon Herr Harms, und ein zweiter wurde nicht gebraucht. Sein Adoptivsohn war Kesselschmied, also wurde ich auf der gleichen Werft in die Mysterien der Kesselflickerei eingeführt.

Das habe ich tatsächlich fast drei Jahre durchgehalten, sodass Vadder schon dachte, nun hätte ich es endlich kapiert. Doch wenn ich nur irgend konnte, strolchte ich weiter viel lieber durch die Straßen der Stadt. Immer wieder spukten neue verrückte Streiche in meinem Kopf herum. Das war fast wie ein manischer Zwang, dem ich mich einfach nicht entziehen konnte. Aber die Streiche waren nicht so schwerwiegend, eher Dumme-Jungen-Streiche, sodass sie ohne ernsthafte Folgen blieben.

Ein paar Beispiele:

Dafür muss ich aber ein wenig ausholen. Der Kaiwächter, Holger Harms war ein Riese von Gestalt. Er maß sage und schreibe ein Meter sechsundneunzig. Seine Frau, die Hermine, allerdings dafür gerade mal einen Meter fünfzig. Herr Harms war einer der Menschen, über die man sagt, sie sind zu gut für diese Welt. Ehrlichkeit und Treue, das waren seine größten Tugenden. Aber treudoof würde ich wieder nicht sagen, wenn er auch von schlichtem Gemüt und harmlos wie ein Kind war.

Ein einziges Laster hatte der Mann aber. Auf seinem Weg zur Nachtwache nahm er 1/3 Liter Cognac mit. Und das jeden Abend. Immer gab es vor seinem Aufbruch die gleiche Prozedur:

---

[20] Heißt jetzt Markusstraße.

„Wo bist du, mein Minchen?“

„Ich komm schon, mein Liebster, ich komme schon!“

Und schon stieb die gute Ehefrau, aus welcher Ecke auch immer, herbei und stellte einen Stuhl vor die Beine ihres Mannes, und stieg letztlich selbst hinauf. Dann brachte sie sich in Position und verzog ihre Schnute zu einem Kussmaul, dass ich jedes Mal am liebsten laut gelacht hätte. Doch sie musste stets ein wenig warten. Erst überzeugte Holger Harms sich, ob sein Ehegespons auch wirklich seine Tagesration Cognac in die Metallflasche umgefüllt und in seine äußere Rocktasche gesteckt hatte. Er nahm dann erstmal einen tüchtigen Schluck, grunzte befriedigt und sagte hochzufrieden:

„Hier, dein Schmatz, mein Minchen!“

Das folgende Kussgeräusch war laut im ganzen Haus hörbar. Ich hätte diese Frau im Leben nicht geküsst, denn von Wasser schien sie nicht viel zu halten. Hätte ich es nicht besser gewusst, sie wäre auch glatt als Negerin durchgegangen. Aber für den guten Holger war sein Minchen wie eine Märchenfee. Man kann sich Frauen auch schönreden, wenn es sonst auch immer heißt – schöntrinken.

Am liebsten von allen hatte der Kaiwächter aber seinen Kater Friedel. Kam der Hüne am frühen Morgen vom Dienst, dann schlief er in seiner Schlafkammer erst ein, wenn Friedel sich neben ihm eingekuschelt und zusammengerollt hatte. Dieses Tier konnte sich im Harmsschen Haus einfach alles erlauben. War es daher eher verborgene Eifersucht, die mich dazu trieb, den folgenden Streich zu spielen?

Eines Morgens rief Holger Harms jedenfalls vergebens nach seinem Kater. Das gab natürlich eine Aufregung in der Hütte.

„Minchen, such mir sofort meinen Friedel!“, schrie der Kaiwächter aus der Schlafkammer in die Wohnstube herüber.

„Ich such doch schon, mein Liebster, ich such doch schon!“

„Der Kater geht doch nie raus, der kann doch nicht weg sein.“

„Nein, kann er nicht.“

„Warum hast du ihn dann noch nicht gefunden? Friedel und ich schlafen immer zusammen! Das weißt du doch!“

Hatten die beiden vielleicht deshalb einen Adoptivsohn, weil der Kaiwächter immer nur den Kater und nicht seine Frau im Bett hatte, schoss es mir hässlich durch die Gedanken, die ich aber natürlich nicht laut äußerte.

Ich tat so, als ob ich tüchtig mitsuchen würde. Auf einmal gab es einen lauten Aufschrei. Unter einem mit Kram und Zeug vollbepackten Stuhl saß der arme Kater, von mir ans Stuhlbein gefesselt. Das brave Tier hatte nicht einmal einen Mucks von sich gegeben, so verdutzt war es wahrscheinlich ob meiner unfreundlichen Behandlung gewesen. Minchen war letztlich fündig geworden und eilte, um ihrem Mann alles brühwarm zu erzählen.

Als das Grollen und Knurren aus der Schlafkammer immer ekstatischere Töne hervorbrachte, nahm ich die Beine in die Hand und verschwand. Weglaufen war ja immer schon eine meine herausragenden Fähigkeiten gewesen.

Zur Versöhnung kaufte ich dem Kaiwächter lieber ‘ne halbe Flasche Cognac. Ich tat furchtbar zerknirscht, ließ eine geharnischte Gardinenpredigt über mich ergehen, und die Welt war wieder in Ordnung. Dazu war Holger Harms ein viel zu gutmütiger Kerl. Lange böse sein, das konnte er gar nicht.

Und dann kam das große Silvesterfest. Trotz intensiver Diskussionen über den korrekten Zeitpunkt des Jahrhundertwechsels, übertraf die Festtagsstimmung am 31. Dezember 1899 in Hamburg viele Erwartungen. Während die von Kaiser Wilhelm II. angeordneten offiziellen Feiern im ganzen Land einen eher nüchternen Charakter hatten, fanden sich in den Wirtshäusern und Sälen, aber vor allem auf den Straßen und Plätzen ganze Menschenmassen zusammen, um gemeinsam das 20. Jahrhundert ausgelassen zu begrüßen. Mit dem zwölften Glockenschlage der fünf Hamburger Hauptkirchen St. Petri, St. Katharinen, St. Michaelis, die alle nur den Michel nannten, St. Jacobi und St. Nicolai am Hopfenmarkt stimmten alle Bürger in ein alles überschallendes „Prosit Neujahr“ ein. Nach diesem Akt zog die Musik unter heiteren Märschen durch die belebten Straßen, deren Häuser teils bengalisch beleuchtet waren. Vor und hinter der Musik folgte dann ein Neujahrszug, der bunter noch nie zusammengestellt gewesen war. Ob klein ob groß, ob dick ob dünn, er und sie, wie sie sich in der Dunkelheit in den Armen hingen, hüpften singend hinterdrein.

Aber so überschwänglich, wie diese Feierlichkeiten waren, so schnell kehrte auch der Alltag in die Stadtteile und Hamburger Vororte zurück.

Doch ich konnte auch im neuen Jahr mit den Streichen daheim beim Kaiwächter einfach keine Ruhe geben. Minchen wünschte sich nichts sehnlicher als einen Kanarienvogel zum Geburtstag, und den bekam sie natürlich auch prompt von ihrem Göttergatten geschenkt. Ab dem Tag war es mit pünktlichem Essen vorbei. Das war hart, denn, da der Weg zur Werft mittags hin und zurück zu weit war, war das warme Abendessen unsere einzige vernünftige Mahlzeit am Tag. Immer öfter entschuldigte sich Minchen damit, dass sich der Vogel so angeregt mit ihr unterhalten hätte, dass sie leider keine Zeit zum Mittagessen kochen gefunden hätte. Die Frau war aber auch wirklich 'ne Tüte doof.

Als mir das Getue mit dem Vogel zu viel wurde, öffnete ich einfach die Tür vom Vogelbauer. Ich wusste genau, was folgen würde. Der natürliche Jagdinstinkt von Friedel kam durch, wenn er auch eigentlich nur ein verwöhnter Stubenkater war, und er verspeiste das gelbe Vögelchen mit Wonne.

„Das war bestimmt der Adolf!", jammerte Minchen, als sie die Bescherung sah. „Putzi konnte doch nich' die Tür vom Käfig aufmachen, er hat doch gar keine Hände."

„Das ist wohl wahr!", kommentierte der Kaiwächter recht leidenschaftslos.

„Zur Strafe gibt es heute Abend kein Essen, so!", Minchen stampfte mit den Füßen auf und zog sich in ihren Schmollwinkel zurück.

„Na, ich muss ja sowieso gleich zum Kai, mach ich mir eben vorher 'ne Stulle auf die Faust!"

Holger Harms blieb emotionslos. Doch Minchen fand keine Ruhe und schimpfte:

„Dieser … dieser … dieser Tiermörder!"

„Meinst du meinen Friedel, Minchen? Der kann doch gar nichts dafür, nicht?" Dann suchte der Hüne seinen verwöhnten Liebling. „Komm mal her, mein Guter!" Sofort kam der Kater zu seinem Herrchen und empfing die erwarteten Streicheleinheiten. „Bist ein braves Tier, und der Kanarienvogel war sowieso unnütz!"

Minchen wagte nicht mehr gegenzureden, und ich kam diesmal ohne jede Strafe davon. Glück muss man halt haben. Aber meine Wut auf dieses Katzenvieh hatte sich dadurch nur noch mehr gesteigert. Irgendwie musste ich diesem heimlichen Herrscher des Hauses Harms doch noch eins auswischen können. Es machte mich vor allem rasend, dass Friedel, wie selbstverständlich, bei jeder Mahlzeit einfach auf dem Esstisch herumstolzieren durfte. Und es war mir mehrfach so, als ob mich dieses hinterlistige Vieh höhnisch dabei angrinste, frei nach dem Motto: „Ich darf hier alles, du aber nicht!"

Das musste dieser Kater einfach büßen. Und dann kam mir die passende Idee. Die Harmsens hatten eine Haarschneidemaschine gekauft, um den teuren Gang zum Friseur zu sparen. So sahen die Köppe der drei aber auch immer aus. Und Mutter Minchen hatte auch noch genau die gleiche Pottschnitt-Frisur wie ihre zwei Männer.

Ich packte mir das arrogante Vieh, dazu die Haarschneidemaschine und schor Friedel mit dem Ding komplett den Rücken kahl. Auch den Schwanz ließ ich nicht aus. Ein gerupftes Huhn hätte nicht schlechter aussehen können.

Bis zum nächsten Morgen geschah nichts, denn abends war es immer sehr schummrig im Hause Harms. Wozu auch viel Licht, Minchen und Adoptivsohn Kurt lasen sowieso nicht. Als Vater Holger den nächsten Morgen im Bett lag, kam es natürlich zur Entdeckung der schändlichen Tat:

„Minchen, komm mal schnell her mit der Lampe. Irgendwas ist mit Friedel. Vielleicht ist mein Liebling sogar ernsthaft krank!"

„Ich komm schon, mein Liebster. Muss nur rasch die Lampe anzünden.“ In der Stube war tagsüber genug Licht, aber die Schlafkammer hatte kein Fenster, so war es da immer zappenduster. „Ich komm schon.“

„Leuchte mal schnell hierher!“

„Oh, was ist das denn? Das kann nur dieser Lause-Lümmel ...“

Dicke Luft! Wie war das noch mit mir und dem Weglaufen?

Und das Unheil nahm diesen Morgen weiter seinen Lauf. Auf dem Weg zur Werft, ich war extra früher losgegangen, um nicht Adoptivsohn Kurt dabeizuhaben, der mich sowieso nervte, traf ich Raben-Max. Wo der ulkige Name herkommt? Na, ganz einfach - Max klaute wie ein Rabe. Nichts war vor ihm sicher. Ich hatte ihn auf der letzten Wegstrecke von Lübeck nach Hamburg, von Dänemark kommend, auf der Straße kennengelernt, als ich da so auf Schusters Rappen vor mich hin stiefelte.

Raben-Max hielt ein Mädchen fest im Arm:

„Das ist übrigens meine Braut, Adolf!“

„Angenehm!“

„He, he, he“, lallte die Vorgestellte nur cognacselig.

„Wo kommt ihr denn schon so früh her?“

„Was heißt hier früh? Spät ist es, weil, durchgemacht haben wir, Adolf, uns kräftig amüsiert. Haben ordentlich das Tanzbein im ‚König von Preußen‘[21] geschwungen, und dann sind wir auf Tour gegangen im Steinweg und inner Peterstraße. Haben einen Stubben schwer abgekocht. Ochsen, Putte, alles haben wir mitgekriegt[22].

„Das hört sich ja großartig an.“

„Willst du noch mehr hören?“

„Und ob, und ob, hab noch eine ganze Stunde Zeit, bis ich zur Arbeit muss.“

„Na, das trifft sich doch gut.“

---

[21] Das Tanzlokal lag in der berüchtigten Mohlenhofstraße.

[22] Auf Taschendiebstähle ausgegangen und zum Schluss noch ein Opfer gefunden, bei dem gute Beute gemacht wurde, sogar Uhr und Portmonee.

Und nun führte er mich mit den schillerndsten Worten in seine Lebensweise ein, die hauptsächlich aus Amüsement und viel, viel Zaster zu bestehen schien.

„Du, können wir uns nächsten Sonntag nicht mal treffen, Max?"

„Klar, dann erzähl ich dir noch mehr, was so abgeht!"

„Und wo?"

„Na, in der Kaschemme in der Peterstraße, da gibt es nur die eine, kannste nicht verfehlen."

„Ah, da weiß ich, wo das ist!"

„Bis dann also, Adolf."

„Ja, man sieht sich."

Mein Erstaunen war groß, als ich am Sonntag in der Kneipe eintraf und zur Rechten von Raben-Max einen anderen jungen Mann gewahrte.

„Wer ist das denn?"

„Das ist auch ein glatter[23] Junge, heißt Hunde-Robert."

„Hunde-Robert, was ist denn das für ein komischer Name?"

„Weil der auf jeden Hund gleich draufgeht."

„Bitte, was tut er?"

„Wenn Kläffer und Tölen den Hunde-Robert von weitem nur wittern, ziehen sie schon den Schwanz ein und machen sich vom Acker. Bei den weniger ängstlichen Exemplaren sträuben sich zumindest die Nackenhaare."

„Und wie kommt das?"

„Der Hunde-Robert hat auf unseren Streifzügen schon so manchen Hund kalt gemacht und sich mit dem Blut des Tiers Hände und Hosenbeine beschmiert. Kennst das doch von den Ratten. Der Todesschrei einer Ratte und schon haste an dem Ort Ruhe vor den Viechern."

„Und so ist das bei mir mit den Hunden!", grinste Hunde-Robert mich stolz an.

„Und warum ist der Hunde-Robert hier? Du wolltest mir doch noch mehr von deiner Profession erzählen."

---

[23] vertrauenswürdiger

„Hab mir das anders überlegt, das kann warten. Bester Lehrmeister ist doch immer noch die Praxis, dachte ich mir."

„Inwiefern?"

„Erst mal ein paar Bier, und dann reden wir über das Geschäft!"

Nach drei Krügen Bier kam Raben-Max endlich zur Sache:

„Der Hunde-Robert war Bäckerknecht gewesen." Hörte sich an, wie meine bisherigen Lehrversuche. „Ist aber aus Versehen mehrfach mit den Händen ausgerutscht ..."

„Und der Teig lag auf dem Boden ..."

„Unsinn, die Finger waren plötzlich in der Ladenkasse. Und als er sie wieder rausholte, waren die Hände voller Knete[24] ..." Er sah mein staunendes Gesicht: „Jetzt fang bloß nicht wieder mit deinem Teig an!" Dabei rieb er sehr eindeutig Daumen und Zeigefinger vor meiner Nase zusammen. Nun hatte auch ich es endlich kapiert, dass er von Geld und von nichts anderem geredet hatte. „Na, und dann kam es, wie es kommen musste, der Bäckermeister hat den Hunde-Robert achtkantig rausgeschmissen."

„Oh."

„Nun ist der Hunde-Robert natürlich nicht mehr so gut auf seinen alten Meiser zu sprechen."

„Das kann ich mir denken."

„Er kennt aber die Verhältnisse beim Bäcker natürlich wie seine Westentasche. Die Wiederverkäufer des Bäckers, die ihre Brotwaren beim Bäcker beziehen und diese in Kiosken oder vom Handwagen vertreiben, zahlen ihre Ware alle immer zum Monatsende. Der Meister schließt die Gelder dann in seinen Schreibsekretär in der Wohnstube ein."

„Interessant."

---

[24] Im frühen Mittelalter und dann auch später, wurde das wenige Geld - oft Taler, Silberstücke, Hacksilber und andere Goldteile - in Lehm eingeknetet, um es dann trocknen zu lassen. So wurde das Vermögen dann zwischen Brotstücke und Lebensmittel gesteckt, damit es gerade bei Raubüberfällen im Tross nicht so auffiel und, viel wichtiger, nicht klimperte oder Geräusche machte, daher der Begriff.

„Das ist doch fast ein Kinderspiel, das Geld durch einen Einbruch in der Nacht an uns zu bringen. Den Hunde-Robert müssen wir allerdings außen vor lassen, denn der Meister kennt ihn ja und sollten wir flüchten müssen, wäre er dann der Angeschmierte, weil er als Einziger erkannt würde."

„Und wie stellst du dir das nun konkret vor?"

„Ich mach die Knackerarbeit, sprich breche das Fenster auf und auch den Schreibsekretär."

„Und ich?"

„Du stehst Schmiere, und wenn Gefahr in Verzug ist, dann warnst du mich."

„Abgemacht, hört sich gut an, ich bin dabei."

„Noch 'n büschen Geduld, Adolf, die Gelder müssen ja erst eintrudeln. Die Nacht vom ersten auf den zweiten, nächsten Monat, da soll es losgehen."

„Und wo ist der Treffpunkt?"

„Kennst du das Waisenhaus in der Uhlenhorst?"

„Na klar!"

„Am Hauptportal, Klock een[25]."

Und so wurde es dann tatsächlich gemacht.

Hunde-Robert war auch pünktlich zur Stelle, sollte sich aber rechtzeitig vor dem Einsteigen in des Bäckers Wohnung verdünnisieren. Das sollte also nun mein erster Einbruch werden. Es war eine kalte Märznacht und schon fast beängstigend still auf der Straße. Kein Rauschen in den Bäumen, so als ob wir noch vorsichtiger sein mussten als angedacht. Gegen halb zwei langten wir am Grundstück des Bäckermeisters an. Haarklein erzählte Hunde-Robert, wo was in den Zimmern stand, vor allem beschrieb er natürlich den Standort des Schreibsekretärs. Damit war sein Werk schon vollbracht, und er zog von dannen.

Raben-Max und ich schlichen durch die Toreinfahrt, die glücklicherweise weder Tür noch Gitter hatte, bis an das Fenster der Bäckerwohnung. Nun zog sich Raben-Max erst mal zwei Paar Socken über die klobigen Stiefel. Da ich natürlich nicht dermaßen

---

[25] Ein Uhr

ausgerüstet war, musste ich meine Stiefel ausziehen, um keine verräterischen Geräusche zu verursachen.

Mit einem Brecheisen hatte Raben-Max das Fenster schnell geknackt, es war eins der alten Bauart mit zwei kleinen Überhaken. Eindringlich ermahnte der Kumpan mich, nun höllisch aufzupassen und ja auf das kleinste Geräusch zu achten, dann war er schon auf den Fenstersims hinaufgestiegen und kletterte behände in die Wohnung hinein.

Eine halbe Stunde später tauchte sein Kopf wieder am Fenster auf.

„Verdammt und zugenäht, ich habe keine Streichhölzer mehr, Adolf."

„Ich habe auch nur noch drei Stück in der Hosentasche!"

„So'n Schiet, das reicht nie und nimmer."

Schon war sein Kopf wieder verschwunden. Mir rutschte das Herz in die Hose, als auf einmal der Gaskronleuchter inmitten der Stube entflammte. War der Kerl denn von allen guten Geistern verlassen? Wenn nun der Bäcker erwachte? Den Dolch zwischen den Zähnen hantierte Raben-Max mit dem Brecheisen am Schreibsekretär herum, dem er wenig später einen prall gefüllten Beutel entnahm. Schamlos griff er erst einmal in den Sack hinein und stopfte sich die Taschen mit klingender Münze voll.

Damit hatte er den Hunde-Robert und mich ganz eindeutig rasiert[26].

Seelenruhig drehte er dann den Kronleuchter aus und stieg wieder zu mir in den Hof hinaus.

Wir suchten gemeinsam den Hunde-Robert, der nur drei Häuserblöcke entfernt auf uns gewartet hatte, und begaben uns zu dessen Wohnung.

Dort schüttete der Raben-Max den Inhalt des Sackes auf die Tischplatte und es wurde brüderlich, „ehrlich" geteilt, wie er uns jovial mitteilte. Jeder von uns erhielt sechshundert Mark.

Als ich am nächsten Morgen das „Hamburger Fremdenblatt" aufschlug, las ich von einer Beute von dreitausend Mark. Aber so

---

[26] betrogen

viel Geld war das unmöglich gewesen, was Raben-Max im Voraus abgegriffen hatte, das wäre ja fast die halbe Beute gewesen. Also hatten der Hunde-Robert und der Raben-Max bei ihrem Getuschel auf dem Weg zur Wohnung noch schnell vereinbart, mich abermals zu bescheißen.

Ich würde den beiden schon noch den Marsch blasen, das nahm ich mir fest vor.

Nach dem Teilen lief ich zur Wohnung des Kaiwächters, zog mich nur noch rasch um und ging direkt zur Arbeit. Es war ja inzwischen schon fast halb fünf in der Frühe.

Erste Rückschläge - Flucht nach Dänemark

Sechshundert Mark. Ungeheuerliche sechshundert Mark. Mir gehörte die Welt! Ich konnte mir nun kulinarische Genüsse kaufen, die ich zuvor noch nie in meinem Leben gekostet hatte. Was für ein Schlemmerleben! Lediglich dem Minchen musste ich noch Rede und Antwort stehen, hatte die Kaiwächtersfrau doch bemerkt, dass ich die ganze Nacht fortgeblieben war. Ich flunkerte ihr was vor, in einer Kaschemme deutlich einen über den Durst getrunken und dabei ganz das Zeitgefühl verloren zu haben. Für sie war hernach viel wichtiger, dass ich trotzdem pünktlich zur Arbeit aufbrach. Freudig beschloss sie bei so einer vorbildlichen Einstellung:

„Dafür kriegst du auch 'n Kuss!"

„Oh … äh… mmh …"

Mein Entsetzen war groß. So ein Staub- und Dreckkuss war nun das Allerletzte, nach dem es mich drängte.

„Kopf runter oder muss ich erst den Stuhl holen?"

Ich war ja nicht so'n langer Lulatsch wie ihr Mann, also ging das auch ohne Kusshilfestuhl. Das Grauen ließ ich stoisch, wenn auch mit Gänsehaut auf dem Rücken, über mich ergehen. Danach sah ich zu, dass ich so schnell wie möglich zur Werft kam.

Doch meine Freude über das viele Geld sollte von kurzer Dauer sein. Nicht mal einen Monat nach der Tat tauchte auf einmal Vadder bei der Kaiwächterschen Wohnung auf.

„Junge, die Polizei sucht dich?"

„Mich?"

„Die haben unsere ganze Wohnung auf den Kopp gestellt."

Ich erstarrte innerlich zur Salzsäule, bin aber heute noch erstaunt, wie gut ich mich doch nach außen verstellen konnte, denn von meiner aufkommenden Panik bekam keiner was mit.

„Warum denn?", tat ich weiter dümmlich.

„Die Udl wollten dich verhaften. Sogar ein Kriminalassistent war mit dabei."

„Nein, sowas!"

„Der Kriminalbeamte unterstellte, dass du mit zwei Komplizen bei einem Bäcker einen Einbruch gemacht haben sollst."

„Ich doch nicht, Vadder, ich geh doch immer treu und brav jeden Tag auf die Werft zum Arbeiten, das weißt du doch!"

Die blitzartige, positive Verwandlung im Antlitz meines Vaters war geradezu göttlich. Hatte sich eingangs aller Gram und Kummer dieser Welt in seinen verängstigten Gesichtszügen eingegraben, war die Haut nach meinen Unschuldsbeteuerungen nun fast glatt wie ein Kinderpopo. Fast fröhlich zog er, über alle Maßen erleichtert, wieder von dannen.

Aber mir wurde nacheinander heiß und kalt. Ich saß wie auf glühenden Kohlen. Was sollte ich bloß machen? Den nächsten Morgen kaufte ich mir in aller Herrgottsfrühe als Erstes an einer Zeitungsbude das Fremdenblatt. Schwarz auf weiß konnte ich da nachlesen, dass die Polizei zwei der Täter dingfest gemacht hatte. Diese hätten zwar anfangs hartnäckig ihre Untat geleugnet, sich dann aber nach und nach in so viele Lügen und Widersprüche verstrickt, dass ihnen gar nichts mehr übrig geblieben war, als das Verbrechen zuzugeben.

Wie konnten der Raben-Max und der Hunde-Robert nur so blöd sein, schoss es mir verärgert durch den Kopf.

Doch erstmal musste ich den Artikel weiterlesen. Nun kam für mich das Schlimmste: Der dritte Täter wäre namentlich ebenfalls bekannt und würde schon fieberhaft steckbrieflich gesucht.

Das gab letztlich den Ausschlag. Der Boden wurde mir hier unter den Füßen zu heiß, und in den Knast wollte ich auf keinen Fall, also hieß es wieder einmal, die Füße in die Hand zu nehmen und abzuhauen. Aber das wissen Sie ja schon, dass ich das ausgezeichnet, wenn nicht am allerbesten beherrschte.

Neunzehn Jahre war ich nun alt und auf einmal ganz auf mich allein gestellt.

Heimlich schnürte ich in Holger Harms' Wohnung meine wenigen Klamotten in ein Bündel und verschwand grußlos. Minchen dachte, dass ich, wie immer, zur Arbeit ginge. Aber meine Lehre Nr. 3 hatte sich hiermit natürlich nun auch erledigt.

Der nächst zu erreichende Bahnhof für mich war Wandsbeck. Von da ging's mit der Bahn ab nach Lübeck und dann per Dampfer nach Kopenhagen. Es war eine Zeit, in der nach Pässen oder einem Visum nicht gefragt wurde, mein Glück, denn außer meiner Geburtsurkunde führte ich ja nichts dabei. Das einzige Vorkommnis war, dass der dänische Zoll mich bei der Einreise tüchtig filzte und mein Klamottenbündel peinlichst genau auf Schmuggelware untersuchte. Aber da war ja alles sauber. Zweihundert Mark hatte ich aus dem Bruch nach all dem Schwelgen und Schlemmen die letzten Wochen noch übrig behalten, damit konnte ich mich die nächsten vier Wochen in Kopenhagen so leidlich über Wasser halten, aber dann musste ich mir was einfallen lassen.

Mir blieb am Ende gar nichts anderes übrig, als einen Stellenvermittler aufzusuchen, und der Zufall wollte es, dass genau zu dem Zeitpunkt, als ich in sein Amtszimmer trat, ein Großgrundbesitzer aus Jütland zugegen war, der einen Pferdekundigen suchte. Sofort war das der Umstand seiner ersten Frage:

„Können Sie denn mit Pferden umgehen?"

„Oh ja, sehr gut sogar", log ich, die Chance beim Schopfe ergreifend, denn das einzige Erlebnis mit diesen Vierbeinern war bisher ja das gewesen, bei dem ich das Pony des Müllers nebst Wagen an den Baum gesetzt hatte. Ansonsten kannte ich Pferde nur von den Straßen Hamburgs, wo es mir eher lästig war, den unzähligen Haufen an Pferdeäpfeln auszuweichen, vor allem dann, wenn die Gäule gerade ihr Geschäft verrichteten, wenn ich an ihnen vorbei auf die andere Straßenseite hinüber wollte und manchmal nur noch mit einem rettenden Satz schimpfend zur Seite springen konnte.

„Dann sind Sie genau der richtige. Ich suche nämlich einen Pferdelenker, der jeden Tag die frische Milch meiner hundertzwanzig Kühe zweimal täglich in die mehr als eine Stunde entfernt gelegene Meierei kutschiert."

„Und was wäre meine Aufgabe für den Rest des Tages?"

Denn ich war ja nicht doof im Kopf, zweimal hin und zurück, das brachte mich ja nur auf vier Stunden Lenkzeit.

„Da haben Sie dann dies und das auf dem Hof zu verrichten, was eben immer so bei uns anfällt."

Begeistert war ich von der Aussicht nicht, aber mir blieb gar nichts anderes übrig als einzuschlagen, denn von irgendwas musste ich schließlich leben. Der Großgrundbesitzer hieß übrigens Fevas mit Familiennamen. Sein Anwesen lag in Randrup, einem Kaff, das noch neun Kilometer von Aalborg entfernt liegen sollte. Von Verbrechen und Polizei hatte da noch nie jemand etwas gehört. Der Gutshof war zudem ein Dorf für sich, wie ich später feststellen sollte. Herrschaft und Gesinde, mehr gab es da weit und breit nicht.

Nun hieß es erst mal, mit einem dieser luxuriösen Passagierdampfer von Kopenhagen nach Aalborg zu schippern. Mein neuer Brotherr gab mir ein Billet, aber wenn ich von einem kuscheligen Bett in einer schnieken Kabine geträumt hatte, dann hieß das wieder einmal Pustekuchen. Ich kriegte die billigste Fahrkarte, die es gab und mich als sogenannten „Zwischendeckler" auswies. Das hieß, die Nacht dösend auf 'ner harten Holzbank zuzubringen. Zudem knurrte mir der Magen ohne Ende. An Essen hatte mein „Brotherr" auch nicht mal gedacht. Schon allein beim Gedanken an den Namen „Brot"-herr lief mir das Wasser im Munde zusammen. Eine dicke Butterstulle, dafür wäre ich jetzt gestorben! Nicht mal mit Käse oder Wurst hätte sie belegt sein müssen. So kriegte ich erst recht kein Auge zu, weil mich mein knurrender Magen immer wieder aus dem Dämmerzustand des Fast-Einschlafens aufweckte.

Irgendwann packte mich die Wut, und ich beschloss, mich an meinem neuen Arbeitgeber für seine Unachtsamkeit zu rächen. Ich schlich zu seiner Luxuskabine und kam auch ganz leicht durch die Kabinentür rein, denn die war nicht einmal von innen verschlossen. Über einem Stuhl hing sein Ausgehrock. Schwupps, schon hatte ich sein ledernes Zigarrenetui herausgezogen. Ich suchte gerade mit den Fingern im Dunkeln nach der Geldbörse, da wälzte sich der Mann auffallend stöhnend in seiner Koje herum, sodass ich machte, dass ich wieder hinauskam.

Naja, immerhin konnte ich jetzt wenigstens rauchen und zwar was ganz, ganz Feines, denn der Mann schmauchte doch tatsächlich die Balmoral Sumatras[27]. Ich bildete mir beim Paffen ein, dass das auch meinen nagenden Hunger stillen würde.

Als ich den Passagierdampfer bei unserer Ankunft in Aalborg verlassen wollte, kam der nächste Schreck. Ich hatte irgendwo auf dem Kahn mein Billet verloren. Ich redete, Dänisch radebrechend, mit Engelszungen auf den Kontrolleur ein, aber der blieb stur. Entweder Billet vorzeigen oder den Fahrpreis noch einmal entrichten. Dafür hatte ich aber doch gar kein Geld. Ich erzählte von meinem neuen Dienstherrn, den Großgrundbesitzer aus Randrup, der wohl als einer der Allerersten das Schiff verlassen hatte (man ließ für gewöhnlich die Passagiere der 1. Klasse bevorrechtigt die Dampfer verlassen, und dann kam erst der Pöbel, sprich die anderen bis zu vierhundert Passagiere), aber das interessierte den Sturkopf von Kontrolleur nicht im Geringsten. Das Ende vom Lied war: Da ich nicht bezahlen konnte, wurde ich von der Polizei abgeführt und erstmal ins Hinterzimmer der Wache gesetzt. Der Wachtmeister wollte sich mit seinem Vorgesetzten beraten, was man mit mir weiter anstellen wolle.

Mir schwante Böses. Ich wurde in Deutschland doch steckbrieflich gesucht. Ich musste hier raus, wusste ich denn, ob diese Steckbriefe nicht auch in die Nachbarländer verschickt wurden und dort um Amtshilfe ersucht wurde? Das hätte mir gerade noch

---

[27] Tabak von der indonesischen Insel Sumatra wurde bereits lange vor dem Viktorianischen Zeitalter durch die britische United East India Company nach Europa gebracht. Die würzigen Geschmacksnoten wurden schnell beliebt, und so ließ auch der Erfolg der Balmoral Zigarren aus der Sumatra Selection nicht lange auf sich warten.

gefehlt, meine Heimat glücklich verlassen zu haben, um dann in der Fremde wenig später einkassiert zu werden.

Ich sah zum Fenster, denn eine andere Fluchtmöglichkeit gab es aus dem Hinterzimmer nicht, und öffnete es als Erstes. Davor befanden sich Gitterstäbe, die die Flucht eines Delinquenten verhindern sollten. Aber die Eisenstangen waren nur dünn, sodass es mir, durchs Malochen auf der Werft in Hamburg zu ordentlichen Muskeln in den Armen gekommen, möglich war, unter Aufbietung einiger Kraftanstrengung, die Eisenstangen so weit auseinanderzubiegen, dass ich entfleuchen konnte.

Auf den Schreck gönnte ich mir an der Budolfi Domkirche in der Algade eine Pause und genoss dort die letzte Balmoral Sumatra. Das mich entlarvende Corpus Delicti, sprich das lederne Zigarrenetui, warf ich in das nächste Gebüsch.

Dann suchte ich den Gasthof auf, bei dem der Kutscher von Herrn Fevas auf ihn und den neuen Pferdelenker warten sollte. Mit meinen wenigen Brocken Dänisch war es gar nicht so einfach, mich bis zu der Lokalität durchzufragen.

Ich hatte Glück, gleich der erste der vielen Kutscher, die vor dem Gasthaus ausharrten, und die ich der Reihe nach ansprechen wollte, war der richtige. Und schon ging es in Richtung Randrup, nachdem der Kutscher seinen Dienstherren von meinem, wenn auch späten, Auftauchen informiert hatte.

Es ging langsam auf Mittag zu, und immer noch war von Essen nicht die Rede. Langsam hatte ich ein Bauchgrimmen, das sich gewaschen hatte. Das Rumpeln und Rattern der Kutsche auf der sehr schlechten Landstraße beruhigte meinen Magen auch nicht gerade.

Endlich, nach zwei Stunden gab es eine Rast. Wir kehrten in einer Wirtschaft ein. Nachdem der Kutscher die Pferde mit Wasser und Hafer versorgt hatte, bestellte Herr Fevas Kuchen und Kaffee. Die anderen beiden begnügten sich mit einem Stück Gebäck. Ich nicht. Ich aß einfach alles auf, bis auf den letzten Krümel. Und als die zehn Stücke Kuchen verputzt waren, nahm ich mir noch die Zuckerdose vor. Nicht ein Stück Würfelzucker blieb darin übrig!

Entsetzt sah mich Herr Fevas an. Was für einen Vielfraß hatte er da bloß eingestellt? Der Kutscher hatte mich während meiner Gefräßigkeit mehrmals unter dem Tisch angestoßen und damit wohl zur Mäßigung anhalten wollen, aber ich kümmerte mich darum nicht im Geringsten. Das war nun mal die Rache des kleinen Mannes!

Als wir auf dem Gutshof anlagen, musste ich neben Frau Fevas mehrere junge Leute begrüßen, die aber unmöglich zum Gesinde gehören konnten, dazu waren sie einfach zu fein gekleidet. Ganz zufällig ging mein Blick über der großen Eingangstür in den ersten Stock hinauf. Am Fenster dort stand ein so hübsches junges Mädchen, dass mir beim Anblick auf der Stelle die Knie weich wurden. Was für eine Anmut, was für eine ausgesuchte Schönheit! Die wallenden goldenen Locken fielen wie bei einem Engel auf die zarten Schultern der Holden herab. War das da oben wirklich noch ein menschliches Wesen oder eher eine Elfe oder eine Fee aus dem Traum- oder Märchenland? Ich jedenfalls war völlig verzaubert.

Die Aufklärung, was das Wesen vom anderen Stern und die anderen jungen Leute anging, folgte wenig später. Die Gutsleute Fevas hatten von anderen befreundeten reichen Gutsherren Kinder für ein Jahr unter ihre Obhut genommen, um denen alles beizubringen, was sie wissen und können mussten, um später das Erbe der Familie antreten zu können.

Ich bekam eine spartanisch möblierte Kammer zugewiesen. Und da ich so gut wie nichts einzuräumen hatte, strolchte ich wenig später schon über das Gelände des Gutshofs.

Auf einmal hörte ich ein wunderschönes Klavierspiel. Neugierig suchte ich nach dem Ursprung der betörenden Musik. Als ich zur guten Stube des Haupthauses hineinlugte, gewahrte ich das engelsgleiche Wesen von vorhin am Fenster, nun am Klavier sitzen. Ihre zierlichen, schlanken Finger flogen nur so über die weißen und schwarzen Tasten. Ihre goldenen Locken wippten leicht bei jeder Bewegung ihrer Arme. Was für süße Lippen saßen doch in dem schneeweißen Gesicht! Das hatte ich aus der Ferne vorhin natürlich gar nicht so genau sehen können. Das hübsche Kleid schmiegte sich eng an ihren Körper, sodass ich die Konturen ihrer sprießenden Brüste nicht übersehen konnte. Mir wurde ganz schwindelig. Liesbeth hieß das Mädchen, oh, was für ein schöner Name! Das erfuhr ich natürlich erst später!

Wie gern wäre ich in die Wohnstube getreten und hätte mich einfach zu dem holden Mädchen gesetzt, aber das durfte ich – zum Gesinde gehörig – natürlich beim besten Willen nicht wagen.

Plötzlich fing das Zauberwesen auch noch an zu singen. Natürlich in Dänisch, aber was für einen Liebreiz sie dabei ausstrahlte, was für eine glockenhelle Stimme sie besaß, fast wie eine Nachtigall.

Oh wie bedauerte ich es doch, dass sie nach wenigen Liedern ihren Vortrag beendete, sich von Herrn und Frau Fevas artig verabschiedete und die Wohnstube verließ. Nun gab es auch für mich keinen Grund mehr, weiter den heimlichen Lauscher zu spielen, und ich setzte meinen Rundgang über das unheimlich große Farmgelände fort.

Den nächsten Morgen bekam ich meine eigenen zwei Pferde zugeteilt. Was war ich doch froh, dass diese zwei Kutschgäule ein friedliches Gemüt besaßen und nicht so verhätschelt und vertätschelt waren, wie einst das störrische Pony beim Müller in Storhedingen. So fiel es gar nicht auf, dass ich eigentlich überhaupt keine Ahnung von Pferden hatte. Den Weg zur Meierei fanden die braven Tiere ganz von allein. Sie bereiteten mir unterwegs nicht die geringsten Probleme. Jedem meiner Befehle gehorchten sie sofort.

Lehrreich war die Zeit auf dem Hof für mich nebenbei auch, konnte ich doch nach kurzer Zeit auf einmal Kühe von Kälbern und Ochsen von Bullen unterscheiden.

Mein aufmüpfiges Verhalten bei der „Kuchenesserei“ auf dem Hinweg zum Gutshof hatte sich beim Gesinde natürlich herumgesprochen. So merkte ich rasch, dass ein Teil der Belegschaft gegen mich eingenommen war. Sie schnitten mich oder gingen mir aus dem Weg. Am schlimmsten von allen war aber der Obermelker Ole. Ich bekam schon mit, dass der mich immer wieder schief anguckte, egal wann und wo er mich auf dem Anwesen zu Gesicht bekam.

Keine sechs Wochen später kam es dann zum Eklat. Es war um die Mittagszeit, alle dreißig Pferde des Anwesens sollten zur Arbeit aus dem Stall geholt werden. Zuerst mussten wir die Tiere natürlich zur Tränke geleiten. Das gab naturgemäß ein Gedrängel und Geschupse, da ja nicht alle Pferde auf einmal saufen konnten. Hinter mir stand Obermelker Ole unruhig mit den Kopfgeschirren und zwei Pferden, sollte er doch an diesem Nachmittag ein Feld pflügen. Er machte so viel Rabatz, dass ich ihn zurechtwies, er solle sich doch gefälligst gedulden, er würde ja, im wahrsten Sinne des Wortes, die Pferde scheu machen. Darauf bedachte er mich mit den übelsten Schimpfworten. Ich bin immer noch erstaunt über mich, wie ruhig ich blieb, war meine einzige Antwort doch:

„Du falscher dänischer Fuffziger!“

Das hätte ich nicht machen sollen. Und hinten hatte ich ja keine Augen im Kopf, denn auf einmal krachte das eiserne Pferdegebiss eines Kopfgeschirrs an meinen Hinterkopf, dass ich stark zu bluten anfing.

Das war zu viel. Ich drehte mich um und verdrosch die Visage des Obermelkers wie ein Berserker. Ich war kaum zu bändigen. Ich verwandelte Oles Fratze förmlich zu Mus. Mehrere Wochen musste der Kerl bandagiert herumlaufen, und seine blauen Augen waren auch nicht von schlechten Eltern.

Natürlich hatte eine Magd nichts Eiligeres zu tun, als nach meinem Wutausbruch Herrn Fevas herbeizuholen. Doch das Gesinde sagte für mich aus, sodass mehrere Mägde aufgefordert wurden, meine Wunde zu säubern und zu verbinden. Gänzlich beeindruckte ich den Gutsbesitzer dadurch, dass ich dann, ohne Murren, meine gewohnte Nachmittagstour zur Meierei verrichtete, während mein Kontrahent einige Tage das Bett hütete.

Am gleichen Tag langte ein Paket von meinen Eltern aus Hamburg ein, denen ich natürlich brieflich als Erstes meine dänische

Adresse mitgeteilt hatte. Hauptsächlich drehte sich der Inhalt des beigelegten Schreibens um die Gerichtsverhandlung gegen den Raben-Max und den Hunde-Robert. Beide hatten zwei Jahre Knast aufgebrummt bekommen. Nach mir wurde immer noch fieberhaft gefahndet. Mudder und Vadder flehten in dem Schreiben geradezu darum, dass ich nie wieder nach Hause zurückkommen und in der Fremde doch endlich ein anständiger Mensch werden solle.

Als ich mich des Abends zum Schlafen in meine Kammer begab, kam auf einmal Liesbeth zur Tür hinein. Ich hatte mich gerade auf mein Bett gelegt.

„Wie geht es dir denn?“, säuselte sie teilnahmsvoll.

Ich wusste gar nicht, wie mir geschah. Dieses Kind aus besserem Hause sorgte sich um einen einfachen Jungen vom Gesinde? Heute ist mir das eher peinlich, aber natürlich litt ich plötzlich, bei so viel Aufmerksamkeit viel größere Schmerzen, als es in Wirklichkeit der Fall war.

„Oh, es muss ja!“, jammerte ich, all meine Schauspielkunst aufbietend.

„Tut es noch doll weh?“

„Ein Indianer kennt keinen Schmerz!“

„Oh, wie tapfer du doch bist.“

Am liebsten hätte ich noch stundenlang so weiter vor ihr hin gelitten und rumgesponnen. Dieses engelsgleiche Wesen – hier, bei mir! Das war Balsam, aber nicht nur für die Seele. Mir wurde ganz schummrig zumute.

„Hier!“ Sie reichte mir ein schneeweißes Spitzentaschentuch. „Ich habe extra Lavendel draufgeträufelt, damit du besser schlafen kannst.“

Sie drückte mir das zierliche Taschentuch in die Hand und entschwebte schon aus meiner Kammer. Berührten ihre Füße beim Gehen eigentlich überhaupt die Dielenbretter? Oh, wie schade, ich hätte es am liebsten gehabt, wenn sie nie mehr gegangen wäre.

Die halbe Nacht lag ich wach und schnüffelte an dem Taschentuch. Liesbeth, oh, oh, Liesbeth! Ich glaube, ich hatte mich das erste Mal in meinem Leben richtiggehend verliebt.

Leider sah ich das hübsche Mädchen die nächsten Tage nicht wieder. Sie blieb wie vom Erdboden verschluckt. Hatte wohl andere Aufgaben auf dem Gutshof zu verrichten.

Und dann kam Sonntag, mein freier Tag. Meine Eltern hatten mir übrigens in das Paket, neben dem mahnenden Brief, auch meinen besten Ausgehanzug hineingelegt. Na, da machte ich natürlich Eindruck, als ich so „vornehm gewandet“ am Sonntag über die Felder des Anwesens stolzierte. Am liebsten hätte ich noch einen Spazierstock gehabt, aber woher nehmen und nicht stehlen? Und eine selbstgeschnittene Gerte hätte bei dem feinen Zwirn einfach nur lächerlich gewirkt.

Wie ein stolzer Gockel lief ich auf dem Fevas-Anwesen daher. Die Diener und Mägde staunten nicht schlecht. Sicherlich war noch nie einer vom Gesinde so fein angezogen gewesen wie ich. Das brachte mir augenscheinlich bei einigen der Mägde Pluspunkte ein.

Und wer lief mir da nichtsahnend auf meinem ausgedehnten Spaziergang über den Weg? Meine Liesbeth – Verzeihung, das war jetzt sicherlich ein wenig anmaßend. Und wie herzallerliebst sie wieder in ihrem hübschen Sonntagskleid anzusehen war. Kleidungsmäßig passten wir augenblicklich hervorragend zusammen.

Sofort steuerte Liesbeth wieder auf mich zu und fragte:

„Und, was machen die Schmerzen?“

„Sind fast wie weggeblasen. Das allerbeste Heilmittel war aber das Lavendeltuch“, raspelte ich abermals ordentlich Süßholz vor ihr.

„Oh wie schön, das freut mich aber ungemein!“ Lange sah sie mir in die Augen. Irgendetwas überlegte sie, dann kam die Frage: „Wollen wir zusammen spazieren gehen?“

Und ob ich das wollte, nichts wollte ich lieber. Sie hakte sich auch gleich bei mir unter. Und schon unterhielten wir uns stundenlang über Gott und die Welt. Ich achtete darauf, dass wir nur gut begehbare Pfade betraten, denn ihre feinen Schühchen sahen mir nicht so aus, als ob sie viel ausgehalten hätten.

Unsere Sonntagsspaziergänge wurden jetzt zum allwöchentlichen Ritual. Die Wanderungen gerieten lang und länger. Und Liesbeth und ich kamen uns menschlich dabei immer näher. Selbst verschämte Küsse teilten wir schon aus, wenn wir uns unbeobachtet wähnten.

Zurück – Stadt Hamburg an der Elbe Auen

Doch langsam wurde es ernst. Wochen später, beim Schlendern durch die Botanik, sagte sie, dass sie so gern einmal nach Hamburg käme, da eine Tante von ihr in der Heilwegstraße wohnen würde. Dann kam der entsetzliche Nachsatz:

„Mein Kontrakt bei Herrn Fevas läuft ja übrigens im November aus."

Das war ein Schock für mich!

„Was, schon? Ich habe gerade erst für ein weiteres Jahr verlängert, weil … weil ich doch mit dir zusammenbleiben … äh unbedingt in deiner Nähe bleiben wollte."

„Oh, wie dumm!"

„Aber im November habe ich wenigstens drei Wochen frei, da darf ich nach Hause nach Hamburg reisen, habe ich mit Herrn Fevas abgesprochen. Willst du da nicht einfach mit mir mit?"

„Oh, wie gern würde ich das, Adolf, ich habe schon so viel Gutes über Hamburg gehört, aber ich muss doch zu meinen Eltern nach Jütland zurück."

Ich müsste mich schon sehr verguckt haben, glaubte ich doch bei den letzten Worten eine verschämte Träne in ihren Augen zu sehen. Also fiel ihr der Abschied von mir mehr als schwer!

„Na, komm doch einfach, ohne es jemandem zu sagen, nach Hamburg mit", bettelte ich weiter.

„Das geht doch nicht, mein lieber, lieber Adolf."

„Ich liefere dich auch hundertprozentig unversehrt bei deiner Tante in der Heilwegstraße ab. Auf Ehre versprochen, bei allem was mir heilig ist!"

„Jaaaa …"

„Am besten, weder deine Tante, noch deine Eltern wissen vorher davon, dann gibt es doch keinerlei Probleme. Wenn du bei deiner Tante bist, dann schreibst du einfach einen Brief an deine Eltern und bittest sie um Verzeihung."

Für mich war die Sache ganz einfach und schon so gut wie geritzt.

Es gab da aber natürlich noch ein viel größeres Problem, als die vorgeschlagene Heimlichkeit. Wie sollte ich auf der Reise für dieses Kind reicher Eltern aufkommen? Gut, ich hatte mir inzwischen siebzig Kronen bei Fevas verdient, aber das reichte doch nie und nimmer, um mit ihr „standesgemäß" nach Hamburg zu reisen. Und ich wollte mich doch nicht lächerlich machen und meinen Rauschgoldengel fragen, ob er denn Geld hätte, um es zur Fahrt beizusteuern.

Sie dachte aber schon selbst praktisch weiter:

„Und wie kommen wir nach Aalborg?"

Das war schon der erste Knackpunkt, denn zu Fuß waren das immerhin fünf Stunden Weg. Ich weiß auch nicht wie, aber in Sekundenschnelle hatte ich eine Lösung aus dem Hut gezaubert, die ich mir natürlich einfach gerade ausgedacht hatte.

„Ich habe schon längst mit dem Stallmeister gesprochen. Er leiht mir ein Pferd, das sein Bruder dann in Aalborg in Empfang nimmt und zurückbringt. Dieses Arrangement hat mich zwanzig Kronen gekostet."

„Na, du weißt aber auch immer Rat, lieber Adolf!"

Dieses „lieber Adolf" ging mir runter wie Öl.

Doch das war ja noch nicht alles an Schwierigkeiten, was ich offen ansprechen musste:

„Es gibt nur einen kleinen Haken, liebste Liesbeth, wir müssen schon um zwei Uhr morgens los!"

„Was, mitten in der Nacht? Warum das denn?"

„Weil der Bruder des Stallmeisters in Aalborg sonst keine Zeit hat, das Pferd dort in Empfang zu nehmen."

Die Lügen kamen mir immer schlanker von den Lippen. Wie aus der Pistole geschossen, als wenn ich mir das alles nicht gerade eben erst ausgedacht hätte. Der wahre Grund für diese unchristliche Zeit war natürlich, dass wir uns unbedingt bei Nacht und Nebel vom „Acker“ machen mussten, damit es keiner bemerkte.

Sie klatschte begeistert in die Hände:

„Wie aufregend, mitten in der Nacht, als ob wir fliehen würden!“

Wenn die gute Liesbeth wüsste! Aber dieser Einwurf hörte sich ja schon fast an, als ob ich sie tatsächlich überredet hatte. Vorsichtig fragte ich deshalb:

„Und, kommst du nun mit?“

Sie fiel mir um den Hals und seufzte:

„Nimm mich mit Liebster, mit dir will ich leben oder sterben!“

Huch, das war mir dann doch ein wenig zu viel der Theatralik!

„Wir müssen aber los, bevor dein Kontrakt abläuft, sonst wärst du ja nicht mehr auf dem Hof.“

„Wann immer du willst, Liebster!“

„Dann gleich am 1. November, ich muss den Termin ja noch mit dem Stallmeister klar machen.“

Am liebsten wäre ich noch die gleiche Nacht getürmt (das habe ich wohl schon langsam zu oft gesagt, dass ich darin richtig gut bin, oder?), aber das wäre ja unglaubhaft gewesen.

Endlich war es soweit. Liesbeth konnte es offensichtlich gar nicht abwarten, denn als ich mit dem Gaul zum vereinbarten Treffpunkt erschien, wartete sie bestimmt schon sehr lange in der Kälte, so einen verfrorenen Eindruck machte sie. Das veranlasste mich, noch rasch alle Wolldecken aus meiner Schlafkammer herbeizuholen. Ich wickelte die Geliebte, so kuschelig es ging, ein und setzte sie vor mir auf den Ackergaul.

Was war das für eine Wonne. Das erste Mal mit meiner geliebten Liesbeth allein und nicht nur auf sonntäglichen Spaziergängen. Wir konnten uns küssen, wann und so oft wir wollten. Ja, im Dunkeln ist gut munkeln! Ich musste mich richtiggehend zügeln, denn mein Blut kam immer kräftiger in Wallung. Aber schließlich war ich ein Ehrenmann und hatte versprochen, sie unbeschadet bei ihrer Tante in Hamburg abzuliefern.

Der Ritt nach Aalborg verlief ohne besondere Vorkommnisse. Zu Fuß hätten wir nur eine Stunde länger gebraucht, aber das wäre für meine Liesbeth einfach zu anstrengend gewesen.

Am frühen Morgen, beim Einzug in der Stadt, hieß das natürlich Vorsicht walten zu lassen, denn eine junge, hübsche Frau und dahinter ein Mann auf einem Pferd stolz in Aalborg hineinreitend, das hätte zu viel Aufsehen erregt. Also gingen wir die letzte Meile brav zu Fuß, jeder auf einer Seite des Pferdes, um nicht als Liebespaar zu gelten.

Zuerst erkundigte ich mich am Hafen nach den Abgangszeiten der Dampfer nach Kopenhagen. Das nächste Schiff sollte erst am anderen Morgen fahren, das war dumm. Und Liesbeth war so entkräftigt, dass sie nur noch in ein Hotel wollte, um sich erst einmal auszuruhen. Das allein würde schon den Rest meiner Barschaft aufzehren!

Doch da kam mir die rettende Idee. Ich buchte also ein Zimmer in einem der besseren Hotels der Stadt. Sie legte sich gleich zum Ruhen nieder. Das war mir lieb, denn ich hatte derweil vor, das „geliehene" Tier des Herrn Fevas auf dem örtlichen Pferdemarkt zu verkaufen.

Erst einmal ging ich ohne den Gaul zum Pferdemarkt und sondierte dort das Terrain. Nichts wäre schließlich dümmer gewesen, als wenn ich da auf Bekannte oder Geschäftsfreunde von Fevas getroffen wäre. Aber das Glück war mir hold. Ich kannte keine Menschenseele. Nun besah ich mir die Pferdehändler genauestens. Es gibt ja die überkorrekten, die einem Löcher in den Bauch fragen, wie alt, Herkunft, Geschlecht usw. und da hätte ich doch dumm ausgesehen, weil ich kaum Ahnung von Pferden hatte.

Ich suchte einen Händler, dem das alles egal war, Hauptsache, er konnte seinen Kunden finanziell über den Tisch ziehen. Mir war es ja auch nicht wichtig, einen Höchstpreis für das Pferd zu erzielen. Egal wie viel Geld ich für den Gaul bekam, für den Rest der Reise wäre das allemal genug.

Ich schlich mich so zu diversen Verkaufsgesprächen dazu und lauschte den Worten der Verhandelnden. Inzwischen konnte ich so gut Dänisch, dass ich eigentlich alles bestens verstand. Rasch hatte ich zwei Händler ausgemacht, die mehr in meine angedachte „Richtung“ gingen. Den durchtriebensten der beiden wählte ich aus. Ich machte auch keine Fisimatenten, sondern einigte mich mit dem schmierigen Halunken rasch auf dreihundertachtzig Kronen.

Ein Bauer war nach dem Abschluss des Handels völlig fassungslos:

„Wie bist du denn drauf, Bursche? Das Tier ist doch mindestens fünfhundert Kronen wert.“

„So?“, tat ich völlig ahnungslos.

„Mensch, für ‘n Appel und Ei hätte ich das tolle Pferd doch auch gekauft!“

„Zu spät, leider, leider“, tat ich bedauernd, ärgerte mich dann aber doch auch ein wenig über mich selbst. Auf die Idee war ich gar nicht gekommen, dass ich ja auch als Händler hätte auftreten können.

Zurück bei meiner Liesbeth im Hotel bestellte ich uns, nachdem sie ins Restaurant herunterkam, das teuerste Menü der Speisekarte. So ganz wohl fühlte ich mich dabei nicht, bestärkte ich Liesbeth durch solche Handlungen doch nur immer mehr in der Annahme, dass ich auch aus einem gut situierten Hause stammen müsse.

Ich will es kurz machen. Die Reise nach Hamburg verlief ereignislos. Von Kopenhagen sandten wir aber der lieben Tante in der Heilwegstraße vorab ein Telegramm, wann wir mit dem Zug am Hauptbahnhof eintreffen würden.

Und da stand diese etwa fünfzigjährige, mehr als streng aussehende, besagte Tante Agathe auf dem Hauptbahnhof, zum Empfang bereit. Sie war eine Dame von Welt! Ganz im Zeichen der Pariser Weltausstellung des Jahres 1900 stand schließlich die elegante Mode der Zeit. Eine gehörige Dosis Extravaganz und ein Quäntchen Bizarres war ihrem Aussehen nicht abzusprechen. Ihr leichtes Straßenkleid war aus einem Stoff gefertigt, der alle Schattierungen von Grüntönen enthielt. An den Füßen trug sie dunkelgrüne, mit echten Spitzen bedeckte, Promenadenpantoletten, das galt damals als besonders elegant. Um die Taille war ein schwarzer Atlasgürtel geschlungen. Eine Schärpe aus schwarzer Seidengaze mit Atlasband fiel auf den Rücken der mondänen Dame herab. Die Kopfbedeckung war aus Stroh hergestellt. Ein Muss waren italienische Strohhüte in einem Zartgelb, der Kranz an der aufgeschlagenen Seite mit pastellblauen Atlasrosetten geschmückt.

Diese Eleganz hatte ich gar nicht erwartet! Ich hatte mir Tantchen eher als verbiesterte Witwe in schwarzem Trauerflor vorgestellt, den sie auch zehn Jahre nach dem Tod ihres Gatten noch nicht abgelegt hatte. Und nun diese Dame aus der gehobenen Gesellschaft, die auf ihr Äußeres dermaßen großen Wert legte und in jungen Jahren wahrscheinlich selbst einmal eine ausgesprochene Schönheit gewesen sein musste.

Die Tante setzte die Lorgnette[28] auf die Nase und sah mich mit großen Augen an. Natürlich hatten wir Tantchen nicht geschrieben, dass Liesbeth in männlicher Begleitung ankommen würde. Missbilligend sah sie, dass ich auch noch meinen Arm um die Taille der Geliebten geschlungen hatte. Ein finsterer Blick reichte, dass ich rasch von Liesbeth abließ.

Ich durfte die beiden Frauen noch in der Kutsche bis zu Tantchens Haustür begleiten, dann wurde ich streng verwiesen, ich könne ja morgen früh um zehn Uhr wieder vorsprechen. Das hatte ich mir natürlich ganz anders vorgestellt. Da stand ich auf einmal wie ein begossener Pudel. Ausgesperrt und allein auf der Straße.

Und zum ersten Mal wurde mir jetzt richtig bewusst, was ich da eigentlich Verwegenes angestellt hatte. Ich war in Hamburg, wo

---

[28] Ihren Ursprung hat diese Brillenform in England. Um 1780 brachte die englische Optikerfamilie Adams die erste starre Lorgnette auf den Markt. 1818 erfand der französische Optiker M. Lepage die zierliche Gelenklorgnette. Indem er in der Mitte des Steges ein Gelenk einfügte, konnten die Gläser bei Nichtgebrauch übereinander eingeschlagen werden. Nach 1828 versahen die Optiker das Steggelenk mit einer Feder- oder Springvorrichtung. Diese Springlorgnetten bildeten die bevorzugten Sehhilfen der Biedermeierzeit. Besonders die feinen Damen höherer Gesellschaftsschichten wollten die kunstvoll und unter Verwendung kostbarer Materialien hergestellten Lorgnetten als Schmuck- oder Modeartikel nicht entbehren.

ich doch steckbrieflich gesucht wurde! Nicht einen Gedanken hatte ich bisher an diesen riskanten Umstand verschwendet. Zuerst war es nur das Heimweh, das meine Gedanken in Richtung Heimat lenkte, dann die ungestüme Liebe, so mit Liesbeth weiter zusammen sein zu können. Was war ich doch für ein Narr!

Es traf mich richtig wie ein Schock. Ich suchte fast panisch einen dunklen Hauseingang, in dem ich, trotz der Kälte, bis zur Dunkelheit ausharrte. Ich traute mich nicht, so einfach durch die Straßen der Stadt zu schlendern. Bei jedem Geräusch fürchtete ich, dass eine Udlstreife vorbeikäme, um mich auf der Stelle einzukassieren.

Apropos Schock, der traf meine Eltern dann natürlich auch, als ich plötzlich abends vor ihrer Tür stand. Natürlich erzählte ich nichts vom Pferdediebstahl, sondern nur, dass ich drei Wochen Urlaub hätte und mich die Sehnsucht nach meiner Familie nach Hause getrieben hätte. Aber Vadder war stur. Auf keinen Fall durfte ich zur Nacht in der elterlichen Wohnung bleiben. Wenigstens jagte er mich nicht einfach auf die Straße hinaus, sondern brachte mich zu einem Freund, bei dem ich ein warmes Bett für die Nacht finden sollte.

Liesbeth musste die Zwischenzeit genutzt und der Tante so viel von mir vorgeschwärmt haben, dass ich ab meinem Besuch am nächsten Morgen den Eindruck hatte, mehr als nur geduldet zu sein. Wir gingen sogar die nächsten Tage zu dritt ins Theater, in die feinsten Restaurants, besuchten Bilderausstellungen und am Steintorplatz das Staatliche Technikum und Museum für Kunst und Gewerbe.

Aber natürlich immer mit Tantchen als Anstandswauwau dabei. So gab es kaum mal eine Gelegenheit für Liebkosungen mit meiner Angebeteten. Und wie sehnte ich mich doch nach ihren weichen, sehnsüchtigen Küssen!

Aber das Unheil nahm bereits seinen Lauf. Vielleicht zehn Tage später kam ich morgens froher Stimmung zum Haus der Tante, das Dienstmädchen führte mich ins Speisezimmer, als Tantchen einen Brief vom Esstisch hochnahm und mir wedelnd entgegenhielt. Ein Blick zu Liesbeth hinüber. Ihr Gesicht war völlig aufgequollen und verweint.

Oh, oh, das konnte nichts Gutes bedeuten!

„Junger Mann, Sie haben mich schändlich belogen!“

„Wie bitte? Ich verstehe gar nicht …“

„Bei Nacht und Nebel sind Sie mit meiner Nichte von Fevas Gutshof getürmt und haben auch noch eines seiner Pferde gestohlen!“

„Nein, das habe ich nicht.“ Mir blieb ja gar nichts anderes übrig, als bei meiner Geschichte zu bleiben, die ich auch Liesbeth in Randrup aufgetischt hatte. „Ich habe das Pferd beim Bruder des Stallmeisters, wie vereinbart, abgegeben.“

„Tante Agathe, das stimmt. Adolf sagt die Wahrheit!“

„So?“

„Das habe ich dir doch auch die ganze Zeit schon gesagt! Warum glaubst du uns denn nicht?“

„Da muss wirklich ein Missverständnis vorliegen, gnädige Frau!“

Wir schafften es tatsächlich, die Tante wieder zu besänftigen. Aber das gab uns natürlich nur einen Aufschub bis zu den nächsten eintreffenden Briefen. Liesbeths Eltern befahlen der Tochter im nächsten Schreiben die sofortige Rückkehr nach Dänemark, und Herr Fevas setzte mir schriftlich ein Ultimatum, binnen der drei Wochen Urlaubszeit nach Randrup zurückzukehren und vor Ort meine Unschuld zu beweisen.

Was sollte ich denn nur machen? Es gab einfach keinen Ausweg aus dieser Misere. So bekniete ich meine Angebetete schweren Herzens:

„Liesbeth, es ist am besten, du fährst erst einmal nach Hause!“

„Ohne dich fahre ich nirgendwo hin, Liebster.“

„Aber ich kann doch noch nicht zu deinen Eltern mitkommen, ich muss doch erst das dumme Missverständnis mit dem Pferd aufklären.“

„Ich will aber nie mehr ohne dich sein. Ich liebe dich doch.“

„Ich dich doch auch, aber wir müssen vernünftig sein.“

„Ich will nicht vernünftig sein. Ich will deine Frau werden!“

Oh, wie gern hätte ich dieses zauberhafte Geschöpf zur Frau gehabt! Nichts lieber auf der Welt, aber das hatte ich mir mit dem Diebstahl und Verkauf des Fevas'schen Pferdes verscherzt. Wenn ich nur daran dachte: Ich hätte als Liesbeths Mann Großgrundbesitzer in Dänemark werden können und bis an mein Lebensende in Saus und Braus schwelgen können, aber das war alles wie eine Seifenblase am Himmel zerplatzt.

Das Drängen Tante Agathes tat das seinige dazu, dass Liesbeth dann wirklich den nächsten Tag in Richtung Dänemark abreiste. Ich hätte heulen können. Ich habe nach dem tränenreichen Abschied am Hauptbahnhof nie wieder von meiner Angebeteten gehört.

Und was sollte ich nun machen? Tante Agathe – für die war ich bis zur Aufklärung des Diebstahls gestorben. Meine Eltern kamen auch nicht in Frage, bei denen konnte ich unmöglich Hilfe erwarten. Dafür hatten die viel zu viel Angst vor der Polizei. Mein Geld war aber aufgebraucht, und ich hatte keine Papiere. In Hamburg konnte ich nicht bleiben, also brauchte ich als Allererstes einen Pass. Das konnte natürlich nur ein gefälschter sein. Wo konnte ich so etwas bekommen? Da fiel mir die Kaschemme ein, in der ich in der Peterstraße mit dem Hunde-Robert und dem Raben-Max den Einbruch beim Bäckermeister ausgeheckt hatte. Wo sonst, wenn nicht da, müsste ich eigentlich fündig werden können? Natürlich musste ich bis in die späten Abendstunden warten, denn lichtscheue Gestalten kommen erst dann aus ihren Löchern heraus.

So strolchte ich stundenlang durch die Stadt, immer rundherumblickend, ob irgendwo ein blitzender Polizeihelm auftauchen könnte. Meinen Durst stillte ich am Wasser des Hansa-Brunnens[29]

---

[29] Der Bau des Brunnen wurde von dem Bildhauer Engelbert Peiffer im Auftrag der Hanseatischen Baugesellschaft verwirklicht. Er beendete am 10. Juli 1878 sein Werk. Die vier Figuren, die am Hansabrunnen dargestellt sind, sind vier historische Persönlichkeiten, die die Stadt Hamburg geprägt haben: Kaiser Konstantin der Große (Richtung Steindamm), Karl der Große (Richtung Krankenhaus), hl. Erzbischof Ansgar (Richtung Hauptbahnhof) und Graf Adolf III. von Schauenburg und Holstein (Richtung Alster). Darüber die Wappen der

am Hansaplatz, und mit ein paar Pfennigen, die ich noch in der Tasche vorfand, konnte ich mir wenigstens zwei trockene Rundstücke kaufen, um den gröbsten Hunger zu stillen.

Gegen dreiundzwanzig Uhr betrat ich die besagte Kaschemme. Der Lärm im Lokal war geradezu ohrenbetäubend. Männlein wie Weiblein, alle hatten Fluppen im Mundwinkel hängen. Schläger, Zuhälter, Matrosen, Huren, Bettler und Gauner waren hier das normale Publikum. Zur Hälfte gut gekleidet, zur anderen Hälfte schmutzig und zerlumpt. Darauf achtete hier sowieso kein Mensch.

Aus dem Musikspielautomat, einem Lochmann Symphonion, dröhnte ein Gassenhauer nach dem anderen. Zum einen eindeutig zweideutige Lieder wie „Im Omnibus beim Regenguss", zum anderen Operettenschlager wie „Schenk mir doch ein kleines bisschen Liebe". Alle paar Minuten musste der beleibte Gastwirt zum Symphonion eilen, um eine neue Blechplatte aufzulegen. Jeder bekannte Refrain wurde lauthals mitgegrölt. Der dicke Wirt lief außer zum Plattenauflegen ununterbrochen mit einer Schnapsflasche billigen Fusels durchs Lokal und schenkte auf Aufforderung nach. Immer wieder sagte er seinen gleichen Spruch auf:

„Aber erst bezahlen, dann saufen!"

Bei dem „erlesenen" Publikum hätte ich auch auf sofortige Barzahlung bestanden!

Auf einmal ging gegen Mitternacht krachend die Tür auf, und eine schrille Signalpfeife ertönte.

„Herrschaften, alles mal herhören!" Ich war wie gelähmt. „Bitte legitimieren Sie sich! Wer keine Papiere bei sich hat, wird zur Feststellung der Personalien mit zum Revier genommen!"

Das gab es doch gar nicht! Nun war ich den ersten Abend im „Milieu" unterwegs und geriet gleich in eine großangelegte Polizeirazzia. Ein Kriminalkommissar und mindestens zehn Udl

---

Hansestädte Lübeck, Hamburg, Bremen und des Deutschen Reiches. Ganz oben, als krönender Abschluss, ist die Hansa dargestellt, also keine Göttin, auch nicht – wie oft angenommen wird – Hamburgs Schutzpatronin Hammonia, sondern eine Allegorie auf die Stärke und Macht des ehemaligen Hansebundes.

drängten durch die dunkelgrün gestrichene Holztür in die Räucherhöhle hinein.

Ich versuchte, irgendwie durch das Menschengewühl nach hinten durchzukommen, da flüsterte mir ein Gast leise zu:

„Brauchst du gar nicht erst zu versuchen, mein Junge, wir sitzen in der Falle, hier gibt es keinen Hinterausgang." Auch das noch. Doch schon sprach er weiter: „Aber du siehst gar nicht aus wie ein Verbrecher, dich wird man also gleich wieder laufen lassen, aber bei mir sieht das ganz anders aus."

„Nur weil du keine Papiere hast?"

So'n Blödsinn, aber ich habe vorhin bei Mutter Idisch im Steinweg …"

„Häh?"

„Kennst du die Kaschemme von Mutter Idisch nicht?"

„Nö."

„Na, jedenfalls hab ich da einem Speckjäger[30] seine goldene Taschenuhr abgenommen. Wenn man die bei mir findet, kostet mich das mindestens vier Jahre Knast."

Und schwupps ließ er die Taschenuhr einfach in meiner Jacke verschwinden.

Ich wusste gar nicht, wie mir geschah. Mir wurde heiß und kalt. Immer hübsch im Wechsel. Schlagartig wurde mir der Ernst der Lage bewusst. Keine Papiere, Diebesgut in der Tasche und auch noch steckbrieflich gesucht, das konnte einfach nicht gut gehen. Ich musste flüchten und zwar so schnell wie nur irgend möglich.

Zu meinem großen Glück hatten überhaupt nur drei der mehr als zwanzig noch anwesenden Kneipengäste Ausweispapiere bei sich, sodass wir nach Beendigung der Kontrolle in einer großen Meute auf die Peterstraße hinausgetrieben wurden.

Und da kam mir meine Jugend zugute. Ich riss mich sofort von dem langen Udl los, der mich festzuhalten hatte, und lief wie um mein Leben.

Es war mir eingangs auch egal, wohin. Nur weg, weg, weg!

---

[30] So wurden unter Gaunern die Personen bezeichnet, die nicht zum Verbrechermilieu gehörten, die es galt auszunehmen.

Die Aufregung in meinem Rücken war verständlicherweise groß. Es schrillten die Alarmpfeifen in allen Tönen der Tonleiter. Jeder Polizist, der so eine Signaltröte bei sich führte, meinte wohl, die jetzt auch umgehend benützen zu müssen.

„Stehen bleiben, sofort stehen bleiben!“, schrie jemand, wahrscheinlich der Kriminalkommissar, aber das war natürlich das Letzte, was ich jetzt getan hätte.

Dann hätte ich ja nicht erst zu fliehen brauchen.

„Auf der Stelle stehenbleiben!“

Geschossen wurde gottlob nicht, aber das wäre ja wohl auch ein wenig unverhältnismäßig gewesen, schließlich hatte ich mich ja nur nicht ausweisen können.

Zu viele Verfolger dürften es eigentlich nicht sein, dachte ich mir im Lauf, sonst hauten den Udln in der Zwischenzeit ja die anderen einkassierten Strolche ab.

Das war gut für mich!

Das Krachen der schweren Polizeistiefel auf dem schmierigen Kopfsteinpflaster war in der Schwärze der Nacht nicht zu überhören. Es klang fast wie der Gleichschritt der Soldaten beim Militär. Von den Anwohnern traute sich aber keiner, einfach das Fenster zu öffnen, um nachzusehen, was denn der Mordslärm auf der Straße sollte. Die Polizeipfeifen waren schon allein Abschreckung genug, hinter den Gardinen verborgen zu bleiben. Das lag sicherlich auch an der „vornehmen“ Gegend, durch deren gespenstische Einsamkeit ich gerade davon jagte.

Bald schon hörte ich keine Schritte mehr in meinem Rücken. Ich hatte die Udl also endlich, endlich abgehängt. Als ich die Wallanlagen erreichte, ruhte ich dort erst einmal in einem mächtigen Rhododendronbusch aus. Mein Brustkorb schmerzte, so schnell war ich gerannt. Ich rieb mit meinen Handflächen über die Brust, um den Schmerz zu vertreiben und schnaufte eine ganze Weile durch. Immer wieder hielt ich zwischendurch die Luft an, um mich zu überzeugen, dass diese auch wirklich noch rein war. Doch die Polizei hatte offensichtlich die Verfolgung endgültig aufgegeben.

Und wie sollte ich weiter vorgehen? Ich lenkte meine Schritte in Richtung der alten Bastion Casparus[31], denn so blieb ich weiter zwischen Büschen und Bäumen, wo das Verstecken einfach leichter war, als in den Häuserschluchten der Stadt. Ich blieb gleich im besagten Park und verbrachte dort eine fröstelnde, schlaflose Nacht.

[31] Seit 1906 der Alte Elbpark. Er liegt zwischen St. Pauli und der Neustadt am südlichen Ende des Erholungsparks Planten un Blomen. Er wird von diesem durch die Millerntorstraße getrennt und erstreckt sich vom U-Bahnhof St. Pauli bis zu den Landungsbrücken. Ursprünglich war das Gelände Teil der Bastion Casparus der Hamburger Wallanlagen. Nachdem sich durch die französische Besatzung gezeigt hatte, dass die Verteidigungswirkung der Wallanlagen unbedeutend geworden war, wurden die Wallanlagen in den Jahren von 1820 bis 1837 beseitigt und in Parkanlagen umgewandelt.

Ein weiterer Lehrmeister – Der Lockenfitsche

Am anderen Morgen erinnerte mich mein Magen daran, dass ich vor allem eines brauchte, Geld. Ohne Aufforderung wanderte meine Hand in die Rocktasche, und ich zog die Taschenuhr an der Goldkette hervor. Dies gute Stück musste ich so schnell wie möglich versetzen. Wäre nicht die Razzia in der Nacht zuvor gewesen, wäre die Kaschemme in der Peterstraße meine erste Wahl und Anlaufstelle gewesen. So überlegte ich, welche Kneipe denn von ähnlichem „Format" war. Unweigerlich musste ich an eine Pinte auf dem neuen Steinweg denken, zu der ich zu später Stunde hinwanderte.

Als ich das Etablissement betrat, war das Gejohle groß. Ein Blick in die Runde, und ich war erstaunt, wie viele Gesichter ich gestern bereits in der „Razzia-Kaschemme" gesehen hatte. Das aufregende Ereignis der letzten Nacht hatte so manchen zum Kneipenwechsel veranlasst. Ein bisschen mulmig war mir schon, nicht dass in dieser Nacht diese Kneipe mit Durchsuchung und Ausweiskontrolle dran war.

Meine waghalsige Flucht der letzten Nacht war das Gesprächsthema Nummer 1 des Abends, und ich somit auch der Held desselben. Das öffnete nach und nach auch die Münder der Anwesenden für meine eher indiskreten Fragen. Keine halbe Stunde später hatte man mir einen Hehler genannt, bei dem ich die Taschenuhr ohne Aufstand verkaufen konnte. Glücklicherweise war der Dieb der Taschenuhr nicht unter den Gästen der Kaschemme, denn sonst hätte er bestimmt auf der Stelle seine Uhr von mir zurückgefordert.

Noch im Laufe der Nacht war ich um die Taschenuhr ärmer und um vierzig Mark reicher, aber nicht lange, ich hätte nicht in die Kaschemme am neuen Steinweg zurückkehren sollen. Natürlich wurde sofort bekannt, wieviel ich für die Uhr bekommen hatte, und ich musste so den ganzen Laden freihalten, ob ich nun wollte oder nicht. Als der Wirt im Morgengrauen alle heimlich Verbliebenen hinauskomplementierte, waren gerade mal noch fünf Mark in meiner Hosentasche von dem Uhrenverkauf übriggeblieben, was ich aber erst spät am nächsten Nachmittag gewahr werden sollte.

Vor allem hatte ich es bei dem Gelage im Lokal einem Mann angetan, den alle nur den Lockenfitsche nannten. Der Spitzname kam nicht von ungefähr. Zum einen hieß er mit bürgerlichem Namen Friedrich und zum anderen trug er seine pechschwarzen Locken über die Stirn gekämmt, was sonst ja wohl nur die Apachen im Wilden Westen Arizonas und Neu-Mexikos tun. Jeder anständige Bürger bürstete seine Haare sonst schließlich glatt nach hinten. Eine zehn Zentimeter lange Narbe unterhalb der Wange ließ ihn zudem furchterregend aussehen. Ansonsten war er von stämmiger, großer Statur und besaß kleine, listige Äuglein.

Über Lockenfitsche hörte ich hinter vorgehaltener Hand, dass er ein „Schwerer Junge“ sei, merkte unter all den Ganoven aber auch, dass er geachtet, gefürchtet und sehr beliebt war. Eine außergewöhnliche Kombination.

Nach unglaublichen Mengen an Kümmel, Bier und Cognac offenbarte er mir treuselig und ungefragt einige hervorragende Einbruchsmöglichkeiten in der ganzen Innenstadt. Ich konnte mich aber gar nicht richtig auf seine interessanten Ausführungen konzentrieren, weil eine blonde Schnapsdrossel sich die ganze Zeit über an mich drückte, da sie mich zu ihrem Liebsten auserkoren hatte.

Was für ein grauenhafter Gegensatz war dies Weib doch zu meiner Verflossenen! Oh, Liesbeth, warum ist nicht alles anders gekommen?

Zigarettenrauch und eine fürchterliche Cognacfahne nebelten mich von der Blonden ein. Sie steckte die nächste Zigarette sofort immer an der vorherigen an. So saß ich im Dauerqualm. Andauernd versuchte das leicht verwelkte Röschen mich auch noch abzuknutschen. Wenn sie nicht mit ihren spröden Lippen auf meiner

Wange zugange war, dann knabberte sie stattdessen an meinen Ohrläppchen herum. Aber ich wusste nicht, wie ich mich ihrer erwehren sollte. Ich war zum anderen Geschlecht einfach immer viel zu höflich und zuvorkommend, das wurde mir hier nun zum Verhängnis.

In meinem Kummer soff ich mehr, als ich eigentlich ansonsten getan hätte. Der Lockenfitsche nahm mir das „holde" Wesen dann endlich, endlich irgendwann ab. In ihrem Suffkopp hatte die Blonde beim besten Willen nicht kapieren wollen, dass ich einfach nichts von ihr wissen wollte und an einem amourösen Abenteuer absolut nicht interessiert war. Für Lockenfitsche war das Röschen auch noch ein hübscheres, lange vor dem Verwelken. Tja, Geschmäcker sind halt verschieden.

Irgendwann hatte ich völlig die Lampen aus und bekam gar nichts mehr mit. So war ich doch überrascht, als ich am nächsten Nachmittag in einer mir unbekannten Wohnung aufwachte. Die Auflösung sollte rasch folgen, der Lockenfitsche hatte mich einfach zu sich mitgeschleppt. Das war auch ganz gut so, denn ansonsten wäre ich wahrscheinlich in der Gosse gelandet oder, was noch schlimmer gewesen wäre, hätte meine Eltern oder Liesbeths Tante Agathe im Voll-Suff randalierend aus den Betten geholt.

Lockenfitsche lachte, als ich ihn mit verkatertem Gesicht etwas dümmlich anstarrte:

„Und, platzt der Schädel gleich?"

„Nee, so schlimm ist es nicht, brummt nur ‘n büschen."

„Noch schlimmer war, dass Meta auf einmal fast genauso hinüber war wie du."

„Wer ist denn Meta?"

„Na, das Püppchen, das dich die ganze Zeit abgeknutscht hat."

„Ach so, die olle Schnepfe, wusste gar nicht, wie die heißt. Glücklicherweise hast du dich dann ja irgendwann um Meta gekümmert."

„Da war nicht mehr viel mit kümmern. Die hat sich ja noch mehr die Lampen ausgeschossen als du. Außerdem wurde sie mit jedem Glas Cognac hässlicher."

Oh, meine Liesbeth! Ich war noch längst nicht über meine Angebetete hinweg, wie mir ein plötzlicher, heftiger Stich in der Herzgegend aufzeigte.

Ich rieb mir den Schlaf aus den Augen, was meinem Schädel nicht gut tat, und nahm mir den Pott Kaffee, den Lockenfitsche mir hingestellt hatte. Ich sah grauenhaft aus. Mit vollen Klamotten hatte ich auf seinem Diwan genächtigt. Wie heißt es aber ja so schön, wenn auch für mich diesmal völlig unpassend: „Ja, auf dem Diwan ist gut ruh'n, will man sich mal gemütlich tun."

Ich sah mich in dem Zimmer um. Also ich hätte so nicht wohnen können. Die Wände waren völlig kahl, nicht gestrichen, nicht tapeziert. Die Möbel machten mehr den Eindruck, als ob sie eine mildtätige Spende einer Kirchengemeinde gewesen wären, denn irgendwo selbst ausgesucht und gekauft.

Dann fiel mir wieder ein, dass ich ja steckbrieflich gesucht wurde, und die Razzia vorletzte Nacht hatte doch gezeigt, dass ich schon mit einem Bein im Knast war. Meinen ängstlich in der Bude herumhuschenden Blick deutete Lockenfitsche ganz richtig, denn er beruhigte mich sofort:

„Keine Angst, mein Junge, die Wohnung ist stiekum[32].

„Gut, sehr gut, aber dennoch muss ich so schnell wie möglich sehen, dass ich aus Hamburg rauskomme."

„Ich weiß, ich weiß. Ist übrigens 'n hübsches Bild von dir auf dem Steckbrief."

„Wo hast du den denn gesehen?"

„Na, im Stadthaus[33] am Neuen Wall. Ich schleich da manchmal rum, um zu sehen, ob die mich auch schon bildlich verewigt haben ..." Das nannte ich aber tollkühn, so einfach mir nichts dir nichts in die Höhle des Löwen zu wandern! „Aber wo du das gerade ansprichst, mir wird der Boden hier unter den Füßen auch langsam zu heiß. Ich hätte auch nichts dagegen, mich so schnell wie möglich vom Acker zu machen."

---

[32] Vom Ganovenstandpunkt polizeilich unbekannt und nur Vertrauten überhaupt bekannt.

[33] Seinerzeit die Polizeibehörde Hamburgs.

„Nur, dazu brauchen wir Pässe, um ins Ausland abhauen zu können.“

„Und gut gemachte Legitimationspapiere kosten Geld und zwar nicht zu knapp. Doch da weiß ich Rat!“ Lockenfitsche wartete erst gar nicht lange, sondern kam gleich zur Sache: „Wie ist das, wollen wir heute Nacht einen Bruch machen?“

Darauf war ich gar nicht vorbereitet, aber bei meiner geringen Barschaft von nur noch fünf Mark, wie ein Griff in die Tasche und ein rasches Zählen aufzeigte, und ohne feste Bleibe würde die versprochene Beute meine Lage sicherlich deutlich verbessern. Noch mehr reizte mich aber die Aussicht, mit dem Geld einen Reisepass kaufen zu können, also fragte ich nur:

„Und wo?“

„In der Spitaler Straße gibt es ein feines Damen- und Herrenkonfektionsgeschäft. Das beobachte ich schon seit Wochen. Die Ladenkasse wird bei Geschäftsschluss vom Besitzer nie geleert. Besser geht’s doch gar nicht.“

„Und wie kommen wir da rein?“

„Das ist dort auch noch besonders einbruchfreundlich gestaltet. Vom Treppenflur neben dem Laden gibt es ein Toilettenfenster im Lichtflur, durch das kommen wir in den Laden hinein.“

„Gib mir noch ein bisschen Zeit, klarer im Kopf zu werden, dann können wir los ...“

„Unsinn, das geht doch erst nach Ladenschluss, und die Straßen müssen dazu menschenleer sein, also nicht vor eins in der Nacht.“

„Und was machen wir so lange?“

Er grinste mich an:

„Die Kaschemme wartet, aber heute wird nicht gesoffen, verstehst du? Nachher brauchen wir schließlich einen klaren Kopf, Adolf.“

Tatsächlich ging es in den frühen Abendstunden in die gleiche Kneipe am neuen Steinweg wie gestern.

„Ich liebe es hier, Partner. In dieser Gegend wähnen die Udl unsereinen nicht. In diesem Lokal hat noch nie eine Razzia stattgefunden.“

Die Worte waren Balsam auf meiner ängstlichen Seele.

Kaum saß ich in der Nische, kam auch schon Meta, von der ich ja nun wusste, wie sie hieß, schon wieder angescheddert[34].

„Na, mein Süßer, hast du heute bessere Laune?“

Vielleicht hätte ich durch ein herablassendes, brüskes Auftreten und einige schroffe oder gar hässliche Bemerkungen Ruhe gehabt, aber das kriege ich bei der holden Weiblichkeit einfach nicht hin. Glücklicherweise war sie noch recht nüchtern, sodass sie nicht wie gestern wie eine Klette an mir dranhing und mich pausenlos zu küssen versuchte. Noch versuchte sie es nur mit säuselnden Worten und Versprechungen, die aber nicht zu mir durchdrangen. Vor meinem inneren Auge tauchte immer wieder Liesbeth auf, und schon hatte Meta verloren.

Und dann schlug die Turmuhr der Petri-Kirche ein Uhr. Sofort stand Lockenfitsche auf.

„Es ist an der Zeit, Partner!“

„Was, ihr wollt schon los?“, jammerte Meta, die sich wie gestern inzwischen wieder an meinen Spießgesellen herangemacht hatte, da ich kalt wie ein Eisblock blieb.

Ich sagte gar nichts dazu, sondern folgte dem Lockenfitsche einfach nach. Der Mann strahlte eine Bärenruhe aus, die unglaublich war. Man hatte das Gefühl, er wolle nur kurz an der Alster lustwandeln gehen und nicht einen komplizierten Einbruchsdiebstahl ausführen.

Dann hatten wir wenig später zu Fuß das Objekt unserer Begierde in der Spitalerstraße erreicht.

„Pass da an der Straßenecke auf, dass kein Schutzmann mich bei der Arbeit stört. Ich muss ja erstmal die Tür zum Treppenhaus aufkriegen.“

„Mit dem Brecheisen?“

„Bist du dumm? Das macht doch viel zu viel Krach. Ich hab ein Bund Dietriche bei mir. Einer davon wird schon passen.“

---

[34] gesellte sich dazu.

Und schon zückte er einen Metallring aus der Innentasche seiner Jacke, an dem mindestens zwanzig Dietriche aller Längen und Stärken baumelten.

Ich bemerkte nur noch:

„Gut, gib mir ein Zeichen, wenn du die Tür auf hast.“

Zweimal musste ich Lockenfitsche bei seiner Rumhantiererei warnen, da sich Schritte näherten, aber es waren jedes Mal nur Passanten, die sich von einem Schwof [35] auf dem Heimweg befanden.

Aber schon der Klang von Schritten auf dem Straßenpflaster ließ mein Herz tief und immer tiefer in die Hose rutschen. Erst wenn die Gefahr gebannt, sprich die Fußgänger außer Hörweite waren, beruhigte das mich einigermaßen, und Lockenfitsche konnte wieder ans Werk gehen.

Ich war heilfroh, als wir endlich im Treppenhaus drin waren, denn hier konnte uns wenigstens kein Passant oder patrouillierender Udl mehr sehen. Wir halfen uns gegenseitig beim Einstieg in den Lichtflur. Mühsamer war das Durchkriechen durch das enge Toilettenfenster, das sich natürlich auch noch so hoch an der Wand angebracht befand, dass keiner in das Häuschen, das auch Kaiser und Könige zu Fuß besuchen, einfach hineinluschern[36] konnte.

Lockenfitsche postierte mich dann mitten im großen Schaufenster des Damen- und Herrenkonfektionsgeschäfts, um dort Wache zu halten. Da stand ich zwischen all den Wachsfiguren, die die aufregendsten Kleider trugen. Grün, blau und lila waren die vorherrschenden Farben der Saison. Mal schlicht, mal mit großen Tupfern oder runenartigen Mustern. Die Damen wirkten wie echt auf mich. Irgendwie verwirrten mich die vielen Schaufensterpuppen, sodass ich gar nicht richtig bei der Sache war, an ihren Kleidern herumzupfte und viel zu spät bemerkte, dass ein Schutzmann sich genau vor das Schaufenster stellte.

---

[35] Salopp für Tanzveranstaltung.

[36] Norddeutsch umgangssprachlich für neugierig oder heimlich gucken.

Glücklicherweise starrte er nicht durch die Scheiben hinein, sondern wandte mir den Rücken zu. Aber mein Schreck war so groß, dass ich irgendwie mit einer jähen Bewegung gegen eine der Wachsfiguren stieß. Das Drama nahm seinen Lauf. Die eleganten Damenpuppen purzelten wie die Dominosteine, eine nach der anderen um.

Das musste der Udl einfach bemerken, den Krach konnte man gar nicht überhören, so machte ich, dass ich auf dem schnellsten Wege aus dem Schaufenster nach hinten hinauskam. Mich ebenfalls als Wachsfigur auszugeben und einfach zu den Schaufensterpuppen dazuzulegen, wäre albern gewesen, denn mit meinem Barmbecker-Chic wäre ich dem Schutzmann unweigerlich als Erstes ins Auge gefallen.

Aus dem Augenwinkel heraus sah ich, dass der Udl den Lärm der fallenden Puppen natürlich gehört hatte und sich sofort zur Ursache des Krachs umdrehte. Als er dann auch noch das Chaos im Schaufenster sah, wurde er aktiv. Der Revierpolizist strebte sofort zur Eingangstür des Konfektionsgeschäfts, aber die war natürlich fest verschlossen.

Doch er gab damit leider keine Ruhe. Sofort sprang er auf die Straße zurück und pfiff mit seiner Alarmpfeife Verstärkung herbei.

„Mein Gott, wie kann man nur so'n Tölpel sein", fluchte Lockenfitsche und zerrte mich am Jackenärmel mit sich.

Zu unserem Glück unternahm der einsame Polizist auf der Straße nichts allein und kam auch nicht auf die Idee, das nebenstehende Treppenhaus zu betreten. So zwängten wir uns wieder durch das Toilettenfenster, ab in den Lichtflur, rüber ins Treppenhaus, und Lockenfitsche eilte alle Stockwerke bis zum Boden des Hauses hoch, immer mehrere Stufen auf einmal nehmend, bis wir vor einer Dachluke anlangten. Die war glücklicherweise nur von innen verriegelt, und es hing kein Schloss davor, sodass wir ohne Schwierigkeit durch den Ausstieg auf das Dach hinaufgelangten.

Ich schielte vorsichtig über den Rand des Daches auf die Spitalerstraße hinunter. Gerade kamen von allen Richtungen weitere

Udl angelaufen. Die Spitzen der Pickelhauben selbst waren im schwachen Schein der Gaslaternen nicht zu übersehen. Puh, wie gut, dass Lockenfitsche gleich an eine Flucht auf das Dach gedacht hatte! Natürlich verweilten wir nicht lange oben, sondern kletterten über die Schindeln bestimmt drei, vier Häuser weiter, bis wir an einer kleinen Nebenstraße anlangten.

„Adolf, wir müssen vom Dach runter, so schnell wie möglich!"

„Meinst du, die Bullen[37] sperren das Gebiet ab?"

„Na, was wohl? Wir haben nicht mehr viel Zeit! Wir müssen uns sputen."

„Sieh da, Lockenfitsche, zwei Meter rechts von uns, eine Luke."

„Sehr gut, das werden wir ja wohl gleich haben." Schon stapfte er zu der Luke hin. Er zerrte am Griff, aber die Dachluke war von innen verschlossen. „Na, dann eben mit dem Brecheisen." Lockenfitsche holte aus der Innentasche seiner Jacke ein kleines Brecheisen hervor und hantierte damit einige Minuten an der verschlossenen Dachluke herum. „Verdammt ich krieg einfach keinen richtigen Ansatz!"

„Nur die Ruhe, immer mit Geduld und Spucke!"

„Dazu haben wir keine Zeit. Guck mal an der Hauswand zur Straße hinab, gibt es da eine Möglichkeit, irgendwie runter zu klettern?"

Ich sah schnell nach.

„Ja, hier gibt es einen Blitzableiter, der bis ganz auf die Gasse runterführt. Man kann sogar mit der Hand hinter fassen."

„Und macht der einen stabilen Eindruck?"

Ich legte mich bäuchlings aufs Dach und umfasste mit meinen Fingern den mehr als fingerdicken Draht und rüttelte und zerrte kräftig daran herum.

---

[37] Im 18. Jahrhundert wurden die Vorgänger der modernen Polizisten Landpuller oder Bohler genannt. Diese Wörter entlehnen ihren Stamm aus dem niederländischen bol, das „Kopf" oder „kluger Mensch" bedeutet. Daraus entwickelte sich das Wort Bulle. Bald schon wurde es zu einer abfälligen Bezeichnung für einen Polizisten.

„Ich würde sagen, ja!"

„Dann zieh deine Stiefel aus, sonst hast du später kein Gefühl beim Abstieg in den Füßen, ob du noch Kontakt mit dem Metall hast. Aber warte mit dem Nachkommen, bis ich drei Meter runter geschafft habe."

Ich zog meine Schuhe aus, verknotete die Schnürsenkel und legte mir das Bündel um den Hals. Dann sah ich Lockenfitsche genau zu, wie er da behände am Blitzableiter herunterkletterte. Wie mir aufgetragen, machte ich ihm alles genau nach. Es ging tatsächlich alles gut, der Blitzableiter trug auch unser beider Gewicht. Auf dem Kopfsteinpflaster zogen wir uns schnell wieder unsere Schuhe an. Über die Nebenstraße machten wir dann, dass wir aus der unmittelbaren Gefahrenzone wegkamen. Noch hatte der Menschengürtel aus blitzenden Helmen sich nicht großräumig um das Konfektionsgeschäft geschlossen gehabt. Unser Glück.

Als wir in Lockenfitsches Wohnung anlangten, fragte ich:

„Wie hoch ist denn nun unsere Beute?"

„Das müssen wir ja wohl erst mal zählen, Partner, aber durch deine Dusseligkeit konnte ich nur die Goldmark aus der Kasse einstecken, die großen Beutel mit dem Silber- und Nickelgeld musste ich leider stehen lassen. Die wären auf der Flucht einfach viel zu schwer gewesen."

„Schade, ja, jammerschade!"

„Mensch, fast hättest du uns der Polizei ans Messer geliefert, Adolf!"

„Entschuldigung, war doch keine Absicht."

„Du musst kälter und viel abgeklärter werden, mein Junge, sonst geht das eines Tages schief, ich sag dir das."

„Ich werd's mir merken, kannst dich drauf verlassen."

„Na, zum Glück weiß ich ja noch 'ne andere Adresse, wo es viel zu holen gibt, denn das hier wird ja wohl kaum für Pässe und unsere gemeinsame Flucht ins Ausland reichen."

Wenig später war das Ergebnis des Bruchs gezählt und bekannt: Die Beute betrug etwas mehr als einhundert Mark. Ich war ein wenig enttäuscht. Zumal Lockenfitsche für das Ausspähen, den

Plan und die Hauptarbeit siebzig Prozent der „Einnahme“ verlangte. Aber was sollte ich machen? – Der Spatz in der Hand ist immer noch besser als die Taube auf dem Dach, oder?

Lockenfitsche kam auf unseren Fluchtwunsch zurück:

„Wohin sollen wir eigentlich fliehen, Adolf?“

„Ich weiß nicht, am liebsten wäre mir ja Dänemark, da ich die Sprache inzwischen ganz gut beherrsche, aber … hm … hm … ich weiß doch nicht so richtig …“

„Na los, rück schon raus mit der Sprache, was hast du da ausgefressen?“

„Wie kommst du denn darauf?“

„Na, ich bin doch nicht aus Dummsdorf. So wie du hier die ganze Zeit rumstammelst. Also, was hast du in Dänemark auf dem Kerbholz?“

„Ich … ich hab da ein Pferd geklaut. Ich weiß also nicht, ob ich da auch gesucht werde.“

Er sah mich mit großen Augen an, sagte erst einmal gar nichts, dann lachte er schallend:

„Das ist ja eine schöne Überraschung. Gibt es noch mehr Länder, wo man sich hübsch deine Visage auf zauberhaften Steckbriefen bildlich betrachten kann?“

„Woher sollen die in Dänemark denn mein Foto haben?“

„Vielleicht hier aus Hamburg?“

„Wenn mein hiesiger Steckbrief seinen Weg nach Dänemark gefunden hat, wäre das durchaus möglich, ja!“

„Und weiter, gibt es noch andere Länder, wo du was auf dem Kerbholz hast?“

„Nein, sonst war ich doch noch nirgendwo anders.“

„Dann schlage ich als unser Fluchtziel Holland vor.“

„Warum gerade Holland?“

„Ist vor allem nicht so weit weg, und man kann die Leute noch einigermaßen verstehen.“

Mir war eigentlich alles Recht, ich wollte nur nicht in den Knast kommen! Für Dänemark hätten wir auch nicht unbedingt Pässe gebraucht, kam es mir noch in den Sinn. Noch ein Grund mehr, der für Dänemark gesprochen hätte, schließlich hatte ich das ja selbst vor einem Jahr auch nur mit meiner Geburtsurkunde bewaffnet geschafft, da hineinzukommen, aber das galt für die meisten Länder bestimmt nicht.

Am folgenden Abend stand reißerisch im Hamburger Fremdenblatt und ähnlich in den Hamburger Nachrichten und auch im Hamburger Anzeiger: „*Verwegene Einbrecher und Kletteraffen*". Also hatte man unsere Flucht über die Dächer und das Hinabklettern am Blitzableiter genau rekonstruiert.

Gesiebte Luft – Die Rache der verschmähten Liebe

Ich hatte ja nun ein wenig Geld und suchte mir als Erstes eine billige Absteige, denn ich konnte ja schlecht bei Lockenfitsche auf Dauer einziehen. Mehr als ein Dach über dem Kopf und ein stabiles Bett brauchte ich ja sowieso nicht. So fand ich im Gängeviertel ein billiges Zimmer in einem Hinterhaus. Die Gegend hatte ihren Schrecken für mich längst verloren. Wer selbst zu den Wesen der Nacht gehört, für den verliert die Dunkelheit ihre Schrecken.

Ich hielt mich weiter an Lockenfitsche. Von ihm konnte ich schließlich noch viel lernen. Außerdem schien er mir der sicherste Garant für eine Flucht ins Ausland zu sein. Die Kaschemme im neuen Steinweg wurde jetzt geradezu mein zweites Zuhause. Nur Meta blieb ein immerwährender Quälgeist, denn sie war dort eigentlich zu jeder Tages- und Nachtzeit anzutreffen. Freudestrahlend kam sie jedes Mal auf mich zugewankt, wenn ich das Lokal nur betrat.

Vielleicht drei Tage nach unserem Coup im Konfektionsgeschäft in der Spitalerstraße, betrat mein Kumpan Lockenfitsche auf einmal mit einem spindeldürren Männlein das Lokal und strebte sogleich auf mich und Meta zu, die wieder wie eine Klette an meinem Arm hing.

„Meta, geh mal einen trinken, wir haben hier Männergespräche“, bollerte Lockenfitsche und drückte der verdutzten Aschblonden eine Mark in die Hand.

„Aber sag gleich Bescheid, wenn eure *Männergespräche* vorbei sind, näh?“

„Ja, kannst dich drauf verlassen, Meta.“

„Ich sitz so lange am Tresen, näh?“

„Das wissen wir, wo denn sonst!“

Jetzt besah ich mir den Begleiter Lockenfitsches erst einmal ein wenig genauer. Richtiggehend ausgemergelt sah der Kerl aus, dazu trug er eine Nase im Gesicht, die auch durchaus als Dolch durchgegangen wäre. Seine Hände waren von oben bis unten tätowiert. Widerlich mit Spinnennetzen und Totenschädeln. Wenige Jahre später wurde in Deutschland übrigens die Ganzkörpertätowierung für Frauen verboten, was ich ganz richtig finde! Sieht doch auch scheußlich aus, diese hineingestochene Körperbemalung, oder? 'Ne Frau ist schließlich keine wandelnde Litfaßsäule.

Lockenfitsche beugte sich vor und raunte mir zu:

„Er hier fabriziert falsche Flappen[38]. Ist ein Meister seines Fachs!"

„Oh, das ist ja wunderbar!"

„Will aber zwanzig Mark im Voraus für die vorgedruckten Formulare, Kautschuk, ein Schnitzmesser und Stempelfarbe."

„Aha."

„Also heraus mit den zehn Piepen!"

Da zerrann meine Barschaft schon wieder wie das Eis in der Sonne.

„Morgen kommt er bei mir vorbei, um sein Kunstwerk zu vollbringen, willst du auch zum Zugucken rüberkommen?"

„Na klar!"

„Oder stört dich das etwa, wenn man dir bei der Arbeit auf die Finger guckt, Flappenmacher?"

Der Spindeldürre grinste:

„Nicht im Geringsten, jeder Künstler hat doch gerne Publikum bei der Erstellung seiner Kunstwerke!"

Die Arbeit in Lockenfitsches Wohnung sollte schon nach dem Mittagessen losgehen, eher ging nicht, weil der Passfälscher ja noch die aufgeführten, für seine Arbeit benötigten Utensilien kaufen musste. Aber er wollte lieber bei Tageslicht als bei diffuser Nachtbeleuchtung arbeiten, so war ihm eine frühe Stunde nur recht.

---

[38] Reisepässe.

Allein schon, wie der Flappenmacher den Polizeistempel aus dem Kautschukblock herausschnitzte, ließ das Kerlchen in meiner Achtung deutlich steigen. Was für eine Fingerfertigkeit und was für eine Bier-Ruhe dieser Mann doch bei der komplizierten Arbeit besaß!

Damals konnte man noch Reisepässe fürs In- und Ausland erhalten, die ohne Foto des Passinhabers ausgestellt wurden. Die waren natürlich viel einfacher zu fälschen. Im Reisepass wurden nur der Name, ein amtliches Siegel und etwaige unverwechselbare Kennzeichen der Person wie Muttermale oder Narben aufgeführt. Dann musste der Passinhaber natürlich noch eigenhändig unterschreiben.

Kunstvoll stellte das Männchen nach dem Polizeistempel auch die erforderlichen Meldescheine und die Pässe selbst her.

„Kostet jeden nochmal dreißig Mark."

„Die hab ich nicht", antwortete Lockenfitsche ehrlich.

Ich hatte so viel Geld natürlich erst recht nicht.

„Aber keine Angst, Flappenmacher! Wir ziehen einen lohnenden Bruch durch, und dann kriegst du dein Geld", wollte Lockenfitsche den Fälscher eigentlich nur beruhigen.

„Kann ich da auch mitmachen?"

Der Fälscher schien ja richtig knapp bei Kasse zu sein!

„Klar, kriegst dann ja auch noch 'n büschen mehr Geld als nur für die Pässe, was?"

„Das will ich wohl meinen! Doch zurück zu den Pässen, wie wollt ihr denn eigentlich heißen?"

„Ist mir völlig schnuppe!"

„Mir auch", setzte ich eifrig dazu.

So wurde aus Lockenfitsche Waldemar Scholden und aus Julius Adolf Petersen Anton Waldes. Mit „Wald" hatte der Flappenmacher es wohl besonders. Vielleicht war sein heimlicher Freizeitvertreib ja Pilzesammeln in Hamburgs umliegenden Forsten, wie dem Kleinen oder Großen Jüthorn[39].

---

[39] Heutiges Wandsbeker Gehölz.

„Und wann machen wir den Einbruch und wo?“, kam nach Beendigung seiner Arbeit, als es schon langsam dunkelte, die berechtigte Frage des Flappenmachers.

„Morgen Nacht ist Treffpunkt in der Kaschemme am neuen Steinweg.“

„Das ist gut.“

Lockenfitsche erklärte weiter, worum es ging:

„Am Herrengraben liegt doch das große Optikergeschäft.“

„Kenn ich. Und wie da rein? Von der Straße her?“

„Nein, das wäre doch viel zu gefährlich. Wir nehmen den Weg über das Fleet und kommen dann von hinten über das Wasser in den Laden rein.“

„Gibt’s da denn irgendwo Boote?“

„Ja, da liegen immer ein paar Schuten an Anlegern herum. Eine leihen wir uns eben kurz mal aus.“

Allein schon an den Fragen des Flappenmachers sah ich, dass das bestimmt nicht sein erster Einbruch sein würde, an dem er mit uns teilzunehmen gedachte.

In der nächsten Nacht sollte sich mein Eindruck bestätigen, denn der Spindeldürre war ebenfalls die Ruhe selbst, wie der Lockenfitsche, und ging die Sache zielgerichtet an. Allein schon die Dreistigkeit, sich in der Schute in aller Seelenruhe eine Zigarette anzuzünden, während Lockenfitsche schwer zu kämpfen hatte, die Tür zum Fleet zu öffnen, das war schon allerhand. Die Tür lag übrigens zudem im ersten Stock, es gab kein Podest und auch keinen Absatz, versteht sich. Wie ein Klammeraffe hing Lockenfitsche da an der Ziegelsteinmauer, sich an irgendwelchen rostigen Nägeln festhaltend und auf aus dem Mauerwerk herausragenden Ziegeln seine Füße aufsetzend.

Nach einer halben Stunde Schwerstarbeit half unser Anführer uns dann endlich zu sich hinauf. Er hatte es geschafft und stand sicher im Türrahmen. Die Geschäftsräume des Optikers waren von den Ausmaßen her geradezu riesig. Unglaublich viele Tische standen da in Reih und Glied, an denen all die verschiedenen optischen Instrumente gefertigt wurden. Mehr interessierte uns natürlich das Kontor der Firma. Sogleich versuchte Lockenfitsche, sich dort über den Tresor herzumachen.

„Verdammt und zugenäht, den Geldschrank krieg ich einfach nicht auf!“

„Wie ärgerlich!“

„Hältst du auch gut Wache, Adolf? Oder guckst du mir nur bei der Arbeit zu?“

„Nein, nein, du kannst dich drauf verlassen, Lockenfitsche, ehrlich.“

„Dann schmeiß nachher bloß nicht wieder irgendwas um, nur weil du das kleinste Geräusch hörst!“

Ich hatte diesen Tadel ja verdient. Doch diesmal sollte es keine Klagen geben. Es blieb allerdings auch alles ruhig, was mein Wachestehen natürlich deutlich einfacher machte.

„Nimm nur lütte[40] Sachen, wie hier die Operngläser, oder von dem Tisch da die Sextanten, Flappenmacher. Ich steck derweil die kleinen Maschinen, die man mit Sprit beheizt, in meinen Büdel[41] hier.“

In der Schute zurück verstauten wir so insgesamt fünf Beutel Diebesgut in einen großen Bastkorb, den wir nach Verlassen der Schute durch die vermeintlich menschenleere Stadt zu Lockenfitsches Wohnung trugen. Abwechselnd musste einer von uns immer vorne weg gehen, um nach Udln Ausschau zu halten, denn der große Bastkorb war viel zu auffällig, als dass die Polizisten den nicht auf der Stelle kontrolliert hätten.

Der Wert der Beute belief sich auf fünftausend Mark, stand jedenfalls tags drauf in der Zeitung, aber Pustekuchen. Die besten Stücke konnte Lockenfitsche man gerade für zweihundert Mark verkaufen. Der Rest wurde unter uns dreien aufgeteilt, doch Sextanten und so'n Zeug mögen zwar wertvoll sein, aber wer will sowas schon haben? Mühsam kamen wir alle drei nach langen Tagen des Feilschens und Aufsuchen der einschlägigen Hehler nochmal auf insgesamt zweihundert Mark.

---

[40] kleine.

[41] Kleiner Sack.

Lockenfitsche wollte aber, dass jeder von uns vier- bis fünfhundert Mark in der Tasche hatte, bevor wir ins Ausland abhauten, da fehlte also immer noch so einiges.

Außerdem verbrauchten wir natürlich Abend für Abend in der Kaschemme am neuen Steinweg viel, viel Geld. Ewig bettelte allein Meta mich schon an, ihr doch wieder 'n Lütten[42] zu spendieren, was ich oft dann nur zu willig tat, musste sie so doch zur Theke schwanken und hing mir eine Weile nicht am Hals oder traktierte mich mit ihren unendlichen Liebkosungen.

Seit dem Bruch beim Optiker waren wir zum Kleeblatt geworden, denn der Flappenmacher wich gar nicht mehr von unserer Seite. Für ihn war es selbstverständlich, dass er bei den nächsten Coups auch dabei sein würde. Tatsächlich verfügte Lockenfitsche über ein anscheinend unerschöpfliches Repertoire an Geschäften, die es sich zu knacken lohnte. In den folgenden Nächten waren wir fast pausenlos auf Tour.

Lediglich ein Bruch bei einem Schrotthändler, der hatte sich so gar nicht gelohnt. Außer zwanzig Mark in einer Schreibtischschublade, gab es dort nichts Lohnenswertes zu klauen. Und Altmetall woanders zum Verkauf hinzutragen, kam für uns nicht in Frage.

Am meisten ärgerte ich mich im Nachhinein aber über die Beute nach einem Einbruch bei einem Juwelier. Wir hatten wunderschöne Broschen, Ringe, Ketten, Armreifen und silberne Schildpatt-Ohrringe[43] erbeutet. Aber, als wenn sich die Hehler abgesprochen hätten, boten sie uns für die Ware Preise, die schon mehr als eine Frechheit waren, schließlich handelte es sich um echtes Gold und funkelnde Edelsteine und nicht um irgendwelche billigen Imitate. Als es uns nicht gelang, die Ware zu einigermaßen akzeptablen Preisen an den Mann zu bringen, teilten wir die Beute unter uns auf.

---

[42] Kleinen Schnaps.

[43] Schildpatt wird aus den flachen Hornschuppen des Rückenschildes der Meeresschildkröten gewonnen. Allein in Hamburg wurden um 1900 ca. 9.305 kg für 350.000 Mark verkauft.

Doch nun hatte ich ein neues Problem. Wohin bloß mit dem Schmuck? In meiner Einraum-Bude wollte ich den auf gar keinen Fall verwahren. Sollte man mich doch irgendwann ergreifen, wäre ich damit sofort geliefert gewesen. Da erinnerte ich mich an einen schmierigen Wirt in der Fuhlentwiete, den ich auch durch Lockenfitsche kennengelernt hatte. Bei dem hatte er schon oftmals Diebesgut versteckt. Den suchte ich nun auf.

Der Kneipier war gerade dabei, den Tresen und die schäbigen Tische von den Bier- und Schnapsrändern der letzten Nacht zu reinigen. Zum Abzug des reichlichen Tabakqualms hatte die Tür offen gestanden, sodass ich einfach, trotz der frühen Stunde, hineingehen konnte.

Der Wirt war von unglaublich dicker Figur. Sein Markenzeichen waren die stets unordentlich hochgekrempelten Hemdsärmel des kragenlosen Hemdes. Darüber trug er eine schwarze Weste. Auf der roten, breiten, fassförmigen Nase, bei der die Nasenlöcher nicht sichtbar waren, saß ein Monstrum von dunkler Hornbrille, die seine dahinterliegenden Augen in grüne, wässrige Glubschaugen verwandelte. Wie eine uralte Teich-Unke stierte er mich durch diese runden Glasbausteine an.

„Was willst'e denn, Kleiner?"

„Ich möchte bei Ihnen äh … was äh … lagern."

„Soooo? Zeig doch mal her das Zeug!"

Mir blieb gar nichts anderes übrig, als meinen Teil der Beute, den ich in ein großes Taschentuch eingewickelt hatte (natürlich sauber!), vor ihm auf dem Tresen auszubreiten.

Als er die funkelnde Pracht sah, flitzte er erst einmal zur Kneipentür und schloss diese hastig von innen ab.

„Wollen doch nicht, dass jemand Unbefugtes das zu Gesicht bekommt, oder?" Mit verschlagenem Gesichtsausdruck sah er mich an. „Guck mal einer an, drei Ringe. Der da ist dann ja wohl für mich, oder?"

Einen der Ringe nahm er aufreizend langsam vom Taschentuch und separierte ihn von der übrigen Beute. Dass ich ihn für das Verstecken der Beute bezahlen musste, war mir schon klar, aber er war ganz schön gierig. Ehe ich es mich versah, hatte er ein Drittel meines Schmucks zur Seite gelegt.

„Geht das so in Ordnung, Kleiner?“

Warum mich alle immer „Kleiner“ nannten, erschloss sich mir eigentlich nicht, denn ich war gar nicht von so kleiner Statur. Gut, ich war gertenschlank und recht jung, vielleicht führte die Kombination aus allem zu dieser mir ja nun schon mehr als bekannten Anrede.

Ich hatte nicht auf die Frage des Froschäugigen reagiert, so fragte er nochmals:

„Willst du zu der Bedingung den Schmuck bei mir lagern oder nicht?“

Was blieb mir schon anders übrig, also schlug ich in den Handel ein. Er raffte blitzschnell seinen Anteil vom Tresen und verschwand im Hinterzimmer, um den, wo auch immer, zu verstecken. Dann wickelte er meine verbliebenen zwei Drittel in das Taschentuch und verschwand ein zweites Mal. Grinsend kam er zurück.

„Noch ‘ne Lage[44] zum Abschied?“

„Nee, danke, dafür ist es noch zu früh.“

„Komm gern bald wieder, Kleiner, steh immer zu deinen Diensten!“

Das konnte ich mir denken, bei den „Geschäftsanteilen“, die er als Provision einsackte.

Und weiter ging meine fieberhafte Suche nach einem Käufer für den Schmuck, der einigermaßen anständige Preise bezahlte. Mehre Tage hörte ich mich auch in den einschlägigen Kaschemmen nach Neulingen in der Szene um, dann hatte ich einen Schärfer[45] gefunden. Ich bekam deutlich mehr heraus, als ich mir ausgemalt hatte.

Das wollte ich natürlich sofort stolz Lockenfitsche mitteilen und eilte daher zu seiner Wohnung. Diebisch freute ich mich auf das Gespräch, denn ich hatte so einen guten Preis erzielt, damit

---

[44] Kleines Bier und ein Korn.

[45] Hehler.

hatte ich ihn bestimmt um Längen übertrumpft. Ich wollte, dass ich endlich in seiner Achtung stieg, und mein anfängliches Malheur beim Schmiere-Stehen konnte ich doch nur durch solche gelungenen Aktionen ein für alle Mal wettmachen.

So stieg ich euphorisch die Stiegen des Treppenhauses zu seiner Bleibe hinauf. Ich hatte noch nicht einmal angeklopft, da sprangen plötzlich drei Kriminalbeamte aus der Wohnung genau gegenüber und überwältigten mich. Bei ihrem Eifer, sich wild auf mich draufzuwerfen, fiel zweien der Udl die Pickelhaube[46] vom Kopf. Einer der Helme rollte laut polternd die Treppe hinunter.

Ich war so perplex, dass ich keine Gegenwehr leistete, was wohl auch besser war, sonst hätte man mir noch Widerstand gegen die Staatsgewalt vorgeworfen.

„Wo hast du deine Schusswaffe, Kerl?“

„Ich besitze keine Schusswaffe, auf Ehre!“

„Und wie heißt du?“

„Anton Walden. Meine Legitimierungspapiere sind in der Innentasche vom Rock.“

Wie gut, dass ich schon den neuen Pass bei mir führte. Der Udl grabschte sich grob das Dokument aus der Jacke und studierte es kurz:

„Anton Walden, so, so. Na, erstmal kommst du mit auf die Wache, dann sehen wir weiter.“

Auch das noch! Das verhieß nichts Gutes! Auf dem Revier empfing mich ein sich enorm wichtig vorkommender Kriminalkommissar. Auch er besah sich den Pass aufs Genauste. Mit der Lupe inspizierte er den Lappen. Der spindeldürre Flappenmacher stieg noch mehr in meiner Achtung, denn selbst dieser gestrenge Polizist zweifelte die Echtheit des Dokuments nicht an.

Doch mit seinen Fragen ließ er nicht locker:

---

[46] Pickelhauben gab es in Hamburg für die Polizeibeamten im mittleren Dienst um 1900. Alle Beschläge waren aus echtem Silber. Vorn prangte ein goldener Helmstern, im Zentrum des Sterns saß groß das Hamburger Wappen. Über dem Schirm hing eine flache Schuppenkette an Rosetten, rechts am Helm saß die Hamburger Kokarde. Die Nackenschiene hatte keinen Belüftungsschieber.

„Und wo wohnst du nun?“

Ich war entsetzt. Bei meinem Vermieter hatte ich meine richtige Geburtsurkunde vorzeigen müssen, der wusste also, dass ich Julius Adolf Petersen und nicht Anton Walden hieß. Wenn der Vermieter es wohl mit dem Gesetz auch sonst nicht so genau nahm, denn im Gängeviertel hasste man die Bullen wie die Pest, daher konnte ich sicher sein, dass er mich niemals einfach so verpfiffen hätte, obwohl ich steckbrieflich gesucht wurde – eine Belohnung war auf meinen Kopf ja gottlob nicht ausgesetzt, aber wenn es ihm selbst an den Kragen gehen sollte, dann war ich mir nicht mehr so sicher. So log ich:

„Das möchte ich nicht sagen. Ich wohne bei äh … äh … uralten Leuten, und die bekommen einen Schock fürs Leben, wenn auf einmal die äh … Polizei vor der Tür steht!“

„Pfiffiges Kerlchen, willst wohl nur die Adresse verschweigen, weil da dein Anteil des Diebesgutes lagert, das du mit dem sauberen Herrn aus der hochgenommenen Wohnung hier ergaunert hast, was?“

„Ich ersehe aus Ihren Worten nur, dass Sie die armen Alten mit einer unangemessenen Hausdurchsuchung belästigen wollen. Ich schweige daher wie ein Grab!“

„Das werden wir ja sehen, dann geht es eben erst einmal ab in Beugehaft. Wachtmeister, rufen Sie einen Gefängniswagen herbei!“

Ich war am Ende. Eben noch in allerbester Laune und nun ganz tief unten.

Es dauerte auch gar nicht lange, dann hielt vor der Polizeiwache der hässliche Gefängniswagen, vor den zwei Pferde gespannt waren. Der pechschwarze Wagen war rundherum geschlossen. Nur im Dach gab es mehrere schmale Lüftungsschlitze. An der Hinterfront befand sich die Tür, in die ein stabiles Gitterfenster mit mehr als fingerdicken Streben eingefügt war, nicht wie seinerzeit in Aalborg, wo das Fenster des Hinterzimmers der Polizeiwache nur dünne Gitterstäbe besessen hatte, die ich recht leicht hatte aufbiegen können.

Auf beiden Seiten des Gefängniswagens befand sich eine Holzpritsche. Als ich zum Einsteigen aufgefordert wurde, staunte ich nicht schlecht, denn auf der einen Bank saß eine junge Frau. Zum Grüßen war mir in meinem Elend nicht zumute, so setzte ich mich ihr nur missmutig stumm gegenüber.

Sie starrte mich eine ganze Zeitlang prüfend an, dann fragte sie vorsichtig:

„Adolf?"

Woher kannte die junge Frau denn meinen Namen? Nun besah ich sie mir genauer.

„Na, erkennst du mich denn nicht mehr? Ich bin's doch, die Erna."

Erna, Erna? Auf einmal erschienen ein niedliches Stupsnäschen und ein lustiges Mozartzöpfchen vor meinem geistigen Auge. Aber wie hatte sich die hübsche Erna nur verändert? Sie war nun wie ein besseres Freudenmädchen gekleidet, gut und sauber, aber ein wenig zu auffällig.

„Naja, ist ja auch schon sechs Jahre her, wo wir uns auf der Steinstraße getroffen haben."

„Nee, die Nacht bei dir zu Hause habe ich nicht vergessen, Erna. Das waren damals sehr schöne Gespräche."

„Und schöne Schokolade und noch schönere Zigaretten, was?"

„Das auch", lachte ich. „Aber was machst du denn in einem Zellenwagen."

„Muss für vier Wochen in den Bau."

„Und darf man fragen, warum?"

„Übertretung sittenpolizeilicher Kontrolle nennt man das heutzutage im Amtsdeutsch."

„Autsch."

„Und du?"

„Beugehaft, weil ich nicht aussagen will."

Sie nickte nur noch und fragte lieber nicht weiter.

Eindeutig hatten die letzten sechs Jahre der Erna nicht gut getan! Ich war immer noch richtig erschrocken. Alle Kessheit und Naivität waren verflogen. Ihr früher so hübsches Gesicht hatte eine welke Farbe bekommen. Tja, das war wohl der Preis dafür, wenn man seinen Körper pausenlos verkaufen musste!

Beim Untersuchungsgefängnis angekommen, konnten wir uns nur noch kurz nett verabschieden, dann ging es in verschiedene Richtungen. Na klar, dachte ich mir, für Männlein und Weiblein gab es ja unterschiedliche Trakte im Bau. Beiden war uns auf dem Rest der Fahrt nicht nach dümmlichem „Gartenzaungeplauder" zumute gewesen, so hatten wir nur noch stumm unsere Füße angestarrt.

Und dann saß ich erst mal in einer Zelle. Doch es sollte für mich alles noch viel schlimmer kommen! Und das kam so:

Für Meta stand eindeutig fest, dass ich ihr gehörte, ob ich nun wollte, oder nicht. Es musste sich für sie nur einmal die Gelegenheit ergeben, mit mir ins Bett zu steigen, und ich wäre ihr unrettbar verfallen, meinte sie aber auch nur, wie ich hier noch einmal ausdrücklich betonen möchte! Ich wäre freiwillig nie im Leben mit der Dörrpflanze in die Kiste gehüpft.

Mein großer Fehler war nun gewesen, dass ich letzte Nacht nicht die Kaschemme am neuen Steinweg aufgesucht hatte. Meta hatte da natürlich sehnsüchtig auf ihren auserkorenen „Verlobten" gewartet. Da auch Lockenfitsche nicht zugegen war, suchte sie kurzerhand dessen Wohnung auf. Zu dumm, dass sie die Adresse kannte. Woher, ist mir bis heute schleierhaft. Vielleicht ist sie uns nach einem unserer Zechgelage mal heimlich bis zur Haustür gefolgt, ohne sich bemerkbar zu machen.

Meta klopfte jedenfalls bei Lockenfitsche und fragte:

„Wo ist denn mein herzallerliebster Adolf, ist der etwa bei dir?"

„Jetzt reicht's, Meta. Ein für alle Mal: Der Adolf, das ist nicht dein Adolf!"

„Doch!"

„Und der will mit dir nichts mehr zu tun haben. Dem gehst du gehörig auf die Nerven."

„Du lügst!"

„Der wird erst wieder in den neuen Steinweg kommen, wenn du dich da nie wieder blicken lässt! Dem wird schlecht, wenn er dich nur sieht!“

Ohne ein weiteres Wort zu verlieren, lief Meta heulend von dannen. Aber dieses verirrte Wesen schuf sich anscheinend seine eigene Welt, denn sie glaubte dem Lockenfitsche nicht eines seiner hässlichen Worte, die er doch nur ausgesprochen hatte, um mir damit zu helfen. Der liebe Adolf, der immer nett und zuvorkommend zum Weibsvolk war – daraus schloss sie ja überhaupt nur, dass ich auf sie stehen würde –, hätte so etwas nie zu seiner Angebeteten gesagt. Diese Gemeinheiten hatte sich der Lockenfitsche nur ausgedacht, weil er ihr den Adolf einfach nicht gönnte.

Zur Strafe ging sie schnurstracks zur Polizei und verpfiff den Lockenfitsche. Die Kriminalbeamten kannten die Wohnung natürlich nicht und hatten nichts Eiligeres zu tun, als die Räuberhöhle umgehend auszunehmen. Aus allen unseren gemeinsam begangenen Brüchen befand sich noch Diebesgut in den Speise- und Abstellkammern der Wohnung. Außerdem waren beim Auftauchen der Bullen auch noch der Flappenmacher und zwei stadtbekannte Hehler zugegen, was erschwerend hinzukam.

Ich saß vier Wochen in meiner Zelle, dann wurde ich dem Untersuchungsrichter vorgeführt. Und wer saß da als Zeugin auf der Bank? Meta!

Der grauhaarige Richter fragte die Aschblonde ohne Umschweife:

„Frau Gerdes?“

„Ja.“

„Kennen Sie diesen Mann?“

„Aber ja, das ist doch der Adolf!“

Ach du Schande, leider kannte die dusslige Meta ja tatsächlich meinen richtigen Namen.

„Können Sie uns auch den vollständigen Namen des Inhaftierten benennen, Frau Gerdes?“

Sie strahlte wie ein Honigkuchenpferd:

„Natürlich, Julius Adolf Petersen! So heißt mein Schatz mit vollem Namen!“

„Nicht Anton Walden?“

„Anton Walden, wer ist das denn?“

Damit war die Bombe geplatzt. Als von einem bei der Untersuchung anwesenden Polizisten nun auch noch der alte Steckbrief erwähnt wurde, schwante der Meta, was sie Furchtbares angerichtet hatte, und sie brach in einen nicht wieder enden wollenden Weinkrampf aus. Da hatte sie mich ja ganz schön ans Messer geliefert.

Und das Ende vom Lied? Acht Monate saß ich in Untersuchungshaft, dann wurde zunächst einmal der Einbruch beim Bäcker mit Raben-Max und Hunde-Robert verhandelt. Dafür bekam ich ein Jahr Gefängnis aufgebrummt.

Zwei Monate später waren Lockenfitsche, der Flappenmacher und ich für unsere Fälle an der Reihe. Lockenfitsche hatte sich die Strategie zurecht gelegt, gar nichts sagen zu wollen, was ihm der Richter allerdings sehr übelnahm. Ich tat ein wenig naiv und spielte den jungen Neuling, der da irgendwie nur hineingeschliddert war. Es half aber nichts. Nach der Beweisaufnahme kam der große Moment des Staatsanwalts. Er war noch richtig heiß, wie man so schön sagt, weil erst dreißig Jahre alt. Der schlanke, semmelblonde Mann trug auf der rechten Wange eine fürchterliche, rot leuchtende Schmarre, die den sonst ansehnlichen Mann ziemlich verunstaltete. Das Doppelkinn und die leichte Wölbung des Bauches zeigten, dass er auf dem Wege war, die Annehmlichkeiten des Lebens in vollen Zügen zu genießen. Böse starrte er mich mit Augen an, die das Feuer der Entrüstung offenbarten, und begann sein Plädoyer:

„Meine sehr geehrten Herren. Bei dieser Bande des Schreckens haben wir es zweifellos mit besonders skrupellosen Verbrechern zu tun. Darum halte ich eine außergewöhnlich hohe Strafe für mehr als angebracht. Wie ein Hohn auf die brave Gesellschaft würde hier die Milde des Gerichtshofs klingen. Allein schon die verwegene Flucht über die Dächer bei der Spitalerstraße und das

Hinabklettern am Blitzableiter ... Jeder brave Geschäftsmann müsste weiterhin um sein Hab und Gut zittern, wenn diese Individuen auf freiem Fuß wären. Kein Ort, kein Ladenlokal ist vor diesen Schurken sicher. Ihre Gewandtheit und Verwegenheit kennt keine Schranken. Die Gewerbsmäßigkeit, mit der die Bande ihre Einbrüche betrieb, ersehen wir schon an der Dimension des Diebesgutlagers, das ungeheuerlicher nicht hätte sein können. Wenn auch Julius Adolf Petersen ganz sicherlich nicht der Kopf und der Anführer der Bande gewesen ist, so steht er in Gefährlichkeit seinem Führer in nichts nach. Ich beantrage also auch für den Angeklagten Petersen fünf Jahre Zuchthaus und danach zehn Jahre Ehrverlust und Stellung unter strenge Polizeiaufsicht."

Mein Verteidiger führte eindringlich in seinem Schlussplädoyer meine Jugend auf und meinte, eine normale Gefängnisstrafe würde es doch noch einmal tun, damit ich danach wieder in das geordnete, bürgerliche Leben zurückkehren könne, und die Richter ließen wirklich Milde walten. Das Urteil lautete: Vier Jahre Gefängnis und danach statt zehn nur fünf Jahre Ehrverlust. Die abgesessene Zeit im Untersuchungsgefängnis und das eine Jahr für den Bruch beim Bäcker wurden mit eingerechnet.

Da ich noch unter einundzwanzig Jahre alt war, wurde ich in die Jugendabteilung überführt, wo ich Einzelhaft bekam. Es hätte mich auch schlimmer treffen können, zum Beispiel mit dem ollen Zucht- und Spinnhaus. Das Spinnhaus wurde 1670 ursprünglich als Strafarbeitslager für Prostituierte eingerichtet und entwickelte sich zum offiziellen Stadtgefängnis, war aber zu meiner Zeit schon fürchterlich vergammelt und wurde dann auch 1907 abgerissen. Da war Fuhlsbüttel um Längen besser.

Als Arbeit wurde mir Strümpfe-Stricken zugewiesen. Das allerdings fand ich schlimm genug!

Wieder draußen – Hast du kein Glück, kommt auch noch Pech dazu

Damals trug die Damenwelt noch wollene Strümpfe mit Waden, nicht wie heute die feinen Seidenstrümpfe. So saß ich den ganzen lieben Tag lang im Gefängnis an der vermaledeiten Strickmaschine. Zu spät kam mir die Erkenntnis, was ich mir selbst angetan hatte. Wie oft weinte ich bittere Tränen auf die wollenen Strümpfe. Wenn die Damen gewusst hätten, dass ihre Strümpfe mit den Tränen eines Gefangenen benetzt waren ... Und wenn ein besonders schlankes Paar Strümpfe zu fertigen war, sah ich darin im Geiste meine wunderschöne Liesbeth einherstolzieren, von der ich in meiner Einzelzelle immer häufiger und heftiger träumte.

Auch empfand ich nun große Schuldgefühle meinen Eltern gegenüber. Wie viel Kummer hatte ich ihnen doch schon bereitet. Mudder würde sich bestimmt vor lauter Gram in den Schlaf heulen. Vadder war sicherlich eher zutiefst enttäuscht und machte sich selbst Vorhaltungen und Schuldgefühle, dass er etwas mit der Erziehung falsch gemacht hatte. Dabei trug er doch daran keine Schuld. Wie heißt es immer so schön: Jeder ist seines Glückes Schmied!

Meine Rettung im Gefängnis war Pastor Miete. Wenn ich auch ansonsten mit Kirche und Glauben nichts am Hut habe, aber der Anstaltsgeistliche brachte bei mir Saiten im Innersten zum Klingen, die ich gar nicht kannte. Nachdem mein Misstrauen ihm gegenüber ausgeräumt war, wartete ich anfangs nur auf rituellen Schabernack oder transzendentale Anwandlungen des Pastors, auf flammende Reden in Schwarz und Weiß nach dem Motto: Hier der Teufel, da der liebe Gott. Aber es kam ganz anders.

Pastor Miete war sanftmütig, geduldig und sprach immer nur von Selbsterkenntnis.

„Verlange von deinen Mitmenschen nur, was du auch anbietest!“

„Wie soll ich das verstehen, Pastor?“

„Wenn ein Mensch sich zu der Selbsterkenntnis durchringt, dem Nächsten kein Unrecht und kein Weh zu bereiten, weil er es am eigenen Leib spüren und ertragen musste, fühlt er sich allen Menschen gegenüber innerlich frei und glücklich.“

Pastor Miete ließ es auch zu, dass wir über die Gräueltaten der Kirche in den vergangenen Jahrhunderten reden konnten, ohne dass er mich abwürgte oder abwimmelte. Eine kritische Auseinandersetzung mit der Vergangenheit täte der Kirche sehr gut, war sein Motto.

Seine Worte, vielleicht auch sein Wesen und Auftreten trafen mich irgendwie. Zudem lernte ich im Knast Menschen kennen, die einen viel besseren Charakter hatten als draußen viele Ehrenleute, die treu und brav jeden Sonntag zur Kirche rannten und in Wirklichkeit scheinheilig ohne Ende waren.

Dem Anstaltsgeistlichen hatte ich es dann auch letztlich zu verdanken, dass sich meine Haftstrafe um ein Jahr verkürzte. Ohne es mich wissen zu lassen, hatte er eine schriftliche Eingabe beim Senat eingereicht, und die war positiv entschieden worden.

Was für ein erhebendes Gefühl war es, als sich die Anstaltstore hinter mir in der richtigen Richtung schlossen.

Der Gefängniswärter rief mir noch mahnend hinterher:

„Sieh zu, dass wir dich hier nie wieder zu Gesicht kriegen, Adolf!“

„Keine Angst, Herr Meier, mich seht ihr bestimmt nie, nie wieder!“

Davon war ich damals felsenfest überzeugt, aber es sollte anders kommen.

Ich atmete kräftig durch. Die Luft empfand ich als würziger und konnte mich gar nicht satt sehen an den Bäumen, Häusern, Straßen und Menschen. Drei Jahre hatte ich fast nur meine winzige

Einzelzelle und den Saal mit den Strumpfstrickmaschinen gekannt.

Der erste Weg führte zu meinen Eltern. Lange muss ich mich zurückbesinnen, dass es einmal Tränen der Freude waren, die in den Augen von Mudder und Vadder schimmerten. Dann kochte Mudder zur Feier des Tages ein Freudenmahl. Oh, wie der Zugang zum Paradies mundete mir die leckere Hausmannskost nach dem spartanischen Gefängnisessen in Fuhlsbüttel!

Aber Pastor Miete tat noch mehr für mich. Um mir die Resozialisierung zu erleichtern, verschaffte er mir sofort Arbeit. Gleich den nächsten Morgen musste ich als Maurerhandlanger am Anbau des Gefängnisses tüchtig zupacken. Doch ich empfand es nicht als Qual, die hohen Leitern mit dem Tragebrett voller Ziegelsteine hochzusteigen. Keine Arbeit war mir zu schwer, wo ich nun immer wieder einen ungehinderten Blick auf den strahlendblauen Himmel über der alten Hansestadt werfen konnte.

Nach sechs Wochen wurde ich zur Fürsorge gerufen.

„Wie geht es Ihnen, Herr Petersen?“

„Sehr gut, sehr gut, danke der Nachfrage.“

„Und was macht die Arbeit?“

„Ich kann mich nicht beklagen, ist zwar eine Tätigkeit, die ganz schön auf die Knochen geht, aber ich bin den ganzen Tag an der frischen Luft, was will man mehr.“

„Finden Sie nicht, dass Sie sich nun langsam selbst um eine andere Beschäftigung bemühen könnten?“

„Warum? Gibt es denn ein Problem?“

„Ja und nein. Wir brauchen Ihren Arbeitsplatz nur für den nächsten Sträfling, der aus der Fuhlsbüttler Strafanstalt entlassen wird.“

Das konnte ich verstehen. Also schaute und hörte ich mich in Hamburg nach was anderem um. Keine Woche später hatte ich eine Anstellung als Fuhrmann gefunden. Mir hatte es so gut getan, draußen arbeiten zu können, dabei wollte ich erst einmal bleiben. Und es gab auch nichts zu beanstanden. Die nächsten neun Monate verrichtete ich brav meinen Dienst. Pferde waren seit meiner

Zeit auf dem Gutshof bei Randrup ja auch kein Mysterium mehr für mich. Inzwischen kam ich sogar mit störrischeren Vierbeinern zurecht, ohne sie dafür quälen zu müssen.

Die Firma war recht groß. Das Mietfuhrwerk-Unternehmen besaß über zwanzig Gespanne. Es gab nichts, was ich nicht transportieren musste. Sehr oft war Kohle zum Heizen der vielen Hamburger Wohnungen meine hauptsächliche Ladung.

So brachte ich eines Abends, nach meiner letzten Lieferung, das Fuhrwerk zum Stall zurück, als mich einer der anderen Kutscher ansprach:

„Du, Adolf, da hat vorhin ein Herr nach dir gefragt."

„Genau, und weißt du was? Der sah mir aber hundertprozentig nach einem Kriminalkommissar aus!", ergänzte ein zweiter.

„Haben dem feinen Herrn gesagt, dass du nicht vor acht Uhr abends mit dem Fuhrwerk zum Stall zurückkommst."

„So lange wollte er aber nicht warten, da hat er uns ein Couvert für dich in die Hand gedrückt und gesagt, da wäre auch noch eine Quittung drin, die du unterschreiben und an die Strafanstalt Fuhlsbüttel zurückschicken sollst."

„Weiter erklärte der Kriminalbeamte, du hättest bei der Entlassung aus der Anstalt sechs Mark bekommen, aber damals nicht quittiert."

„Bei einer Kassenrevision sei das jetzt rausgekommen, dass deine Unterschrift fehlt."

Natürlich hatten meine zwei Kollegen das Aufgeschnappte längst drei befreundeten Kollegen erzählt, die nichts anders zu tun hatten, als das rundherum zum Tagesgespräch zu machen. Das Ende vom Lied: Jeder Kutscher in der Firma wusste nun, dass ich ein entlassener Sträfling war. Diese Bloßstellung traf mich wie ein Faustschlag mitten ins Gesicht. Das Verhalten der Fuhrwerker mir gegenüber war nun von deutlichem Misstrauen geprägt. Ich hatte das Gefühl, dass keiner mehr etwas mit mir zu tun haben wollte, so kündigte ich lieber eine Woche später.

Ich hatte den Eindruck, dass mein Vorarbeiter froh darüber war, denn er überschlug sich förmlich dabei, mir meine letzten Mark

Wochenlohn auszurechnen und umgehend in die Hand zu drücken. Die Quittung durfte ich auf der Stelle unterschreiben.

Aber das war längst nicht alles. Die Kutscher meiner Firma kannten natürlich wieder Fuhrwerker anderer Mietkutschunternehmen, sodass in Windeseile jeder Kutscher in Hamburg wusste, dass ich ein „Ex-Knasti“ war. Und damit war meine „Karriere“ als Mietkutscher ein für alle Mal erledigt.

Vadder ließ das keine Ruhe. Er ging zum Gefängnisdirektor nach Fuhlsbüttel und beschwerte sich bitterlich, doch der Direktor war eiskalt und sagte nur, dass er doch nichts dafür könne, so hätte er die Angelegenheit der Polizei bestimmt nicht aufgetragen, es mir auszurichten.

In meiner Wut habe ich natürlich die Quittung über die erhaltenen sechs Mark in unendlich viele kleine Schnipsel zerrissen und in alle Winde verstreut. Bei der nächsten Revision muss das Fehlen der Quittung wieder aufgefallen sein, doch das interessierte mich nicht die Bohne.

Aber Pastor Mietes Arbeit mit mir, die drei Jahre im Gefängnis, die war nun wieder für die Katz. Ich fühlte mich ungerecht behandelt. Und mein Naturell ist es nicht, auch noch die linke Wange hinzuhalten, wenn man mir auf die rechte draufschlägt. So baute sich immer mehr Groll gegen die Obrigkeiten und die Ungerechtigkeiten der Welt in mir auf.

Doch was nun? Ich brauchte nicht lange, dann hatte ich eine zündende Idee. Meinen Bruder Karl pumpte ich um das Geld an, dass ich mir auf dem Schützenhof in Barmbeck eine Kaschemme kaufen konnte. Natürlich musste er auch auf seinen Namen die Ausschank-Konzession beantragen, denn die hätte ich als „Knasti“ nie erhalten. So wurden Karl und ich gemeinsame Besitzer einer Kellerwirtschaft. Unerfreulich war nur, dass Karl und ich unentwegt über die Tageskasse stritten. Ich sah das mit dem Geldverdienen ein wenig lockerer als mein Herr Bruder.

Als Gastwirt zog ich rasch, wie das Licht die Motten, all die Kunden an, denen man als ehrlicher und braver Bürger lieber aus dem Weg geht. Auch sprach es sich in meinen „alten Kreisen“

schnell herum, dass der Adolf jetzt eine eigene Wirtschaft führte. Ich konnte jedenfalls gar nicht so schnell gucken, wie proppenvoll der Laden immer war.

Allein die Spitznamen der Kerle waren schon erbauend: Waffen-Ede, Gurken-Heiner, Wichtel-Alfred, Klau-Werner, Mops-Hartmann, ich krieg sie gar nicht mehr alle zusammen.

Dann sollte es zu dem Abend und zu den Ereignissen kommen, die mich bei gewissen „Elementen“ zu einem Helden und einem der ihren stempelte. Auch galt ich fortan in diesen „Kreisen“ als „Schwerer Junge“, was gar nicht meine Absicht gewesen war.

Doch von vorne:

Ich weiß auch nicht, woran das liegt, dass direkte Nachbarn sich oft so spinnefeind sind. Aber wie oft habe ich zeit meines Lebens erlebt, dass diese sich mit Boshaftigkeiten und Schlimmerem überzogen haben, ja es wurde auch nicht davor zurückgeschreckt, sich gegenseitig wegen unwichtigster Nichtigkeiten vor den Kadi zu zerren.

So ein Verhältnis hatten einer meiner Stammgäste, der Hein – seinen Nachnamen kenne ich nicht einmal – und sein direkter Nachbar, der seines Zeichens aber Udl von Beruf war.

Als Hein nun, wie jeden Abend, bei mir einen über den Durst getrunken hatte (er war eigentlich einer meiner besten Kunden, ließ er doch fast seinen ganzen Lohn in meiner Kneipe), da rasselte er draußen mit eben diesem Nachbarn – in Zivil, also außer Dienst – aus Versehen zusammen.

Sofort blökte der Udl den besoffenen Hein an:

„Du alte Schnapsdrossel, das war klar, dass du hier voll wie Hacke aus der Wirtschaft torkelst.“

„Lass … hicks … en Sie mich … hicks … in Ruhe!“

„Zu was anderem, als dich vollaufen zu lassen, bist du doch gar nicht mehr in der Lage. Kriegst du überhaupt noch einen hoch?“

„Solche Be … hicks … leidigungen muss ich mir … hicks … nicht gefallen lassen.“

„Das wäre noch schöner, wenn du Saufziege mir was zu sagen hättest!“

„Mäßigen Sie Ihren … hicks … Ton …“

Der Lärm vor dem Lokal schwoll immer weiter an, das konnte nicht gut sein, so war ich rasch zur Tür hinaus und zog den Hein einfach kurzerhand in die Kneipe zurück. Und blieb wie zum Schutz inmitten der Tür stehen.

Doch damit war es leider nicht getan. Draußen hatte sich inzwischen eine große Menschenmenge gebildet. Es wäre ja nun alles gut gewesen, wenn der Udl Ruhe gegeben hätte, aber der war mittlerweile so auf Zinne, dass er immer weiter wütete.

Nun schrie er dafür eben mich an:

„Ich befehle Ihnen, diesen Gast aus Ihrem Etablissement zu entfernen und ihm ein für alle Mal Hausverbot zu erteilen.“ Ich sagte erst einmal gar nichts. „Haben Sie nicht gehört, Wirt? Eine Antwort, aber zack, zack, sonst brandmarke ich Ihren Schuppen überall als die übelste Spelunke, die es in Hamburg gibt, und die jeder anständige Bürger in weitem Bogen zu meiden hat!“

„Das ist doch wohl immer noch ganz allein meine Sache, wen ich als Gast in meiner Wirtschaft begrüße, oder? Das Einzige, was dem Ruf meiner Lokalität schadet, ist ihr jämmerliches Geschrei hier!“

Diesen letzten Nachsatz konnte ich mir einfach nicht verkneifen, schließlich war durch die Schuld eines Polizeibeamten, der zu faul war, mir ein Couvert nach acht Uhr abends auszuhändigen, mein Ruf vor nicht langer Zeit vollständig ruiniert worden.

Doch nun setzte offensichtlich etwas in dem Quadratschädel des Udl aus. Mit einem Wutschrei, der mehr dem Angriffsruf eines Comanchen auf dem Kriegspfad denn dem eines besonnenen Polizeibeamten glich, stürzte er sich auf mich und fing an, wild auf mich einzuschlagen. Es blieb mir gar nichts anders übrig, als mich zu wehren, sonst hätte der Wüterich mich windelweich geprügelt.

Aber meine Kräfte waren den seinen überlegen. Nach einigem Hin und Her versetzte ich ihm einen Faustschlag genau unter das Kinn. In der Boxersprache nennt man das ein Glas-Kinn, wenn ein nicht mal allzu fester Schlag reicht, um den Mann einfach umzuhauen. Der Geschlagene kippte jedenfalls aus den Latschen. Dummerweise krachte er beim Rückwärtsfallen mit dem Hinterkopf genau auf den Kantstein und blieb leblos liegen.

Sofort sprangen mehrere Passanten zu ihm hin, um sich um ihn zu kümmern. Der Menschenauflauf vor meinem Lokal wurde groß und größer, da blieb es nicht aus, dass sich auch die Ordnungsmacht auf den Plan gerufen fühlte. Ein wohlbeleibter, rotgesichtiger Udl, diesmal aber mit frisch gestärkter Uniform und blitzender Pickelhaube, trottete zu der aufgebrachten Menge.

„Was ist hier los?“ Doch bevor jemand eine Erklärung abgeben konnte, brüllte er schon: „Alles zur Seite treten, aber flott!“ Mit einem Blick sah er, wer da im Rinnstein lag. „Ich werd’ nich’ wieder, das is’ ja der Gustav aus’m Nachbarrevier. Und dann blutend am Boden?“

„Wer war das? Wo ist der Delinquent?“

Er fragte gar nicht erst nach der Ursache und wer denn überhaupt der Schuldige sei. Für ihn hatte ein Polizist offensichtlich immer Recht.

„Der Gastwirt war’s, der hat sich mit dem im Rinnstein da geprügelt!“

Immer gibt es in einer Menschenmenge einen Verräter, das ist einfach so. Vielleicht konnte dieser Kerl sich so das einzige Mal in seinem Leben wichtigmachen.

Sofort stürmte der uniformierte Udl übereifrig in mein Lokal und schrie in höchsten Falsett-Tönen:

„Gastwirt, sofort mit zur Wache kommen, auf der Stelle, Sie sind verhaftet, verstanden?“

Der war ja genauso auf Zinne wie sein Kollege, der wohl immer noch ohnmächtig auf der Straße lag.

„Das geht nicht, ich kann doch meine Wirtschaft nicht einfach unbeaufsichtigt lassen, ich bin hier alleine.“

„Ist das mein Bier?“

Nein, mir ging es aber um meins.

„Außerdem kann ich gar nichts dafür. Der Mann hat einfach ohne Grund auf mich eingeprügelt. Ich hatte gar nichts gemacht, außer um ein wenig mehr Mäßigung im Streit mit einem meiner Gäste zu bitten."

Sofort sprangen mir diverse meiner Gäste zur Seite und bestätigten meine Darstellung, aber das interessierte den Rotgesichtigen nicht im Geringsten.

„Sofort mitkommen habe ich gesagt, oder sind Sie schwer von Kapee?"

„Ich denke gar nicht daran, Schutzmann, ich lasse mein Lokal doch nicht unbeaufsichtigt."

„Ha, das werden wir ja gleich sehen!"

Nun packte er mich einfach am Hosenbund und am Schlafittchen und wollte mich kurzerhand aus der Kneipe hinaustragen. Aber bei mir fruchtete dieser wohlbekannte Nachtwächtergriff nicht, wenn meine Füße auch schon Schwierigkeiten bekamen, überhaupt noch Kontakt mit den Dielenbrettern zu behalten. Der Udl war deutlich stärker, als der im Rinnstein liegende Vorgänger.

Da erinnerte ich mich eines Ringergriffes, den ich in der Jugend beim Sport gelernt hatte. Ich packte meinem Gegner hinter mir am Handgelenk, machte einen Katzenbuckel und versuchte, ihn mit einem heftigen Ruck über meinen Rücken zu ziehen, aber er war einfach zu schwer dafür. Ein dicker, zentnerschwerer Mehlsack lastete nun auf meinem gepeinigten Rücken.

Der Rotgesichtige änderte darauf seine Taktik und versuchte, mich nun mit roher Gewalt aus dem Lokal hinauszuschieben. Durch sein deutlich höheres Körpergewicht gelang ihm das anfangs auch nicht schlecht, denn ich kam langsam aber sicher bedrohlich in Richtung Eingangstür. Die glatten Schuhsohlen taten das ihrige dazu, dass ich mich immer mehr wie auf einer Eisbahn fühlte.

Der Türpfosten rettete mich aber. Blitzschnell packte ich die Gelegenheit beim Schopfe und umschlang den Pfosten mit beiden Armen. Nun war es vorbei mit der Schieberei des Polizisten.

Den kurzen Überraschungsmoment ausnutzend, als er sich noch auf eine Folgeaktion besinnen musste, nutzte ich und ergriff abermals den Arm des Gegners. Diesmal war er auf einen Angriff nicht vorbereitet. Jedenfalls flog er auf einmal in einem hohen Bogen über mich hinweg auf die Straße hinaus.

Vor der Kaschemme war die Menschenmenge in der Zwischenzeit eher noch mehr angewachsen. Einen fliegenden Udl zu sehen, das amüsierte alle natürlich königlich. Das Hohngelächter wollte gar nicht wieder verstummen, und es brandete kräftiger Beifall für meine Handlung auf.

Aber der Schutzmann war von anderem Schrot und Korn als sein Kollege in Zivil. Er rappelte sich sofort wieder auf und suchte erst einmal seine Pickelhaube im Staub der Straße, setzte sie in aller Seelenruhe auf, zog die Sturmkette fest und zückte dann seinen Säbel. Mit einem martialischen Wutschrei rannte er in das Lokal zurück, wo ich mich natürlich längst wieder an meinen Arbeitsplatz, sprich hinter den Tresen, zurückgezogen hatte.

Nun drang der Rotgesichtige also mit seiner blanken Waffe auf mich ein. Allein schon der Gesichtsausdruck des Wüterichs offenbarte mir, dass das kein Akt der Abschreckung, sondern blutiger Ernst werden sollte.

Ich musste um mein Leben fürchten. Als er mit der fürchterlichen Waffe ausholte, um gerade meinen Kopf zu spalten, sprangen rechtzeitig mehrere Gäste hinzu und zogen mit gemeinsamer Anstrengung seinen Arm herunter, sodass die Klinge nun krachend in das Holz der Theke anstatt in meinen Schädel fuhr.

Das gab mir die Gelegenheit, mit einem einzigen kühnen Satz über den Tresen zu springen, dem Verdutzten den Säbel aus der Hand zu reißen und vor seinen Augen über meinem rechten hochgezogenen Knie zu zerbrechen.

Sofort sah ich mir seinen Gürtel etwas näher an, aber weitere Waffen konnte ich dort nicht entdecken. Wie gut, dass der Kerl keinen Revolver trug, den hätte er in seiner Mordlust sonst bestimmt auch noch zu benutzen versucht.

Aber immer noch gab der dem Wahnsinn nahe Rotgesichtige keine Ruhe. Nun packte er als Nächstes meinen Hals mit seinen dicken Wurstfingern und versuchte, kräftig zuzudrücken. In aufsteigender Panik tat ich es ihm gleich. Beide hatten wir nun die

Hälse des jeweils anderen im Schraubstock. Bevor es aber zum Erstickungstod des einen oder anderen kommen konnte, gab er lieber auf. Er sah wohl ein, dass er gegen mich keine Chance gehabt hätte. So lockerte ich natürlich auch sofort meinen Griff, als er seine Hände von meinem Hals nahm.

Ich stand auf und schleifte den schwer nach Luft ringenden Bullen wie einen schweren Sack Kohlen auf die Straße am Schützenhof hinaus. Und wieder brandete Beifall und Johlen in der vor dem Lokal versammelten Bevölkerung auf. Das war ein Schauspiel so richtig nach dem Geschmack des Publikums.

Der Rotgesichtige, der die Gabe eines Stehaufmännchens zu besitzen schien, rappelte sich schwerfällig und mühsam auf. Aber statt abermals den Kampf zu suchen, zog er seine Signalpfeife aus der Tasche und pfiff, als ob es um sein Leben ginge. Jedes Pfeifen schien lang und länger zu werden, als ob ihm dabei nie die Puste ausgehen könne. Sein Luftvolumen war also offensichtlich vollständig zurückgekehrt.

Das Resultat war natürlich, dass aus allen Ecken und Winkeln immer mehr Schaulustige die Straße bevölkerten, bis kein Fußgänger, geschweige denn ein Fahrzeug, noch an der Ecke Bartholomäusstraße und Schützenhof vor oder zurück gekonnt hätte.

Aber auf diese Anforderung hin dauerte es natürlich auch nicht lange, und vier weitere Pickelhauben waren vor Ort. Diese verschafften sich schnell den nötigen Respekt, bis man sie zu ihrem jähzornigen Kollegen durchließ.

Der Dicke winkte die vier aufgeregt zu sich, stapfte voran, betrat meinen Laden ein weiteres Mal und schrie:

„Da hinter dem Tresen steht der Attentäter. Verhaften, arretieren, festsetzen, gefangen nehmen, abführen …“

In seiner Aufregung gebrauchte er unzählige Worte für ein und denselben Vorgang.

Nun gab es kein Pardon mehr, ich musste mit. Ich schaffte es wenigstens, dass einer der Udl den Laden so lange beaufsichtigte, bis meine Familie benachrichtigt und anstatt meiner die Leitung übernehmen konnte.

Auf der Wache machte man es sich einfach. Natürlich hatten die beiden Udl nur in Notwehr gehandelt, und ich allein war der böse Bube. Noch in der gleichen Stunde steckte man mich in eine ekelhafte kleine Zelle im muffigen, zugigen Keller der Polizeiwache.

Doch diesmal hatte ich Glück. Einer meiner Stammgäste notierte derweil eifrig in meiner Kneipe die Namen von Zeugen des Vorfalls und brachte sie noch in der gleichen Nacht zur Wache. Bei den Menschenmassen, die den Vorfällen beigewohnt hatten, gab es natürlich Männer genug, die zur Aussage bereit waren. Allein schon die ellenlange Namensliste der aufgeführten Zeugen muss die Polizisten beeindruckt haben, ansonsten wären die Ausführungen des Rotgesichtigen und die von Heins Nachbarn mir bestimmt zum Verhängnis geworden.

Den Bullen blieb nun nichts anderes mehr übrig, als mich am nächsten Morgen zähneknirschend erst einmal wieder freizulassen.

Am gleichen Abend musste ich schon um acht Uhr konstatieren, dass ich mein Lokal wegen hoffnungsloser Überfüllung schließen musste. Und das ebbte auch die nächsten Wochen nicht mehr ab. Die Geschichte vom Gastwirt, der zwei Udl vermöbelt hatte, war einfach zu gut, als dass sie nicht jeder erzählt, aufgebauscht und abermals weiter aufgebauscht hätte. Ich war eher verwundert, dass ich nach zwei Wochen nicht irgendwo zu hören bekam: „Kennst du eigentlich die wahre Geschichte von dem Gastwirt aus Barmbeck, am Schützenhof, Ecke Bartholomäusstraße, der fuffzig Udl aufgemischt hat!“

Die Kehrseite der Medaille war, dass die ordentlichen Bürger in meiner Kaschemme weniger und weniger wurden, dafür aber alles halbseidene Pack aus ganz Hamburg und Umgebung mein Lokal plötzlich heiß und innig zu lieben schien.

Ein knappes Quartal später brachte die Staatsanwaltschaft den Fall natürlich doch noch zur Verhandlung. Es war dabei so offensichtlich, dass von Anfang an alle, vom Vorsitzenden über die beiden Schutzleute bis zum Staatsanwalt, jeder auf der Seite des armen Rotgesichtigen und seines Kollegen waren. Aber die Liste der Entlastungszeugen war einfach viel zu lang, als dass sie vom Gericht ignoriert werden konnte, so lautete das Ergebnis:

F R E I S P R U C H !!!

Ungeduld – Warten auf den Kriegsruf

Das Geld sprudelte auf einmal wie von selbst. Natürlich nicht aus dem normalen Betrieb der Kaschemme. Davon kann und konnte man nicht reich werden. Aber ich hatte bald schon eine zusätzliche Einnahmequelle entdeckt: das Glücksspiel. Gerade die gut situierten Herren aus besserem Hause suchten den Kick und waren nur zu gern bereit, dafür tüchtig 'was zu berappen. So sah ich des Nachts immer früher zu, dass ich die letzten Trinker hinaus komplementiert bekam, um danach alle Fenster mit schwarzen Vorhängen zu verdunkeln, denn nach der Sperrstunde durfte offiziell ja nichts mehr laufen. Auf vorher verabredete Klopfzeichen ließ ich dann die feinen Herren gegen ein saftiges Eintrittsgeld zu mir ins Hinterzimmer hinein. Was die dann da spielten und trieben, war mir eigentlich völlig schnuppe. Die von mir ins Clubzimmer gereichten Getränke verdoppelten sich zu später Stunde natürlich auch mindestens im Preis. Aber das war den Spielern nebensächlich. Pochen, Paschen oder Roulette nahmen sie ganz in Beschlag. Das Einzige, was bei mir in der Zeit immer mehr zu kurz kam, war der Schlaf.

Außerdem schob ich während der nächtlichen Spielrunden in der Gaststube natürlich Wache, um auf patrouillierende Pickelhauben zu achten. Die waren aber stets so bräsig, dass sie allabendlich vorbeischlenderten und von dem Zusatzerwerb nicht das Geringste bemerkten.

Aber es gab durchaus auch pfiffigere Zeitgenossen. Eines Nachts kratzte es an der Tür. Ich dachte, es wäre ein Stammkunde, der am Abend noch nicht zum Spielen erschienen war, weil das Erkennungsmerkmal ähnlich klang, aber weit gefehlt. Vor mir stand plötzlich ein Engel von einem Mädchen, in die gestrenge Uniform der Heilsarmee gewandet.

„Nanu, womit kann ich zu so später Stunde dienen?“

„Ich habe hier den Kriegsruf [47] bei mir, das Magazin der Heilsarmee!“

„Wie kommen Sie denn darauf, dass jetzt, weit nach zwei Uhr, noch Gäste in meinem Lokal sind und Sie hier noch Zeitschriften verkaufen können?“

„Ach, tun Sie doch nicht so, Herr Petersen, ich bin doch nicht von gestern. Die Kneipen kann man in Hamburg gar nicht zählen, in denen es erst nach der offiziellen Polizeistunde so richtig rund geht!“

Über ihr Wissen, aber auch über ihre Kessheit, war ich sehr überrascht.

„Darf ich also hinten bei Ihnen im Clubzimmer meinen Kriegsruf anbieten?“

„Tut mir Leid, Gnädigste, ich glaube nicht, dass das bei meinen Gästen gut ankäme.“

Sie lachte:

„Kann ich mir gut vorstellen, die wollen unerkannt bleiben, was? Sind denn wenigstens so illustre Gäste wie der Bürgermeister Hachmann[48] oder der Leiter der Barmbecker Gasanstalt[49] dabei?“

---

[47] Bis zum 5. Januar 2008 hieß die Zeitschrift der Heilsarmee übrigens noch „Kriegsruf“. Ab vorgenanntem Datum dann „Heilsarmee-Magazin“.

[48] 1909 wurde der Hachmannplatz zwischen dem Hauptbahnhof und dem neuen Kontorhaus Bieberhaus in Hamburg-St. Georg nach ihm benannt.

[49] Das Gaswerk an der Osterbekstraße, Ecke Flotowweg wurde im Jahr 1876 gebaut. Anfangs war geplant, Hamburgs zweites Gaswerk in Eppendorf zu bauen. Nach heftigen Protesten der Eppendorfer, sie appellierten mit der Druckschrift „Ein Notschrei aus Eppendorf“ an die Öffentlichkeit, entschied der Senat, das Gaswerk an der Osterbek in Barmbek bauen zu lassen. Gegen diesen Standort waren weniger Proteste zu erwarten, da die Gegend noch kaum besiedelt war. Wie entlegen sie für das Empfinden mancher Hamburger war, lässt der Name eines Hamburger Wirtshauses vermuten, das an der Osterbekstraße stand und „Zum Nordpol“ hieß. Wenige Jahrzehnte später war das Gaswerk von dichtbevölkerten Wohnvierteln umgeben. Nach zwanzig Jahren Querelen kam dann endlich der Abriss und die Entgiftung des Bodens. 1992 wurde auf dem Gelände des ehemaligen Gaswerks das „Büro- Kommunikations- und Dienstleistungszentrum Alster-City“ errichtet.

Das wurde ja immer ulkiger mit dieser blonden Schönen, die höchstens zwanzig Lenze zählen mochte. Vom ersten Augenblick an hatte ich mich in dieses Mädchen verguckt.

Bevor sie aber weiter drängelte, hinten ihre Kriegsrufe zu verkaufen, sagte ich spontan:

„Was halten Sie denn davon, wenn ich Ihnen all Ihre restlichen Kriegsrufe abkaufe?“

„Alle? Das sind aber noch mindestens zwanzig Stück!“

„Immer her damit!“

Die Zeitung der Heilsarmee kostete zwanzig Pfennig. Die etwa vier Mark war mir das allemal wert.

Nun wollte ich natürlich auf gar keinen Fall, dass sie sofort wieder das Weite suchte, also zögerte ich das Bezahlen so lang wie möglich heraus und fragte ihr über die Heilsarmee, ihren Aufbau und die Organisation Löcher in den Bauch, obwohl mich das, wenn ich ehrlich bin, eigentlich nicht die Bohne interessierte. Da war sie natürlich in ihrem Element. Die Blonde sprühte geradezu vor Energie und Diensteifer. Das Letzte, was ich getan hätte, war sie zu bremsen. Froh war ich auch, dass keiner der Glücksspieler nach vorn kam. Das lag ganz bestimmt nicht daran, dass keiner der Herren mehr Durst gehabt hätte, aber die Spielsüchtigen wussten ja nicht, wer da vorn in der Gaststube vorsprach, und wollten sich natürlich auf keinen Fall zu erkennen geben.

In meiner Boshaftigkeit malte ich mir aus, wie da so einige Herren ungeduldig, mit übereinandergeschlagenen Beinen unruhig auf ihrem Stuhl hin und her rutschten, weil sie auch nicht dem Drang ihrer Blase nachgeben konnten, ohne sich vorher bei uns zu zeigen.

Doch zurück zu meiner Schönen: Ich verstrickte sie mehr als zwei Stunden in angeregte Gespräche. Als es ihr zu warm wurde, und sie Hut und Mantel zur Seite legte, war es ganz um mich geschehen. Was für eine Schönheit, welche Anmut und dazu noch eine sprühende Intelligenz, unweigerlich musste ich an meine Liesbeth im fernen Dänemark denken.

So fragte ich neugierig:

„Aber sind Sie sich nicht viel zu schade für die Arbeit in der Heilsarmee?“

„Warum das denn? Die Arbeit macht mir Spaß, ich bin immer unter vielen Menschen. – Wir nehmen übrigens auch Männer auf, wie wär's?“

„Nein, nein“, lachte ich, „ich habe schließlich hier diese Wirtschaft, die ich betreibe, und die Arbeit macht sich schließlich nicht von allein.“

„Das muss ja nicht so bleiben, ich meine, dass Sie Gastwirt bleiben …“

„Bei Ihnen muss das doch auch nicht so bleiben mit der Heilsarmee. Bei Ihren Vorzügen, da finden Sie doch leicht einen reichen Herrn, den Sie ehelichen können.“

„Lieber nicht. Sie glauben gar nicht, was ich Tag für Tag in den Familien der Stadt alles für Elend erlebe, da ist mir die Lust aufs Heiraten ein für alle Mal vergangen.“

Und wieder konnte ich nur staunen. Die junge Frau wusste genau, was sie wollte, und hatte in jeder Lebenslage ihren eigenen Standpunkt, mit dem sie auch nicht hinter dem Ofen hielt.

„Und dann verkaufen Sie neben all diesen Hilfstätigkeiten in der ganzen Stadt noch bis in die Puppen den Kriegsruf?“

„Da gehört schon eine Portion Idealismus dazu, das stimmt.“

„Wo verkaufen Sie denn ansonsten die Zeitungen, wenn nicht bei mir?“

„Meist in den Lokalitäten der Hamburger Straße und des Steindamms.“

Dann fiel ihr Blick auf die Uhr:

„Ach, du liebe Güte, ist das schon spät beziehungsweise früh geworden. Bekomme ich jetzt mein Geld für die zwanzig Kriegsrufe?“

„Aber natürlich.“ Sofort kramte ich aus der Kasse die paar Mark hervor. „Was halten Sie denn davon, wenn Sie ab jetzt jeden Abend vorbeikommen? Ich kaufe Ihnen auch immer alle restlichen Kriegsrufe ab.“

„Wirklich? Und Sie scherzen auch nicht?“

„Wenn Sie mich immer so lehrreich und angenehm unterhalten wie heute Abend, dann ist das beschlossene Sache."

„Gut, abgemacht, dann gute Nacht … äh, oder vielleicht besser guten Morgen, Herr Petersen!"

Und schon war sie zur Tür hinaus und im Dunkel der Nacht verschwunden. Oh, ich hätte sie noch Stunden um Stunden um mich herum haben mögen!

Den nächsten Tag konnte ich mich gar nicht richtig auf die Arbeit konzentrieren. Immer wieder musste ich an die Blonde von der Heilsarmee denken. Was für ein zauberhaftes Geschöpf! Sehnsüchtig erwartete ich die Nacht, aber obwohl abgemacht, kam sie nicht.

Aber dafür den Tag drauf. Was war ich glücklich, als ich das leichte Kratzen an der Tür vernahm. Und diesen Abend sah sie noch hübscher aus als das Mal davor, oder bildete ich mir das nur ein? Ich war verliebt bis über beide Ohren. Natürlich lernte ich allein schon durch meine Stellung als Gastwirt viele Frauen kennen, aber keine war bisher mit ihr zu vergleichen gewesen. Bei keiner hatte ich diese Sehnsucht gespürt, die mich vollständig mit Haut und Haar gepackt hatte.

Diesmal musste ich mehr über sie persönlich erfahren, denn das Thema Heilsarmee wollte ich nicht wieder als schnöden Vorwand benutzen, sie länger bei mir zu wissen. Und sie erzählte auch bereitwillig. Ihre Mutter war eine verwitwete Frau Försterin. Sie selbst hatte eine der besseren Schulen besucht. Das hatte ich mir schon gedacht, denn sie war einfach zu kultiviert und gebildet. Helmi hieß das hübsche Kind. Natürlich eigentlich Wilhelmine, aber unter dem Namen wurde sie nie gerufen. Viel zu schnell brach sie die Nacht wieder auf. Wie versprochen kaufte ich ihr abermals so an die zwanzig Kriegsrufe ab.

Und dann kam sie tagelang nicht. Ich wurde fast wahnsinnig. Ich hatte doch gar nicht ihre Adresse, um sie selbst aufsuchen zu können. Wenn Sie nun nie wieder meine Kaschemme betreten würde?

Fast hätte ich laut aufgejubelt, als sie endlich am vierten Abend wieder gegen ein Uhr dreißig leise an meiner Tür kratzte. Nach der förmlichen Begrüßung fragte ich:

„Wo sind Sie denn so lange gewesen?"

„Wieso?"

„Na, wir hatten doch abgesprochen, dass ich Ihnen ab sofort jeden Abend die restlichen Kriegsrufe abkaufe."

„Das geht doch nicht. Ich will Sie doch nicht überfordern. Ich dachte mir, alle paar Tage ist wohl mehr als genug."

Wenn sie gewusst hätte! Und wenn es fünfzig oder mehr Zeitschriften allabendlich gewesen wären, das hätte mir nichts ausgemacht, Hauptsache, sie kam zu mir!

Doch nun hieß es, in die Offensive zu gehen, denn diese Frau wollte ich nicht wie damals meine Liesbeth verlieren. Ich lud sie daher als Nächstes in die Oper ein. Natürlich zusammen mit ihrer Frau Mutter, damit kein falscher Zungenschlag aufkam. Und in meinem Kopf spielte ein Orchester crescendo[50], sie sagte tatsächlich zu. Im neuen Stadttheater[51] kümmerte ich mich den Abend lang fast ausschließlich um ihre Mutter, um einen guten Eindruck zu hinterlassen.

Ich ließ nicht mehr locker. Und irgendwann hatten meine regelmäßigen Bemühungen und dauernden Besuche Erfolg. Helmi verlobte sich mit mir. Ich war der glücklichste Mensch auf der ganzen Welt.[52]

Aber wie sich ein Wesen doch ändern kann. War sie, als wir uns kennenlernten, bei der Heilsarmee nur auf das Wohl anderer Menschen bedacht, änderte sich das nach der Hochzeit schleichend aber stetig. In den ersten zwei Jahren unserer Ehe bekam ich das noch gar nicht so richtig mit. Dann aber ging es ihr nur

---

[50] Italienisch: lauter werdend

[51] Heute „Hamburgische Staatsoper".

[52] Das romantisch verklärte Kennenlernen seiner Frau weicht in Petersens Lebensbeichte deutlich von der Realität ab. Nach Aussagen seines Bruders Arnold verkehrte Adolf viel bei einer Familie Petersen (weder verwandt, noch verschwägert). In die Tochter dieses Hauses, Helmi verliebte er sich dann im Laufe der Zeit.

noch um ihr eigenes Wohlergehen. Sie wurde immer eitler. Teure Kleider, teure Restaurants, noch teurerer Schmuck und ein neuer Umgang, den ich nicht billigte.

Vor allem ihre neue Freundin Ella missfiel mir sehr. Ella machte einen sehr leichtlebigen Eindruck auf mich. Ella ließ sich von einem verheirateten Herrn aushalten und wäre am liebsten pausenlos mit meiner Helmi in die umliegenden Badeorte gereist. Besonders Cuxhaven hatte es ihr angetan, aber auch das Augustusbad in Scharbeutz, das Kurhaus-Hotel am Kalvarienberg in Travemünde oder das Ostseebad Grömitz wurden nicht verachtet. So sah ich meine Frau oft tagelang nicht, weil sie nur mit dieser Ella unterwegs war. Und wenn Helmi dann mal nach Hause kam, dann hielt sie gleich als Erstes die Hand auf, weil sie dringend Geld brauchte. Der anspruchsvolle Lebenswandel meiner Frau steigerte sich mehr und mehr.

Versuchte ich einmal, vorsichtig den Umstand der Verschwendung anzusprechen, brach sie gleich in Tränen aus:

„Du liebst mich einfach nicht mehr, Adolf!"

„Natürlich liebe ich dich, liebste Helmi."

„Aber warum benimmst du dich dann wie ein Schuft? Deine arme kleine Frau mittellos dastehen zu lassen, ist einfach nur scheußlich und brutal. Was soll denn Ella von mir denken?"

Ich kam gegen Helmi einfach nicht an. Sie brauchte nur auf die Tränendrüse zu drücken, und schon versprach ich ihr einfach alles. Wenn sie erreicht hatte, was sie wollte, zog sie auch sofort wieder von dannen. Manchmal fragte ich mich, ob sie eigentlich mit mir oder mit Ella verheiratet war.

Ging es mir allein als Gastwirt gut, ja, ich dachte, sogar sehr gut, merkte ich nun als Ehemann rasch, dass ich mit meinem Geld überhaupt nicht mehr klar kam. Mit ehrlicher Hände Arbeit war das einfach bei diesem Eheweib nicht zu schaffen.

Und wie es der Teufel so wollte, besuchte mich just in dem Moment ein alter Bekannter, der Hunde-Robert. Er brachte noch zwei andere schräge Vögel in meine Kaschemme mit. Stolz erzählte er mir, dass diese beiden „Herren“ ihn in das Gewerbe der Geldschrank-Knackerei eingeführt hätten.

„Weißt du, tagein, tagaus zu malochen, das ist nichts für meines Vaters Sohn.“

„Na, da hast du ja früher schon nicht gerade groß mit geliebäugelt.“

„Stimmt, rechtschaffene Arbeit, das ist was für andere, nicht für mich.“

„Und kommst du klar?“

„Bestens, bestens. Durch die Geldschränke meiner Mitbürger komme ich wunderbar ohne Arbeit aus.“

„Das hört sich ja fast zu schön an, um wahr zu sein.“

„Willst du beim nächsten Bruch nicht mitmachen, Adolf? Ich weiß, dass man sich auf dich wenigstens verlassen kann.“

„Aber nur, wenn es sich richtig lohnt.“

„Was würdest du zu einem Arnheim[53] sagen?“

„Wer ‘nen Arnheim hat, bei dem ist tatsächlich was zu holen!“

„Ich brauche nämlich noch jemand zum Schmiere stehen.“

„Abgemacht, wann soll es denn losgehen?“

„Nächsten Sonnabend, nachts um zwölf, Treffpunkt Eppendorfer Marktplatz.“

„Ich bin da!“

So schlidderte ich also wieder in mein altes Gewerbe hinein, das ich doch ein für alle Mal hinter mir gelassen wähnte.

Am Treffpunkt begrüßte mich neben dem Hunde-Robert noch ein zweiter Mann, der Schlachter-Karl. Der Unbekannte war von kompakter Gestalt, hatte schwarze Haare, eine niedrige Stirn und einen unglaublichen Stiernacken. So richtig sympathisch war mir der Mann von Anfang an nicht.

Vor allem zog er als Erstes einen Schlagring aus der Tasche, den er über seine Finger streifte, und drosch sich mit der Schlagringfaust in die offene andere Hand:

---

[53] Simon Joel Arnheim gründete 1833 in Berlin die Tresorfabrik S. J. Arnheim als erste Tresorfabrik in Deutschland.

„Keine Angst, Männer. Wenn es Ärger gibt … einen Schlag damit unter die Kinnlade und egal, ob der reiche Mann oder ein Bulle … die denken im Himmel ist Jahrmarkt!"

Dieser Spruch stimmte mich noch nachdenklicher.

Außerdem war von einem Schlachter-Karl nie die Rede gewesen, so fragte ich den Hunde-Robert:

„Hattest du nicht gesagt, der ‚Schwere Lampen' macht mit?"

„Is' leider gestern alle[54] geworden."

„Und nun?"

„Na, der hat mir doch vorher alles haarklein erzählt. Da kommen wir bei dem Bruch auch ohne den ‚Schweren Lampen' zurecht."

„Wie kam der , Schwere Lampen' denn überhaupt auf diesen Spirituosenfabrikanten in Eppendorf?"

„Der ‚Schwere Lampen' hat in Pingels Tanzsalon in Pöseldorf die Köksch[55] von dem Schnapsverkäufer angebaggert."

„Und die hat ihm alles verraten."

„Treu und brav, es gibt aber auch dusselige Weiber, was? Und was die Köksch nicht wusste, hat er selbst ausbaldowert."

„Und dir weitererzählt."

„Genau, also brauchen wir für den Bruch den ‚Schweren Lampen' nicht, wer weiß, wann der erst wieder aus dem Knast rauskommt. – Heute ist übrigens mal wieder die so genannte ‚Bettentour' dran."

„Und wie sieht die aus?"

„Ganz einfach. Das heißt, zunächst in die Schlafstube vom Opfer zu schleichen und den Schlüssel für den Geldschrank und möglichst natürlich auch noch dessen Uhr und Brieftasche aus der Rock- oder Hosentasche des Besitzers zu ziehen. Das Gute ist, dass so vornehme Herren ihre Klamotten für den nächsten Tag meistens über einen Stummen Diener[56] hängen."

---

[54] Verhaftet.

[55] Köchin.

[56] Der Herrendiener oder Stumme Diener ist ein Möbelstück, auf dem speziell Männerkleidung abgelegt oder aufgehängt werden kann. Es wird hauptsächlich

„Aber ist das nicht mehr als gefährlich, wenn der Spirituosenlieferant nun dabei wach wird?“

„Kein Bange, Adolf, ich habe schon so einige solcher ‚Bettentouren‘ hinter mir. Ist immer gut gegangen, du hast es doch hier nicht mit einem Stümper zu tun!“

Was mir auch gar nicht zusagte, war, dass es eine warme Augustnacht war und der Mond voll am wolkenlosen Himmel leuchtete. Dadurch war es auch ohne Straßenlaternen in den Straßen rundherum fast taghell.

Als wir vor dem mächtigen Einzelhaus des Opfers anlangten, flüsterte Hunde-Robert:

„Ich muss die Treppe hoch zum Schlafzimmer, der Schlachter-Karl bleibt unten in der Wohnstube, und du, Adolf, bleibst draußen und gibst ein Zeichen, wenn eine Bullen-Streife auftauchen sollte. Durch Zunge-Schnalzen hat der Schlachter-Karl deine Warnung dann an mich weiterzutragen.“

Genüsslich hieb dieser Schlachter-Karl immer wieder die Schlagringfaust in die andere offene Pranke, so als ob Zuschlagen seine erklärte Lieblingsbeschäftigung gewesen wäre. Mit war immer weniger wohl bei der ganzen Angelegenheit.

Mit einem Handbohrer, den er direkt unter dem Fensterriegel ansetzte, bohrte Hunde-Robert durch das Holz durch, sodass er dann den Riegel einfach anheben konnte. Und schon waren beide Kerle im Haus.

Nun ergriff mich auf einmal die völlige Panik. Der Schlachter-Karl machte einen dermaßen skrupellosen Eindruck auf mich, und auch Hunde-Robert schien im Ernstfall ein Menschenleben nicht gerade hoch zu achten. Was blieb mir nun? Ich musste sofort hinterher, um das Schlimmste zu verhindern.

Die beiden staunten nicht schlecht, als ich plötzlich auch in der Stube stand.

---

benutzt, um Kleidung über Nacht aufzubewahren, die man am nächsten Tag wieder anziehen will, z. B. Jackett, Hose und Krawatte. Bereits für die Antike sind die ersten Stummen Diener nachgewiesen worden.

„Was soll das? Was willst du denn hier? Du sollst doch Schmiere stehen!“, raunte der Hunde-Robert verärgert.

„Da gibt es aber noch was ganz Wichtiges vorher zu klären, Leute!“

„Spinnst du? Wir sind doch schon mittendrin.“

„Oh nein, entweder ihr beiden kommt jetzt sofort noch mal mit mir raus und wir einigen uns, oder ich gehe auf der Stelle allein nach Barmbeck zurück!“

„Bist du krank? Verlässt einfach deinen Posten, sodass wir nicht mitkriegen würden, wenn Udl kommen, und machst hier den Lauten.“

„Ich will auf keinen Fall, dass Blut an meinen Fingern klebt. Entweder ihr seid damit einverstanden oder ihr zieht das Ding ohne mich durch. Wenn ich dann aber morgen im Hamburger Fremdenblatt lesen sollte, dass ihr das Opfer oder irgendjemand anders umgebracht habt, würde ich sofort zur Polizei gehen und euch verpfeifen!“

Bei diesen markigen Worten blieb den beiden gar nichts anderes übrig, als mit mir erst einmal auf die Straße zurückzukehren. Wir entfernten uns ein Stück von der Villa und stellten uns unter den Schutz eines Baumes, dessen Laub und Zweige weit überhingen, sodass wir gut verborgen waren.

„Was ist schon dabei, ein Lebenslicht auszublasen“, fing Schlachter-Karl gleich eiskalt an.

Genau das war es ja, was ich befürchtet hatte.

„Bei mir in der Kneipe hast du noch geprotzt, dass der Bruch einfach wie Milch holen wäre, und nun solche Sprüche, als ob ihr keine Ganoven, sondern ruchlose Mordbuben wärt“, wandte ich mich lieber an Robert, weil ich den für den Verständigeren hielt.

„Pass auf, was du sagst, sonst ramme ich dir mein Messer in die Rippen“, wurde Schlachter-Karl auf der Stelle fuchsteufelswild und war kaum mehr zu bändigen.

„Ja, mit der Waffe in der Hand fühlst du dich stark, was?“

„Ich fühl mich nicht nur so, ich bin stark!“

„Traust du dich auch, so große Töne in einem ehrlichen Kampf zu spucken? Lass uns nur mit Händen und Fäusten kämpfen. Verliere ich, dann darfst du mir ruhig mit der Klinge das Lebenslicht ausblasen."

Doch dazu fehlte ihm der Mumm. Schlachter-Karl fluchte und grummelte noch leise vor sich hin und bedachte mich dabei mit den unflätigsten Schimpfworten, traute sich aber nicht, sich auf einen ehrlichen Ring- und Faustkampf mit mir einzulassen.

Leise grollte er:

„Na warte, Bürschchen, das zahle ich dir noch irgendwann heim!"

„Hunde-Robert, du hast doch so geschwollen vom *Kunsthandwerk des Geldschrankknackens* geprahlt. Was ist denn nun die große Kunst?"

„Na, das Ganze ohne Knabbergeschirr[57] anzugehen. Dem Arnheim damit zu Werke zu gehen, verursacht viel zu viel Lärm. Vor allem dann, wenn nur eine Etage höher die Besitzer des Geldschranks schlafen."

„Könnten wir den Tresor nicht einfach im Ganzen wegschleppen?"

„Das ginge schon, ich denke aber, dass der Geldschrank so zwei bis vier Zentner wiegt, und … womit willst du ihn dann abtransportieren?"

„Richtig, dann müssten wir ja erstmal irgendwo 'ne Karre oder 'n Handwagen klauen", war Schlachter-Karl endlich wieder bei der Sache.

Ich setzte mich dennoch mit meinem Willen durch. Den Geldschrank im Ganzen zu stehlen, hatte nämlich den entscheidenden Vorteil, dass keiner der beiden Wüteriche ins Schlafzimmer der Leute eindringen musste, was wiederum die Gefahr deutlich verringerte, dass sie eine Bluttat begingen.

---

[57] Als Knabbergeschirr bezeichnete man eine Tasche mit Bohrer, Hammer, Meißel, Brecheisen, Zangen und einem Knabber, einer Art überdimensionalem Büchsenöffner.

Wir sahen auch tatsächlich unweit der Villa bei einem Schmied eine geeignete Karre im Hof rumstehen, aber auch mehrere Brechstangen und eine Axt, die wir auch gleich noch mit einsackten. Das alles verbargen wir in einem Gebüsch, direkt vor der Villa des Spirituosenfabrikanten.

Ich bestand darauf, dass der Schlachter-Karl nun statt meiner Schmiere stand, traute ich ihm doch am wenigsten von uns über den Weg.

Das Schleppen des Arnheims brachte mich zwar fast um, aber Hunde-Robert und ich schafften tatsächlich doch am Ende den Tresor auf das Fenstersims hinauf. Der Schweiß lief uns in Strömen am Körper herab. Eklig klebten die Klamotten am Körper, aber das war jetzt nicht zu ändern. Zu dritt hieften wir das eher vier als zwei oder drei Zentner schwere Monstrum dann auf die bereit stehende Karre, packten auch das Werkzeug dazu und schoben unsere Fracht zur Alsterkrugchaussee.

„Lasst uns bloß zusehen, dass wir von der Straße runterkommen, das wird ja immer heller."

„Ist halt Hochsommer, da wird es eben schnell wieder hell!"

„Da, mit der Karre in den Nebenweg rein, und dann rauf auf die Wiese."

Gesagt, getan.

Entsetzt sahen die beiden Kumpane mich an, als ich darauf wie ein auf dem Kriegspfad befindlicher Ogallala-Sioux-Häuptling mit seinem Tomahawk, mit der schlichten Axt auf den Geldschrank eindrosch. Es wurde nämlich höchste Eisenbahn, wir hatten es inzwischen schon halb sechs in der Frühe. Das Streitgespräch, die Änderung des Plans und das Suchen nach einer Karre hatten doch viel mehr Zeit gekostet als geplant.

Mit wuchtigen Schlägen ging ich also dem Arnheim an den Kragen beziehungsweise an das Metall. Bei den ersten Hieben sprang die Axt noch federartig zurück, bis ich mit meinem heftigen Draufhauen die Platte beim Schloss traf und so das ganze Schloss schlicht zertrümmerte.

Doch als die Tür nachgegeben hatte, sahen wir, dass in den Fächern nur abgeschlossene Kassetten und eiserne Schubfächer waren, die wir erst einmal genauso gewaltsam öffnen mussten. Das ging natürlich erheblich schneller vonstatten.

Aber der Erfolg war prächtig: sechstausend Mark. Sprich zweitausend Mark für jeden von uns!

Unverhofft – Begegnung mit einer anderen Welt

Zweitausend Mark! So ein Vermögen auf einmal in den Händen zu halten, hatte ich beim besten Willen nach dem Einbruch nicht erwartet. Damals betrug der Wochenlohn eines einfachen Arbeiters zwischen achtzehn und vierundzwanzig Mark. Das soll nur aufzeigen, dass es sich wirklich um ein kleines Vermögen gehandelt hat. Allerdings verführte das auch gleich zu Gedanken wie: „Warum eigentlich noch normal arbeiten?" Dazu der unbändige Verschwendungswahn meiner Frau, was mir diese „Karriere" auf einmal immer schmackhafter erscheinen ließ.

Der Spruch „Liebe macht blind" traf auf mich jedenfalls voll und ganz zu. Ich merkte gar nicht, dass Helmi nur nett war, wenn sie Geld oder eine Reise von mir haben wollte. Ich war viel zu eitel, mich damit brüsten zu können, so ein bildhübsches Rasseweib als Ehefrau zu besitzen.

Als sie mit Ella von einer ihrer vielen Bäderreisen nach Hause kam, dachte ich, es wäre meinetwegen, aber weit gefehlt. Ella hatte einen Besuch bei ihren Eltern in Eimsbüttel geplant, da fand Helmi es gut, bei der Gelegenheit nach Barmbeck zurückzukehren.

Sofort brauchte sie ganz dringend ein neues Kleid. Mit ihrem altmodischen Fummel könnte sie sich doch nicht mehr auf der Straße blicken lassen.

Sogleich hielt sie mir das „Blatt für die Hausfrau" vor die Nase. Dort stand geschrieben: *Die Mode dieses Jahres liebt das Auffallende. Modefarbe der Saison ist knallgelb. Gewarnt jedoch wird davor, diese Farbe zu wählen, wenn man nicht über genügend Mode-Etat verfügt, denn „so sieht man es sich über und in der nächsten Saison sagt oder denkt mindestens jede freundliche*

Kompatriotin[58]: Das ist ein Kleid aus der vorigen Saison.“ Ein weiteres modisches Muss sind Rosen. Rosafarbene Seidenrosen verzieren Hut, Kleidersaum oder die Vorderfront eines Mantels. Ein besonders wichtiges Problem sind natürlich auch die Toilettennuancen für jede Gelegenheit.

Dazu passend brauchte sie natürlich auch noch einen Ausgehmantel. Der neueste Schrei seien auch Spazierstöcke für Damen. Diese Spazierstöcke waren alles andere als einfache Stöcke, bestanden doch die kostbaren Griffe entweder aus Emaille oder aus Gold mit eingelegten Steinen oder auch aus mit antiken Smaragden und Perlen verziertem Silber. Sehr angesagt waren auch aus englischem Kristall und in Diamantenschliff hergestellte Krücken. Aus Großbritannien stammte dazu die Mode, Stellen, welche fast ausschließlich beim Aufwirbeln des Kleides sichtbar werden, zu schmücken.
Was heute Fußkettchen und wohl jedem bekannt, das waren zu der Zeit glatte, breite und mit eingelegten Steinen verzierte Goldbänder, mit welchen die Frau von Welt ihren Fußknöchel verschönerte. Eine goldene und mit Juwelen besetzte, sich spiralförmig um das Bein ringelnde Schlange, welche dann mit dem Kopf auf dem Fuß zum Aufliegen kam, war damals das Eleganteste auf dem Modemarkt. Das konnte ich Helmi gerade noch ausreden, was natürlich wieder nicht ohne Schmollen abging, aber war ich denn Millionär? Und wir wohnten schließlich nicht in Paris, London, Mailand oder New York, sondern in Barmbeck!

Aber nicht genug, natürlich musste man sich mit der neuen Garderobe auch ausgiebig zeigen, also plante meine Frau, mit ihrer Ella ins Altonaer Theater zu fahren. Ich hatte das Gefühl, da nur das dritte Rad am Wagen zu sein und sagte, dass sie man zu zweit losziehen sollten, ich würde sie nach Ende der Vorstellung dann am Theater abholen.

Die Vorfreude, dieses Prachtweib in ihrem neuen Ornat dort in Empfang zu nehmen und auf dem Nachhauseweg nur neidische und bewundernde Blicke zu ernten, das war mir Lohn genug. Da

---

[58] Landsmännin.

vergaß ich auch rasch wieder ihre oft mir gegenüber gemeine und abstoßende Art.

Ich war natürlich pünktlich vor Ort. Und wenig später war das Stück vorbei, und die beiden schlenderten, kräftig mit ihren Hinterpartien wedelnd, gackernd, kichernd und sich wenig damenhaft benehmend, aus dem Theater. Ella und meine Frau führten sich wie frühreife Mädchen auf und nicht wie erwachsene Damen von Welt.

Noch mehr verblüffte mich, dass sie mich zwar sahen, dann aber einfach ignorierten und zur Straßenbahn weitergingen. Fast hätte ich die Tram in meiner Überraschung verpasst. Ich konnte im letzten Augenblick noch auf den Außenzutritt aufspringen. Weiter taten sie so, als ob die Welt ihnen allein gehörte. Ich blieb Luft für die beiden Freundinnen. Am Millerntor stiegen sie aus. Ich wieder wie so ein Depp hinterher. Ella wartete dort nur, bis eine Straßenbahn in Richtung Eimsbüttel abging. Zuvor gab es natürlich noch ein Küsschen für Helmi auf die linke Wange, dann eins auf die rechte, um sogleich wieder von vorn anzufangen.

Kaum war Ella außer Sichtweite, hielt Helmi strahlend auf mich zu und jubilierte:

„Was für ein lauschiges Lüftchen. Lass uns eine offene Chaise[59] nach Hause nehmen."

„Viel lauschiger wäre es gewesen, du hättest mich vor dem Altonaer Theater beachtet, wo ich schließlich nur hingekommen bin, um dich abzuholen.

„Ach, Adolf, sei doch nicht so. Ich musste doch mit Ella das aufregende Theaterstück noch einmal ausgiebig Revue passieren lassen. Jetzt vergäll mir nicht diesen schönen Abend."

„Du hast mit deinem unangebrachten Verhalten, und das direkt vor Ellas Augen, eher meinen Abend vergällt. Diese Frau ist und bleibt einfach nicht der richtige Umgang für dich! – Ach, außerdem muss ich jetzt das soeben Erlebte noch mal so richtig Revue passieren lassen können, da ist ein eineinhalbstündiger Spazier-

---

[59] Eine Chaise ist eine zweisitzige Kutsche, die von Pferden gezogen wird.

gang, glaube ich, viel besser für geeignet als eine kurze Chaise-Fahrt!"

Sofort nahm Helmi wieder ihren Schmollblick an, und die Krokodilstränen liefen ihr in Bächen das hübsche Gesicht hinunter. Ich bin und bleibe aber dem weiblichen Geschlecht gegenüber einfach zu weich. Wir hatten man gerade den Großneumarkt erreicht, da hatte sie mich schon so weit, den Rest des Heimweges doch per Kutsche zu bestreiten.

Es sollte aber anders kommen. Zwei bierselige Pärchen wankten da aus dem „Hohenzollern", einer Kneipe Ecke Alter Steinweg und Großneumarkt, auf uns zu. Lady Nr. 1 hatte ihren Hut wie einen Cowboyhut weit in den Nacken geschoben, Lady Nr. 2 dagegen viel zu weit in die Stirn gezogen. Die beiden Männer hatten ihre „Damen" auch ein wenig zu vertraulich an sich gedrückt, was man in aller Öffentlichkeit einfach nicht macht.

Der erste Mann lallte mich an:

„Mensch Odsche[60], dich hätten wir hier überhaupt nicht zu sehen erwartet."

„Und denn noch mit dien seuden Fruu[61]!"

„Da müssen wir doch erst mal 'n Lütten auf trinken."

Es waren keine anderen als meine Spießgesellen, der Schlachter-Karl und der Hunde-Robert. Ihre Begleiterinnen waren bestimmt Damen aus dem horizontalen Gewerbe. Oder wie pflegte der Raben-Max immer zu solchen Tussen zu sagen: „Weibsvolk, bei dem die freie Lippe Trumpf ist."

Sie redeten erst zu zweit, dann sogar zu viert, weil die Begleiterinnen lallend mit einfielen, auf uns ein, bis wir gar nicht mehr anders konnten und mit ihnen ins „Hohenzollern" ein- beziehungsweise zurückkehrten.

Der Wirt war etwas irritiert:

„Nanu, ihr seid doch grad erst gegangen."

„Haben aber draußen einen guten Freund getroffen, das muss doch tüchtig begossen werden, oder?"

---

[60] Spitzname für Adolf.

[61] Mit deiner süßen Frau.

„Das ist die richtige Einstellung. Was wollt ihr denn haben?“

In dieser Kaschemme war meine Helmi natürlich sogleich die Attraktion und Sensation des Hauses. Seit Bestehen des Lokals hatte bestimmt noch nie so eine vornehm angezogene und wunderhübsche Dame das Etablissement betreten.

Helmi hingegen war entsetzt. Ihr Körper erstarrte. Ein Rundblick genügte ihr, um sich auf der Stelle unwohl zu fühlen. Die vielen schmuddelig angezogenen Gäste und das Ganovenvolk rundherum, was sich nicht gerade sehr schicklich und manierlich aufführte.

Dazu die vielen Kraftausdrücke in Hunde-Roberts und Schlachter-Karls ganz normaler Ausdrucksweise. Bei jedem benutzten Schimpfwort zuckte Helmi zusammen, als ob man ihr mit dem Holzhammer eins übergebraten hätte.

Hunde-Robert bestellte zur Feier des Tages eine Flasche des besten Weins des Hauses, der immer noch mehr nach Essig, denn nach edlem Rebensaft schmeckte.

Helmi warf mir flehentliche Blicke zu, doch die übersah ich alle absichtlich. Strafe musste für ihr Verhalten mir gegenüber beim Altonaer Theater einfach sein. Sie wagte nicht ein einziges Mal, das nicht ganz saubere Weinglas an die Lippen zu führen. Zwei, dreimal tat sie so als ob, um in Ruhe gelassen zu werden, aber ich bekam das trotzdem mit. Und nicht nur ich.

„Jetzt tu man nicht so, als ob du was Besseres wärst, Frau Petersen“, fiel das dem Hunde-Robert natürlich irgendwann auch auf. „Trink aus, für dich spendiere ich sogar gleich noch eine Flasche extra.“

Die beiden Kurtisanen prusteten und kreischten zu seinen Worten, als ob er eben gerade den Witz des Jahres gerissen hätte, und fingen auch noch völlig schräg an zu singen:

„Meine Mutter, eine geborene Lerche
Ist an allem meinem Leiden Schuld.
Sie schickte mich nicht zur Schule und Kirche.
denn sie war ein großer Trunkenbold.“

Lachend fielen meine beiden Kumpane in den Gassenhauer mit ein, was die stimmlichen Dissonanzen noch deutlich erhöhte.

Helmi sah nun fast ununterbrochen flehentlich zu mir herüber. Ich wusste genau, was sie wollte, nur noch aus dieser entsetzlichen Situation befreit werden, aber das „Strafmaß-Fass“ war in meinen Augen noch nicht voll, so tat ich weiter so, als ob ich ihre Blicke nicht mitbekam. Und da sie von den Sangesfreudigen eingekeilt in der Ecke der Nische saß, hatte sie auch keine Chance, einfach hinauszugehen.

Eine Stunde später, als sich unsere Gastgeber an der Theke mit neuen Hochprozentigen versorgen wollten, da der Wirt schon lange nicht in unserer Nische vorbeigekommen war, nutzte ich die Gelegenheit, und ohne Verabschiedung verließen wir dann doch endlich das schräge Lokal.

Die Quittung für mein Verhalten sollte ich noch tags drauf zu spüren bekommen. Es gab weder Kaffee noch Frühstück, und jedem freundlichen Gespräch wich sie schmollend aus. Ohne mich eines einzigen Blickes zu würdigen, zog sie dann ihre besten Kleider an, machte sich aufwändig zurecht und schob grußlos von dannen.

Das war das erste Mal, dass mir Zweifel kamen, ob sie denn wirklich die richtige Frau für mich war. Aber ihrer unglaublichen Schönheit war ich nach wie vor verfallen. Es gab aber noch einen viel gewichtigeren Grund, warum ich mich nicht mehr von ihr trennen konnte. Sie trug ein Kind unter dem Herzen.

Als es mir zu bunt war, die schlechte Stimmung zu Hause ständig weiter ertragen zu müssen, denn das setzte mir mehr und mehr zu, schickte ich sie einfach einige Tage später mit Ella auf „Bädertour“. Sofort war der Haussegen wieder hergestellt, und Helmi hatte ihre strahlende Laune wieder. Das war nun einmal ihre Welt!

Als Dank gab es sogar mal wieder ein paar Zärtlichkeiten, die ich schon lange vermisst hatte.

Als ich nur vorsichtig das Thema zur Sprache brachte, was mich schon lange beschäftigte, gab es keine Einigung. Ich fragte Helmi nämlich frei heraus:

„Weißt du eigentlich, was für hohe finanzielle Anforderungen du an deinen Mann stellst?“

„Mir ist in letzter Zeit mehr aufgefallen, dass du anscheinend schon Buch über die geringen Ausgaben deiner Frau zu führen scheinst.“

„Das tue ich nicht, aber ich weiß ja wohl, was noch in der Geldbörse an Klimpergroschen übrig ist.“

„Klimpergroschen, nun mach uns man nicht ärmer als wir sind, Adolf!“

„Es ist aber so, Helmi. Ich bin schließlich nicht der Kaiser von China!“

„Ich bin mir gar nicht sicher, ob du wirklich eine Ahnung davon hast, was eine Frau so zu ihrem alltäglichen Leben dringend braucht. Tut dir das bisschen Geld etwa leid, was du für mich hergeben musst?“

Ich konnte es drehen und wenden wie ich wollte, sie verstand mich einfach nicht oder wollte mich nicht verstehen. Vielleicht konnte sie auch gar nicht anders, weil sie die Welt nur durch ihre Augen sah. Leider stammte ich für dieses verwöhnte Perserkätzchen nicht aus dem Hause Rothschild.

Vier Wochen nach unserem Einbruch bei dem Spirituosenfabrikanten waren meine zweitausend Mark schon aufgebraucht. Ich hatte nicht einmal mehr genügend Geld, um Getränke für meine Wirtschaft zu ordern. Vier Fünftel des Betrages waren übrigens für Helmis Garderobe und die Bäderreisen mit Ella draufgegangen.

Weiter geht's – Es gibt kein Zurück mehr

An das Strohwitwerdasein hatte ich mich ja inzwischen gewöhnt. Meine einzige Hoffnung auf Besserung der häuslichen Situation setzte ich in die Geburt unseres ersten Kindes. Vielleicht mauserte sich Helmi mit der Zeit dann ja doch als treu sorgende Mutter auch zu einer passablen Hausfrau.

Beim Schlachter-Karl und Hunde-Robert war das Verjubeln des Beuteanteils sogar noch schneller als bei mir gegangen. Um ihr „süßes" Nachtleben aufrecht halten zu können, brauchten die beiden dringend frisches Geld. So besuchten sie mich in der Kneipe.

„Odsche, ich hab einen todsicheren Tipp bekommen, bist du wieder dabei?"

„Und worum geht es diesmal?"

„Wieder ein schnuckeliger Arnheim."

„Und wo?"

„Bei einem Pfandleiher in Borgfelde. Ist aber ein speziellerer Tresor, hab dafür das benötigte Knabbergeschirr in der Ledertasche hier bei mir. Kannst du das so lange bei dir verstecken?"

„Wann soll's denn losgehen?"

„Samstagnacht."

„Gib her das Zeug, aber hier in der Wirtschaft möchte ich Einbruchswerkzeug lieber nicht verwahren, ich trag es mal rasch in die Wohnung."

„Das ist gut, Odsche, denn wer weiß, ob die Bullen nicht hier in deinem Lokal auch mal 'ne Razzia machen."

Einen Tag vor dem geplanten Einbruchsdiebstahl kam Helmi von ihrem dreiwöchigen Urlaub zurück, und was fiel ihr dummerweise sofort in der Wohnung in die Hände? Das Knabbergeschirr.

„Adolf, komm doch mal her. Was ist das? Kannst du mir das erklären?"

Vor sich auf dem Tisch hatte sie zwei Paar Leisegänger-Schuhe, mehrere Bunde mit Dietrichen, Brecheisen und große Kneifzangen ausgebreitet.

„Ach, die Werkzeuge meinst du."

„Werkzeuge? Verkauf mich doch nicht für dumm, das sind doch alles Utensilien, um irgendwo einzubrechen."

„Ja? Davon weiß ich gar nichts. Ich verwahre die Sachen nur für einen Monteur."

„Und wie heißt der Monteur?"

„Äh … das tut doch jetzt nichts zur Sache, du kennst den Mann sowieso nicht."

„Und was sollen die Werkzeuge in unserer Wohnung?"

„Na, im Lokal wären sie nicht sicher genug verwahrt gewesen, der Monteur soll sie ja schließlich unbeschadet zurückerhalten."

„Adolf, sagst du mir auch ganz bestimmt die Wahrheit? Denk an das Kind, das unterwegs ist, was soll sonst aus uns werden?"

„Keine Sorge, alles ist gut"

„Ich brauche nur in deine Augen zu schauen, dann sehe ich ganz genau, dass dem nicht so ist. Am besten trage ich die Tasche zur Polizei …"

Nun sah ich ein, dass ich mit der Wahrheit herausrücken musste.

„Es ist dazu zu spät, Helmi. Das ist nicht der erste Einbruch. Was meinst du, wo das viele Geld herkommt, das du mit deiner Busenfreundin Ella immer in den Strandbädern der Nord- und Ostsee verprasst?"

Nun fing sie jämmerlich zu weinen an.

„Ich habe dir ja schon mehrfach versucht klar zu machen, dass die Wirtschaft nicht genug für diesen Lebenswandel abwirft, aber auf dem Ohr bist du ja taub!"

Wenn ich nun gedacht hatte, sie würde sich wieder beruhigen, war das weit gefehlt. Ich wusste gar nicht, dass man so lange heulen kann. Wo kam bloß all die Tränenflüssigkeit her?

Als für mich feststand, dass sie mit der Situation nicht umgehen konnte und meine Beichte eher das Gegenteil bewirken könnte, schwenkte ich um, ging zu ihr hin und sagte:

„Entschuldigung, Helmi. Ich wollte dich eben nur mal kurz auf die Probe stellen und sehen, wie du reagierst. Die Tasche gehört selbstverständlich wirklich nur einem Monteur. Heute Abend wird sie wieder von ihm abgeholt."

Darauf riss sie mich schluchzend in die Arme und jubelte:

„Oh, wie gut, das hätte ich sonst auch nicht ertragen können! Ich liebe dich doch über alle Maßen." Und dann kam der Nachsatz, der mich wieder auf den Boden der Tatsachen zurückholte. „Nimm mich einfach so, wie ich bin und nicht, wie du mich haben willst, Adolf."

Das Schlimme war, es ging genau so weiter wie bisher. Ihre Gier nach neuen Kleidern und nach teurem Schmuck blieb weiter absolut maßlos. Sie zögerte auch nicht, mich zu belügen, wenn sie ein Kleidungsstück, das sie heute kaufte, die Woche drauf verschenkte, weil es ihr nicht mehr gefiel. Mir flunkerte sie vor, das gute Stück sei auf dem Ofen verbrannt. Aber ich sah Tage drauf ihre Freundin Ella genau in dem „verbrannten" Stück auf der Straße herumflanieren. Denn eines hätten diese beiden Freundinnen ganz sicher nie getan, identische Kleider zu kaufen und wie Zwillinge herumzulaufen.

Dann kam besagte Samstagnacht. Schlachter-Karl und Hunde-Robert fanden sich um zehn Uhr abends bei mir im Lokal ein. Als ich zur Sperrstunde die Tür schloss, blieben die beiden einfach sitzen. Mir lag das Theater mit Helmi schwer im Magen, so fragte ich:

„Wollen wir den Einbruch nicht um eine Woche verschieben?"

„Warum das denn, Odsche? Ich brauche dringend Kohle, Mann, ich bin völlig blank."

„Ich auch!", unterstützte Schlachter-Karl seinen Vorredner. „Und ich hab mich morgen schon mit einer Süßen verabredet."

„Mit der du im Hohenzollern warst?"

„Nee, mit der doch nicht mehr. Die soff mir ja die Haare vom Kopp."

„Helmi hat leider das Knabbergeschirr in der Wohnung gefunden und ein Mordsspektakel veranstaltet. Ich will am liebsten erst einmal ein wenig Gras über die ganze Sache wachsen lassen."

„Selbst schuld, Odsche, so 'ne Frau wie deine hat in unseren Kreisen einfach nichts zu suchen. Uns geht es da doch viel besser. Wenn wir Asche in der Tasche haben, haha, guter Reim, nicht: Asche in der Tasche? ... Dann nehmen wir uns einfach eine Braut für eine Nacht oder auch mal für ein paar Tage, aber da gibt es keinerlei Komplikationen und keinerlei Ansprüche, verstehst du?"

„Das mag euch ja genügen, mir aber nicht. Mir ist ein geregeltes Familienleben sehr, sehr wichtig!"

„Geregeltes Familienleben? Das findet bei dir doch nur in Grömitz, Travemünde oder Cuxhaven statt, und zwar meistens auch noch ohne dich!"

Darauf fiel mir keine gescheite Entgegnung ein. Ich hätte den Kumpanen ja nur zustimmen können.

„Odsche, es bleibt dabei, wir ziehen den Bruch nachher durch und nicht erst in einer Woche oder so!"

Auffallen würde das bei mir zu Hause nachher nicht, denn im Hinterzimmer meiner Kneipe wurde schließlich meistens bis fünf Uhr morgens dem Glücksspiel gefrönt, Helmi würde sich also nichts dabei denken, wenn ich erst so „früh" nach Haus zurückkäme. Und dass ich ab und an eine Vertretung hatte, wenn ich unterwegs war, wusste sie ja nicht.

Gegen ein Uhr in der Frühe brachen wir auf. Natürlich hatte Hunde-Robert zuvor ausbaldowert, dass es hinten herum einen Zugang über ein Fenster in die Pfandleihe hinein gab. Der Besitzer wohnte nicht vor Ort, sodass aus dem Inneren des Hauses keine böse Überraschung zu erwarten war. Es handelte sich um einen ausgeprägt großen Lagerraum für all die Pfänder, die die Kunden hier für Bargeld hinterließen.

Zu dritt stiegen wir durch das aufgebrochene Fenster, das zu öffnen für Robert ein Klacks gewesen war. Nun konnte ich seine

Meisterschaft bewundern, mit welcher Präzision er auch den Geldschrank öffnete. Das Ganze ging fast geräuschlos vonstatten.

Im Geldschrank waren natürlich die kostbarsten Stücke untergebracht, wie Goldringe mit Brillanten, goldene Uhren und ein ganzer Haufen Bargeld.

„Hier Odsche, nimm den Sack und pack aus den Regalen alle Silberuhren ein. Karl, du suchst inzwischen die besten Kleider raus."

„Nein, ich bin dagegen", insistierte ich.

„Wieso, das denn?"

„Wer verpfändet denn schon silberne Uhren oder Klamotten bei einem Pfandleiher? Das sind doch nur arme Leute."

„Na und?"

„Die gehen durch die Diebstahlversicherung des Pfandleihers dann leer aus, weil nur der Pfändungspreis gezahlt wird."

„Woher weißt du denn sowas alles?"

„Na, ich musste für mein Lokal doch auch eine Versicherung abschließen."

„Ich bin trotzdem dafür, dass wir alles einsacken. Mir ist das schnurzpiepe, ob die Kohle von Arm oder Reich stammt."

Doch bei mir bissen die beiden Kumpane da auf Granit."

„Du bist aber auch ein Sturkopf, Odsche", gab Hunde-Robert letztlich bei, und wir sahen zu, dass wir mit unserer Beute aus dem Lager des Pfandleihers verschwanden.

Dann wurde es dramatisch. Wir schlenderten mit unserem Knabbergeschirr und der Beute durch die Gassen, als auf einmal eine Pickelhaube mit Fahrrad auf uns zuhielt.

„Halt, stehenbleiben, gegen Sie ist soeben eine Anzeige eingegangen. Sie müssen mich zwecks Aufklärung der Angelegenheit umgehend zur Wache begleiten."

Ohne Absprache nahmen wir drei auf der Stelle die Beine in die Hand. Schlachter-Karl und Hunde-Robert, die die komplette Beute bei sich führten, in die eine Richtung, ich genau in die entgegengesetzte. Als Erstes ließ ich die schwere Ledertasche mit dem

Knabbergeschirr aufs Pflaster fallen, die wäre mir auf der Flucht nur hinderlich gewesen.

Ich rannte wie noch nie in meinem Leben. Doch leider fuhr der Udl auf dem Fahrrad mir hinterher und nicht den Kumpanen. Immer wieder sah ich mich während der panischen Flucht um. Der Polizist kam nah und näher. So hatte ich keine Chance zu entkommen, auf dem Fahrrad war er mir geschwindigkeitsmäßig einfach hoch überlegen.

Da türmte sich auf einmal zur Seite ein mehr als zwei Meter hoher Lattenzaun auf, der das Gelände der Hamburg-New Yorker-Gummiwarenfabrik[62] teilweise statt einer Ziegelsteinmauer umgab. Wobei der Großteil der Fabrik schon von einer Steinmauer umgeben war. Ich nichts wie zum Lattenzaun hin. Ein mächtiger Satz, und mit beiden Händen packte ich den Sims der Planke. Aber ich hatte nicht gesehen, dass oben vier Zentimeter hohe Nägel mit der Spitze nach oben angebracht waren, welche die Diebe davon abhalten sollten, das Gelände zu betreten. In beide Hände drangen so die Nagelspitzen ein.

Zu meinem Unglück war der Udl auch schon heran und zerrte wild an meiner Kleidung herum, was die Nägel durch sein Körpergewicht nur noch tiefer in die Hände hineintrieb. Mit kräftigen Fußtritten versuchte ich den Polizisten wegzustoßen, aber das gelang mir irgendwie nicht. Dann schüttelte ich mich, wie man ein kleines Apfelbäumchen schüttelt, damit die Ernte zur Erde herabfällt, doch auch das blieb ohne Erfolg.

Inzwischen waren meine Hände schon vollständig zerfleischt. Durch den wilden Kampf waren sie nur tiefer und tiefer in die Nägel hineingetrieben worden. So konnte es nicht mehr lange weitergehen. Die Schmerzen drohten, mir die Besinnung zu rauben. Mit einer letzten Kraftanstrengung und einem Urschrei, den

---

[62] Die New-York Hamburger Gummi-Waaren Compagnie ist eine Gummiwarenfabrik, die 1870 in Barmbek bei Hamburg gegründet wurde und bis 2009 in Hamburg-Harburg weiter ihre Produkte produzierte. 2009 erfolgte die Verlagerung der Produktion nach Lüneburg. Vor allem Hartgummi-Kämme, spezielle Gummi-Formteile und Klarinetten-Mundstücke werden rege nachgefragt.

man noch in Altona gehört haben musste, riss ich meine Hände aus den Nägeln heraus und wuchtete meinen Körper über die Planke. Glücklicherweise lagen auf der anderen Seite kein Altmetall oder andere scharfkantige Gegenstände herum, die mir weitere Verletzungen hätten zufügen können.

Beim letzten Aufbäumen riss mir der Udl allerdings die Hälfte meiner Jacke ab. Ich befreite mich von der nun nutzlosen anderen Hälfte und suchte mit meinen Augen fieberhaft nach einer Fluchtmöglichkeit, denn es war mir schon bewusst, dass der Polizist nicht klein beigeben würde. Was mich verwunderte, war, dass er mit seiner Signalpfeife nicht einfach Verstärkung anforderte. Wahrscheinlich wollte er den Ruhm für seine heldenhafte Verbrecherjagd selber einstreichen.

Ich wusste, dass die Fabrik auf der anderen Seite an den Kanal angrenzte, da musste ich hin. Der Udl war aber auch inzwischen pfiffig gewesen, hatte die Fabrik von außen blitzschnell umrundet und fuhr nun durch das Hauptportal auf seinem Fahrrad aufs Gelände hinauf. Der Nachtwächter am Tor hatte dem Gesetzeshüter bestimmt sofort Zugang gewährt. Ich rannte also in Richtung Wasser, während von der anderen Seite der Udl wie ein Wahnsinniger in die Pedale trat, um mich vorher abzufangen.

Mit einem kühnen Sprung in die Fluten des Osterbek-Kanals[63] wollte ich ihm endgültig entgehen. Und dem war dann auch so, denn in seiner schweren Uniform traute er sich nicht, mich mit einem Sprung ins Nass zu verfolgen. Vielleicht konnte er auch nicht gut oder gar nicht schwimmen oder hatte Angst, dass er auf den Grund des Osterbek-Kanals hinuntergezogen würde.

Das größte Problem war für mich nun, auf der anderen Seite den Kanal auch wieder verlassen zu können, denn meine Hände waren in ihrem zerfetzten Zustand zu absolut nichts mehr zu ge-

---

[63] Ab der Wachtelstraße ist die Osterbek als Osterbekkanal ausgebaut. Der Kanal wurde schrittweise von 1863 bis 1912 gebaut und zog damals bedeutende Industrieansiedlungen nach sich. Beispiele sind die Gummifabrik, auf deren Gelände sich heute das Museum der Arbeit befindet, und die Kampnagel-Fabrik.

brauchen. Ich litt Höllenqualen, und es kostete mich alle noch vorhandene Energie und Überwindung, mich irgendwie mehr aufs Ufer hinaufzuschieben denn zu ziehen.

Wie gern wäre ich dort erst einmal im Ufergras liegen geblieben, aber das schrille Pfeifen einer Signaltröte riss mich aus meinem Ausruhen. Der Udl pfiff nun doch um Verstärkung, also musste ich so schnell wie möglich den Schauplatz meiner geglückten Flucht verlassen.

Triefend nass, drückte ich mich immer in das Dunkel der Hauseingänge, suchte jede auch noch so kleine Deckung und versuchte, dic von Gaslaternen beschienen Bereiche großräumig zu umgehen. Anfangs sorgte ich mich noch um die Wasserpfützen, die ich auf meinem Weg wie eine Markierung zurückließ. Doch von Minute zu Minute troff weniger Wasser aufs Straßenpflaster, bis es mit bloßem Auge kaum noch zu erkennen war, ob da ein Flüchtiger Wasser des Osterbek-Kanals auf die Straßen Barmbecks träufelte.

Ich hatte Glück, ich war aus der Gefahrenzone, bevor die Verstärkung bei meinem Verfolger anlangte. Nun sah ich zu, dass ich auf dem schnellsten Weg nach Hause kam.

Als ich mein Schlafzimmer betrat, blieb mir gar nichts anderes übrig als Helmi zu wecken, denn die zerfetzten Hände brauchten dringend eine Säuberung und umgehende Behandlung:

„Meine Güte, Adolf, wie hast du das denn hingekriegt?“

„Einige Leute sind aber auch zu blöd“, log ich, denn ich musste mir schließlich etwas halbwegs Glaubwürdiges einfallen lassen. „Als ich den Müll aus der Wirtschaft in die Mülltonne hineinwarf und kräftig mit den Fingern nachdrückte, blieb ich mit beiden Händen im Stacheldraht hängen.“

„Wie denn das?“

„Irgendjemand muss eine halbe Rolle Stacheldraht einfach in unsere Mülltonne hineingestopft haben.“

„Das ist ja nicht zu fassen. Was gibt das nur für achtlose Zeitgenossen! Aber willst du mit diesen schrecklichen Verletzungen nicht lieber ins Krankenhaus?“

Das ging natürlich auf gar keinen Fall. Die Ärzte und Schwestern konnte ich sicherlich nicht mit so einer dummen Ausrede abspeisen. Außerdem wusste ich nicht, ob die Bullen nicht schon in allen Krankenhäusern der Umgebung, wie zum Beispiel dem Heilig-Geist-Hospital an der Blumenau oder dem Neuen Allgemeinen Krankenhaus Eppendorf, nach einem an den Händen auffällig verletzten Mann nachfragten.

Jedenfalls bekam ich noch mehr als vier Wochen meine Finger nicht gerade gebogen. Die ganze Zeit über musste Helmi mich füttern. Nichts ist schrecklicher als totale Abhängigkeit. Dazu kam natürlich noch die Angst, dass die Polizei mir jeden Tag einen Besuch abstatten könnte, um nachzuprüfen, ob ich vielleicht beim Einbruch in die Pfandleihe in Borgfelde beteiligt gewesen war. Schließlich hatte ich ja schon ein amtlich dokumentiertes „Vorleben" aufzuweisen. Und der Udl, der mich fast erwischt hätte, hatte doch bestimmt ausgesagt, dass er einen der Halunken schon am Schlafittchen hatte und der sich beim Versuch, die Planke zu überwinden, furchtbar verletzt haben musste. Aber glücklicherweise kam die Polizei nicht auf die doch eigentlich naheliegende Idee, die einschlägigen Kreise, die für den Bruch in Frage kamen, sprich auch mich, persönlich zu überprüfen. Der Zustand meiner Hände hätte mich auf der Stelle verraten!

Hunde-Robert und Schlachter-Karl waren so pfiffig gewesen und hatten mein auf der Flucht weggeworfenes Knabbergeschirr aufgehoben, nachdem der Polizist mit dem Fahrrad hinter mir hergejagt war. In meine Wirtschaft trauten sich die beiden nicht, dachten sie doch felsenfest, ich wäre von dem Polizisten auf dem Fahrrad eingeholt, erwischt und verhaftet worden. Erst, als sie im Hamburger Anzeiger lasen, dass der Täter entkommen konnte, da suchten sie mich endlich auf. „Der Täter" hieß ja sogar, dass die Obrigkeit den Einbruch in die Pfandleihe nicht einmal mit unserem unliebsamen Zusammentreffen mit dem Fahrad-Udl in Verbindung brachte.

Wie seinerzeit bei dem Spirituosenhändler in Eppendorf betrug mein Anteil der Beute wieder zweitausend Mark. Die beiden

Kumpane hatten die Zwischenzeit natürlich gut genutzt und allen Schmuck an diverse Schärfer[64] verkauft. Viel später bekam ich dann heraus, als die beiden sich hoffnungslos verkracht hatten und nicht mehr gut aufeinander zu sprechen waren, dass sie mich dabei furchtbar übers Ohr gehauen hatten. Mir hätten sage und schreibe tausend Mark mehr zugestanden.

Beim Empfang des „Reichtums“ war ich natürlich voll und ganz zufrieden. Mit so einer Beute hatte ich nicht im Traum gerechnet. Des Nachts aber plagten mich das erste Mal in meinem Leben schreckliche Gewissensbisse, die mich bis in meine Träume verfolgten. Engel und Teufel wechselten sich ab, und Skelette stiegen aus modrigen Gräbern zu mir hoch, um mich anzuklagen oder zu sich herunterzureißen. Mehrfach wachte ich schreiend auf. Ich war dann schweißgebadet, mein Nachthemd klitschnass, und ich musste mich erst einmal am ganzen Körper trocken reiben. Helmi schockierten meine plötzlichen Angstträume fast noch mehr als mich selbst.

Meine Frau war mir zudem in der Krankheit keine große Hilfe, taugte sie doch als Pflegekraft absolut nicht. Immer wieder fand sie auch Ausreden, um ihre Ella aufsuchen zu können. Stattdessen schickte sie mir als Ersatz meine Schwiegermutter vorbei, was die Sache für mich noch verschlimmerte. Wie war das noch mit dem *vom Regen in die Traufe kommen*? Damals änderte ich diesen Spruch für mich drastischer und derber ab: *Vom Regen unter Umgehung der Traufe in der Scheiße landen.*

Ständig nörgelte Frau Petersen herum:

„Ich weiß gar nicht, warum die Helmi sich ausgerechnet dich zum Gatten ausgesucht hat.“ Schon allein die Dreistigkeit in dieser Aussage! Wer hatte sich denn bitteschön hier wen ausgesucht? „Meine Tochter wäre eigentlich nur für einen Baron oder Grafen gut genug gewesen, aber doch nicht für einen schnöden Gastwirt aus Barmbeck.“

„Ach! Als ich um Ihre Tochter warb, hörte sich das aber noch ganz anders an, liebste Schwiegermutter.“

---

64 Hehler.

Diesen Einwurf ignorierte sie:

„Großen Ländereien müsste sie vorstehen, unglaublich viel Gesinde haben, eine eigene Kammerzofe …“

„Träume sind Schäume, Frau Mama!“

„Nenn mich nicht, Mama sonst denkt man noch, ich wäre mit der Wahl meiner Tochter einverstanden gewesen.“

„Wie kommen Sie eigentlich auf so hochgestochene Wünsche? Ich kann mich nicht erinnern, dass Sie aus adligen Kreisen stammen, Frau P e t e r s e n!“

„Da können wir aber doch nichts dafür, denn eigentlich gehören wir genau in diese Kreise!“

„Vorsichtig, liebste Schwiegermutter, vorsichtig, Hochmut kommt oft vor dem Fall!“

Aber mit ihr darüber zu reden, hatte eigentlich gar keinen Sinn. Ich konnte schon froh sein, wenn sie mir kein Rattengift ins Essen mischte.

Freispruch – Der seidene Faden

Was war ich froh, als meine Hände soweit verheilt waren, dass man kaum noch sehen konnte, dass sie vor kurzem noch schwer zerfleischt waren! Doch mein Frohsinn sollte sich rasch ins Gegenteil verkehren, denn unverhofft bekam ich auf einmal frühmorgens Besuch.

Verschlafen fragte ich durch die geschlossene Haustür:

„Was ist denn los? Wer klopft denn da?"

„Bitte machen Sie auf, eine eilige Depesche, die Sie mir quittieren müssen."

Na, das war ja ein Ding. Wer schickte mir denn frühmorgens eine eilige Depesche? Noch im Halbschlaf öffnete ich nichtsahnend die Tür. Da sprangen ohne Vorwarnung drei Polizisten auf mich zu. Alle drei hielten einen Revolver in der Hand. Der eine drückte mir den Lauf seiner Knarre sofort an die Schläfe. Das war insofern albern, da ich splitterfasernackt war und also bestimmt keine Waffe irgendwo bei mir tragen konnte, mit der ich ihnen hätte gefährlich werden können.

Am garstigsten war ein Hüne von einem Polizisten, der mindestens einen Meter neunzig groß war. Ohne Vorwarnung, aber auch ohne Grund schlug er mir heftig ins Gesicht. Das war zu viel. Ich ließ mir das nicht gefallen und sprang ihm wütend an die Gurgel. Das war natürlich ein völlig blödsinniges Unterfangen, denn sie waren ja zu dritt. Rasch hatten die beiden anderen ihren Kollegen befreit und mich in Ketten gelegt.

Helmi war die ganze Zeit über unfähig, irgendetwas zu sagen. Keine einzige Frage der Kriminalpolizisten beantwortete sie, sprang mir aber auch nicht zur Seite, als ob sie das Sprechen total verlernt hätte. In ihren Augen sah ich nur einen tiefen Schmerz und große Vorwürfe.

Ein Abschiednehmen von meiner Frau wurde mir verweigert. Ich wurde ohne Angaben von Gründen inhaftiert und nach einigen Tagen vor Gericht gestellt. Die Verhandlung geriet zur Farce.

Mein Verteidiger fragte den Polizisten Nr. 1:

„Haben Sie sich denn gegen meinen Mandanten überhaupt ausgewiesen?“

„Natürlich, wir haben sofort unsere Polizeimarken gezeigt und uns auch verbal deutlich als Kriminalbeamte zu erkennen gegeben.“

Lüge!

„Und trugen Sie Polizeiuniformen?“

„Natürlich nicht, wir sind doch Kriminalbeamte!“

„Und wie ist es mit Ihnen?“, fragte mein Anwalt den Polizisten Nr. 2. „Haben Sie sich zu erkennen gegeben?“

„Nein, das war doch gar nicht nötig, der Petersen kannte uns doch!“

Das war schon wieder eine Lüge. Die drei Kriminalbeamten hatte ich in meinem Leben noch nie zuvor gesehen. Hätte ich solche Äußerungen getätigt, wäre ich postwendend wegen Meineides angeklagt worden, aber eine Krähe kratzt der anderen ja bekanntlich kein Auge aus.

Nun wurde ich auch endlich darüber aufgeklärt, worum es eigentlich ging. Grund für meine Verhaftung war ein anonymer Brief. Bei einem Einbruchsversuch in Schiffbeck waren die vier Einbrecher von Schutzleuten überrascht worden. Doch die insgesamt drei Schutzleute konnten natürlich, da zahlenmäßig unterlegen, nur einen der Täter schnappen. Den Inhaftierten kannte ich gut, er wurde überall nur „Kneister“ genannt, weil er die Angewohnheit hatte, immer mit seinen Augen zu blinzeln. Dieser Tick war so schlimm, dass man ihm gar nicht in die Augen gucken konnte, wollte man nicht automatisch selbst wie irre zu blinzeln anfangen. Im anonymen Brief waren Kneister, der blinde Hess, Ibi und ich als die vier Täter namentlich benannt worden.

Der blinde Hess hatte seinen Namen verpasst bekommen, weil er so schwer sehbehindert war, dass er eine mordsmäßige Brille aufsetzen musste, wenn er nur die Straßenseite wechseln wollte, weil er ohne so gut wie gar nichts mehr sah.

Ibi hieß so, weil er einen Buckel hatte und von unglaublich kleinem Wuchs war. Ich kannte sie alle drei, und sie sollten später alle zu meiner Bande gehören.

Allein aufgrund des anonymen Briefes wurde den drei Schutzleuten, die die Täter verfolgt hatten, mein Polizeifoto gezeigt. Der Schutzmann, der den Tätern am nächsten gewesen war, sagte, der Täter müsse jünger gewesen sein, als der auf dem Lichtbild, er kenne da jemanden auf der Horner Rennbahn, der dem Flüchtigen viel ähnlicher gewesen sei als ich.

Als ich zum Stadthaus gebracht wurde[65], erklärte mir der Kommissar, der den Fall wohl maßgeblich bearbeitete:

„Petersen, Sie sollen in Schiffbeck bei einem Einbruch beteiligt gewesen und dann geflüchtet sein."

„Das kann nicht angehen, Herr Kommissar, ich war überhaupt noch nie in meinem Leben in Schiffbeck!"

„Das werden wir ja sehen. Wenn die Schutzleute Sie wiedererkennen, kommen Sie in der Sache Kneister & Co. in Untersuchungshaft. Wenn keiner der drei Sie erkennt, dann haben Sie noch mal Schwein gehabt und sind sofort wieder frei."

„Na, das hoffe ich doch, ich bin nämlich rein ..."

„Jaja, das kennen wir schon: Ich bin klein, mein Herz ist rein, soll niemand drin wohnen als Jesus allein!"

„Das wollte ich gar nicht sagen, Herr Kommissar, aber ich habe wirklich eine weiße Weste!"

Nun stellte man mich mit acht anderen Inhaftierten, egal was sie verbrochen hatten, in einen rechteckigen Raum. Dann wurde der besagte Schutzmann dazu geholt. Wir mussten mehrmals den langen Flur auf und ab gehen.

Darauf trat der Schutzmann auf mich zu und fragte mich fast zaghaft:

„Sind Sie vielleicht der Petersen?"

„Ja, mein Name ist Julius Adolf Petersen, warum?"

Da drehte sich der Schutzmann zu dem Kommissar und sagte:

„Das ist einer von denen, hundertprozentig."

---

[65] Polizei-Hauptquartier.

Da schwante mir, was hier abgegangen war:

„He, hier stimmt doch was nicht. Sie haben nur vorher mein Lichtbild gezeigt bekommen, sonst hätten Sie mich eben doch nicht so zaudernd nach meinem Namen gefragt."

„Da haben Sie Recht, Herr Petersen, das war wirklich so."

Der Mann war wenigstens ehrlich. Es kam aber noch schlimmer. Der zweite Schutzmann sagte, also dem Gang nach zu urteilen, müsste ich es sein, der da vor ihm weggelaufen sei. An mein Gesicht könne er sich aber beim besten Willen nicht erinnern.

Das wollte der anwesende Untersuchungsrichter nicht mal zu Protokoll nehmen. Ich musste erst lautstark protestieren, dann wurde dieser für mich sprechende Punkt doch noch schriftlich festgehalten. Beim dritten Schutzmann wurde mir schon deutlich wohler, sagte der doch, ich sei es auf keinen Fall, der Davongelaufene sei viel, viel kleiner gewesen. Außerdem könne er sich an einen Schnurrbart erinnern.

„Na, den kann der Petersen sich doch inzwischen abrasiert haben", versuchte der Untersuchungsrichter gleich wieder, den Zeugen zu beeinflussen.

„Äh ja, wenn ich also vielleicht noch ein paar nähere Erläuterungen …"

Das wollte der Untersuchungsrichter aber nicht hören, stattdessen wurde er fuchsteufelswild:

„Sehen Sie zu, das Sie Land gewinnen!"

Der gescholtene Schutzmann wurde ganz kleinlaut und lief rot wie eine Tomate an.

„Ja, also …"

„Haben Sie nicht gehört? Gehen Sie, gehen Sie! Auf der Stelle!" Dann wandte sich der Untersuchungsrichter an zwei bereit stehende Polizisten. „Und den da, abführen!"

Das durfte doch alles nicht wahr sein, sofort protestierte ich wieder lautstark:

„He, Moment mal, Euer Ehren, so geht das doch nicht. Ich verlange, dass die Aussage des Zeugen eben auch aufgeschrieben wird!"

Der Untersuchungsrichter sagte verächtlich zum Protokollführer:

„Es ist doch so eindeutig, was der Delinquent damit erreichen will!“

„Ich bin unschuldig und brauche mich hier nicht irgendwie herauszureden!“

Anstatt nun aber nach Hause gehen zu können, steckte man mich in Untersuchungshaft. Eigentlich wartete ich vom ersten Augenblick an auf meine Entlassung, aber weit gefehlt. Nach einigen Tagen wurde mir die Anklageschrift in die Zelle gebracht. Beweisstück Nr. 1 waren meine Vorstrafen. Was war das denn für ein Beweis? Aus dem Pamphlet ging aber auch für mich hervor, dass der inhaftierte Räuber der Polizei gegenüber bestätigt hatte, dass ich nicht bei dem Einbruch dabei gewesen war, er die anderen Mittäter aber nicht kenne. Klar, er wollte keinen von denen verpfeifen.

Aber allein schon das Wort Anklageschrift zeigte mir auf, dass die Obrigkeit die Sache ernst nahm, also musste ich nun auch für mich aktiv werden. Genug Zeit hatte ich in meiner Einzelzelle ja, darüber nachzudenken, wer in besagter Nacht bei mir in der Kneipe gewesen war und nun für mich aussagen könne. Ich benannte also schriftlich zehn Männer, die meine Unschuld bezeugen könnten.

Da blieb dem Staatsanwalt nichts anderes übrig, als den Vorgang in die Voruntersuchung zurückzuverweisen. Alle Einschüchterungsversuche meines „Freundes“, des Untersuchungsrichters, fruchteten nichts, so ergänzte dieser nur die Anklageschrift mit dem Zusatz, die Glaubwürdigkeit dieser Zeugen solle doch das hohe Gericht beurteilen. Bösartig war der Zusatz, dass er glaube, dass ich trotz Einzelhaft und Besuchsverbot Kontakt zu der Außenwelt gehabt haben müsse, um diese „sogenannten“ Zeugen zu manipulieren.

Langsam wurde ich wahnsinnig. Ein Dreivierteljahr verging. Neun Monate saß ich in Untersuchungshaft, bevor es endlich zur Gerichtsverhandlung kam. Der gefasste Täter entlastete mich, wie schon in der Anklageschrift. Und dann platzte die Bombe. Schutzmann Nr. 1 und Nr. 2 blieben bei ihren leicht belastenden Aussagen, aber Schutzmann Nr. 3 hatte mich auf einmal hundertprozentig erkannt. Und das unter Eid!

Mein Anwalt war aber ein Advokat von der guten Sorte und bat um Vorlesung der Aussage, die er seinerzeit vor dem Untersuchungsrichter gemacht hatte. Doch trotz dieses krassen Widerspruches blieb er beharrlich bei seinem Meineid.

Meine zehn Zeugen sagten natürlich ausnahmslos für mich aus. Trotzdem beantragte der Staatsanwalt für mich fünf Jahre Haft. Das Gericht zog sich dann über eine Stunde zur Beratung zurück. War das nun gut oder schlecht für mich? Der Vorsitzende kam zurück und verkündete das Urteil: F R E I S P R U C H!!! Betonte aber dabei, dies sei ein Freispruch zweiter Klasse, denn es gäbe schon berechtige Zweifel an meiner Unschuld, es fehlten aber die endgültigen Beweise.

Lange Zeit durfte ich ja während meiner Zeit in der Untersuchungshaft keinerlei Kontakt zur Außenwelt haben, dann wurde mir irgendwann wenigstens das Briefeschreiben erlaubt. Meine Frau schrieb mir, wie sehr sie litt, aber nicht, weil ich im Knast war, sondern wegen ihrer finanziellen Notlage. Nach vier Monaten hätten meine schändlichen Angehörigen den Unterhalt für sie eingestellt. Den Grund dafür erfuhr ich erst nach meiner Entlassung. Meine Familie sah gar keinen Grund, weiter Geld für Helmi auszugeben, war sie doch zu ihrer Mutter zurückgezogen, natürlich erst, nachdem sie unseren ganzen Hausstand für ‘n Appel und ‘n Ei versetzt hatte. Aber Helmi war ja kein Kind von Traurigkeit, also lachte sie sich in der Zwischenzeit einen begüterten Konsul an, sodass sie ihr mondänes Leben ungeschmälert weiterführen konnte.

Helmi und ich hatten deswegen gleich nach meiner Entlassung eine heftige Auseinandersetzung. Ich konnte es einfach nicht glauben, dass sie mit dem Konsul die ganze Zeit über nur eine platonische Beziehung gepflegt haben sollte. Wer würde so aberwitzig viel Geld zum Fenster hinauswerfen, ohne eine Gegenleistung zu verlangen? Diesen Vorwurf nahm sie mir mehr als übel. Bei einem Versöhnungs- und Aussprache-Abendessen bekamen wir uns endgültig richtig in die Wolle, und sie rannte empört von dannen.

Nun stand ich ohne alles da: Die Frau war weg, den Hausstand hatte meine gute Helmi bis aufs letzte Stück versetzt, die Wirtschaft hatte mein Bruder inzwischen verkauft, denn wer sollte in meiner Abwesenheit die Kneipe weiterführen? Meine Eltern hatten keinen Platz für mich, so bezog ich erstmal Logis bei einer Witwe, bei der ich die schuldlos geschiedene Tochter, Frieda Goedje, besser kennenlernte, die einst meine Freundin in Kindertagen gewesen war.

Belogen – Allein gegen drei

Frieda war so ganz anders als meine Helmi. Sie hatte eher ein Allerweltsgesicht und war so eine Art Glucke, eine Frau, die für ihren Geliebten voll und ganz da war. Das imponierte mir natürlich ungemein. War Helmi doch fast nie zu Hause, vor allem wenn Ella rief. Frieda wartete still, treu und brav meiner, und ihr war eigentlich alles recht, Hauptsache, ich war da.

Doch woran es lag, dass es mich doch wieder zu Helmi hinzog, kann ich nicht sagen. War es der Umstand, dass wir ein gemeinsames Kind hatten, das nach meiner Haftentlassung bei meinen Eltern groß gezogen wurde? Allein dieser Umstand hätte bei mir doch schon alle Alarmglocken läuten lassen müssen. Oder war es nur meine überbordende Eitelkeit, dass ich mit einer Schönheitskönigin an meiner Seite glänzen wollte?

Durch einen Bekannten hatte ich Arbeit als Lagermeister bei der Firma Reichold & Co. Kieselgur[66]-Werke erhalten. Ich erhielt zwischen vierzig und fünfundvierzig Mark Lohn die Woche, das war, weiß Gott, nicht schlecht!

Dummerweise traf ich dann bei meinen Eltern Helmi wieder, als ich unseren Sohn Hatzel besuchte. Sie war genau zur gleichen Zeit auf die gleiche Idee gekommen. Und schon war ich ihrer

---

[66] Kieselgur, veraltet auch Kieselguhr - auch Bergmehl, Diatomeenerde, Diatomeenpelit, Diatomit, Infusorienerde, Kieselmehl, Novaculit, Tripel, Tripolit, Celit ist eine weißliche, pulverförmige Substanz, die hauptsächlich aus den Siliciumdioxidschalen fossiler Kieselalgen (Diatomeen) besteht. In der Lüneburger Heide befanden sich die ersten Kieselgurgruben der Welt. Der Kieselgurabbau entwickelte sich für diese Region zu einem wichtigen Wirtschaftszweig. Bis zum Ersten Weltkrieg wurde in Niedersachsen 20.000 bis 25.000 Tonnen Kieselgur produziert. Das deckte damals fast den gesamten Weltbedarf an diesem Rohstoff. Kieselgur ist vielseitig verwendbar, unter anderem als Filtermedium für Abwässer, Getränke wie helle Biere, Öle oder in Schwimmbädern. Als Füllstoff in Wärmedämmungen, Baustoffen, Anstrichmitteln, Kunststoffen, Papier, Tabletten und Pudern. Als Schleif- und Poliermittel, als Abrasiv in Reinigungsmitteln, in der Tierfütterung, als Träger für Düngemittel, Biozide, Insektizide und Katalysatoren.

Schönheit und Redegewandtheit wieder hoffnungslos erlegen. Wir beschlossen, es wieder miteinander zu versuchen und wieder zusammenzuziehen. Doch mit Helmi bei maximal fünfundvierzig Mark Wochenlohn? Durch den Konsul war meine Frau noch verwöhnter, als sie es eh schon gewesen war. Ja, bei Frieda, da hätten fünfundvierzig Mark mehr als ausgereicht, da wäre noch so einiges auf dem Sparbuch gelandet.

Allein ihre Wünsche, den Hausstand betreffend, waren schon auf ehrliche Art und Weise nicht zu erfüllen. Und als ob das nicht schon Probleme genug aufgeworfen hätte, wurde ich wenige Tage später bei Reichold zum Chef gerufen.

„Sie haben mich rufen lassen, Boss?"

„Das ist so, Petersen. Sagen Sie einmal, haben Sie eigentlich gute Freunde?"

„Ich verstehe Ihre Frage nicht."

„Na, dann lesen Sie selbst."

Bei den Worten reichte er mir einen Brief. Ich war nach dem Lesen der Zeilen völlig konsterniert. Stand doch da blau auf weiß, dass ich ein „Schwerer Junge" sei, der schon mehrfach im Knast gesessen hätte, meine Spezialität wären Geldschränke und dass ich demnächst den Tresor der Firma Reichold knacken würde.

„Chef, ich weiß nicht, wer mir da diesen üblen Streich spielt, aber ich kann Ihnen hoch und heilig versichern, dass das alles erstunken und erlogen ist. Ich bin sehr zufrieden mit meiner Arbeit und will die doch nicht wegen irgend eines Blödsinns verlieren."

„Na, dann ist ja gut, Petersen, das beruhigt mich, obwohl ich das Schreiben schon mehr als seltsam und befremdlich finde."

„Ich auch, das können Sie mir glauben!"

„Sehen Sie zu, dass Sie wieder an die Arbeit kommen."

„Die Zeit unseres Gesprächs ziehe ich auch von der Pause ab, Chef."

„Löbliche Einstellung, Petersen, weiter so!"

Aber damit war die Angelegenheit keineswegs erledigt. Als der Chef vierzehn Tage später als Erster das Kontor betrat, war der

Geldschrank teilweise aufgebrochen. Die Tür hatten die oder der Täter zwar aufbekommen, aber nicht die inneren Fächer, sodass nichts fehlte.

Doch das Vertrauensverhältnis zwischen meinem Chef und mir war zerstört. Da half kein gutes Reden und kein Beteuern der Unschuld. Die Eiseskälte, die mir nur noch in der ganzen Firma entgegenschlug, hielt ich keine drei Tage lang aus, dann kündigte ich von mir aus. Ich hatte den Eindruck, alle Mitarbeiter waren froh darüber und dass ich durch mein Tun dem Chef nur zuvorgekommen war.

Doch ich sann auf Rache. Diesen schändlichen Brief, der mich um meine bürgerliche Existenz gebracht hatte, konnte ich nicht einfach auf mir sitzen lassen. Ich musste herausbekommen, wer dafür verantwortlich war. So blieb mir gar nichts anderes übrig, als die übelsten Spelunken in der Altstadt und der Hafengegend aufzusuchen, die in der Regel nur von Ganoven, Halunken und lichtscheuem Gesindel besucht wurden.

Da im Suff viel geredet wird, und Schurken gern mit ihren Streichen prahlen, dauerte es auch nicht lange, und ich hatte die drei Schuldigen[67] ausgemacht. Zu meiner Schande muss ich gestehen, dass ich Ede, dem dritten Schuldigen, allerdings erst einen Revolver an die Stirn halten musste, bevor der mit der Wahrheit rausrückte und mir vor allem den Hauptschuldigen und Anführer dieses Komplotts verriet.

Heinz hieß Täter Nummer zwei, aber der hatte sich inzwischen selbst aus dem Verkehr gezogen. Bei einem nächtlichen Einbruchsversuch zwei Tage zuvor war er von einem Revierpolizisten überrascht und auf der Flucht erschossen worden.

Rädelsführer des Trios war ein grobschlächtiger Maurergeselle, dessen Namen ich nicht einmal kannte, der von allen nur „Kelle“ gerufen wurde. Kelle hatte das erste Mal schon mit fünfzehn Jahren gesiebte Luft eingeatmet. Den wollte ich mir nun richtig vor-

---

[67] In den Akten von Polizei und Staatsanwaltschaft werden die drei Männer auch als Mitglieder der Petersen-Bande bezeichnet. Ob zu Recht, sei dahingestellt.

knöpfen. Da ich aber nicht wusste, ob ihm nicht vielleicht Saufkumpane zur Seite springen würden, steckte ich mir lieber einen Schlagring ein. Ich konnte und durfte das Geschehene nicht einfach so im Raum stehen lassen, sonst hätte sich noch herumgesprochen: *Mit dem Petersen kannst du machen, was du willst.*

Ich hatte gehört, wo der Maurergeselle für gewöhnlich seine Samstagnächte verbrachte, und suchte die besagte Spelunke auf. Beim Eintreten sah ich, dass ich die meisten Gäste dort zumindest vom Sehen kannte. Und da stand dieser Kelle auch tatsächlich seelenruhig an der Theke und kippte sich gerade ein Pils hinter die Binde.

Ich stürmte auf ihn zu und fragte gerade heraus:

„He, Kelle, wie kommst du eigentlich dazu, mich bei meinem Chef Reichold mit einem anonymen Brief madig zu machen, um dann dort selbst einen Bruch zu versuchen?“

„Ich? Äh … äh …“

„Und dann bist du auch noch so'n elender Stümper und schaffst es nicht mal, das Ding aufzukriegen.“

„Ich … äh … äh … weiß gar nicht, was du willst?“

„Lüg doch nicht, Kelle. Deine Kumpels Heinz und Ede hattest du auch mit dabei. Du siehst, ich weiß alles.“

Er brauchte gar nichts mehr weiter zu sagen. Trotz des schummrigen Lichts und des dichten Tabakqualms im Schankraum konnte ich sein Erbleichen überdeutlich erkennen. Ihm entgleisten förmlich vor Schreck die Gesichtszüge. Hätte er 'ne Fluppe zwischen den Zähnen gehabt, wäre die unweigerlich aus dem Mund gefallen.

„Hau ab, erzähl woanders deinen Unsinn“, fasste sich der Maurergeselle rasch wieder und trat nun die Flucht nach vorne an.

Das war zu viel für mich. Ein Schwinger von unten und schon krachte meine Faust unter sein Kinn. Doch große Wirkung hatte ich mit meinem Schlag wohl nicht erzielt, denn in einer Geschwindigkeit, die ich diesem Kraftpaket gar nicht zugetraut hätte, war er wieder auf den Beinen und nestelte aus der Hosentasche einen Schlagring hervor, den er über die Finger seiner rechten

Hand streifte. Aber noch als er dabei war, hatte ich meinen Schlagring schon übergezogen und drosch nun wie ein Berserker auf ihn ein. Es ist unschön, das zu erzählen, aber das Blut floss nicht nur sinnbildlich in Strömen. Gegen seine urgewaltige Kraft hätte ich eigentlich keine Chance gehabt. Mir blieb nur die Geschwindigkeit meiner Bewegungen. Ich tänzelte wie ein Preisboxer leichtfüßig um ihn herum. Seinen wilden, unkontrollierten Schwingern konnte ich locker ausweichen, denn die waren schon im Ansatz leicht für mich zu erkennen. Nach jedem seiner fruchtlosen Versuche bekam er von mir aber schon wieder die nächste volle Breitseite.

Das reichte ihm wohl irgendwann, es waren wohl der Treffer zu viele, denn er versuchte, auf die Straße zu entkommen. Aber ich war noch nicht mit ihm fertig, also trieb ich ihn nur so, wie ein Torero einen verwundeten Stier in der Arena, vor mir her. Fast hilflos stolperte er die Stufen zur Kaschemme herunter nun rückwärts zur Straße hoch.

Nachdem er in der Gasse noch einige weitere Pfunde kassiert hatte, sah er wohl ein, dass es in der Spelunke für ihn doch besser war, als hier ganz allein auf der regennassen Gasse, und taumelte benommen ins Lokal zurück.

Als einige seiner Saufkumpane nun seinen blutüberströmten Kopf und Körper wieder zurückkommen sahen, wollten sie ihm dann doch zur Seite springen. Nun wurde es ernst für mich, denn gegen vier oder fünf Schläger hätte ich keine Chance gehabt. Ich griff mir geistesgegenwärtig einen unbesetzten hölzernen Barhocker und ließ ihn mit einer Dreschflegelbewegung auf die heranstürmende Meute niedersausen.

Beim Heben des Barhockers über den Kopf zerschmetterte ich aber auch die an der Decke befindliche Lampe. Die berstende Deckenleuchte muss sofort einen Kurzschluss in der gesamten Elektrik der Kaschemme ausgelöst haben, denn auf einmal war es zappenduster im Lokal. Das Geschrei war natürlich nun groß. Mehrere Männer kamen sich ins Gehege, wusste doch keiner mehr, wen er eigentlich genau vor sich hatte, was fast zwangsläufig zu weiteren wüsten Raufereien führte.

Auf einmal durchfuhr mich ein wahnsinniger Schmerz. Dieser Schuft von einem Maurergesellen hatte den Augenblick der Verwirrung doch tatsächlich genutzt, sein Messer gezückt und mir dies in das Gelenk meines rechten Armes getrieben. Glück im Unglück für mich war, dass er keine Sehne getroffen hatte, aber den rechten Arm konnte ich nun nicht mehr gebrauchen. Nun sah es für mich noch schlechter aus, denn nicht nur gegen einen Gegner, sondern auch nur mit meiner ungeübten linken Hand allein gegen alle, das konnte einfach nicht gutgehen.

In so einer üblen Gegend locken Schlägereien nur sogleich weiteres Gesindel an, das sich an dem Schauspiel ergötzen will. In Windeseile war so der Laden vollständig überfüllt, was ich nur dadurch erkennen konnte, weil immer mal wieder einer der Gäste ein Streichholz zur eigenen kurzen Orientierung entflammte.

Nachtpatrouillen, Streifen in Zivil, aber selbst einfache Bürger trugen oftmals Signalpfeifen bei sich, um bei Gefahr die Polizei herbeirufen zu können. Die Signalpfeifen gab es eigentlich nicht frei zu kaufen, aber wie heißt es immer so schön: Geld regiert die Welt.

Nun hielten es jedenfalls mehrere Gäste für angebracht, lieber auf der Straße nach den Hütern des Gesetzes zu rufen, weil sie selbst Schiss in der Hose hatten und weil die Rauferei in der Kaschemme inzwischen total eskaliert war. Wenn das so weiterging, gab es bestimmt Tote!

Jetzt musste ich also einmal mehr meiner „Lieblingsbeschäftigung“ nachgehen, nämlich türmen. So unauffällig wie möglich schlich ich mich durch das Gewühl der kämpfenden Leiber, nahm draußen auf der Gasse dann die Beine in die Hand und war rasch um drei Ecken herum. Gerade noch rechtzeitig, denn ich hörte schon das Klappern der schweren Stiefel der Pickelhauben auf dem glitschigen Kopfsteinpflaster. Die natürlich nun ihrerseits mit ihren Alarmpfeifen einen Heidenkrach veranstalteten und bestimmt wenig später mit ihren Knüppeln in der Kaschemme heftig auf die Raufenden einschlugen, um der Sache Herr zu werden.

Aber was nun? Frieda versorgte mich natürlich in ihrer liebevollen, mütterlichen Art, was die Wunde im rechten Arm schnell heilen ließ, aber wie sollte es weitergehen? Nach dem Vorfall bei Reichold & Co. war mir die ehrliche Arbeit irgendwie endgültig verleidet.

Meine Sehnsucht nach Helmi wurde leider auch von Tag zu Tag immer größer. Ich brauchte nur an ihren prachtvollen Körper und die schwellenden Brüste zu denken, dann wurde mir ganz schummrig. Dann war ich auf einmal wieder fast so weit, alles hinzuschmeißen, um nur noch als Bettler auf der Straße zu leben. Keine Verantwortung, keine Sorgen, nach 'ner Flasche billigen Fusels sah alles rosarot aus, aber das waren nur so dumme Gedanken, die schnell wieder verflogen.

Ich hatte auch Friedas wegen ein schlechtes Gewissen, denn ihr hatte ich natürlich noch mit keinem Wort gesagt, dass ich vorhatte, zu Helmi zurückzukehren. Das lag mir schon schwer im Magen, aber den Tag der Entscheidung schob ich immer wieder vor mir her. Noch war ich nicht bereit dazu, bei Frieda mit der Wahrheit herauszurücken.

Als ich Helmi traf, erzählte ich ihr erst einmal, wie es dazu gekommen war, dass ich meine gute Stellung bei Reichold & Co. verloren hatte. Regungslos hörte sie sich meine Erzählung an und sagte kein Wort dazu.

Dann fuhr ich fort:

„Wir müssen ja nun für eine neue Wohnung auch alles erst mal neu kaufen."

„Ja, darauf freue ich mich schon, ich hatte dir ja schon gesagt, welche Möbel ich ganz besonders schön fände. Auch schönes Porzellan von Rosenthal und Besteck von der Württembergischen Metallwarenfabrik habe ich schon herausgesucht!"

„Da muss ich aber erst einmal sehen, wie ich das Geld für das alles anschaffe, liebe Helmi."

„Das ist nun einmal die Aufgabe des Mannes, mein lieber Adolf!"

Sie machte sich offensichtlich keine Gedanken darüber, ob auf legale oder illegale Art und Weise, Hauptsache das Geld floss.

Unterwegs – In besseren Kreisen

Doch wie so oft wusste ich schnell wieder Rat. Im Gefängnis, während meiner Untersuchungshaft, hatte ich einen Kaufmann kennengelernt, einen feinen Mann, mit Anstand und guten Manieren. Während der täglichen Stunde Hofgang ging er immer hinter mir, sodass wir uns unterhalten konnten, obwohl das eigentlich streng verboten war.

Da er die Einzelzelle neben mir besetzte, konnten wir durch die Wand des Nachts die Unterhaltung im Morsealphabet fortsetzen, indem wir mit unseren Blechbechern die Buchstaben gegen die Wand klopften. Die Wächter waren viel zu faul, als dass sich des Nachts einer im Zellentrakt verirrt hätte, so störte uns auch keiner dabei, außer manchmal wütende Mitgefangene, die ihre Ruhe haben wollten, aber die hielten sich natürlich an den Ehrenkodex und verpfiffen uns nicht bei den Schließern.

Dem Kaufmann, Hermann Plapp hieß er übrigens, erzählte ich dann sogar von meinen verwegenen Einbruchstouren mit Schlachter-Karl und Hunde-Robert, aber das Gehörte schien ihn eher zu beeindrucken als abzustoßen. Ich erwies ihm dann einen großen Dienst damit, dass ich eine wichtige Nachricht für ihn aus dem Gefängnis rausschmuggelte, als ich entlassen wurde. Er versprach mir im Gegenzug eine gute Stellung nach seiner Entlassung, da er über ausgezeichnete Beziehungen verfüge.

Dessen erinnerte ich mich jetzt also und suchte den Kaufmann kurzerhand auf. Sogleich wurde ich wie ein guter Freund des Hauses zum Abendessen eingeladen. Danach, als sich Frau und Kinder zurückgezogen hatten, erzählte Herr Plapp, dass er mit einem Aristokraten zusammen einen – natürlich nicht erlaubten – Spielclub aufgemacht habe. Eine edle Aufmachung, nur handverlesene, vornehme Gäste, dadurch sei der Club a) bisher nie aufgeflogen und b) er selbst reich geworden. Ich erinnerte ihn nun an sein im Knast gegebenes Versprechen.

„Leider kann ich mein Wort derzeit nicht halten, Ihnen eine Anstellung zu geben, Herr Petersen (er war nicht einer von den Menschen, die jemanden duzen), aber natürlich werde ich alle meine Beziehungen spielen lassen, um Ihnen irgendwie zu helfen. Mal sehen, was als Erstes mein Geschäftsfreund und Partner so dazu sagt."

„Der Aristokrat?"

„Genau der, ein Mann aus gräflichem Hause, aber total dem Spiel verfallen. Aber er ist ansonsten ein so reizender Mensch, dem kann man einfach nicht böse sein, und Schwächen haben wir doch irgendwie alle, oder?"

„Natürlich. Ich bin schon sehr gespannt auf den Herrn."

„Seine Angehörigen haben sich leider von ihm komplett losgesagt. Sie betrachten ihn als das schwarze Schaf der Familie."

„Nur wegen seines Spieltriebes?"

„Nein, oder wenigstens nicht direkt, aber sie mussten andauernd seine horrenden Schulden bei den jüdischen Geldverleihern der Stadt begleichen und waren dazu nicht länger bereit."

„Verständlich."

„Aber ganz hängen lassen wollten sie ihn dann doch auch wieder nicht. Er bekommt nun eine schmale monatliche Rente von seiner Familie angewiesen, aber bei seinem Lebenswandel reicht die nicht einmal für eine Woche."

„Und wenn die Angehörigen wüssten, dass er Mitinhaber eines illegalen Spielclubs ist …"

„Dann würde es natürlich keinen Pfennig mehr geben."

„Aber Sie sagten doch, Ihr Spielclub werfe viel Geld ab, und dennoch hat der gute Mann finanzielle Probleme?"

„Für mich reicht das dicke, aber mein Kompagnon verspielt es ja beim Bakkarat und Roulette gleich alles immer wieder. Er ist ja nicht nur Mitbesitzer des Clubs, sondern auch noch unser bester Kunde!"

„Ein fatales Zusammenwirken, oder?"

„Das kann man wohl sagen, Herr Petersen."
„Darf ich auch den Namen des Herrn erfahren?"
„Natürlich, aber ich bitte um absolute Diskretion."
„Da können Sie sich drauf verlassen!"
Fast hätte ich noch hinzugefügt: Großes Gauner-Ehrenwort, konnte mir aber noch auf die Zunge beißen, denn ich weiß nicht, wie das bei dem Kaufmann angekommen wäre.
„Mein Kompagnon heißt Bruno von Stickroth!"
„Den Aristokraten wollen wir gleich aufsuchen?"
Mir schien es nämlich so, als ob sich der Hausherr zum Ausgang rüstete, und ich hatte mich tatsächlich nicht getäuscht.
„Genau. Von Stickroth ist nämlich ganz begierig darauf, Sie kennen zu lernen."
„Haben Sie ihm etwa von mir erzählt?"
„Alles habe ich ihm erzählt, alles. Aber keine Angst, von Stickroth schweigt wie ein Grab. Ich musste doch erzählen, dass Sie den Kassiber[68] für mich besorgt hätten, und da ließ von Stickroth natürlich nicht mehr locker und wollte alles über Sie erfahren, was Sie mir so über sich erzählt haben."
„Etwa auch über die Brüche mit Schlachter-Karl und Hunde-Robert?"
„Gerade über die wollte Bruno begierig am meisten erfahren. Besonders die Bettentour faszinierte ihn über alle Maßen, und so hat er mir gesagt, dass er den Pfundskerl unbedingt kennen lernen muss, der solch außergewöhnliche Talente und Fähigkeiten besitzt!"
Und es wurde tatsächlich ein reizender Abend. Die Frau des Adligen kam an Kultiviertheit und Anmut meiner Helmi nahe, wenn sie auch nicht ganz so hübsch war. Dafür war sie ihrem Mann unendlich gewogen, wie selbst ein Blinder mit Krückstock noch gesehen hätte, was mich richtig neidisch machte. Den gan-

---

[68] Ein Kassiber (jidd. kessaw „Geschriebenes") ist eine in Deutschland verbotene und deswegen geheim gehaltene schriftliche Mitteilung eines Gefangenen an andere Gefangene oder aus dem Gefängnis heraus an die Außenwelt.

zen Abend kam aber nichts außer netter Konversation zustande. Lag es am Dabeisein der Ehefrau?

Recht spät verabschiedeten wir uns voneinander. Kaum waren wir um die Ecke, sagte Kaufmann Plapp:

„Von Stickroth hat mir ganz deutlich in einem unbeachteten Moment zu verstehen gegeben, dass er Sie unbedingt näher kennen lernen möchte. Wir verabredeten uns daher für den kommenden Samstag um sieben Uhr abends, wenn Ihnen das recht ist.“

Das war zwar erst einmal nicht das Ergebnis, das ich zu erzielen hoffte, aber mal sehen, was beim nächsten Treffen so herauskam. Inzwischen war es drei Uhr nachts, als ich von der Hamburger Straße kommend in die Elsastraße einbog, wo meine Frieda ihre Wohnung hatte.

Vor einer Gaslaterne blieb ich stehen. Es musste dringend etwas passieren. Ich kramte in all meinen Taschen und förderte gerade noch lumpige drei Mark hervor. Das war mein ganzer verbliebener Reichtum. So machte ein Zusammenziehen mit Helmi wahrlich keinen Sinn. Ich brauchte ganz dringend Geld und zwar viel Geld.

Wie ich da noch so stand, schlurfte eine alte Frau vorbei, die alle Mülleimer vor den Haustüren nach Lumpen, Metall oder abgenagten Knochen absuchte, die man vielleicht noch zu einer Suppe aufkochen konnte. Da ich, wie üblich, vorzüglich gekleidet war, denn schließlich heißt es „Kleider machen Leute“, kam sie in gebeugter, unterwürfiger Haltung auf mich zu und jammerte:

„Edler Herr, ich bitte um eine milde Gabe. Ich habe doch drei kleine Enkel zu Hause, und die haben schon seit gestern nichts mehr zwischen die Zähne bekommen.“

Irgendwie dauerte mich die Alte, so gab ich ihr spontan meine letzten drei Mark.

„So viel? Vergelt's Gott, edler Herr. Möge der Segen des Himmels auf Sie herabkommen. Vielleicht haben Sie gerade durch ihre Wohltat mehrere Menschenleben gerettet.“

Mir war dieses überkandidelte Danken eher peinlich, so machte ich, dass ich zur Frieda in den Hausflur hineinkam. Was freute sich die gute, unkomplizierte Frau, mich in ihrem kuschelig warmen Bett zu sich zu nehmen!

Doch am nächsten Morgen kamen meine Sorgen natürlich unvermindert und heftiger zurück. Nun war ich ja wirklich blank wie 'ne Kirchenmaus. Ich hatte keinen einzigen Pfennig mehr in der Tasche.

Manchmal kommen einem auf einem ausgedehnten Spaziergang ja die besten Ideen. So wanderte ich erstmal durch Barmbeck. Ich stand da auf meinem Spazierweg plötzlich sinnend vor einer großen Kohlenhandlung in der Weidestraße. Ringsherum war eine knapp drei Meter hohe Ziegelsteinmauer. Das Tor war ein dickes, eisernes, durch dessen Streben man gut auf den Innenhof gucken konnte. An der Rückwand des eingezäunten Geländes stand ein kleines Ziegelhäuschen, in dem der Kohlenhändler wohl seine Geschäfte für gewöhnlich abwickelte. Ansonsten lagen nur aufgeschüttete Kohleberge in riesigen Haufen auf dem Gelände herum. Einen Wachhund gab es nicht. Die Tür des Ziegelhäuschens war so windschief, die brauchte man ja fast nur anpusten und sie würde schon aufgehen. Aus den zwei blinden Fenstern schimmerte gelbliches Licht auf das Pflaster des Hofes hinaus. Vielleicht verschloss der Kohlenhändler abends seine Tageseinnahmen ja in einer Geldkassette in dem Häuschen und nahm sie nicht mit nach Hause? Ich war so um Geld verlegen, dass ich das unbedingt nachprüfen wollte. Noch heute Nacht wollte ich mir die Sache einmal genauer betrachten, denn einen leichteren Bruch würde ich so schnell nirgendwo im weiten Umfeld machen können.

Frieda war zwar irritiert, als ich mich nach zwei Stunden im warmen Bett mitten in der Nacht wieder stumm anzog, um mich auf den Weg zu machen, denn ich hatte natürlich so bis eins gewartet, sagte ihr aber nichts.

Vor der Kohlenhandlung machte ich zuerst einen Rundgang. Doch alles blieb ruhig. Weder hörte ich keinen Mucks vom Gelände oder aus dem Ziegelhäuschen noch traf ich vor dem Tor auf Nachtschwärmer, die von ihrem Kneipengang nach der Sperrstunde nach Hause wankten. Auch keine Nachtpatrouille war weit und breit zu sehen.

Am einfachsten war es, über das Gittertor in den Hof der Kohlenhandlung zu gelangen, denn vorhandene Querstreben erleichterten mir den Aufstieg. Oben musste ich nur aufpassen, weil spitze Zacken den Abschluss der Torkante bildeten. Vorsichtig stieg ich über die Zacken, damit ich nicht mit meiner Hose hängenblieb.

Ein Sprung aus fast zwei Meter fünfzig Höhe, und der gepflasterte Boden hatte mich wieder. Glücklicherweise lagen um das Tor herum zumindest keine verstreuten Kohlen, auf denen ich hätte ausrutschen können. Ich presste mich erst einmal an die Ziegelsteinmauer, um abermals zu lauschen, aber mein Aufkommen auf dem Pflaster hatte niemanden irgendwo draußen aufgescheucht.

Die Tür des Ziegelhäuschens war wirklich ein Witz. Ich brauchte nicht einmal Werkzeug dafür. Ein kräftiges Drücken, und das morsche Holz um das Türschloss barst von allein, und die Tür schwang nach innen auf.

Doch ich kam gar nicht mehr dazu, das Ziegelhäuschen zu betreten, denn auf einmal hörte ich ein heftiges Gerassel am eisernen Eingangstor. Zur zusätzlichen Sicherung war eine dicke Metallkette mehrfach um die beiden Enden der Torflügel geschlungen und mit einem Vorhängeschloss gesichert. Am Rasseln der Kette hörte ich nun, dass diese gerade entfernt wurde. Ach du liebe Güte, das musste der Besitzer sein, und das zu so später Stunde! Was wollte der denn noch hier noch mitten in der Nacht?

Da das Ziel des Mannes nur das Ziegelhäuschen und wohl kaum seine Kohlehalden sein konnten, sah ich zu, dass ich quer über das Gelände in Richtung der rettenden Steinmauer lief, bevor ich dem Kohlenhändler in die Hände fiel.

Doch der Besitzer der Kohlenhandlung musste Augen wie ein Luchs gehabt haben, denn sofort schrie er mich auf meiner Flucht an:

„Halt, stehen bleiben, was machen Sie denn hier! Wohl ein Kohledieb was?“

Wobei ich ganz bestimmt andere Kohle im Sinn hatte als er.

Natürlich hörte ich nicht auf ihn, sondern rannte einen der mächtigen, aufgeschütteten Kohleberge hinauf, der bis einen halben Meter unter das Mauerende hinaufführte. Auf diese Weise konnte ich noch am leichtesten das Gelände der Kohlenhandlung verlassen. Aber es war nicht so leicht wie gedacht, auf den Gipfel der schwarzen Eier zu gelangen, denn die gaben sofort unter meinen Füßen nach, sodass ich immer wieder ein Stück zurückrutschte.

Der Kohlenhändler war inzwischen nicht untätig geblieben. Längst hatte er aufgesperrt und das Gelände betreten. Wie ein Wiesel war der Kerl nun hinter mir her. Auf einmal traf mich ohne Vorwarnung etwas knallhart an der Schulter. Ich sah gerade noch im fahlen Mondlicht den Gegenstand, der von meiner Schulter abprallte, bevor er auf der Kohlehalde hinter mir aufschlug. Der Kerl hatte doch tatsächlich ein großes, rechteckiges Kohlebrikett nach mir geworfen. Und bei dem einen sollte es nicht bleiben. Das nächste traf mich voll im Rücken, dass ich kurz zusammensackte, eines streifte dann mein Ohr. Ich musste so schnell wie möglich zusehen, dass ich wegkam, sonst erschlug mich der Kohlehändler noch. Und Wurfgeschosse hatte er zu seinen Füßen ja ohne Ende zur Verfügung.

Ich beschleunigte durch kurze Trippelschritte meinen Aufstieg und kam dadurch schneller voran, bevor die Eierkohlen unter mir wegrutschen konnten. Behände schwang ich mich so letztlich mit einem Schwung auf die Mauer, als ob ich mich in den Sattel eines Mustangs schwingen wollte. Leider hatte ich durch die Dunkelheit nicht gesehen, dass auf der Mauerkante zur Einbruchssicherung Glasscherben lagen, so trieb eine dieser Scherben noch durch den Stoff der Hose hindurch in meinen Oberschenkel hinein.

Auch das noch! Schmerz lass nach! Noch ein Sprung und ich hatte es geschafft. Na, der Einbruchsversuch hatte ja in einem völligen Desaster geendet. Ich humpelte geschlagen von dannen, wie ein begossener Pudel.

Und Frieda wollte sich, bei ihr angekommen, gar nicht wieder beruhigen:

„Adolf, du siehst ja wie ein Schornsteinfeger nach seiner Tagesschicht aus, der schöne, schöne Anzug."

„Den kann man ja reinigen lassen."

„Was hast du denn bloß gemacht?"

„Ach, ich bin auf einem Berg Kohlen ausgerutscht, den ich am Wegesrand übersehen habe."

„Wer lässt denn heutzutage einen Haufen Kohlen auf der Straße liegen? Da könnte sich ja jeder bedienen."

So ganz glaubte sie mir die Geschichte wohl nicht, hakte aber nicht weiter nach. So war eben Frieda.

Und was war das Ende vom Lied: Ich war immer noch total blank!

Da fiel mir den nächsten Tag das Schuldbuch aus meiner Gastwirtzeit ein. Die Hälfte meiner Gäste hätte ich nicht gehabt, wenn ich nicht bereit gewesen wäre, anschreiben zu lassen. Und da meine Profession so jäh durch meine Untersuchungshaft beendet worden war, gab es natürlich auch noch eine ganze Reihe Männer, die ordentlich Schulden bei mir hatten. Ich kramte das Buch aus einer Kommode und besah mir die Zahlen. Den höchsten Schuldsaldo hatte ein Maurergeselle bei mir, über achtzig Mark. Den wollte ich gegen Abend einmal aufsuchen. Als ich bei der Wohnung ankam, machte auf mein Klopfen keiner auf, also betrat ich einfach die Wohnung und fragt laut:

„Ist jemand zu Hause?"

Als ich in die Küche trat, saß da zusammengesunken eine Frau, deren Anblick mich zutiefst erschütterte. Aschfahl war die Gesichtsfarbe, sie war richtig ausgemergelt, die Augen saßen tief in dunklen Höhlen, dabei mochte die Frau noch keine vierzig Jahre zählen.

Als sie mich sah, schrak sie heftig zusammen und fragte:

„Sie wünschen?"

„Entschuldigung, aber eigentlich möchte ich Ihren Mann sprechen.“

„Der ist noch nicht zu Hause, muss aber eigentlich bald heimkommen. Wollen Sie nicht so lange bei mir Platz nehmen?“

Es war ihr sichtlich peinlich, dass sie den zweiten Küchenstuhl erst einmal unter Zuhilfenahme ihrer Küchenschürze von Staub und Schmutz säubern musste.

Nach einer längeren, peinlichen Stille fragte ich frei heraus:

„Wenn ich ehrlich bin, sehen Sie krank aus, gute Frau!“

„Ist das denn ein Wunder? Mein Kalle hat nur höchstens acht Monate Arbeit im Jahr.“

„Oh, das ist hart.“

„Und ein Drittel seines Geldes geht noch für Schnaps und Bier drauf!“

„Ist er ein Trinker?“

„Nein, nein, damit täte ich ihm Unrecht, besoffen ist er eigentlich nie, und vor allem er hat mich oder die Kinder noch nie geschlagen, auch nicht, wenn er aus der Wirtschaft kommt. Er ist ein guter Mann!“

„Na, das ist ja wenigstens erfreulich.“

„Darf ich Ihnen vielleicht meine Kinder zeigen?“

„Aber gern!“

Sie führte mich in die Schlafstube. Da schliefen drei kleine Kinder auf dem kahlen Fußboden. Die Kinder trugen mehr Lumpen als normale Kleidungsstücke am Körper und waren mit noch schrecklicher durchlöcherten Lumpen zugedeckt. Ein Schweizer Käse hatte auf jeden Fall erheblich weniger Löcher. Eines sah ich sofort. Die Kinder waren durch die Bank unterernährt. Ich war noch bei meinen, mich doch sehr berührenden Betrachtungen, da kam der Herr des Hauses zurück. Natürlich erkannte er mich sofort und sagte entschuldigend:

„Hallo Kneipenwirt, du willst die Schulden eintreiben, was? Das tut mir leid, ich bin total blank, ich habe keinen Pfennig mehr in der Tasche.“

Das Gesehene hatte mich so betroffen gemacht, dass ich schwindelte:

„Nein, nein, das hat doch Zeit, Kalle. Ich bin nur gerade zufällig in der Gegend gewesen und wollte sehen, wie dir das so geht. Hab ja nun keine Kneipe mehr, wo wir uns noch regelmäßig sehen können, nicht?

„Wusste gar nicht, dass ich so einen bleibenden Eindruck bei dir hinterlassen habe."

„Was anderes Kalle, du riechst nach Schnaps und Bier!"

„Ja, ich war einen Kleinen heben."

„Das ist doch unverantwortlich. Sieh dir mal deine Kinder an. Wenn das so weitergeht, dann machen die nicht mehr lange. Du müsstest eigentlich jeden Groschen aufwenden, um sie tüchtig aufzupäppeln."

„Du weißt doch, wie das ist, Odsche. Der Geist ist willig, aber das Fleisch ist schwach."

„Ich weiß, dass das nicht leicht ist."

„Sag mal, Odsche, kannst du mir nicht irgendwie helfen?"

„Wie denn?"

„Na, du hast doch immer mal so Sachen laufen, wo es Geld zu holen gibt. Dir vertraue ich voll und ganz. Was du anpackst, das wird in der Regel zu Gold."

Na, da schmierte er mir ja ganz schön Honig um den Bart.

„Wie kommst du denn darauf, Kalle?"

„Na, ich hab doch Augen im Kopf. Bei dir in der Wirtschaft waren so viele Stammgäste, die nie arbeiteten, aber immer die Taschen voller Geld hatten. Du bist also gesund!"

Nun muss ich wohl erklären, dass in der Verbrecherwelt „gesund sein" so viel heißt, wie ein Kerl, der einen nie verrät und dem man voll und ganz vertrauen kann.

„Auch wie du die Pickelhaube zusammengedroschen hast, das hat mir mächtig imponiert."

„Danke für die Blumen. Also, wenn ich dir irgendwann einmal helfen kann, werde ich das wirklich gerne tun."

„So weit in die Ferne habe ich gar nicht gedacht, Odsche!"

„Sondern?“

„An der nächsten Ecke, wenn du links raus das Haus verlässt, da wohnt ein Schlachtermeister.“

„Ja, an dem Laden bin ich vorhin vorbeigekommen.“

„Ich habe ganz oft Samstagabends gesehen, wie er nach Geschäftsschluss mit gefüllter Kasse in die Stube neben dem Laden geht und das viele schöne Geld in einen an der Ecke am Fenster stehenden Geldschrank verschließt.“

„Aha.“

„Das sind keine eineinhalb Meter hoch zum Fensterbrett. Und der Geldschrank ist nicht allzu groß, den müssten wir eigentlich leicht auf die Straße rauskriegen.“

„Interessant.“

„Das ist noch nicht alles, Odsche. Dem Schlachtermeister gehören in dieser Straße fast alle Häuser, da kann also nicht nur das Geld aus dem Verkauf von Fleisch und Wurst drin sein, in dem Tresor.“

Das dachte ich mir auch sofort. Vielleicht gesellten sich so noch fette Mieteinahmen zu dem Geld von Fleisch und Wurst.

Natürlich kam mir sein Vorschlag wie gerufen. Da hatten sich zwei total Blanke zum richtigen Zeitpunkt getroffen.

„Gut und schön, aber du und ich wir sind nur zwei. Und zwei Mann braucht es schon, um den Geldschrank allein aus der Stube auf die Straße heraus zu heben.“

„Das stimmt.“

„Aber dann fehlt der dritte Mann zum Schmiere stehen.“

„Das macht meine Frau.“

Die kränklich wirkende Frau nickte bei den Worten ihres Kalles eifrig, dass ihre zotteligen Haare hin und her wehten. Sie hieß mit Vornamen Anges, abgewandelt von Agnus, das Lamm. Der Name schien bei ihr wie die Faust aufs Auge zu passen, denn sie schien sich dem Willen ihres Mannes in allem vollständig zu unterwerfen.

„Gut, dann lass es uns gleich in der nächsten Samstagnacht angehen, ich komme gegen eins in eure Wohnung. Und wie sieht es mit dem passenden Geschirr aus?“

„Da kümmere ich mich drum, Odsche.“

Dann verabschiedete ich mich. Aber am Samstag hatte ich zuvor abends gegen sieben die Verabredung mit Kaufmann Plapp. Ich sollte vornehm gekleidet erscheinen, war mir aufgetragen worden. Das war mir ja nun nicht unlieb. Von meiner Hochzeit hatte ich noch Frack und Zylinder im Schrank hängen. Auch ein weißes Hemd und eine gleichfarbige Krawatte waren noch vorhanden. Durch die lange Zeit im Untersuchungsgefängnis hatte ich auch die überflüssigen Pfunde, die ein Gastwirt schnell auf die Rippen kriegt, wieder verloren, sodass mir alles wie angegossen passte.

Da ich ja keinen einzigen Pfennig mehr besaß, musste ich mir die fünfzehn Pfennig Fahrgeld von meiner Frieda leihen. Auf dem Perron der Straßenbahn hielt ich die „Pissgroschen“ ganz fest in der Faust, um sie ja nicht zu verlieren, als ob es sich um einen Schatz gehandelt hätte. Ich wollte auf keinen Fall in meinem vornehmen Aufzug vom Schaffner aus der Straßenbahn gewiesen werden, weil ich nicht zahlen konnte.

Ich sollte Hermann Plapp also in seinen Club begleiten.

„Es dürfen mir da aber keine Kosten entstehen, Herr Kaufmann, denn derzeit bin ich leider völlig mittellos.“

„Keine Angst, Herr Petersen, keine Angst, es ist für alles gesorgt, Sie werden schon sehen.“

Na, da war ich aber gespannt.

Um neun Uhr abends kamen wir im Club an. Er lag im Zentrum der Stadt, natürlich in einer feinen Gegend in Pensionat der prächtigeren Aufmachung.

Durch einen langen Flur gelangte man in eine Vorstube, wo eine Dame gesetzten Alters, der man wohl befohlen hatte, immer zu lachen, denn die Mundwinkel blieben ständig in erhobener Stellung, uns die Mäntel abnahm.

Und was war das dann für ein Anblick! Der Salon war strahlend hell erleuchtet. In der Mitte thronte ein bestimmt vier Meter langer Tisch, um den in gemütlichen Lederclubsesseln die Spielerinnen und Spieler saßen. Das war ich in meiner Kneipe gar nicht gewohnt gewesen, dass auch Weibsvolk bei den Spielern dabei war. Lag wahrscheinlich an der Gegend.

Genau in der Mitte prangte das große Roulette-Rad aus Ebenholz. Der adlige Freund des Kaufmanns, Bruno von Stickroth bediente das Rad und warf die kleine weiße Kugel. Die Spieler würdigten uns keines Blickes. Fieberhaft waren aller Augen auf das sich drehende Rad und die rotierende Kugel gerichtet. Auf welche Zahl würde die Kugel fallen und liegenbleiben? Hatte man endlich einmal gewonnen oder schon wieder den Einsatz verloren? Bei einigen Spielern türmten sich die Stapel an Jetons, bei anderen waren nur noch ein paar wenige übrig, die meisten hatte von Stickroth vor sich in großen Stapeln liegen.

Am auffälligsten spielte eine Baronin. Setzten die anderen Spieler auf rot oder schwarz, gerade oder ungerade, auf Reihen, manchmal auch auf Einzelzahlen, schien sie bei jeder Runde die Zahlen nur so mit Jetons zu bepflastern. War die Kugel unterwegs, sprang sie, ohne es zu merken, auf und versuchte so dicht wie möglich mit ihrer Nasenspitze an den sich drehenden Kessel heran zu gelangen, was allein schon bei ihrer geringen Körpergröße ein albernes Unterfangen darstellte. Dann setzte sie sich wieder und rutschte unruhig im Clubsessel hin und her, bis Herr von Stickroth das Ergebnis laut verkündete.

„Rot neun, meine Damen und Herren! Rot neun!“

„Schau, Liebling, welch ein Pech, auf die Acht und die Zehn hatte ich Geld gesetzt!“

Bei den Worten sah sie ihre neunzehnjährige Nichte an, eine Komtesse, die um das Wohlergehen ihrer Tante besorgt schien, denn ständig sah sie zu ihr hin, wie diese stöhnte, zitterte, hoffte, bebte und dann wieder erschlaffte.

Chips, die aus Horn gefertigt waren, gab es von fünf bis hundert Mark. Holla ho, das waren andere Einsätze als bei meinen Spielrunden in der Kneipe!

Plapp raunte mir zu:

„Die Gäste erhalten hier auch nur die erlesensten Getränke und die gehen alle auf Kosten der Bankhalter."

„Also auf Sie und Herrn von Stickroth!"

„Genau."

Um elf Uhr wurden Rouletterad und das grüne Tuch mit den drauf gedruckten roten und schwarzen Zahlen entfernt. Der Bakkarat-Schlitten kam auf den Tisch. Wieder tat sich die Baronin mit unglaublich hohen Einsätzen hervor. Die Dame musste ich mir merken, wofür auch immer!

Ich blickte wohl zu oft zu der Baronin hin, denn plötzlich fühlte ich mich von der Komtesse beobachtet. Sie sah öfter und länger als es schicklich war, zu mir herüber. Als sich unsere Augen trafen, war es wie ein plötzlicher Blitzschlag. Wenn es Liebe auf den ersten Blick gibt, dann war das so ein Moment in meinem Leben.

Gegen Mitternacht hatte Kaufmann Plapp die Spielleitung zu übernehmen, und von Stickroth führte mich in einen Nebenraum, wo er sofort feinste Zigarren der Zigarrenfabrik Geyer aus Carlshafen an der Weser und edlen Calisinac Cognac für uns kommen ließ.

Dann rückte er so nach und nach mit der Sprache raus:

„Ich würde es gern sehen, wenn Sie für mich eine Ihrer berühmten Bettentouren vornehmen könnten, Herr Petersen."

„Aha, und wo soll das vonstatten gehen?"

„Im Schloss meines Vaters. Keine Angst, der ist schon so uralt, der hört so gut wie gar nichts mehr, das dürfte also nicht allzu schwierig sein."

„Gibt's denn da viel zu holen?"

„Es geht mir nicht um Geld oder Wertpapiere. Aber mein alter Herr hat leider vor kurzem ein neues Testament verfasst, das mich bis auf eine lächerliche, lebenslange Rente enterbt. Das muss ich unbedingt haben, damit ich es vernichten kann."

„Nur aus Neugier, wie sah denn das vorige Testament aus?“

„Na, das können Sie sich doch wohl denken, da war ich so gut wie als Alleinerbe eingetragen. Vor allem das Schloss und die Ländereien, die bekommt schließlich für gewöhnlich der Erstgeborene. Aber meine Spielleidenschaft hat meinen Vater dazu veranlasst, das Testament zu meinen Ungunsten drastisch abzuändern.“

Von Stickroth war sehr irritiert, dass das mir bei weitem nicht an Informationen reichte. Ich verlangte unter anderem einen genauen Lageplan aller Zimmer des Schlosses.

„Vor allem muss ich wissen, wo sich das Schlafzimmer Ihres Vaters befindet.“

„Ja, das ist wichtig, natürlich.“

„Und wo bewahrt er den Geldschrankschlüssel für gewöhnlich auf? Ihr spracht ja von einer Bettentour!“

„Im Nachtschränkchen, das steht rechts von seinem Bett.“

„Also heißt es, vorsichtig zu sein.“

„Bei seinem schlechten Hörvermögen eigentlich nicht, mmh … es gibt da aber noch ein viel größeres Problem …“

„Welches denn?“

„Vaters Molosser[69]-Hund! Der wandelt nachts durch die Gänge des Schlosses, um ungebetene Besucher zu vertreiben.“

„Oh, oh!“

„Ich weiß, es ist viel verlangt, Herr Petersen, aber wenn Sie das Testament trotzdem aus dem Schloss rausholen, erhalten Sie von mir zehntausend Mark. Und wenn ich erst Schlossherr bin, stelle ich Sie als Inspektor ein. Dazu lasse ich Sie dann natürlich auf meine Kosten vorher noch landwirtschaftlich ausbilden.“

Ich dachte gar nicht lange über das Angebot nach, der versprochene Gewinn war einfach zu reizvoll. Von Stickroth versprach, in den nächsten Tagen einen genauen Lageplan des Schlosses anzufertigen und mir bei nächster Gelegenheit auszuhändigen.

---

[69] Molosser ist in der Rassenlehre ein Oberbegriff für massige und muskulöse Hundetypen wie Dogge oder Mastiff.

Mit Schrecken sah ich, dass es inzwischen schon nach ein Uhr war, und ich war doch mit Kalle und seiner Frau verabredet. Ich musste Herrn Plapp sogar um zehn Mark anpumpen, um mir ein Taxi zur Wohnung der beiden nehmen zu können, denn sonst hätte das viel zu lange gedauert.

Wir hatten abgesprochen, dass die Eheleute die Tür nicht verschließen würden, so konnte ich einfach ungehindert die Wohnung betreten. Ich bewegte mich so leise wie möglich, um nicht die Kinder zu wecken, aber auch der Maurergeselle und seine Frau waren inzwischen sanft in ihren Sesseln eingenickt.

Als Kalle nach meinem Aufwecken die billige Petroleumlampe leicht hochdrehte, fing er schallend an zu lachen, was seine Frau verzweifelt versuchte zu unterbinden.

„Na, guck ihn dir doch an, Frau! Wie Graf Koks will er nun zum Geldschrankknacken gehen. Hat man sowas schon mal gesehen?“

Natürlich wollte ich meine beste Kleidung auch nicht versauen, so lieh ich mir von ihm einen blauen Kittel und eine olle Schiebermütze.

„So gefällst du mir besser, Odsche. Bist doch nicht so’n reicher Pinkel, wie die Klamotten uns weismachen wollten.“

Ich trug aber diese „Klamotten“, wie er sagte, viel lieber als die einfache Arbeiterkleidung, doch das behielt ich für mich. Ich ärgerte mich ein wenig über Kalle, hatte der sich doch den Abend wieder ganz schön einen hinter die Binde gekippt, nur um sich Mut anzutrinken, wie er mir gegenüber beteuerte. Aber zumindest war er noch bei klarem Verstand und zu gebrauchen.

Als wir den Tatort erreichten, postierte ich die kränkliche Frau erst einmal auf ihren Wachposten und instruierte sie genau, wie und wann sie uns zu warnen hätte. Kalle musste sich derweil mitten auf die Straße stellen, um jede Annäherung schon von weitem zu entdecken, während ich mich an das Aufbohren des Fensters machte.

Kaum hatte ich es geschafft, kam Kalles Frau auf einmal kurzatmig angelaufen und flüsterte uns zu:

„Es ist alles aus! Um die Ecke stehen ganz viele behelmte Schutzleute!“

Kalle wollte schon flitzen, aber ich hielt ihn grob an der Schulter zurück. In aller Ruhe zog ich das Fenster zur Straße zu und bemerkte:

„Was soll die Panik? Es ist doch noch absolut gar nichts geschehen. Gehen wir doch einfach ein wenig spazieren und sagen den Pickelhauben nett guten Abend.“

Die Frau wäre ob meiner Kühnheit fast in Ohnmacht gefallen. Kalle hingegen gefiel der Gedanke.

„Jo, so machen wir es, Odsche!“

Aber als ob ich es vorher geahnt hätte! Wir gingen alle Straßen und abzweigenden Gassen in beide Richtungen ab, aber nicht ein einziger Udl war irgendwo auszumachen, ja, nicht mal einen tönernen, bemalten Gartenzwerg konnte ich in einem der Vorgärten erspähen. Da hatte wohl jemand in seiner Angst Gespenster gesehen.

Anges war in der Tat nur noch ein einziges Nervenbündel. Auch der bewiesene Umstand, dass überhaupt keine Polizisten weit und breit zu sehen waren, konnte sie nicht wieder beruhigen.

Wir kehrten zu dem besagten Fenster des Schlachtermeisters zurück. Aber die überängstliche Frau war mir inzwischen ein zu großes Sicherheitsrisiko, also wollte ich sie nicht länger dabei haben:

„Anges, geh doch bitte lieber nach Hause, zu deinen Kindern!“, wies ich sie daher an.

„Nee, das geb’ ich nicht zu“, protestierte Kalle.

„Schön, ich weiß zwar nicht warum, aber dann soll sich deine Frau zumindest so weit wie irgend möglich von hier entfernen. Falls was schief geht, kann sie dann auch keiner mit der Tat in Verbindung bringen.“

„Gut, Odsche, das lass’ ich gelten. Hast du gehört, Anges, geh da hinten um die Ecke!“

„So weit weg von hier wie irgend möglich!“, wiederholte ich noch einmal.

Wie ich es ja schon gewohnt war, die Frau kannte ja nur Ja und Amen, schlich sie sogleich wortlos, eifrig nickend, hörig von dannen.

Nun stieg ich erst einmal allein in die Wohnstube des Schlachtermeisters und räumte, so lautlos wie möglich, alles an Kleinmöbeln aus dem Weg, was mir bei einer etwaigen überhasteten Flucht nachher im Wege sein konnte. Ich winkte dann Kalle zu mir, denn nun war der Geldschrank an der Reihe. Er stieg durchs Fenster, ein wenig tapsig, sodass ich ihn mehrfach zu mehr Ruhe ermahnen musste. Meine Güte, war der Kerl ein Trampeltier! War der immer so oder lag das am Alkohol?

Zu zweit schafften wir es mit Ach und Krach, den Geldschrank auf die Fensterbank zu hieven. Ich hatte leichte Bedenken, denn das Fensterbrett machte keinen sehr stabilen Eindruck und wackelte sogar schon bedenklich, doch noch brach es unter der Last des Tresors nicht zusammen. Ich kletterte auf die Straße hinaus und befahl Kalle, mir den Geldschrank einfach auf die Schultern zu kippen. Als er das metallene Monstrum auf meinen Rücken lud, blieb mir fast die Luft weg, so gewichtig war das gute Stück. Bloß jetzt keine Pause einlegen, dachte ich mir. Jetzt hieß es jede Sekunde zu nutzen, so lange meine Kräfte noch vollständig vorhanden waren.

Ohne auf ihn zu warten, schleppte ich den Tresor um die Ecke in die nächste Gasse und dann in ein Gebüsch hinein, welches das wertvolle Stück vor den Blicken der Umwelt verbarg.

Nachdem wir die völlig fertige Frau nach Hause geleitet hatten (sie hatte uns alle im Geiste schon im Knast gesehen) – das war das erste und letzte Mal, dass ich mir eine Frau zu einem Bruch aufschwatzen ließ – , holten wir aus der Wohnung alle nötigen Werkzeuge, um den Geldschrank aufzubrechen. Aber Kalle musste auch erst einmal einen ordentlichen Schluck zur Beruhigung aus der Pulle nehmen. Die beiden machten mich noch wahnsinnig!

Als wir uns zu zweit wieder auf den Weg zurück zum Gebüsch machten, krähte schon der erste Hahn in einem der Gärten, wir mussten uns also tüchtig sputen. Ich brauchte dann aber über eine Stunde für das vermaledeite Schloss. Ich durfte ja auch nicht zu laut bei der Arbeit sein. Am liebsten hätte ich wütend auf das Metall eingedroschen, was ich natürlich nicht tat.

Mit der Beute hatten wir hernach auch so unsere Probleme, denn es handelte sich fast ausschließlich um Hartgeld. Glücklicherweise hatte ich das „Besteck" zuvor in eine uralte graue Wolldecke eingewickelt, die ich jetzt als Bündel nutzte, um das überschüssige Geld, das beim besten Willen nicht mehr in unsere Hosen- und Jackentaschen innen und außen hineinpasste, mitsamt dem Werkzeug hineinzutun.

Die armen Leute waren in der Küche ihrer Wohnung nachher völlig fassungslos. Die Beute betrug sage und schreibe sechstausend Mark. Geteilt wurde fünfzig, fünfzig, sprich ich dreitausend und Kalle und seine Frau auch.

Doch es gab da nun viel größere Probleme zu besprechen. Kalle musste erstens vom Saufen abgehalten werden. Seine Frau versprach hoch und heilig, das Geld zusammenzuhalten und ihm nicht mehr zu geben, als er bisher auch für seine üblichen Kneipengänge ausgegeben hatte.

„Gut, das will ich gelten lassen. Außerdem bitte ich dich, keinen Abend in die gleiche Kaschemme zu gehen, Kalle, sonst würde das doch sofort auffallen, dass du plötzlich jeden Abend saufen kannst und überhaupt nicht mehr anschreiben lassen musst."

„Kannst dich drauf verlassen, jeden Abend 'n anderes Lokal. Kann mir das ja nun leisten, wenn das Bier mal 'n paar Pfennig mehr kostet."

„Sei man nicht so'n Großkotz! Aber, was viel wichtiger ist, ihr braucht doch auch Möbel und anständige, saubere Kleidung für die Kinder."

„Das ist wohl wahr", seufzte Anges.

„Ich hab da eine Idee, Leute. Gebt mir zwei Tage Zeit. Dann komme ich mit einem livrierten Herrn, der auffällig in einer Kutsche vorgefahren kommt und sich als Notar zu erkennen gibt. Der erzählt, ihr hättet eine Bar-Erbschaft in Höhe von dreitausend

Mark von einer alten Tante mütterlicherseits gemacht. Das verkündet der von mir gesuchte Schauspieler natürlich schon laut im Treppenhaus, damit es die Nachbarn auch ja alle mitkriegen."

„Famose Idee, dann kommt doch keiner mehr auf dumme Gedanken!"

„Genau das will ich damit ja auch erreichen."

Ich konnte tatsächlich dann sogar Bruno von Stickroth für diese Aufgabe gewinnen. Er schien an dieser Aufgabe richtig Spaß zu finden. Der brauchte ja nicht einmal „vornehm" zu spielen, gehörte er doch tatsächlich zum Adel und musste eigentlich nur er selber sein.

Als der Adlige und ich, in Frack und Zylinder gewandet, zwei Tage später aus der Kutsche stiegen, gingen ausnahmslos alle Fenster des Hauses und der Nachbarhäuser auf. So vornehme Herren in dieser Gegend? Ja, selbst im Treppenhaus hatten plötzlich auf einmal auf allen Etagen die Hausfrauen die Treppen zu putzen. Na, das Treppenhaus würde nachher aber glänzen!

Unser Schwindel klappte jedenfalls wie am Schnürchen. Nun konnte die kränkliche Frau ungeniert alles einkaufen, was sie für die Familie brauchte, und keiner zerriss sich mehr das Maul darüber. Ich hatte angedroht, zur Kontrolle zu kommen, lag mir das Wohl der Kinder doch am Herzen, aber es gab nichts zu beanstanden. Jedes Kind hatte bei meinem nächsten Besuch ein eigenes Bett, und alle Gören trugen neue Schlafanzüge. Über den Stühlen hingen Jacken, Hosen und Kleider für die Kinder. Das war doch was anderes als die scheußlichen Lumpen zuvor. Auch Anges sah deutlich besser aus, das regelmäßige Essen ließ auch sie gleich viel gesünder aussehen. Sich selbst hatte sie eine farbige neue Kittelschürze gegönnt. Na, immerhin.

Frieda wusste natürlich nur etwas über meinen Besuch im Spielclub und nichts über den Bruch beim Schlachtermeister. Als sie von mir nun Geld bekam, um sich von oben bis unten neu einzukleiden, fing sie vor Freude an zu weinen. Ja, ihr war der Betrag eher zu hoch. Fast noch hätte sie mit mir verhandelt, mir einen

Teilbetrag zurückzugeben. Wie bescheiden die Frieda doch war. Da mochte ich lieber nicht an meine Helmi denken.

Aber mit dem mir verbliebenen, hohen Geldbetrag in der Tasche zog es mich magnetisch zu Helmi hin, der ich dann zweitausend Mark für den neuen Hausstand übergab. Es war kurz vor Ausbruch des Krieges. Mit tausendzweihundert bis maximal tausendfünfhundert Mark konnte man eine Dreistubenwohnung mit eigenem Badezimmer einrichten. Doch Helmi nahm den Reichtum nur als selbstverständlich hin. Sie fragte mich nicht einmal, wo auf einmal das viele Geld herkam.

Etwas anderes – Bettentour im Schloss

In meinen Träumen malte ich mir aus, Helmi in kostbare Kleider zu hüllen und mit in den Spielclub zu nehmen. Das musste doch genau ihre Welt sein. Nur elegante Herrschaften in Seide und Smoking um sie herum. Glanz und funkelnder Schmuck, wohin man sah. Würde das ihre Leidenschaft zu mir entfachen, nach der ich mich doch so sehr sehnte? Aber Grundvoraussetzung dafür war, dass der Testamentsdiebstahl beim Alten von Stickroth gelang.

Zur Sondierung des Geländes hatte ich mich mit dem Grafen den Tag drauf verabredet. Am Abend fuhren wir mit dem Zug los.

Eine nigelnagelneue Dampflok der Baureihe 78 dampfte fauchend, pünktlich in den Hauptbahnhof ein. Neugierig besah ich mir kurz die große Lokomotive.

Zuvor hatte von Stickroth zwei Tageszeitungen gekauft, damit wir uns auf der Fahrt etwas die Zeit vertreiben konnten. Es war so einiges los in der Welt.

Einhundert Jahre nach der Völkerschlacht bei Leipzig, die für Napoleon eine schwere Niederlage dargestellt hatte, wurde zu Ehren der Sieger in diesem Befreiungskampf das Völkerschlachtdenkmal in Anwesenheit von Kaiser Wilhelm II. eingeweiht, das war natürlich der Titel-Aufmacher.

Einen Sieg in der Wissenschaft konnten die beiden französischen Physiker Charles Fabry und Henri Buisson verzeichnen. Sie entdeckten die Ozon-Schicht. Interessant, hatte ich noch gar nichts von gehört.

Hoch hinaus kamen auch die Forscher Stuck, Karstens, Harper und Tatum in Alaska. Sie erreichten gemeinsam als Erstbesteiger den Gipfel des höchsten nordamerikanisches Berges, des Mount McKinley. Das war etwas, was ich nur überflog, denn Erdkunde war ja noch nie so mein Ding gewesen.

Kopenhagen allerdings, der Name elektrisierte mich sofort, was war mit Kopenhagen? Die Stadt hatte ein Städtewahrzeichen bekommen, die „Kleine Meerjungfrau“. Flugs dachte ich nicht an eine Meerjungfrau, sondern an meine Liesbeth. Wie mochte es ihr ergangen sein?

Gegen ein Uhr nachts langten wir am Ziel unserer Reise an. Nicht ganz, denn vom Bahnhof hatten wir noch über eine Stunde Fußmarsch zurückzulegen.

Da der Graf ja bekannt war, schließlich hatte er seine Kindheit und Jugend im Schloss verbracht, mieden wir natürlich die offiziellen Wege und gingen quer über die Felder, was uns die guten Schuhe ganz schön versaute.

Haarklein ließ ich mir von ihm, vor dem Schloss angekommen, vor allem die Zimmer aufzeigen, auf die es ankam, nämlich das Schlafzimmer seines Vaters und von dort den Weg zum Geldschrank.

Bei diesem handelte es sich um ein besonders Stück. Der war nämlich nicht einfach nur mit einem Schlüssel zu öffnen. An der Vorderfront befanden sich acht Rosetten, die durch Großbuchstaben gekennzeichnet waren. Unter Zuhilfenahme dieser Buchstaben wurden die Rosetten eingestellt, gedreht und bei richtiger Anwendung sprang dann der Sperr-Riegel vom Hauptschloss zurück. Erst dann konnte überhaupt der Schlüssel ins passende Loch eingeführt werden.

Und endlich kam der Graf auf eine Sorge zu sprechen, die ihn anscheinend schon eine ganze Weile umgetrieben hatte:

„Aber meinem Vater darf auf keinen Fall etwas zustoßen, Herr Petersen. Wenn ich auch sauer darüber bin, dass er mich enterbt hat, ist er immer noch mein Vater.“

„Keine Sorge, ich habe noch nie einem Menschen nach dem Leben getrachtet, auch in größter Not nicht.“

„Das ist gut zu hören.“

„Im Fall der Gefahr nehme ich für gewöhnlich meine Füße in die Hand!“

Da hatten wir es schon wieder mit dem Türmen!

Mit dem ersten Morgenzug kehrten wir dann nach Hamburg zurück. So richtig viel Aufschluss hatte mir das Auskundschaften nicht gebracht, wenn ich ehrlich bin.

Fein, wie es seine Art war, lud der junge Graf mich noch zu einem Frühstück bei sich zu Hause ein. Wieder einmal bezauberte mich seine Frau, wie sie uns umsorgte, aber auch durch ihr feingeistiges Wesen. Ach, könnte meine Helmi doch bei der Frau des Grafen in die Lehre gehen! Mir hätte es ja schon gereicht, wenn sie nur die Hälfte der vorzüglichen Eigenschaften dieser Lady annehmen würde.

Nun hatte ich erst einmal ein ganz dickes Brett zu bohren, nämlich meiner Frieda beizubringen, dass ich vorhatte, zu meiner Frau zurückzukehren. Ich lud meine Geliebte dazu ins Hansa-Theater[70] zum Varieté ein. Das machte mir die Aufgabe noch schwieriger, war Frieda doch überglücklich, zu diesem aufregenden Anlass ihre neuen Kleider anziehen zu können, die sie mit meinem Geld gekauft hatte. Mich um sich herum, mehr wollte sie doch gar nicht vom Leben, und nun kam auf dem Nachhauseweg der große Schock. Wie bringt man so etwas einem Menschen schonend bei? Geht das überhaupt? So vorsichtig ich es auch anstellte, Frieda war zutiefst erschüttert, und ihre Tränen wollten gar nicht wieder versiegen.

„Ich sorge auch weiterhin für dich, liebe Frieda, versprochen!"

„Ist es mir darum jemals gegangen, Adolf?"

„Nein, da hast du Recht."

„Was hat denn deine Frau, was ich nicht habe?"

Ich konnte doch einer anderen Frau nicht ins Gesicht sagen, dass mein Eheweib hundert Mal hübscher war und all meine ge-

---

[70] Das Hansa-Theater ist ein reines Varietétheater in Hamburg. Das Haus am Steindamm im Stadtteil St. Georg war lange Zeit das einzig verbliebene klassische Varieté in der Bundesrepublik. Im Jahr 1893 wurde das Privattheater gegründet. Seit 1953 ist der Theatersaal von der Ausstattung her nahezu unverändert. 2001 stellte das Theater den Spielbetrieb für einige Jahre ein und wird seit 2009 wieder - zumindest im Winterhalbjahr - als Varieté-Theater genutzt.

heimsten Sehnsüchte weckte, so antwortete ich auf die Frage mit dem Naheliegenden:

„Sie hat unseren Sohn, liebste Frieda."

Sie seufzte schwer:

„Stimmt, wie soll ich gegen die Macht einer Mutter ankommen?"

Ihr Herz hatte ich jedenfalls gebrochen. Trotzdem liebte sie mich immer noch abgöttisch, das merkte ich.

Nun gemeinsam in diesen Gefühlswallungen die Nacht in einem Bett zu verbringen, war grausam, aber wohl mehr für Frieda, denn da ich die letzte Nacht ja gar nicht geschlafen hatte, war ich sofort tief und fest eingeschlafen, kaum dass mein Kopf das Kissen berührte. Am nächsten Morgen fand ich auf ihrer Bettseite nur einen Zettel vor: *Vor mir hast du deine Ruhe, du willst es ja so.* Das versetzte mir natürlich schon einen Stich, aber meine Entscheidung war nun mal gefallen.

Nachdem ich mich etwas beruhigt hatte, suchte ich Helmi bei ihrer Mutter auf. Mein Eheweib war nicht untätig gewesen, hatte schon eine hübsche Wohnung gemietet und auch so einiges an Einrichtungsgegenständen und den halben Hausstand gekauft. In wenigen Tagen könnten wir einziehen. Dann schwärmte ich von dem Spielclub und den vornehmen Herrschaften und dass ich sie demnächst mitzunehmen gedächte, da fiel sie mir freudestrahlend um den Hals und knutschte mich ab, wie ich es selten bei ihr erlebt habe.

Die gleiche Nacht zu Frieda zurückzukehren, war hart. Sie lag schon im Bett. Als sie mich kommen sah, flossen sofort wieder die Tränen.

„Mensch, Frieda, der Zettel heute Morgen, du glaubst gar nicht, was ich mir für Sorgen gemacht habe, du könntest dir etwas antun!"

„Du hast es auch gar nicht verdient, dass ich überhaupt noch lebe. Ich hätte man in die Alster oder die Elbe springen sollen, um mich zu ertränken. Dann hättest du mich für den Rest deines jämmerlichen Lebens auf dem Gewissen gehabt."

„Bitte, sag doch nicht so etwas. Glaube mir, die Entscheidung ist auch für mich grausam, ich liebe dich doch."

„Aber ja wohl offensichtlich nicht genug. Wenn ich nicht im letzten Augenblick an meine arme Mutter gedacht hätte, dann wäre ich wirklich ins Wasser gegangen, das kannst du mir glauben."

„Da bin ich aber froh! Wie gut, dass du das nicht getan hast."

Nun sah sie mich leicht irritiert an:

„Dir liegt also tatsächlich noch etwas an mir?"

„Natürlich, aber ich kann mich ja nun einmal nicht in zwei Adolfe teilen."

Da wischte sie sich die Tränen ab und prophezeite mir:

„Du wirst sowieso bald wieder zu mir zurückkommen. Das habe ich im Gefühl."

„Würdest du mich denn überhaupt wieder nehmen?"

„Sofort, sofort … aber nur, wenn du mir dann hoch und heilig versprechen würdest, mich nie wieder im Stich zu lassen."

So weit war ich natürlich damals noch nicht, ihr dieses Versprechen zu geben. Aber dieses Gespräch war wichtig gewesen. Unser Verhältnis war wieder fast wie zuvor, was mich natürlich sehr erleichterte.

Am Sonntag sollte ich dann allein zum Schloss aufbrechen. Der Graf und seine Frau fuhren mich aber höchstpersönlich zum Bahnhof. Die edle Frau hatte mir sogar einige Butterstullen schmieren lassen. Der Graf gab mir noch letzte Instruktionen:

„Der Hund heißt übrigens Beißer, wenn der in einem der Korridore auf einmal auftauchen sollte oder Sie sich in den falschen Flur verirren."

„Na, das ist ja ein netter Name."

„Sprechen Sie den Hund unbedingt beim Namen an, dann beruhigt er sich schon."

„Gut zu wissen."

„Und in diesem Speckpapier ist ein ordentliches Stück rohes Rindfleisch für den Hund."

„Nimmt Beißer denn Essen von Fremden an?"

„Der Köter ist so verfressen, der vergisst über Futter Freund und Feind.“

Um zehn Uhr abends langte ich am Zielbahnhof an. Wieder ging ich querfeldein in Richtung Schloss. Die Geisterstunde schien diesmal vorgezogen zu sein, denn eine rabenschwarze Nacht hüllte mich an der Hinterfront des Schlosses ein, und die Schreie der Nachtvögel jagten mir einen leichten Schauer über den Rücken. Ich bin nun einmal Stadtmensch durch und durch. Für die Natur, außer einem Picknick mit meiner Liebsten, habe ich nicht viel Sinn.

Im Geiste malte ich mir im Schlossinneren kalte, feuchte Verliese aus, in denen die Ratten über die Steinfliesen huschten, dicke, fette Spinnen die Wände hochkrabbelten und Gefangene aus vergangenen Zeiten, die nur noch als modernde Gerippe in den Ketten der Grüfte hingen.

Im Turm des Schlosses war noch Licht, also hieß es zu warten. Ich zog mir zwei paar dicke Wollstrümpfe über die Stiefel, um nachher so wenig Geräusche wie möglich zu verursachen. Vor dem alten Herrn hatte ich dabei weniger Angst als vor dem Molosser-Hund.

Dann erlosch endlich das Licht im Turm. Ich wartete noch eine ganze Weile, dann schlich ich an den vom Grafen genannten Heu- und Strohschuppen heran. An der Seite des Schuppens sollte eine große Leiter hängen.

Auf einmal ging zur Linken, wo sich das Gesindehaus befinden sollte, eine Tür auf, und grunzend kam ein baumlanger Kerl heraus. Blitzartig drückte ich mich in einen Busch. Das war unangenehm, denn ich fasste dabei mit beiden Händen genau in einen Brennnesselstrauch. Dessen Brennhaare lösten natürlich sofort schmerzhafte Quaddeln bei mir aus.

Aber darauf durfte ich mich nicht konzentrieren, denn der baumlange Knecht hielt genau auf meinen Busch zu. Hatte er mich etwa gesehen? Aber das machte gar nicht den Anschein, wie er da so in aller Seelenruhe auf den Strauch zuhielt.

„Schiet wat mit dem Scheißhaus, ich hab so'n Druck auf der Blase …"

Und schon hatte er seine Hose aufgeknöpft, und der Urinstrahl schoss keine zwei Handbreit von mir entfernt rauschend ins Gesträuch.

„Oh, tut das gut", grunzte er zufrieden, und nach verrichtetem Wasserlassen schlenderte er in aller Ruhe zum Gesindehaus zurück. Na, das war ja gerade noch mal gut gegangen. Aber was für ein Faulpelz? Das Toilettenhäuschen lag doch keine zwanzig Schritte entfernt, aber selbst die waren ihm wohl schon zu viel gewesen. Wenigstens hatte er mich nicht besudelt.

Die Leiter war zehn Meter lang, die ich nun vom Haken der Schuppenwand löste. Ich stellte sie an den Turm und stieg zum Turmfenster hoch, das nicht zu verschließen war, wie mir der Graf mitgeteilt hatte. Es ließ sich wirklich leicht aufdrücken, und schon war ich im Turmzimmer. Dort hockte ich mich erst einmal ein paar Minuten hin und lauschte angestrengt. Aber es war absolut nichts zu hören. Ich wollte weiter, da gab es schon das erste Hindernis. Die Tür zum Turmzimmer war überraschenderweise abgeschlossen. Aber, wer Geldschränke knackt, für den ist eine verschlossene Tür ein geradezu lächerliches Hindernis. Ich nahm den passenden Dietrich aus meinem Besteck und hatte die Tür in Windeseile geöffnet.

Nun musste ich mich erst einmal orientieren. Also zog ich die Bleistiftskizze aus der Jackentasche und prägte mir meinen Weg genau ein. Die Taschenlampe hatte ich natürlich soweit runtergeblendet, wie es irgend ging, um gerade noch alles auf dem Fetzen Papier erkennen zu können.

Dann ging es ellenlange Flure entlang. Alle drei, vier Schritte verharrte ich. Doch alles blieb ruhig. Plötzlich tauchte eine Treppe zu meiner Rechten auf, die da eigentlich gar nicht sein durfte. Verdammt, also war ich irgendwo falsch abgebogen! Und ich wollte ja auf keinen Fall in den Teil des Schlosses gelangen, wo der Molosser-Hund sich herumtrieb.

Ein abermaliger Blick auf die Skizze zeigte mir meinen Irrtum auf. Ich huschte zurück und betrat dann endlich den Korridor, in dem sich das Schlafzimmer des Grafen befinden sollte. Hinter der fünften Tür ist das Schlafgemach, hatte der junge Graf gesagt. Das Arbeitszimmer lag dann im gleichen Gang als allerletztes. Das war mir lieb, hieß es doch, nicht weiter in diesem Labyrinth umherzuirren. Wieso brauchten eigentlich einige Leute Dutzende und Aberdutzende von Zimmern zum Leben? Und die meisten dieser Räume wurden gar nicht genutzt und die kostbaren Möbel nur durch Möbel-Hussen vor dem völligen Verstauben und Verdrecken geschützt.

Vor der Tür des alten Grafen angekommen, lauschte ich angestrengt. Aber nicht das leiseste Geräusch war zu vernehmen. Schlief der Graf etwa noch nicht? Aber alle Zimmer waren doch dunkel gewesen. Jetzt ärgerte ich mich darüber, dass ich Bruno von Stickroth nicht gefragt hatte, ob sein Vater für gewöhnlich schnarchte oder zumindest im Schlaf lauter atmete.

Auf einmal schepperte der Gong einer riesigen Standuhr etwa in der Mitte des Ganges los. Zwei laute Schläge, also war es inzwischen zwei Uhr. Selten habe ich mich in meinem Leben so verjagt. Also, bei der Uhr hätte ich bestimmt jede Stunde senkrecht im Bett gesessen. Aber der junge Graf hatte mir ja gesagt, dass sein Vater schon ziemlich schwerhörig sei. Bei dem Krach der Uhr konnte das eigentlich auch nur so sein.

Ganz vorsichtig drückte ich die Klinke der Schlafstube hinunter. Sie war gut geölt, denn kein Quietschen störte meine Handlung. Meine Nerven waren jetzt zum Bersten gespannt. Eine Zeitlang blieb ich mit runtergedrückter Klinke in der Hand stehen, Dann schlich ich langsam und vorsichtig in das Gemach hinein. Ich ließ mich auf dem Boden nieder. Ein dicker, weicher Teppich lag unter meinen Füßen und Händen. Ich kroch wie ein Apachen-Kundschafter auf dem Kriegspfad in Richtung des Bettes. Aus dem mächtigen, klobigen Holzbett, in dem drei Personen leicht Platz gefunden hätten, hing der Arm des alten Grafen herab. Am kleinen Finger blitzte ein Brillantring, der sogar in der Dunkelheit noch prächtig funkelte. Was einem doch für blöde Gedanken in den Sinn kommen. Hätte ich ein Paket Butter bei mir gehabt, hätte ich doch glatt den Finger des alten Grafen damit eingeschmiert, um diesen kostbaren Ring abstreifen zu können.

Plötzlich fing der alte Graf zu murmeln und zu quasseln an. Nach einer Schrecksekunde merkte ich, dass er nur unruhig träumte. Endlich war ich vor dem Nachtschränkchen angelangt. Vorsichtig zog ich die Schublade auf, was gar nicht so leicht war, da das alte Holz sich merklich verzogen hatte. Und ich durfte doch nicht kräftig rütteln, das hätte viel zu viel Lärm verursacht. So hieß es mit Geduld und Spucke zu Werke zu gehen. Zentimeter um Zentimeter schob ich die Lade auf. Oftmals hieß das: zwei Zentimeter vor und einen Zentimeter wieder zurück. Endlich war die Schublade so weit herausgezogen, dass ich hineinblicken konnte. Ein kurzes Anknipsen der Taschenlampe zeigte, dass neben zwei Pillenfläschchen nur ein großes Bund Schlüssel darin lag. Aber das durfte ich auf gar keinen Fall so einfach anheben. Die vielen Schlüssel hätten ein prima Geklingel abgegeben.

So blieb mir gar nichts anderes übrig, als die ganze Schublade aus dem Nachtschränkchen herauszuziehen und mit auf den Flur hinauszunehmen. Mit meiner Fracht huschte ich zum Arbeitszimmer, das glücklicherweise nicht verschlossen war. Ich trat ein und schloss die Tür hinter mir fest zu, was mir ein gewisses Gefühl der Sicherheit gab.

Dann blickte ich wieder auf meinen Zettel. Dort hatte ich die Zahlenzusammenstellung der Rosetten notiert. Der junge Graf hatte mich aber darauf hingewiesen, dass ich, bei einer Ergreifung meinerseits, diesen Zettel sofort aufzuessen hätte, denn außer ihm und seinen Geschwistern würde neben dem Vater ja keiner die Kombination der Rosetten kennen. Das wäre einem Schuldeingeständnis seinerseits gleichgekommen, wenn man den Zettel bei mir fand. Das sah ich genauso. Natürlich versprach ich ihm, im Falle des Falles wirklich so zu verfahren.

Mehrere Versuche brauchte ich dann aber zum Öffnen, denn einen derart komplizierten Geldschrank hatte ich noch nicht vor mir gehabt. Endlich sprang der Verberger doch vom Schlüsselloch zurück. Nun blendete ich die Taschenlampe voll auf, denn es interessierte mich viel zu brennend, was sich denn so alles in diesem großen Geldschrank befinden würde.

Zunächst galt meine Suche natürlich dem versiegelten Testament, das ich sofort in meine Jackeninnentasche stopfte. Mir tat es in der Seele weh, dass ich den Tresor nicht komplett leerräumen konnte, aber es durfte ja nicht auffallen, dass das Testament weg war. Was lagen da doch für prächtige Sachen direkt vor meiner Nase. Ein dickes Bündel Geld, bestimmt so einige tausend Mark, dazu mehrere Fächer voller Familienschmuck. Besonders fiel mir ein Diadem ins Auge, in dessen Mitte ein Edelstein von mindestens sechs Karat funkelte.

Seufzend schloss ich den Geldschrank, ohne auch nur die kleinste Spur zu hinterlassen. Dann verdrehte ich die Rosetten wieder. Mit einem Taschentuch wischte ich alles peinlichst genau ab und brachte die Schublade mit dem Schlüsselbund ins Schlafzimmer ordnungsgemäß an seinen angestammten Platz zurück. Ich schlich gerade dort zur Tür hinaus und kam auf einmal nicht weiter. Da zerrte doch etwas heftig an meinem rechten Oberarm. Der Molosser-Hund, schoss es mir durch den Kopf! Aber das Ungetüm hatte bei der Annäherung keinen Laut von sich gegeben, sondern mich einfach angefallen. Vor Schmerzen hätte ich am liebsten laut aufgeschrien, denn der blöde Hund schlug doch tatsächlich seine Zähne durch Jacke und Hemd in meinen Arm.

„Braver Beißer, guter Beißer, aus, aus!“, versuchte ich den Hund leise zu begütigen.

Es wurde auch Zeit, denn Jacke und Hemd am Arm waren schon völlig zerfetzt. Und mir lief das Blut nur so den Arm hinab. Da fiel mir endlich das rohe Stück Rindfleisch ein. Ich zückte das Speckpapier, wickelte mit der linken Hand das Fleisch aus und hielt es dem Höllenhund vor die Schnauze. Der Sabber troff dem Tier nur so von den Lefzen herab. So schnell konnte ich gar nicht gucken, wie ich vergessen war. Gierig schnappte der Hund nach dem großen Stück Fleisch. Damit war ich wieder frei. Ich entfernte mich erst ganz, ganz langsam und dann immer schneller, denn der Hund würde bei seiner übermäßigen Gier nicht allzu lange für das große Fleischstück brauchen.

Mir rann der Schweiß in den Nacken, als ich die Tür zur Turmstube endlich hinter mir schloss. Hoffentlich nahm der Molosser nicht meine Fährte auf und veranstaltete gleich einen Riesen-Rabatz vor der schweren Holztür. Daher hieß es, sich zu sputen.

So schnell wie noch nie in meinem Leben war ich die zehn Meter hohe Leiter hinab und hängte sie wieder am Heuschuppen auf. Ich verschnaufte erst, als ich im dichten Wald untergetaucht war.

Doch in dem Zustand konnte ich unmöglich den Bahnhof und nachher die Eisenbahn betreten. Mit einem Taschentuch und dem Überrest des zerrissenen Hemdärmels verband ich meine Wunde und arrangierte das Jackett so, dass es aussah, als ob ich einfach nur einen verletzten Arm hätte. Dazu fertigte ich mir aus weiteren Resten der einen Hemdhälfte eine Schlinge. Den zerfetzten Jackett-Ärmel versteckte ich so gut es ging. Das ganze Arrangement sah zwar nicht gerade professionell aus, musste aber gehen.

Ich erntete zwar schon ein paar irritierte Blicke, aber kam unbehelligt nach Hamburg zurück. Vom Hauptbahnhof nahm ich sofort ein Auto zu den von Stickroths. Man hätte mich bestimmt nicht eingelassen, weil man gedacht hätte, ich wäre ein Bettler. Glücklicherweise öffnete aber die Dame des Hauses selbst die Tür, so konnte ich mich gleich zu erkennen geben.

Als die beiden meinen ramponierten Zustand gewahrten, wurden sie blass:

„Mussten Sie etwa mit meinem Vater kämpfen?“

„Nein, es war der blöde Hund, der mich angefallen hat.“

„Liebchen, hol mal rasch eine Schüssel warmes Wasser und Verbandszeug, aber lass das Dienstmädchen außen vor, je weniger etwas davon mitbekommen, umso besser.“

„Ja, Schatz, ich bin schon unterwegs.“

„Ich hole derweil neue Kleidung für Sie, Herr Petersen, glücklicherweise haben Sie ja in etwa meine Größe, so wird das schon gehen.“

Na, das war vielleicht ein feines Hemd, was er mir da brachte! Schneeweiß, und da er nur maßgeschneiderte Hemden mit Manschettenknöpfen trug, musste er auch noch ein Paar silberne Manschettenknöpfe rausrücken. Dazu dann ein feiner dunkelblauer Nadelstreifenanzug. Ich fühlte mich fast schon pudelwohl, wenn mich die blöde Oberarmwunde nicht so geschmerzt hätte. Ein starkes Schmerzmittel brachte Frau von Stickroth vorausschauend auch für mich.

Dann konnten die beiden Eheleute die Neugier nicht mehr aushalten, brachen das rote Wachssiegel entzwei und lasen das Testament.[71] Als sie am Ende des langen Schreibens angelangt waren, fiel dem Mann das Papier kraftlos aus der Hand und seine Frau fing an zu weinen.

„Was ist denn los? Gibt es weitere schreckliche Neuigkeiten in dem Testament?“

„Ja und nein“, jammerte der Graf. „Es gibt leider eine Abschrift beim Notar meines Vaters!“

„Na, das ist doch nicht so schlimm, dann muss ich eben auch noch mal bei dem Herrn Advokaten einsteigen.“

Sofort besserte sich die Laune der beiden wieder.

„Würden Sie das wirklich für uns tun?“

„Natürlich, aber ich brauche dringend einen Vorschuss, denn ich bin völlig abgebrannt.“

„Wieviel schwebt Ihnen da so vor, Herr Petersen?“

„Wie wäre es mit fünftausend Mark? Das würde mir schon sehr weiterhelfen.“

„Das Geld sollen Sie heute Abend noch erhalten.“

„Etwas anderes. Darf ich Ihnen eigentlich auch irgendwann einmal meine Frau vorstellen?“

„Aber selbstverständlich, was halten Sie davon, wenn wir am nächsten Montag bei uns einen gemütlichen Abend gemeinsam im Salon verbringen?“

---

[71] In seinem Hauptgeständnis erwähnte Julius Adolf Petersen den Einbruch ins Schloss und den Raub des Testaments mit keinem Wort. So konnte dieser Fall bis heute nicht überprüft bzw. nachgewiesen werden.

Das war genau nach meinem Sinne. Helmi würde vor Stolz und Freude platzen, wenn ich sie bei den von Stickroths einführte.

Frieda musste ich natürlich belügen, als ich zu ihr in die Wohnung zurückkam. Ich tischte ihr die Mär von Rowdies auf, die uns nach Verlassen des Spielclubs überfallen hätten. Trotz dreifacher Überlegenheit hätte ich die Schurken in die Flucht schlagen können, aber mein Anzug wäre dabei leider drauf gegangen, und ich hätte mir beim Kampf die Verwundung am Oberarm zugezogen. Ein guter Freund hätte mir dann mit Kleidung aus seinem Schrank ausgeholfen.

„Na, das muss aber ein feiner Pinkel sein, dein Freund!“ Sie rieb ganz andächtig und vorsichtig den Stoff des Nadelstreifenanzugs. „So vorzügliche Konfektionsware habe ich bei dir noch nie gesehen, Adolf!“

Wenn sie gewusst hätte, schließlich war das ein Maßanzug!

Den nächsten Morgen verabschiedete ich mich dann schweren Herzens endgültig von Frieda. Zum Abschied schenkte ich ihr noch tausend Mark. Ich hatte eine schlimme Szene erwartet, aber die gute Frau machte einen gefassten Eindruck und betonte nur nochmals:

„Du kommst wieder zu mir zurück, Adolf, wirst du schon sehen!“

Viel Neues – Rennbahn, Juwelen und der Notar

Als ich bei Helmi eintraf, war ich ja schon geübt in der Schwindelgeschichte, die ich einfach nur wiederholte. Natürlich waren inzwischen für unsre Wohnungseinrichtung die vollen zweitausend Mark draufgegangen, aber was anderes hatte ich auch nicht erwartet. Unseren Sohn hatte sie auch schon bei Mudder abgeholt.

Ja, so hatte ich mir ein Familienleben immer vorgestellt! Wenn wir auch erst nur ein Kind hatten, aber das konnte ja noch kommen. Stundenlang konnte ich meiner Helmi zugucken, wie sie in unserer neuen Wohnung herumfuhrwerkte. An ihr konnte ich mich sowieso nicht satt sehen. Allein schon ihr graziler Gang, ich musste mich schwer zusammenreißen, um sie nicht einfach wild an mich zu drücken und mit stürmischen Küssen zu überhäufen. Dass sie meine Liebesbeweise zumeist nur unterkühlt, wenn überhaupt, erwiderte, machte mich nur noch leidenschaftlicher.

Als sie merkte, dass ich Geld in der Tasche hatte, ging sie sofort zum Schneider, um ein neues, modernes Kleid zu ordern. Sie hatte ja leider nur „altbackene" Kleidungsstücke im Schrank hängen. Sie setzte dem armen Mann eine Frist von nur sechs Tagen, so ungeduldig war sie. Aber damit war es noch nicht genug. Eine Busennadel, ein Brillantring und ein Collier wurden am selben Tag noch bei einem Juwelier in der Innenstadt gekauft und gleich mitgenommen.

Mit dem jungen Grafen fuhr ich zur Kreishauptstadt, in der der Notar wohnte, bei dem die Abschrift des neuen Testaments seines alten Vaters verwahrt liegen sollte. Wir sondierten das Terrain. Das durfte deutlich leichter werden als mein Besuch im Schloss. In einem zweistöckigen Haus lagen die Büroräume des Notars im Parterre, die Schlaf- und Wohngemächer im ersten Stock.

Ich bat Bruno von Stickroth aber noch um einen Monat Geduld, denn mit einem halb zerfleischten Arm konnte ich mein „Geschäft“ schwerlich angehen.

Und dann war endlich der Tag gekommen, an dessen Abend wir beim Grafen und seiner Frau eingeladen waren. Helmi war mehr als aufgeregt und schon den ganzen Tag völlig überdreht und überkandidelt. Erst tanzte eine Friseurin bei uns an, dann eine Maniküre, und das zog sich fast den ganzen Tag so hin. Hatzel war gleich nach dem Frühstück bei Mudder abgegeben worden, denn für ein Kind und seine Beschäftigung war heute nur wahrlich keine Zeit. Als Helmi hergerichtet war, sah sie aus wie die schönste Pariser Schaufensterpuppe eines vornehmen Damencouture-Geschäfts auf der Champs ´Elysées, zumindest wie ich mir das vorstellte, denn in Paris bin ich ja nie gewesen. Ich war von ihrer Schönheit und Eleganz einmal mehr restlos geblendet.

Frau von Stickroth öffnete uns dann selbst die Tür:

„Herr Petersen, ich muss Ihren Geschmack loben, Ihre Frau ist ja bezaubernd schön!“

Und dieses Kompliment von einer Frau für eine Frau! Nun kam auch noch der Graf, schlug die Hacken zusammen, wie beim Militär, verbeugte sich tief vor Helmi und sagte:

„Meine Gnädigste!“

Helmi strahlte wie ein Honigkuchenpferd. Ihre Aufregung war ihr richtig anzusehen, denn sie hatte ganz rosige Wangen, was ich sonst nur selten an ihr beobachtet habe. Aber die Lobhudelei ging weiter, denn auch Kaufmann Plapp nebst Gemahlin waren zugegen. Ich hatte gar nicht gewusst, dass diese auch eingeladen waren.

„Und wer ist heute im Spielclub?“, entfuhr es mir überrascht.

„Heute haben wir mal einen Ruhetag ausgerufen“, lachte der Kaufmann. „Man muss sich auch mal rar machen, das erhöht bei den Stammgästen nur die Spannung auf den nächsten Abend!“

„Und den Druck auf ihre Geldbeutel“, lachte von Stickroth.

„Glückwunsch zur Beschaffung des Testaments“, raunte mir Plapp noch heimlich zu, als meine Frau gerade in einer angeregten Unterhaltung mit seiner Frau verstrickt war.

Die Gräfin sang und spielte dann am Flügel. Selbst Helmi ließ es sich nicht nehmen, ein, zwei bekannte Lieder vorzusingen. Sie brauchte sich aber auch wirklich nicht zu verstecken, denn sie hatte eine zauberhafte Sopranstimme.

Der Graf war den ganzen Abend ein vollendeter Gastgeber. Er ließ uns zum Schluss sogar mit einem Auto nach Hause fahren. Aber kaum waren wir wieder in unseren eigenen vier Wänden, war es mit der Herzlichkeit meiner Frau auch schon wieder vorbei. Dieses erfreuliche Gemüt legte sie nur im passenden Rahmen an den Tag. Zu dem gehörte ich allein offensichtlich nicht, was mir wieder einen kleinen Stich versetzte.

Ich musste erstmals an Friedas Worte letzte Worte denken: *Du kommst sowieso wieder zu mir zurück*. Rasch schüttelte ich diese Gedanken ab.

Als ich Tage darauf ehrlich dem Grafen mein Leid über mein Zusammenleben mit Helmi klagte, sagte der:

„Lassen Sie nichts unversucht, Herr Petersen?“

„Wie meinen Sie das, Graf?“

„Wenn Sie mit Ihrer stürmischen Liebe nichts erreichen, versuchen Sie es doch mal mit dem Gegenteil.“

„Mit dem Gegenteil?“

„Einem Freund von mir, einem Baron, dem ging es ähnlich wie Ihnen. Bis er auf die Idee kam, es mit Schlägen zu versuchen. Er kaufte sich extra einen Rohrstock. Einmal die Woche bekommt die Gute nun eine sanfte Abreibung. Das hat Wunder gewirkt, kann ich Ihnen sagen, die Frau ist wie ausgewechselt.“

„Ist das nicht pervers?“

„Mag sein, aber perverse Frauen sind vielleicht nicht die schlechtesten."

„Also, meine Frau zu züchtigen, das kann ich mir beim besten Willen nicht vorstellen.“

„Nichts für ungut, war ja nur ein Vorschlag.“

Wie beneidete ich von Stickroth in dem Augenblick wieder um seine zuvorkommende Frau, die ihrem Mann auch den kleinsten Wunsch noch von den Lippen abgelesen hätte.

Doch zurück zum Geschäft. Fieberhaft überlegte ich mir schon seit längerem, was ich noch so unternehmen könnte, um irgendwie Geld zu verdienen. Natürlich nicht in einem Beruf mit wöchentlichem Hungerlohn, darüber war ich hinweg. Aber nur Geldschränke bei reichen Leuten aufzubrechen, war ja nicht ganz ungefährlich, und die Gelegenheiten lagen ja nun auch nicht täglich auf dem Präsentierteller.

Bei meiner „Berufsfindung" halfen mir während meiner Genesungsphase Besuche auf der Rennbahn in Bahrenfeld[72]. Da ich gerne mit Leuten schnacke, lernte ich natürlich rasch einen Buchhalter kennen. Ich glaube ja an so etwas wie Seelenverwandtschaft, jedenfalls waren wir uns gegenseitig vom ersten Augenblick an sympathisch. Ich nenne den guten Freund jetzt mal Kunz, denn ich will ihn nicht kompromittieren, schließlich ist er noch im Geschäft. Eines imponierte mir an ihm besonders. Zur regelmäßigen Arbeit fühlte er sich wie ich nicht berufen, genug Geld musste aber trotzdem in die Taschen fließen. Neben seiner Tätigkeit als Buchmacher verdingte er sich auch noch als Juwelenhändler. Ein Ladenlokal besaß er dafür aber nicht. Alle seine Geschäfte wickelte er in seiner Etagenwohnung ab. Trotzdem besaß er einen vorzüglichen und vor allem potenten Kundenkreis.

Größtes Pfund waren für ihn die vielen Wirte, die eigentlich die Arbeit für ihn machten, tonnenweise Wetten in ihren Spelunken einholten und gegen einen kleinen Prozentsatz Beteiligung bei ihm abgaben. Damit verdiente Kunz enormes Geld. Aber das Herumlaufen bei den Wirten war ihm inzwischen auch noch lästig, so

---

[72] Im Jahr 1880 gründete sich in Altona der Norddeutsche Renn- und Traber-Club, dessen Vorstand den Bau einer eigenen Wettkampfstätte beschloss. Innerhalb weniger Monate entstanden auf dem Areal der heutigen Rennbahn ein Gras-Oval und eine Tribüne. Mit einer gut besuchten Eröffnungsfeier wurde am 20. Juni 1880 der Betrieb aufgenommen. Die Trabrennbahn in Bahrenfeld existiert heute noch und ist eine der traditionsreichsten Sportstätten der Hansestadt.

freute er sich, als ich ihm eine Geschäftspartnerschaft vorschlug. Er ging sogar auf hälftige Gewinnteilung ein, obwohl ich auch mit weniger zufrieden gewesen wäre, denn außer meiner Arbeitskraft brachte ich ja nichts ins Unternehmen ein.

Allerdings kam ich jetzt ganz schön in den Lokalen und Kaschemmen der Stadt herum. Es gab bald keine Kneipe mehr, die ich nicht namentlich und mit Lage bezeichnen konnte. Auch Altona und Ottensen gehörten zu meinem Einzugsgebiet. Schwerpunkt waren natürlich die Stadtteile St. Pauli, die Neustadt, Hammerbrook, Borgfelde, Hohenfelde, Uhlenhorst und Barmbeck. Was mich immer wieder fertig machte, war, wenn ich in Altona in A. Gibhardts Gesellschaftshaus, in der Bachstr. 102, das sogenannte „Einsturz-Zimmer" betreten musste, das wirklich einzig in seiner Art war. Ich bekam in dem Raum Beklemmungen, denn dicke Balken kamen oben durch die Decke, und die Wände verjüngten sich nach innen, dass es so aussah, als würden die Ziegel jeden Augenblick über einem zusammenfallen. Das war natürlich absichtlich so gebaut, aber so gut gemacht, dass es richtig echt wirkte.

Die neue Hochbahn erleichterte mir die viele Hin- und Herfahrerei natürlich sehr. Hamburg dehnte sich ja immer weiter aus, war schließlich inzwischen Millionenstadt und besaß den drittgrößten Hafen der Welt, da war das gar nicht mehr so einfach, überall rumzukommen.

Die Gewinnquoten wurden nach den Rennen von Kunz und mir berechnet, und dann brachten wir die Ausschüttungen zu den jeweiligen Wirten, die uns die Wettzettel eingereicht hatten, damit sie diese wieder an ihre Kunden auskehren konnten. Durch meine Besuche in den vielen Kaschemmen konnte ich mir überdies ein hervorragendes Netzwerk aufbauen, das mir für diverse Aktivitäten später noch gute Dienste leistete.

Aber ist es einfach nur die Gier, oder was ist es, warum die Menschen fast nie genug bekommen können? Eigentlich ging es mir durch die Buchmacher-Tätigkeit doch gut, ich konnte sogar einigermaßen Helmis Bedürfnisse im Zaum halten, aber wie heißt es immer so schön: Die Katze lässt das Mausen nicht.

Bei Freund Kunz verkehrte ein Mann, der auch bei Klemm und Lampe arbeitete, sprich das Dein und Mein oft verwechselte. Seine Spezialität war die Fassadenkletterei. Paul Reinig hieß der Mann, aber seine Freunde nannten ihn nur Fuchs. Der Name passte eigentlich auch viel besser als der bürgerliche, denn er war leise, listig und schlau wie ein Fuchs. Er war von sonnigem Gemüt und hatte sich Till Eulenspiegel als Vorbild genommen, sprich zu Streichen war er zu jeder Tages- und Nachtzeit aufgelegt. Sein Äußeres wollte so gar nicht zu seinem Wesen passen. Er hatte immer ein Grinsen auf den Lippen, wodurch ihn viele Menschen deutlich unterschätzten.

Auch mit ihm freundete ich mich rasch an. So erfuhr ich auch, dass Kunz all die Juwelen „schärfte", die Fuchs bei seinen Fassadenklettereien zufällig in die Hände fielen.

Ehrfürchtig sagte Kunz über seinen Freund zu mir:

„Wenn Fuchs nur allein all die Steine, die er mitgenommen hat, in einen Hut legen würde, müsste der so groß sein, dass sich das sagenhafte Riesenweib vom Dom[73] unter dem Bowler verbergen könnte."

Mit dieser Aussage stieg Paul Reinig noch mehr in meiner Achtung. Als wir beide merkten, dass wir uns vertrauen konnten, fragte er mich eines Tages:

„Willst du auch in die Mysterien der Fassadenkletterei eingeweiht werden, Odsche?"

Natürlich wollte ich. Bald nannte man uns nur noch Max und Moritz. Ein Tippgeber verschaffte uns den ersten Coup. Ein altes Hutzelmännchen, das sich unverschämter Weise mit einer jungen, feurigen, rassigen Ausländerin ein Liebesnest im vierten Stock einer Etagenwohnung eingerichtet hatte, sollte ungewöhnlich viel

---

[73] Die Ursprünge dieses berühmten Jahrmarkts liegen im 11. Jahrhundert. Der Name „Dom" kommt nicht von ungefähr, da sich im und um den Hamburger Dom die Stände und Schausteller sammelten. Seit 1893 findet der Hamburger Dom dreimal jährlich für je vier Wochen auf dem Heiligengeistfeld statt.

kostbaren Schmuck besitzen. Seine wie eine Zigeunerin anmutende Gespielin wurde zu Ausgängen zwar wie ein Christbaum mit dem teuren Schmuck behängt, aber nur leihweise, wie Hutzelmännchen immer wieder betonte. Was das anging, soll er ein furchtbarer Geizkragen gewesen sein, er trennte sich freiwillig am liebsten von gar nichts, und schon gar nicht von kostbarem Schmuck. Na, da mussten wir wohl ein wenig nachhelfen!

Durch den Vordereingang konnten wir nicht in sein Haus gelangen.

„Hab ich mir schon angeguckt, Max (nun nannte er mich auch schon so!), der Kerl ist so vorsichtig, hat extra eine schwere Sicherheitskette an der Tür anbringen lassen. Aber das ist noch nicht mal alles, dazu noch einige Sperr-Riegel. Konnte vom Treppenhaus gar nicht genau sehen, wie viele. Von da zu kommen macht absolut keinen Sinn."

„Das ist ja ärgerlich."

„Übrigens ist das ein ganz feines Haus, alle Treppen sind mit schweren Läufern ausgelegt und einen Fahrstuhl hat's da auch!"

„Und wie sieht es hinten rum aus?"

„Das ist einfach."

„Dann am besten gleich heute Nacht, oder?"

„Na klar, rann an den Speck, gar nicht erst lange fackeln."

Zum ersten Balkon an der Rückfront des besagten Hauses hoch mussten wir eine Leiter benutzen, die wir glücklicherweise in der Nähe herumliegen fanden. Von da ab musste ich mich immer auf den Balkon stellen, Moritz … äh Fuchs stieg auf meine Schultern und erreichte so den nächsten Balkon, an dem er sich hochzog. Dann half er mir zu sich herauf. Das Spielchen mussten wir zweimal wiederholen, bis wir auf dem Balkon im vierten Stock anlangten.

Nun war meine große Stunde gekommen, das Fenster anzubohren, sodass wir es möglichst geräuschlos öffnen konnten. Das war ein Klacks für mich. Über die Küche gelangten wir ins Arbeitszimmer. Und welche Freude, der Schlüssel steckte sogar in der Tür des Geldschrankes! Das alte Hutzelmännchen musste ja ein großes Vertrauen in seine feurige Geliebte haben, dass die ihn nicht des Nachts bestahl. Vielleicht führte er ja auch täglich eine Leibesvisitation bei ihr durch, fuhr es mir verrückterweise und ein wenig unanständig durch den Kopf.

Minuten später gab es jedenfalls nicht ein einziges Schmuckstück mehr im Tresor. Der Abstieg, die vier Etagen hinunter, war leichter, als da hoch zu kommen. Und ehe man es sich versah, waren wir schon wieder verschwunden.

Das Ärgerlichste war, dass wir von Kunz immer nur den Materialwert für Gold und Edelsteine bekamen und das auch noch zu „Schärferpreisen", sprich mit einem satten, satten Abschlag. Tja, so hart ist nun mal das gemeine Diebesleben.

Kunz schmolz nach Erhalt der Kostbarkeiten immer alles Metall sofort ein. Natürlich brach er zuvor die Edelsteine aus den Schmuckstücken heraus, um sie für neue Schmuckstücke zu verwenden. So ist Kunz bis heute ein unbescholtener Mann geblieben. Mehrfach gab es Razzien, aber nie hat man jemals gestohlene Schmuckstücke bei ihm gefunden. Dass er als Juwelenhändler Brillanten, Rubine, Saphire und Smaragde vorhielt, das konnte man ihm ja kaum zum Vorwurf machen.

Selbst im Spielclub von Plapp und von Stickroth konnte ich Helmi nun durch meine Nebenerwerbe immer ausreichend mit Jetons versehen. Sie trat dort auf wie eine Königin. Die gesamte Männerwelt lag ihr zu Füßen, sie genoss das, war selig, und ich musste schmunzeln, wenn ich sie da so abgezockt lässig im Clubsessel rumlümmeln sah.

Und zum Zweiten – Der Notar ist dran

Bevor Bruno von Stickroth mich auf die Reise schickte, um die Abschrift des Testaments zu besorgen, erkundigte er sich erst einmal, ob der Diebstahl des Originals inzwischen im Schloss bemerkt worden war oder nicht.

Das kostete aber Zeit, denn er war ja dort eine „persona non grata[74]“. Aber natürlich gab es in der entfernteren Verwandtschaft Angehörige, mit denen er in guter Verbindung und Beziehung stand und die er aushorchen konnte, was auf dem Schloss so los war. Einige aus der Sippe dauerte es sogar, dass das „Tischtuch“ zwischen ihm und seinem alten Herrn so nachhaltig zerschnitten war.

Fast zwei Monate musste ich warten, dann teilte mir der junge Graf eines Abends im Spielclub mit, dass selbst mein Zusammentreffen mit dem Molosser-Hund keiner im Nachhinein bemerkt hatte. Also schienen ja wohl keine Fetzen meiner Kleidung im Gang des Schlosses verblieben zu sein, was ich nicht hätte beschwören mögen.

Nun sollte es also endlich losgehen. Ich wusste ja genau, wo ich hin musste. Da stand ich nun vor dem Wohn- und Geschäftshaus des Notars. Es war erst elf Uhr abends und schon im ganzen Haus dunkel. Ich beschloss, lieber noch ein paar Stunden zu warten, nicht dass die Notars-Familie nur einen gesellschaftlichen Abendbesuch unternommen hatte und plötzlich zurückkehrte, während ich im Haus am arbeiten war.

Doch auch zwei Stunden später rührte sich vor mir immer noch nichts, sodass ich dann endlich hinten in den Garten schlich. Nahe der Villa standen hölzerne Gartenmöbel, die ich dicht vor das eine Fenster schob, so kam ich über diesen Turmbau an ein Fenster im

[74] Lateinisch für unerwünschte Person.

Parterre recht bequem heran und bohrte es in üblicher Manier auf. Wenn ich an den Einstieg ins Schloss zurückdachte, dann war das hier wirklich ein Zuckerschlecken.

Ich gelangte in eine Art Wartezimmer und suchte die nächsten Türen ab, bis ich in einem Zimmer einen Geldschrank erblickte, der sogar noch weit größer als der im Schloss war.

Ich brauchte unbedingt den Schlüssel. Also musste ich auch hier meine berühmte Bettentour anwenden. Aber wo bewahrte der Notar den verdammten Schlüssel nur auf? Es lag wohl in der Natur der Sache, dass die meisten Besitzenden solch einen wichtigen Gegenstand zumeist am Körper tragen. Das ging zur Nacht natürlich nicht, also lag das Schlafzimmer als größtmöglicher Fundort wieder nahe. Entweder im Ausgehrock oder der Weste, vielleicht sogar in der Hosentasche oder in einer Nachtkommode.

Also hieß es für mich, in den ersten Stock hinaufzuschleichen. Als ich die erste Stufe der Treppe betrat, knarrte die so erbärmlich, dass ich selbst förmlich bei dem Krach zusammenzuckte. Ich verharrte, lauschte angestrengt, aber außer einem leichten, gleichmäßigen Schnarchen hörte ich nichts. Hier gab es glücklicherweise auch keinen Höllenhund, der mit meinem Oberarm Freundschaft schließen wollte.

Ich musste mein Gewicht beim Auftreten besser verteilen, denn beim aufrechten Gang verlegte ich das volle Gewicht ja auf das Bein, das gerade die nächste Stufe betrat. So versuchte ich es kriechend, aber das Resultat war nur wenig besser. Fast jede Stufe dieser alten, ausgetretenen Treppe knarrte zum Verrücktwerden. Aber ich hatte keine Wahl, ich musste da ja irgendwie hoch.

Nach dem Erreichen jeder nächsten Stufe lauschte ich, aber alles blieb beim Alten, außer, dass das Schnarchen immer lauter zu vernehmen war. Letztlich hatte ich es geschafft und schlich zur Schlafzimmertür. Die Dielen des Flurs knarrten nicht im Geringsten, was mich wieder etwas beruhigte. Leise drückte ich den Türgriff zur Schlafstube hinunter.

Was war das? Die Tür war von innen verschlossen! Hatten der Notar und seine Fau so eine mordsmäßige Angst vor Dieben, dass sie sich zur Nacht einschlossen?

Das war ein echtes Problem. Ich ging vor der Schlafzimmertür in die Hocke, um zu sehen, wie breit der Türschlitz war. Vielleicht gab es ja die Möglichkeit, mit einem meiner Werkzeuge den Schlüssel durch das Türschloss auf der anderen Seite des Schlosses hindurchzurütteln. Natürlich musste ich dann zuvor eine Zeitung unter dem Türschlitz so weit durchschieben, dass der Schlüssel genau auf die Zeitung fallen konnte, um diese dann vorsichtig auf den Flur zurückzuziehen.

Aber auch dieser Einfall sollte nichts bringen. Der Schlitz unterhalb der Tür war zu schmal, da passte nicht einmal eine Zeitung durch. Nun war guter Rat teuer.

Ich kehrte erst einmal ins Büro im Parterre zurück und setzte mich dort nachdenklich auf einen Stuhl. Vorn die Fassade hochzuklettern war auch keine gute Idee. Eine Straßenlaterne stand direkt vor dem Haus. Jeder Passant oder Polizist hätte mich schon aus weiter Entfernung da an der Hauswand herumklettern sehen.

Und was nun? Besah ich mir doch den Geldschrank erst einmal etwas genauer. Es gibt ja drei Arten, Geldschränke aufzubekommen. Nr. 1 die kalte Methode, mit Knabberbesteck und Beißzange, Methode Nr. 2, die warme, hieß dem Tresor mit Schneidbrenner zu Werke zu gehen, und die letzte und mir persönlich liebste Methode war die Bettentour.

Doch vor mir stand hier ein Koloss von einem Arnheim. Geschätzt wog das Teil zwanzig Zentner. Ich klopfte die Türplatte ab. Das waren mindestens zwölf Millimeter Stärke, die es zu knacken galt, da war „kalt“ gar nichts zu machen. „Warm“ ging aber auch nicht, nicht nur, weil ich gar keinen Schneidbrenner bei mir führte, sondern weil gar keiner merken durfte, dass das Testament aus dem Arnheim entwendet war.

Verzweifelt grübelte ich da vor mich hin, aber manchmal kommt einem ja der Zufall zur Hilfe. Nervös nestelte ich an dem Schreibtischschlüssel herum, der im Schloss der Schublade steckte. Es war so ein moderner amerikanischer Schreibtisch mit Rolljalousien rechts und links. Der Schlüssel klemmte wohl nur etwas, denn kaum spielte ich an ihm rum, rauschte die Jalousie nach unten und krachte auf das Holz der Unterplatte.

Nachdem ich mich von dem Schrecken erholt und mich wieder vergewissert hatte, dass die (oder der) Schnarcher im ersten Stock nichts mitbekommen hatten, durchwühlte ich alle Schubladen des Seitenschränkchens. Und in Schublade Nr. 4 lag doch tatsächlich ein dickes Schlüsselbund. Einer der zwei Dutzend Schlüssel fiel mir sofort ins Auge. Ich kann einen Geldschrankschlüssel mit verbundenen Augen aus einem Meer an Schlüsseln heraustasten. So genügte nur ein Blick. Am liebsten hätte ich laut gejubelt. Da hing doch ein Tresorschlüssel. Schwein muss man haben!

Und tatsächlich, es war der Schlüssel zu dem Arnheim. Das war ja ein Ding. Um ihr Leben fürchteten die Eheleute sich wohl so sehr, dass sie sich zur Nacht einsperrten, aber mit ihrem kostbaren Besitz gingen sie auf der anderen Seite so nachlässig um.

Mir traten auch hier nach Öffnung des Arnheims fast Tränen in die Augen. Nicht wenige Mandanten hatten dem Notar wohl auch Schmuck und Geld zur Aufbewahrung gegeben, wie ich aus Auflistungen ersah, die sich neben diesen Wertgegenständen im Tresor stapelten. Bestimmt gab es bei den Akten im Schrank hinter mir aber zusätzlich noch eine Abschrift dieser Auflistungen, denn ein Inventarverzeichnis im Arnheim allein hätte ja wohl wenig Sinn gemacht, wenn es denn auch gestohlen würde.

Natürlich befand sich das von mir Gesuchte, wie so oft, im untersten Fach. Auf einem dicken Packpapierumschlag stand mit grüner Tinte geschrieben: TESTAMENTE!

Glücklicherweise war der Umschlag nicht versiegelt. Wäre auch dumm gewesen, da sich in dem Couvert, wie ich gleich feststellte, mindestens zwanzig Testamente befanden.

Das war erfreulich, da würde es ja noch weniger auffallen, wenn eines davon fehlte, wenn nicht vom Aussteller gerade dieses in der Zwischenzeit nachgefragt wurde. Blitzschnell verschwand das gräfliche Testament in meiner Rockinnentasche.

Alles schob ich im Geldschrank wieder peinlich genau so hin, wie ich es nach dem Öffnen vorgefunden hatte. Das Schlüsselbund kam in die Schublade zurück und die Rolljalousie schob ich hoch. Am schwierigsten war, es wieder so hinzubekommen, dass die Rolljalousie oben blieb, obwohl der Schlüssel nur leicht verkantet war. Ich brauchte bestimmt mehr als ein Dutzend Versuche, um das hinzukriegen.

Durch das Fenster im Wartezimmer stieg ich wieder aus. Dann verschmierte ich die Bohrlöcher, dass es eher nach ein wenig Dreck auf dem Holz, aber nicht mehr nach Bohrungen aussah. Auch den Gartentisch und die Gartenstühle platzierte ich wieder dahin, wo ich sie im Garten vorgefunden hatte.

Nun musste ich mir nur noch den Rest der Nacht um die Ohren schlagen, bis der erste Morgenzug nach Hamburg vom Bahnhof der Kreishauptstadt abfuhr.

Es ist nicht leicht, so über zwei Stunden in der Kälte der Nacht auszuhalten, wenn man sich eher vor allen Menschen verbergen muss, um nicht dumm aufzufallen. Natürlich brauchte ich mich diesmal nicht ganz so vorzusehen, denn ich sah ja nicht so zerrissen aus, wie nach meinem Einstieg im Schloss nach dem Angriff des Molosser-Hundes, aber: Vorsicht ist die Mutter der Porzellankiste!

Als ich mich den Tag drauf tüchtig ausgeschlafen hatte, suchte ich Bruno von Stickroth und seine reizende Gattin in ihrer Villa auf. Sie waren schwer beeindruckt, als ich meinen nächtlichen Bruch plastisch schilderte. Natürlich dramatisierte ich die Angelegenheit noch ein wenig. Mehrfach schlug die Dame des Hauses ihre süße Hand vor die weichen Lippen, so nahm die Erzählung sie mit.

„Aber ob die Entwendung der beiden Testamente entdeckt wird oder nicht, das ist nicht mehr meine Sache, lieber Graf.“

„Nein, natürlich nicht, Herr Petersen, das versteht sich ja wohl von selbst.“

„Ich habe meinen Teil der Abmachung hiermit voll und ganz eingehalten und erfüllt.“

„Und ob, Herr Petersen, und ob, wir könnten mit der Ausführung gar nicht zufriedener sein. Ich werde mal die nächste Zeit vorsichtig in der Verwandtschaft rumhorchen, ob der Diebstahl entdeckt wird oder nicht.“

„Und wie sieht es nun mit der zweiten Hälfte der Belohnung aus?“

„Geben Sie mir drei Tage Zeit. Dann bekommen Sie die zugesagten fünftausend Mark.“

Von Stickroth hielt tatsächlich Wort. Ich danach auch. Ich hatte schließlich Frieda versprochen, für sie zu sorgen. So ging ich zu ihr in die Elsastraße. Kaum war ich in der Wohnung angelangt, flossen ihre Tränen wieder in Strömen. Aber auch das konnte mich nicht erweichen, ich hatte schließlich meine Entscheidung für die Familie und gegen sie schweren Herzens getroffen. Als ich ihr dann aber zweitausendfünfhundert Mark für den Aufbau einer eigenen Existenz hinblätterte, wurde sie ruhiger und gefasster. Obwohl ich mich des Eindrucks nicht erwehren konnte, dass mein Besuch ihr wichtiger war als das viele Geld. Das sollte sich auch nicht ändern, als sie hörte, woher das Geld kam. Nie gab es von ihr ein böses Wort, nie irgendwelche Vorhaltungen. Selbst nicht, als die schrägsten und furchterregendsten Vögel meiner Bande vor ihrer Tür standen. Und Geld, Geld war ihr nie wichtig gewesen und sollte es auch fernerhin nie sein. Und dennoch: Verglich ich Frieda mit Helmi, siegte immer Helmi.

Ich kam spät in der Nacht in unsere Wohnung zurück, kniete vor dem Kinderbettchen nieder und drückte unserem Sohn Hatzel einen Kuss auf die Stirn.

Dann stand ich vor dem Ehebett. Der fahle Mond schien zum Fenster hinein und tauchte meine schlafende Frau wie in gleißendes Rampenlicht. Diese rosigen Wangen, die niedliche Nase und der schwellende Mund, alles lag deutlich erkennbar vor mir, ohne dass ich dazu eine Lampe anknipsen musste. Ich konnte mich gar nicht sattsehen. Das schneeweiße, mit Spitzen besetzte Nachtkleid stand vorn weit offen, dass ich die prächtigen Ansätze ihrer Brüste betrachten konnte. Was für eine schöne Frau! Jetzt, in der Stille der Nacht, in meine voyeuristischen Betrachtungen versunken, fühlte ich mich wie im Paradies.

Die nächsten Tage unternahm ich nochmal einen Versuch, Helmi über meine hauptsächliche „Profession“ aufzuklären, sie um mehr Liebe in unserer Beziehung und um Mäßigung ihrer eigenen Ansprüche zu bitten, aber sie verstand nicht einmal richtig, worum es mir ging. Sie flennte nur, warum ich sie immer wieder bedrängen und belästigen würde. Nie könne sie mir etwas recht machen. Für sie hatte der Mann die Frau so gut es irgend ging zu versorgen, aber mit allen Schwierigkeiten und Fährnissen des Lebens gefälligst in Ruhe zu lassen.

Helmi blieb eben Helmi. Ich habe nie wieder versucht, diese Dinge bei meiner Frau anzusprechen. Eine Tür hatte sich für immer geschlossen!

Missmutig nach dem Gespräch des Vorabends mit meinem Weib, suchte ich zur gewohnten Zeit Kunz auf, um die Wetten einzuholen. Normalerweise tickerten dann gegen Mittag die Rennbahntelegramme ein. Dann konnten wir die Gewinne oder Verluste unserer Kunden ausrechnen. So gab es für gewöhnlich bei uns zu Hause nie vor drei Uhr das Mittagessen. Allerdings war ich da auch nie besonders scharf drauf, wenn ich ehrlich bin, denn Helmi war nun wahrlich keine begnadete Köchin. Allein die Milchsuppe, die es zumeist als Vorspeise gab … ich kann gar nicht sagen, wie oft die angebrannt war. Auch wenn ich mit Kirche nicht viel am Hut hatte, wie hatte ich in der Schule schon von Paulus gelernt: Die Liebe erträgt alles, sie glaubt alles, sie hofft alles, sie duldet alles.

Doch an diesem Tag sollte alles anders werden. Irgendein Spinner hatte eine aberwitzige Pferdewette bei einem Gastwirt für uns eingereicht, auf einen an sich lahmen Gaul, der noch nie irgendein Rennen gewonnen hatte.

Das Fazit: Unser Tagesverlust belief sich auf achtzehntausend Mark. Wie immer, ob im Glück oder Unglück, war ich mit neuntausend Mark dabei. Was für eine Katastrophe, besaß ich doch nur noch sechstausend Mark! Gut, mein Ruf war so gut, dass ich mir sofort die fehlenden dreitausend Mark leihen konnte, aber nun war ich nicht nur blank, sondern hatte sogar einen Sack voll Schulden.

Belli – Die Zimmerratte

Aber wie heißt es doch immer so schön: Aller guten Dinge sind drei – nur diesmal leider in der falschen Richtung. Als ich in missmutiger Stimmung Kunz verlassen hatte und so in Gedanken versunken, meine Wunden leckend, den Mesterkamp lang kam, stürzte einer meiner Krieger vom Stamme „Klemm und Lampe“ auf mich zu und überbrachte mir die schlechte Nachricht:

„Du, König, der Fassadenkletterer ist eben verhaftet worden!“

„Meinst du etwa Fuchs?“

„Na, wen denn sonst?“

„Und weißt du schon, warum?“

„Nee, bin zwar gleich zu seiner Frau rüber in die Hinrichsen Straße, aber die wusste auch von nichts!“

Die ungewöhnliche Anrede „König“ muss ich vielleicht noch ein wenig erklären. Ich weiß auch nicht wie das kam, aber neuerdings wurde ich immer öfter in meinem „Arbeitsumfeld“ mit diesem Titel angesprochen. Nicht mehr mit Adolf, Odsche oder Max. Lag das vielleicht daran, dass keiner so gut Arnheime aufknabbern konnte wie ich? Oder lag das daran, dass ich gewisse Führungsqualitäten ausstrahlte und immer irgendwie einen Rat wusste? Derjenige war, der oftmals Teams für gewisse Unternehmungen zusammenstellte? Sei es, wie es sei, jedenfalls gewöhnte ich mich selbst langsam schon daran. So’n büschen eitel ist ja jeder, und ich muss schon ehrlich zugeben, dass mir das doch schon ein wenig schmeichelte. Das heißt aber noch lange nicht, dass ich langsam abhob und mich Helmis Lebenswandel anzuschließen gedachte!

Doch ich war zu sehr mit mir und meinen Sorgen beschäftigt, als dass ich mich länger mit dem Überbringer der schlechten Nachricht befassen wollte. Heutzutage werden diese Boten ja auch nicht mehr gleich geköpft, wie bei den alten Griechen (Meine Güte, was alles aus der Schulzeit hängen geblieben ist!).

„Na, dann erst mal danke für die Information, Ulle, wenn die auch weiß Gott keine gute war."

„Ne, das kann man wohl sagen. Mach's also gut, König, und halt dich wacker!"

„Mach's besser, Ulle, mach's besser!"

Meine Stimmung war durch dieses Gespräch noch mehr in den Keller gesunken. Fieberhaft überlegte ich, wie ich so schnell wie möglich zu Geld kommen konnte, denn einen Berg von Schulden und Kind und Helmi zu Hause, das ging gar nicht. Mir war richtig flau und schummrig im Magen.

Ich klapperte so erstmal alle Spelunken Barmbecks ab, die in der Weidestraße, der Lohkoppelstraße, im Käthnerort, ja bis zum Flachsland hoch, und horchte alte Kumpane von mir aus, ob sie nicht eine Idee für eine „Kaltspeise" hätten. Das war natürlich wieder nur eine Umschreibung dafür, einen Geldschrank „kalt" zu knacken. Ich brauche wohl nicht mehr zu erklären, was dann eine warme Mahlzeit bedeutet, oder?

Aber so richtig durchschlagende Ideen hatte keiner. Einige gewagte Vorschläge kamen schon, aber ohne nähere Einblicke in die exakten Gegebenheiten, ausgearbeitete Lagepläne und was es da überhaupt so zu holen gab, war mit mir nichts zu machen. Das wäre mir zu riskant gewesen.

Nach der zehnten Kaschemme hatte ich genug. Das brachte so ja auch nichts. Planlos strolchte ich daher weiter durch die Stadt. So wollte ich einfach nicht nach Hause kommen. Wie von allein drehte ich um, und es zog mich mehr in Richtung Innenstadt, in die besseren Gegenden. Mittlerweile war es fünf Uhr am Nachmittag und schon stockdunkel.

Ich kann nicht mehr sagen, wer meine Füße geleitet hat, auf einmal stand ich am Hallerplatz vor einem hochherrschaftlichen Gebäude. Noch nicht lange fertig gebaut und zum Teil auch schon vermietet. So eines von den prächtigen Etagenhäusern für Neureiche. Im Garten hatte man ein riesiges Schild in den Boden gerammt. Wohnungen mit acht bis zehn Zimmern mit allem erdenklichen Komfort wurden darauf angepriesen. Jede Wohnung hätte sogar eingemauerte Geldschränke in der Wand. Die letzten Zeilen auf dem Schild rissen mich aus meinen trüben Gedanken. Oh, die Wohnungen hatten alle Geldschränke! Gut, das war vielleicht groß übertrieben, höchstwahrscheinlich waren das eher etwas größere Geldkassetten, die man in die Wände eingelassen hatte, aber immerhin. Ich sah zur Uhr auf dem Platz zu meiner Linken. Noch eine halbe Stunde hatte ich, bevor die meisten Läden schlossen. Also musste ich mich sputen.

Ich fand rasch einen Eisenkrämer und kaufte dort für meine letzten Münzen eine Taschenlampe und einen einfachen, kleinen Handbohrer. Diese Gerätschaften mussten es diesmal tun.

In einem weiten Bogen ging ich dann hinten rum über die Hallerstraße durch die Villengärten zur Rückfront des Neubaus. Rechts im Parterre schimmerte Licht durch einen großen Flur in eine Schlafstube hinein. Die Tür zum Korridor war halb geöffnet. Also waren die Besitzer der Wohnung zu Hause. Üblicherweise lagen die Schlafzimmer immer ganz hinten in den Wohnungen, so zog es mich nun weiter nach links, wo ich aus einem Fenster helles Licht in den Garten herausscheinen sah. Vorsichtig lugte ich durch das Fenster und sah an einem mit allen vorstellbaren kulinarischen Genüssen berstend voll gedeckten Tisch die ganze Familie sitzen. Ein Hausmädchen in schwarzem Kleid und mit weißer Schürze und Haube versuchte, allen Wünschen der Familie umgehend nachzukommen. Acht Personen saßen da an der großen Tafel.

Etwa in der Mitte des Tisches thronte offensichtlich die Frau Mutter der Kompanie. Die korpulente Frau aß nicht, nein sie fraß. In einer ungeheuerlichen Geschwindigkeit schaufelte sie das Essen nur so in sich hinein. Sie sah nicht einmal hin, was sie da so auf ihre Gabel aufhäufte. Ente, Rotkohl, Kartoffelklöße … Die Klöße wurden nicht mal zerschnitten, sondern wanderten gleich im Ganzen in ihren Mund. Mir blieb fast die Spucke weg, wie weit diese Dicke ihre Lippen aufreißen konnte. In jeder Wange ein dicker Kartoffelkloß, sah sie aus wie ein aufgeplusterter Frosch.

Auf ihren feisten Oberschenkeln hatte sich so ein ekliges Schoßhündchen zusammengerollt, eines von denen, die ich immer nur despektierlich Zimmerratten zu nennen pflege. Wenn schon Hund, dann bitte richtig, wenn es auch wiederum nicht so ein schreckliches Molosser-Vieh sein muss.

Ich hatte das Gefühl, dass dieser Zwergpinscher mich mit seinen großen Augen blöd anglotzte. Aber er blieb ruhig.

Ich hatte im Speisesaal genug gesehen, und es zog mich wieder zum Schlafzimmer hin. Es war bestimmt vorteilhaft, durch die Schlafstube in die Wohnung einzudringen, denn reiche Leute haben meistens rund um ihre Betten dicke, kuschelige Bettvorleger, was den Vorteil hatte, dass ich, ohne Geräusche zu verursachen, hineinspringen und mich frei im Zimmer bewegen konnte.

Was mich zudem beruhigte war, dass ich durch den genügend offenen Spalt der Schlafzimmertür einen guten Einblick auf den hell erleuchtenden Korridor hatte. So würde ich die Annäherung eines Familienmitgliedes an die Schlafstube rechtzeitig mitbekommen.

Ich stand aber gerade erst in der Mitte des Schlafzimmers, als das Bedienmädchen wohl Nachschub aus der Küche herbeiholen musste. Mit ihr schoss der Zwergpinscher aus der Tür des Speisesaals und raste wie ein geölter Blitz zu mir ins Schlafzimmer und machte sofort ein Heidenspektakel. Dass so ein kleiner Hund so einen mordsmäßigen Lärm veranstalten konnte!

Ich versuchte es mit sanftem Zureden, Schmeicheleien, aber weit gefehlt, ich hatte das Gefühl, das Krakeelen des Hundes wurde dadurch immer schlimmer.

Auf einmal hörte ich eine unwirsche Stimme aus dem fernen Speisesaal:

„Anna, bring mir sofort den Belli her, der schreckt ja noch das ganze Haus auf, wir wohnen hier doch nicht alleine!“

„Sehr wohl, gnädige Frau“, kam die unterwürfige Antwort der Haubenträgerin.

Nun musste ich mich aber sputen. Mit einem kühnen Sprung war ich auf dem Balkon zurück und zog das Fenster rasch hinter mir zu. Dann presste ich meinen Körper so dicht wie möglich an die kalte Hauswand.

Kaum war ich zur Wohnung hinaus, hörte das Gebell auch schlagartig auf. Belli hatte sein Ziel ja erreicht. Belli, was für ein passender Name für den kleinen Krachmacher!

Ich verharrte einige Minuten, aber alles blieb ruhig. Anna hatte das Hündchen wohl tatsächlich zur Herrin zurücktragen dürfen, ohne dass der Hund sich dieses nicht hatte gefallen lassen.

Ich schwang mich erst einmal vom Balkon auf die Wiese hinab. Ich wollte doch noch einmal in den Speisesaal spähen, ob sich die Lage wirklich vollständig beruhigt hatte. Und tatsächlich lag die Zimmerratte wieder zusammengerollt im Schoß von Mama und tat so, als ob sie kein Wässerchen trüben könnte.

Mama, die ich im Stillen für mich Buddha taufte, schaufelte inzwischen Berge von Kompott mit Vanillesoße in sich hinein, dass mir allein vom Zusehen der Magen zu knurren begann, schließlich hatte ich seit dem Frühstück nichts mehr gegessen.

Als ich so durch das Fenster blickte, war es mir, als ob mich der Hund hämisch anglotzen würde, so nach dem Motto. „Na, dir hab ich es aber gegeben, alter Schlingel!“

Da aber keiner der Anwesenden den Eindruck machte, als ob er sich durch irgendetwas gestört fühlte, startete ich postwendend den zweiten Versuch. Aber ich war diesmal noch nicht mal mit beiden Beinen durchs Fenster zur Schlafstube hinein, da kam das elende Vieh schon wieder angerannt und veranstaltete den gleichen Rabatz wie eben.

Das erzürnte sofort wieder den Buddha:

„Anna, Anna, wo sind Sie denn?“

„Ich komme schon, gnädige Frau! Ich eile!“

„Na, Eile sieht bei mir aber anders aus!“

Bei der Dicken? Die konnte sich mit ihren Elefantenbeinen doch bestimmt nur hin- und herwankend durchs Leben schleichen und beschwerte sich hier über die Geschwindigkeit ihres Dienstmädchens. Sachen gibt es! Die Haubenträgerin war wohl inzwischen zur Stelle, denn ich hörte nur unterwürfig:

„Zu Ihren Diensten, gnädige Frau!“

„Was ist heute bloß mit Belli los. Holen Sie mir den Hund sofort hierher zurück. Und achten Sie diesmal darauf, dann hinter sich die Speisezimmertür zu schließen, damit Belli nicht immer hinauslaufen kann!“

Ich frohlockte innerlich. Na, das war doch eine prächtige Idee von Buddha-Mama! Dennoch schlich ich nun zum dritten Mal zum Speisezimmer, ob immer noch keiner außer dem blöden Hund Verdacht geschöpft hatte. Aber alle waren viel zu sehr mit dem Vertilgen von Obst- und Schokoladentörtchen beschäftigt, die auf einer vierstöckigen silbernen Etagere inzwischen in des Tisches Mitte thronte. Immer wieder grabschte eine Hand nach den verlockenden Törtchen. Buddha nahm sich natürlich immer gleich zwei auf einmal. Naja, auf einem Bein kann man ja auch nicht stehen. Aber als wäre das noch nicht genug des Nachtisches gewesen, gab es dazu auch noch gezuckerten Eischnee. Was für ein Schlaraffenland! Mein Magenknurren nahm langsam bedrohliche Formen an.

Nun grinste ich die Zimmerratte hämisch an, nach dem Motto: Wer zuletzt lacht, lacht am besten. Zudem bekam der Hund von der Dicken noch wegen seiner Unartigkeit einen leichten Klaps aufs Hinterteil, aber der war viel zu weich ausgeteilt, als dass er ernst gemeint gewesen war. Und wenn Buddha gewusst hätte, was für ein guter Wachhund der kleine Belli doch in Wirklichkeit war.

Ich hatte wieder genug gesehen. Zurück in der Schlafstube, verschloss ich mit dem Schlüssel, der von innen steckte nun erst einmal die Tür, um endgültig Ruhe zu haben und weiter keine unliebsamen Überraschungen zu erleben. Mein erstes Ziel war der Kleiderschrank. Oftmals haben vornehme Leute dort Extrafächer für ihren Schmuck. Aber ich konnte wühlen und graben wie ich wollte, hier gab es nur Klamotten. Alles in der Konfektionsgröße Kleidersack.

Nächster Anlaufpunkt war Madames Toilettentisch. Mächtige Flakons mit verschiedenen Parfums standen links und rechts vom Spiegel. Hässliche Gedanken kommen einem ja manchmal. Der

Spiegel ist ja so schmal, dass die Dicke sich gar nicht vollständig darin sehen kann, durchschoss es mich, um mich dann aber wieder konzentriert meiner Arbeit zuzuwenden. Auch hier war nichts zu holen. Also Ziel Nr. 3, das Nachtschränkchen. Über dem Bett hing ein gehäkelter Läufer. Eingestickt stand dort: *Der Schlaf ist für den ganzen Menschen, was das Aufziehen für die Uhr. - Arthur Schopenhauer.* Wo er Recht hatte, hatte er Recht, der gute Schopenhauer, dachte ich mir nur und guckte auf das Nachtschränkchen. Und da stand doch tatsächlich ein zierliches Schlüsselkörbchen. Meine geübten Augen entdeckten sofort einen Schlüssel, der nur für einen Wandtresor gemacht sein konnte.

Mein Blick irrte durchs Zimmer. Wo konnte dieser Wandtresor sich nur befinden? Es kam ja nur eine tragende Wand, sprich die Hauptmauer, in Frage. Das Auffinden war dann leicht, denn es hing nur ein einziges entsetzliches Bild an der Mauer, mit einem dunkelblauen See, einem Tannenwald, schneebedeckten Bergen und einem röhrenden Hirschen. Das Bild wäre das letzte gewesen, was ich mir zu Hause an die Wand gehängt hätte. Aber ich glaube, ich habe ja schon erwähnt, dass ich kein großer Freund der Natur bin, oder?

Im Stillen bedankte ich mich für die famose Reklametafel im Vorgarten, die ja auf diese schnuckeligen Wandtresore explizit hingewiesen hatte. Als ich das Bild abhängte, erblickte ich dahinter nämlich fünfundzwanzig Zentimeter im Quadrat, das Objekt meiner Begierde.

Natürlich passte auch der Schlüssel auf Anhieb. Das hätte mich auch sehr gewundert, wozu hätte der da sonst im Körbchen liegen sollen? Im Innenraum des Tresors befanden sich zwei Couverts, eine dicke Brieftasche und ein Schmucketui. Ich nahm mir nicht die Zeit, meine Beute zu begutachten, sondern stopfte einfach alles in meine Taschen.

Vor dem Bett der Dicken stand hübsch einträchtig noch ein Paar nagelneuer, sehr eleganter Ziegenlederstiefel. Das erinnerte mich an einen Auftrag. Mir schräg gegenüber in unserer Straße wohnte nämlich eine Witwe namens Käthe Anders mit mehreren kleinen Kindern, der es wahrlich nicht gut ging. Die hatte mir schon so manches falsche Alibi gegeben, was mich vor dem Zugriff der Udl gerettet hatte. So stand ich in ihrer Schuld. Sie wusste, was ich für ein „Buhmann“ war, daher steckte ich die teuren Stiefel ohne Skrupel für sie ein. Vor gar nicht langer Zeit hatte Frau Anders mir nämlich einen Wink mit dem Zaunpfahl gegeben: Wenn ich zufällig mal bei einem Bruch neue Damenstiefel, Größe achtunddreißig, in die Hände bekäme … Tja und nun hatte der Zufall es wirklich so gewollt.

Doch bevor ich mich wieder einmal meiner Lieblingsbeschäftigung widmen wollte (ich brauche glaube ich, nicht mehr zu sagen), schlich ich nochmal zum Speisezimmerfenster. Mama hatte sich inzwischen ganz Bacchus, dem Gott des Weines, hingegeben. Aus einem mächtigen Römer, der mehr einem Pokal glich, trank, nein, schüttete sie den edlen blutroten Rebensaft in sich hinein. Jetzt erst gewahrte ich ihr genau gegenüber, also mit dem Rücken zu mir, ein kleines, dünnes Männchen, das so unscheinbar war, dass es mir bisher noch gar nicht aufgefallen war. Da die anderen Personen rund um den Tisch Kinder, größenmäßig aufgereiht wie die Orgelpfeifen, waren, konnte es sich nur um ihren Mann handeln. Der Arme, ich mochte mir die beiden gar nicht miteinander unter Schopenhauers Schlafspruch im Bett vorstellen, musste bei der reichen Kinderzahl ja aber doch irgendwie geklappt haben.

Wie hatte der Pastor immer im Unterricht gepredigt, als es um die Zehn Gebote ging? Wenn du deines Nächsten Weib nur begehrst, dann hast du schon die Ehe gebrochen. Da hätte er bei mir wegen der Dicken jetzt keine Angst haben müssen. Für deren „Reize“ war ich immun.

Um Harvestehude rum ging ich über die Krugkoppelbrücke zurück nach Barmbeck. Zuallererst natürlich zu der Witwe Anders, wollte ich die Stiefel doch nicht mit zu Helmi nehmen, die nur gejammert hätte, dass die Schuhe doch ein oder zwei Nummern zu groß für sie wären, was ich denn nur für ein Tollpatsch wäre, wenn ich ihr denn schon alle Jubeljahre mal etwas mitbringen würde. Und in Zukunft solle ich ihr stattdessen doch lieber Scheine geben, am besten natürlich große und kein Kleingeld! Eines hätte Helmi allerdings ganz bestimmt nicht gefragt: Wo ich denn so spät diese Stiefel eigentlich noch herhätte.

Ich klopfte in einem Rhythmus an die Tür, der der Witwe gleich aufzeigen musste, dass es ein Freund war und kein Hüter des Gesetzes. Sie kettete die Tür ab und führte mich in ihre Küche, die bei ihr Wohnstube, Salon, Esszimmer … alles in einem war.

Das saß doch ein Mann am Tisch, der mir ganz und gar nicht gefiel. Erst fürchtete ich, dass es ein Kriminalpolizist sein könnte, so schmierig wie der aussah, aber die Witwe Anders beruhigte mich sogleich.

„Das ist der Hauswirt, Herr Petersen."

„Und was macht der so spät bei Ihnen?"

„Ich bin leider drei Monate mit der Miete im Rückstand. Es gab nicht genug Arbeit in der Wäscherei, und hier in der Gegend finde ich nicht genug Kunden zum Treppenhausputzen …"

Vor mir konnte sie ehrlich sein, sie wusste, dass ich ihre angespannten Verhältnisse kannte. Manchmal flachse ich gern ein bisschen herum, darum tat ich so, als ob ich mich auf die Seite des Hauswirts schlagen würde:

„Tja, beste Frau Anders, das ist ja auch so eine Sache. Der Hauswirt muss dringend sein Geld haben, der ist bestimmt auch nicht auf Rosen gebettet!"

Dabei wusste ich es natürlich besser. Dieser geldgierige Knopf besaß sage und schreibe fünf große Mietshäuser und dazu noch so einige Passagen mit Hinterhäusern. In einem dieser Hinterhäuser wohnte die Witwe in einer der heruntergekommensten Wohnungen des Stadtteils.

Durch mich fühlte sich dieser ekelhafte Kerl nun auch noch bestätigt. Er brüstete sich und schwadronierte:

„Stimmt ganz genau. Das ist so! Jeder anständige Mensch zahlt immer treu und brav seine Miete. Die in Ihrem Fall sogar lächerlich niedrig ist, Frau Anders. Die Mieter, die nicht bezahlen, die wollen es nur nicht und darum muss man sie so schnell wie möglich auf die Straße setzen."

„Aber bei mir liegt es doch nicht am guten Willen. Ich hatte in den letzten Wochen nur einfach nicht genug Arbeit."

„Dann nehmen Sie doch gefälligst wieder einen Mann, Frau Anders."

„Das sagen Sie so einfach. Wer nimmt denn schon eine älter werdende, und noch viel älter wirkende Witwe mit drei Kindern? Also es liegt bei mir wirklich nicht am guten Willen, ganz ehrlich, ich habe derzeit einfach nur das Geld für die Miete nicht."

Immer noch spielte ich mein Spiel, was mir von der Witwe überraschte und irritierte Blicke einhandelte:

„Wenn jeder so reden würde, was sollten dann die armen Hauswirte sagen, liebste Frau Anders?"

„Genau mein Reden, Herr äh … wie war noch mal gleich der Name?"

„Petersen!"

„Ja, Herr Petersen. Das will ich wohl meinen."

Bei den letzten Worten zückte er ein dickes Zigarrenetui und bot seinem „neuen Freund" generös einen Stumpen an.

Als der Hauswirt noch mit dem Anzünden seiner Zigarre beschäftigt war, sah mich die Witwe wieder entgeistert an. Nun zwinkerte ich ihr fröhlich zu. Da verstand sie, dass ich mir nur einen Spaß machte.

Plötzlich wechselte ich ohne Vorwarnung die Front:

„Ist es denn ganz unvorstellbar, dass, bei den vielen Wohnungen, die Sie besitzen, eine Witwe auch mal ganz ohne Miete wohnen könnte?"

„Hä? Bitte? Hab ich eben richtig gehört?"

„Denken Sie doch an den Lohn im Himmel. So könnten Sie vielleicht ein wenig von Ihren begangenen Sünden für die Ewigkeit abtragen. Ich habe gehört, dass die Hauswirte in der hinterletzten Ecke des Himmels ganz allein sitzen, weil so viele Witwen sie vor Petrus angeklagt haben."

Nun schaute mich der Hauswirt an, als hätte ich nicht mehr alle Tassen im Schrank.

„Waren Sie etwa bei einem Pfaffen in der Lehre?"

Ich lachte:

„Nein, ganz bestimmt nicht.“

„Das ist ja gut. Aber, wenn die Witwe hier nicht binnen vierzehn Tagen ihre Schulden beglichen hat, dann schmeiße ich sie raus. Haben Sie verstanden?“

„Sagen Sie, gehen Sie eigentlich sonntags in die Kirche?“

„Für so einen Firlefanz habe ich keine Zeit!“

„Frau Anders, haben Sie vielleicht zufällig eine Bibel im Hause? Ich möchte dem Herrn hier die Stelle mit dem Fegefeuer und dem Heulen und Zähneknirschen vorlesen. Vielleicht kehrt dieser verstockte Herr dann ja in sich.“

Nun war der Hauswirt kaum mehr zu bändigen, nicht nur, dass er krebsrot anlief, er tobte geradezu:

„Oooh! Wenn Sie mich hier durch den Kakao ziehen wollen, Petersen …“

„Herr Petersen, bitte, Herr Petersen, so viel Zeit muss sein!“

„Dann eben Herr Petersen, Mister, Monsieur, Señor …“

„Herr reicht, ich bin und bleibe ein guter Deutscher!“

„Dann suchen Sie sich gefälligst nächstes Mal ein anderes Opfer, H e r r P e t e r s e n, aber dazu sind Sie wohl zu dumm, was? Ich bedaure es jetzt, dass ich mich überhaupt mit Ihnen auf ein Gespräch eingelassen habe, und außerdem finde ich Ihre Einmischung ziemlich vorlaut, wenn ich das mal sagen darf.“

„Sie Armer! Wollen Sie Ihre Zigarre wiederhaben?“

Ich hielt ihm den angenuckelten Stumpen hin. Er würdigte mich keines einzigen Blickes mehr. Stattdessen stand er auf, klatschte sich auf die Oberschenkel und brüllte:

„Das werden Sie mir büßen, Frau Anders. Leider hatte ich Ihnen noch vierzehn Tage Frist eingeräumt, am liebsten würde ich diese unverdiente Gnade auf der Stelle wieder zurücknehmen.“

„Nun spielen Sie man hier nicht den wilden Mann und machen einfach die Rechnung auf.“

„Hä?“

„Sind Sie schwer von Kapee? Sie sollen ausrechnen, wie viel Frau Anders Ihnen schuldet. Aber mal kurz zu Ihren Manieren, bester Mann. Zuvor setzten Sie doch bitte endlich Ihren Hut ab oder sitzen Sie bei Ihresgleichen oder in der Kirche, ach nee, die besuchen Sie ja nicht, auch immer mit Hut am Tisch? Bestimmt nicht, wahrscheinlich nehmen Sie sich so viel Anstandslosigkeit nur bei den Ärmsten der Armen heraus!"

„Diese ständigen Beleidigungen muss ich mir hier nicht anhören. Warum soll ich die rückständige Miete überhaupt ausrechnen? Wollen Sie die etwa bezahlen?"

„Ja, warum nicht!"

Nun glotzte er mich wie ein Fisch im Aquarium an, der sein Maul immer wieder auf und zu machte, ohne dass dabei etwas herauskam. Hätte mich nicht gewundert, wenn plötzlich Luftbläschen zur Zimmerdecke hochgestiegen wären.

Die Beute aus dem Haus der dicken Buddha-Mama konnte ich natürlich schlecht vor seiner Nase herausholen, also bat ich ihn um ein wenig Geduld, weil ich dringend die Toilette aufsuchen müsse. Auf dem stillen Örtchen besah ich mir erstmals meinen Fang. In der Brieftasche war ein dickes Bündel Hundertmarkscheine. In den beiden Couverts steckten sogar insgesamt fünftausend Mark in Tausendern. Das versetzte mich in euphorische Stimmung und in eine ausgeprägte Geberlaune.

Die Stiefel stellte ich einfach in die Ecke. Das würde eine Freude für die Witwe sein, wenn Sie das nächste Mal aufs Klo musste. Von dem Geldsegen steckte ich zwanzig Blaue in meine Weste, stopfte dann die Beute wieder in meine Rocktaschen und stolzierte erhobenen Hauptes in die Küche zurück.

„Ich habe inzwischen gerechnet. Sechzig Mark und ein paar Zerquetschte, haben Sie überhaupt so viel, Pe … äh … Herr, Herr Petersen?"

„Mal sehen."

Dann fing ich an, Geldscheine auf den zerkratzten und wackeligen Küchentisch zu blättern. Der Hauswirt war völlig von den Socken. Es passte nicht in seine Vorstellungswelt, dass ein „Fremder" für die Witwe die Miete berappen wollte. Als ich aber nun auch noch einen Hunderter nach dem nächsten hinlegte, seufzte und grunzte er einerseits vor Befriedigung, andererseits verstand er die Welt nicht mehr.

„Und was ist für ein Jahr an Miete fällig?"

„Zweihundertfünfundvierzig Mark."

„Ziehen Sie's ab!"

Ich schob einfach drei Blaue zu ihm rüber.

„D … d … das ha … habe ich in ei … einer Hi … Hi … Hinterhofwohnung noch nie erlebt."

„Tja, einmal ist immer das erste Mal!"

„Aber ein Jahr Miete im Voraus? Mit Ihnen würde ich gern mehr Geschäfte tätigen, habe selten so generöse Geschäftspartner!"

Das konnte ich mir denken, hielt mich aber bedeckt. Der Mann war mir einfach nur zuwider. Aber eine kleine Spitze fiel mir dann doch noch ein, die ich ihm entgegenschleuderte:

„Ach, wissen Sie, mit Leuten, die am Esstisch nicht mal Ihren Hut abnehmen, mache ich eigentlich nicht so gern Geschäfte. Eine ordentliche Quittung haben Sie doch hoffentlich dabei?"

„Natürlich, das ist doch den Leuten meist das Wichtigste!"

Konnte ich mir denken, sonst kam der Kerl glatt auf die Idee, zweimal zu kassieren.

Er schrieb umständlich die Quittung mit einem Bleistiftstummel aus, den man kaum mehr in seiner Hand sehen konnte, und gab mir dann das Restgeld rüber. Ich ließ die fünfundfünfzig Mark einfach für Frau Anders auf dem Küchentisch liegen.

Der Hauswirt trollte sich nun von dannen, so schnell er konnte. Mein Geld war ihm mehr als recht, aber ansonsten wollte er mit so einem ekelhaften Menschen wie mir nun wahrlich nicht mehr zu tun haben als unbedingt nötig.

Ich wandte mich, als wir unter uns waren, an die Witwe und verpflichtete sie zu absolutem Stillschweigen, was sie mir unter andauerndem Küssen meiner Hände auch hoch und heilig versprach. Denn wenn sich meine Großzügigkeit im Viertel herumgesprochen hätte, wären blitzschnell zwanzig und mehr weitere „Frau Anders" bei mir vor der Tür gewesen.

„Sie sind ein wahrer König, Herr Petersen, jetzt weiß ich, warum so viele Leute Sie so nennen!“

Der Krieg – Ich hasse Steckrüben!

Zu Hause angekommen, schliefen Frau und Kind natürlich längst, sodass ich in aller Ruhe im Wohnzimmer Kassensturz machen konnte. Das Ergebnis: zehntausend Mark und in dem Schmucketui war neben so einigem Tinnef noch ein anständiger Brillantring mit einem dicken Ein-Karat-Stein.

Nach dem Tag des Schreckens, mit Verschuldung und so, wendete sich das Blatt nun also zum Guten. Wie ich das meinen Leuten immer und immer wieder gepredigt hatte: „Achtet auf ein wasserdichtes Alibi“, so war Fuchs Paul Reinig auch in seinem Fall vorgegangen. Schweren Herzens musste man ihn laufen lassen, da andere Beweise für seine Schuld fehlten, auch wenn man ihm seine Geschichte kein Stück glaubte.

Nach den neuntausend Miesen, und das an einem Tag, bat ich Kunz, mich wieder aus der Buchmacherei zu entlassen. Ich war nun mal kein Zocker! Das war mir doch zu gefährlich. Ich hatte nicht im Traum gedacht, jemals so viel Geld an einem einzigen Tag einbüßen zu können, nur weil ein paar Spinner auf Gäule setzten, die eigentlich überhaupt nicht gewinnen konnten. Das Gewinnerpferd hieß auch noch „Gänseblümchen“. Wer nannte ein Rennpferd schon „Gänseblümchen“?

Aber ich bat Kunz auch noch, den Brillanten aus dem Bruch bei Mama-Buddha in ein zauberhaftes Collier für meine Frau einzuarbeiten. Das überreichte ich ihr eines Abends und ging mit ihr in den Spielclub. Pausenlos schielte sie nur nach irgendwelchen Spiegeln an den Wänden, so erregte sie der kostbare Schmuck.

Aber nicht nur ich hatte in letzter Zeit Pech gehabt. Kaufmann Plapp gab ehrlich zu:

„Herr Petersen, der Spielclub ist auch nicht mehr das Gelbe vom Ei. In letzter Zeit habe ich leider erhebliche Verluste hinnehmen müssen.“

„Das tut mir leid."

„Mir auch, mir auch, das können Sie mir glauben. Ich hab schon eingehender darüber nachgedacht. Es ist einfach nicht gut, nur auf einem Bein zu stehen."

„Und was heißt das?"

„Was würden Sie denn davon halten, wenn wir beide gemeinsam ein Exportgeschäft gründen?"

„Und wie hoch sind die Anlaufkosten für so eine Compagnie-Gesellschaft?"

„Ich schätze mal so zwanzigtausend."

„Das ist zu schaffen, mit zehntausend bin ich dabei."

„Ich fungiere dann als Geschäftsführer …"

„Da habe ich nichts dagegen, schließlich kennen Sie sich im Kaufmännischen gut aus."

„Und Sie werden mein stiller Teilhaber. Durch den Grafen habe ich so bedeutende Beziehungen machen können, da wird der Laden bestimmt ein großer Erfolg."

Das Ende vom Lied: Wir mieteten ein Kontor am Dovenfleet, kauften die nötige Geschäftseinrichtung und stellten eine Dame als Kontoristin ein.

Das erste halbe Jahr mussten wir eine Durststrecke überwinden, dann flutschte der Laden plötzlich wie von selbst. Das ersah ich allein schon daran, dass Plapp mich überzeugte, dass wir dringend eine zweite Kontoristin einstellen mussten. Rasch folgte ein Lehrling, der die Botengänge zu verrichten hatte und den Rest des Tages Adressen schreiben durfte.

Im Geiste sah ich mich ohne großes Dazutun schon auf der anderen Seite des Gesetzes, wenn mir der Begriff „honoriger Bürger" auch so gar nicht über die Lippen gehen wollte, doch wieder einmal kam der jähe Absturz. Am 1. August 1914 wurde mit großem Tamtam der Krieg erklärt. „Hurra, endlich Krieg!", hieß es vieler Orten. Die Gesellschaft schien mir insgesamt so militarisiert und aufgehetzt, dass viele junge Männer sich danach sehnten, ihre Tapferkeit und ihren Mut im Kampf beweisen zu können. Kaufmann Plapp wurde als einer der Ersten als Offizier eingezogen.

Mit mir wollten die Militärs nichts zu tun haben. Wegen meiner Vorstrafen war ich aus dem Heer ausgestoßen.

Durch den Einzug des Kaufmanns an die Front erneut meiner Existenz beraubt, besann ich mich wieder auf meinen eigenen Krieg, den „Häuserkrieg“ mit den Wohlhabenden der Gesellschaft auf der einen und der Polizei auf der anderen Seite. Doch nie war ich angemeldet, wenn ich in einer Wohnung erschien. Und die Udl kamen immer erst, wenn ich längst wieder weg war. Leider waren auch viele meiner liebsten Kumpane und Spießgesellen plötzlich überall in Europa unterwegs, aber nicht mehr in Hamburg. Paul Reinig schrieb mir das erste Mal nach einem halben Jahr, da war er inzwischen schon an der russischen Grenze angelangt.

Mein direkter Nachbar war Tischler und Sozialist. Den Krieg, zu dem er 1916 eingezogen wurde, hatte er immer abgelehnt. Für seine Frau brach jetzt ein ganz neues Leben an: In den vielen Jahren ihrer Ehe war sie nie länger von ihrem Mann getrennt gewesen. Und nun musste sie ohne den Ernährer für die zwei Kinder sorgen. Das war nicht nur für die gute Frau, sondern für alle Menschen der Stadt eine große Herausforderung, auch für mich, denn in Hamburg herrschte eine große Hungersnot. Aber nicht nur Lebensmittel, es fehlte eigentlich an allem. Und Geld war schon lange kein Allheilmittel mehr.

Dazu kam das Leid vieler meiner Nachbarn. Der Tischlersfrau ging es ja noch ganz gut. Niemand aus ihrem engeren Umfeld war bisher an der Front gefallen. Das sah bei vielen Nachbarn ganz anders aus: Das Ehepaar auf der anderen Seite nebenan vermisste den jüngsten Sohn, der älteste war schon gefallen. Wie gut, dass mein Hatzel noch zu jung für den Krieg war!

Die kinderlose Frau eine Etage tiefer wartete seit Wochen auf ein Lebenszeichen ihres Gatten. Und mehrere Nachbarn lagen schwer verwundet im Lazarett.

Für Hamburgs Frauen war nach dem Aufwachen am frühen Morgen die größte Sorge, natürlich neben der um ihren Mann: Wie bekomme ich bloß die Kinder satt? Weil die kärgliche

Kriegsunterstützung nicht reichte, wurde fast jede Arbeit angenommen, wenn man denn überhaupt eine fand. Vor Tagesanbruch Zeitungen auszutragen, viel mehr gab es da gar nicht.

Ich war entsetzt, wie viele Frauen bei mir vorstellig wurden und mich offen ansprachen:

„König, wollen wir nicht einen Bruch beim Schlachter oder Bäcker machen? Auf mich kannst du zählen."

Doch den guten Frauen ging es nicht um etwaig vorhandenes Geld oder schöne Diamanten, die bedürftigen Frauen wären schon mit einem großen Ring Dauerwurst oder ein paar Laibes Brot als Beute hochzufrieden gewesen.

In meiner Umgebung suchten alle nur noch danach, irgendwas zu essen zu ergattern. Weil alle mit einem schnellen Sieg gerechnet hatten, war unser Land einfach nicht auf einen langen Waffengang vorbereitet gewesen. Die Versorgungslage in Hamburg war mehr als katastrophal. In der Schule wurden selbst die Kinder schon angehalten, Rohstoffe zu sammeln, wie Metall, Gummi, ja sogar Kartoffelschalen, Steinobstkerne und Haare. Die Schalen dienten als Viehfutter, wenn nicht einige Mütter diese noch nahmen, um daraus eine „Wassersuppe" zu kochen. Aus den gesammelten Obstkernen wurde noch Öl gepresst. Die Sommerferien fielen aus. Die Kinder wurden als Erntehelfer aufs Land geschickt. Die Mütter waren darüber heilfroh, brauchten sie doch in diesen Wochen keine hungrigen Mäuler zu stopfen.

Die Schlangen vor den Feinkostläden waren geradezu unerträglich geworden. Stundenlang standen die Mütter um Milch an, oft vergeblich.

Die Lebensmittel wurden immer teurer: Preissteigerungen um bis zu tausend Prozent waren keine Seltenheit. Um den Wucher einzudämmen, erließ der Staat ein Preisdiktat. Der Schuss ging aber nach hinten los, denn die Händler und Erzeuger verkloppten ihre Waren so, wo es ging, nur noch auf dem Schwarzmarkt. Wenn ich bei einem Bruch verkaufenswerte Ware ergattern konnte, war ich gern gesehener Gast auf den Schwarzmärkten der Stadt. Wo so ein Markt gerade stattfand, verbreitete sich durch

Mundpropaganda in Windeseile. Die Plätze wechselten so oft, wie man für gewöhnlich seine Unterwäsche wechselt, so kriegten die Udl das zumeist nicht mit. Und wenn doch mal eine Patrouille auftauchte … rennen konnte ich schnell!

Die Wut der einfachen Leute auf die „Bonzen" und „Kriegsgewinnler" wuchs immer mehr.

Eine Nachbarin schimpfte, aber das hörte ich an fast allen Ecken Barmbecks:

„Der Dumme ist immer der kleine Mann, füllt den Großen den Geldsack und geht selbst dabei zugrunde. Es ist so und es bleibt so."

Aber es wurde noch schlimmer. Es gab bald nicht einmal mehr genug Kartoffeln. Die Ration wurde auf dreieinhalb Pfund pro Kopf und Monat halbiert.

So ging der Winter 1916/17 als „Steckrübenwinter" in die Geschichte ein. Die eigentliche Futterpflanze zur Tiernahrung wurde zum Hauptnahrungsmittel. Die Leute aßen Steckrübensuppe, Steckrübenbrot, Steckrübenauflauf, Steckrübenmarmelade, Steckrübenkoteletts und Steckrübenpudding[75].

„Wer hamstert, gehört ins Zuchthaus, wer nicht hamstert, ins Irrenhaus", so lautete ein Witz, der damals bei uns die Runde machte. Obwohl es verboten war, fuhren die Menschen in Scharen in die Vier- und Marschlande, um etwas Essbares zu „organisieren". Hamstern war zu einer Frage des Überlebens geworden, denn die Lebensmittelrationen mussten Anfang 1917 abermals gesenkt werden – auf eintausend Kalorien pro Kopf. Das ist eigentlich der Bedarf eines dreijährigen Kindes. Immer mehr Hamburger waren auf die öffentlichen Kriegs- und Versorgungsküchen angewiesen.

Ich erfuhr das bitter am eigenen Leib, da ich vom 4. April 1916 bis zum 1. März 1917 als sogenannter Berufsverbrecher im Gefängnis Fuhlsbüttel in Sicherheitshaft saß. Durch eigene Dummheit kam es zur Verhaftung. Natürlich ging es den Strafgefange-

---

[75] Während des 1. Weltkrieges wurde die Steckrübe verächtlich auch „Preußische Ananas" genannt

nen noch viel, viel schlechter als den Bürgern draußen, aber mehr will ich darüber lieber gar nicht sagen. Nur so viel, die Gefangenen starben wie die Fliegen. Täglich fuhr der Leichenwagen im Knast aus und ein. Erst nach dem Krieg kam heraus, dass der Gefängnisdirektor eigenmächtig die Rationen der Gefangenen noch mal massiv reduziert hatte.

Die Grenze der Leidensfähigkeit war bei vielen Bürgern im Februar 1917 überschritten. Es kam in der ganzen Stadt zu gewaltigen Unruhen. In Harburg begannen diese mit dem Ruf:

„*Wir wollen keine Steckrüben mehr*!" Schnell sprang der Funke nach Barmbeck, Winterhude, Uhlenhorst, Eimsbüttel, Eilbeck, Hamm und Eppendorf über.

Massen von Kindern und Frauen zogen vor jedes Lebensmittelgeschäft, das noch etwas zu Essen feilbot. So zogen die Horden von Bäckerei zu Fleischerei, von Fleischerei zu Feinkostgeschäft. Einhundertsechzehn Geschäfte wurden geplündert, stand es tags drauf in den Hamburger Zeitungen. Die Armee und die Polizei gingen mit brachialer Gewalt dagegen vor.

Eine junge Frau klagte mir Wochen später:

„König, die Sicherheitskräfte waren wie wilde Bestien. Die haben auf wehrlose hungernde Frauen und Kinder eingeprügelt, ja sogar mit Säbeln wurden die armen Menschen niedergestochen."

Dass auch meine Familie unter den Zuständen zu leiden hatte, ist doch klar. Natürlich gelang es mir, als ich wieder draußen war, auf den Schwarzmärkten schon zum Beispiel mal ein Rindersteak einzutauschen, aber statt früher für ein paar Mark, hatten jetzt schon mindestens ein kostbares Collier und als Dreingabe goldene Ohrringe dafür herzuhalten.

So musste ich mich plötzlich auch bei meinen „Beschaffungsmaßnahmen" einiger Männer bedienen, mit denen ich noch nie zusammengearbeitet hatte. Männer waren sowieso knapp, die wehrtüchtigen waren ja zumeist an der Front, aber es widerstrebte mir einfach, leidende Mütter in meine Bande aufzunehmen.

Einer dieser noch greifbaren Kerle wurde von allen nur „Büffel" genannt. Der Name passte schon, denn er stampfte beim Gehen wie eine Herde Büffel, und auch sein Verstand arbeitete schwerfällig wie bei einem Büffel. Aber er wurde allseits respektiert, denn er hatte ein untrügliches Markenzeichen, seine mächtige Faust. Wie ein Dampfhammer ließ er diese auf die Schädel seiner Gegner niedersausen, dass diese gleich meinten, bis zu den Knöcheln im Boden versunken zu sein.

Als ich so trübsinnig in einer Kaschemme im Pfennigsbusch rumhing, kam Büffel zu mir an den Tresen:

„Hallo König!"

„Du bist Büffel, nicht?"

„Hast schon von mir gehört, was?"

„Klar, in Barmbeck bleibt mir nichts verborgen."

„Weiß ich. Ich hab da 'ne Sache, da hätte ich dich gerne dabei."

„Um was geht es?"

„Geld gibt's da zwar, glaub ich, nicht zu holen, aber allerfeinste Ware und zwar fuderweise."

„Und wo sollen wir das Zeug alles lassen?"

„Klar, da müssen wir erst mal einen Lagerschuppen anmieten, sonst wüsste ich auch nicht, wohin damit."

„Na, das dürfte jetzt, während des Krieges, ja wohl kaum ein Problem sein, oder? Leere Lagerschuppen müsste es doch inzwischen wie Sand am Meer geben."

„Jo, hab mich schon erkundigt, König. Kannst wirklich Schuppen in Hülle und Fülle ganz billig anmieten. Viel zu viele Kaufleute sind inzwischen an der Front."

„Und so manche auch schon gestorben!"

„Ja."

„Und andere können ihren Beruf jetzt in Kriegszeiten einfach nicht mehr ausüben …"

„Weil die geeigneten Mitarbeiter fehlen."

„Ganz genau."

Der Bruch ging glatt, und der Schuppen quoll vor gut veräußerbaren Dingen nur so über. Aber ich hätte auf meine Eingangsbedenken hören sollen, dass mir Büffel eigentlich im Koppe viel zu hohl erschienen war, denn das sollte sich im Nachhinein nun bewahrheiten.

Da ließ er doch tatsächlich seine beiden minderjährigen Gören andauernd in Rucksäcken Sachen für den Eigenbedarf aus unserem Mietschuppen zu sich nach Hause holen. Und gerade jetzt im Krieg, wo es allen nicht gut ging, waren Neider natürlich schnell bei der Hand. So sahen *freundliche* Nachbarn die Kinder mit leeren Rucksäcken aufmarschieren, die wenig später kaum mehr in der Lage waren, die vollgepfropften Dinger überhaupt noch schleppen zu können.

Ein Nachbar jedenfalls hatte darauf nichts Eiligeres zu tun, als umgehend zur nächsten Polizeiwache zu laufen. Und die wiederum nichts Eiligeres, als die Kinder in ihrer Wohnung aufzusuchen. Die Jungen dann wieder nichts Eiligeres, als den Bullen alles aber auch alles haarklein zu erzählen, was sie wussten. So kam natürlich auch die Existenz des Lagerschuppens ans Licht der Öffentlichkeit. Die Polizisten fanden darin natürlich ausreichend Diebesgut, das sie leicht dem von uns begangenen Einbruch zuordnen konnten.

Büffel wurde zuerst verhaftet. Und zwar gerade in dem Augenblick, als ich ihn aufsuchen wollte. Glücklicherweise waren mir die beiden Kriminalbeamten geläufig, zwischen denen er fast unauffällig, wie zu einem Ausflug, von seiner Wohnung abgeholt wurde. Ich kannte die beiden Kriminalassistenten durch diverse Vernehmungen, die sie mir hatten zukommen lassen, die aber immer fruchtlos für die Bullen verliefen, weil ich stets wasserdichte Alibis vorweisen konnte.

Na, was habe ich da wohl auf der Stelle gemacht, als ich der Kerle in der Ferne ansichtig wurde? Richtig, die Beine in die Hand genommen und mich, so schnell ich konnte, verdünnisiert.

Ich traute mich nicht mehr in meine Wohnung zurück. War ich auch aufgeflogen oder nur Büffel? In einem Hausflur auf der anderen Straßenseite brauchte ich auch keine zwei Stunden zu warten, da kamen genau dieselben beiden Kriminalbeamten, um auch mich einzukassieren. Aber dumm gelaufen, der Vogel war ausgeflogen!

Nun hieß es, mich weiter in Geduld zu üben, denn sie blieben bestimmt mehr als eine Stunde in meiner Bude hocken. Sie hofften wohl, dass ich noch vorbeikommen würde. Irgendwann macht natürlich auch der schärfste Kriminalbeamte mal Feierabend, so trollten sie sich dann missmutig von dannen.

Ich schielte noch um die Ecke, um mich zu überzeugen, dass sie auch wirklich abzogen, dann huschte ich schnell über die Straße und jagte in meine Wohnung hoch.

Neugierig fragte ich Helmi:

„Was wollten die Männer eben von dir?"

„Ach, hast du mitbekommen, dass eben Besuch da war?"

„Ja, aber ich hab nur noch gesehen, wie die beiden Herren das Haus verlassen haben."

„Woher wusstest du denn, dass die bei uns waren?"

„Na, die einsamen Witwen im Haus werden die ja wohl kaum aufgesucht haben."

„Stimmt. Aber die beiden Männer waren überaus freundlich zu mir. Haben mich nur gefragt, wann und wo sie dich denn antreffen könnten …"

Das konnte ich mir denken, dass die Kriminalbeamten das zu gern wissen wollten.

„Und was haben Sie noch so gesagt oder gefragt?"

„Es ginge nur um eine ganz belanglose Sache, dazu müssten sie mir und dir eben einige Fragen stellen, das wäre alles."

„Und? Haben sie dich noch was gefragt?"

„Warum betonst du das dich denn so deutlich? Nein, ich sollte dich nur noch ganz herzlich grüßen und bitten, ob du so freundlich sein könntest, auf der Wache vorzusprechen oder anderenfalls morgen früh um acht noch zu Hause zu sein."

Ha, ich war ja nicht dumm. Allein schon, dass zwei Polizisten geschickt worden waren, zeigte mir auf, dass man mich verhaften wollte. Helmi hatten sie mit ihrem Gesülze eingewickelt, mich aber nicht.

Mein Weib insistierte:

„Schatz, geh ruhig zur Wache, schließlich bist du dir doch keiner Schuld bewusst!“

„Ich kann ja morgen hingehen!“, wiegelte ich ab.

Das hatte ich natürlich nicht vor, sondern wollte mit der Antwort nur Helmi beruhigen. Doch ich musste nun schnell handeln. Ich brauchte einen der Polizei unbekannten Unterschlupf. Das war natürlich ein Leichtes für mich. Ich brauchte ja nur einige meiner Bandenmitglieder abzuklappern, schon war das geregelt. Schließlich gab es unter den Tippgebern auch sehr alte Männer, die für den Krieg nicht mehr taugten.

Die Tochter meiner neuen Logisgeberin, bei der ich unterschlüpfte, sandte ich am nächsten Morgen zu Helmi. Sie sollte meiner Frau nur meine geheime Unterkunft für den Abend mitteilen. Vor allem sollte sie Helmi aber einschärfen, keiner Menschenseele mein derzeitiges Quartier mitzuteilen.

Tatsächlich stellte sich meine Frau am Abend gegen sieben ein. Sofort kam ich zur Sache:

„Waren heute Morgen die beiden Beamten wieder bei dir?“

„Ja und nicht nur das, stell dir nur vor, die haben dann die ganze Wohnung auf den Kopf gestellt. Ich konnte schimpfen und zetern, das hat die Männer überhaupt nicht interessiert. Ich brauche noch Tage, bis das bei uns wieder wohnlich aussieht.“

„Das tut mir leid.“

„Außerdem waren sie gar nicht mehr so nett, wie noch am Vortag, sondern garstig und taktlos. Selbst meine Leibwäsche haben sie durchwühlt. So kann ich die Seide doch nie wieder anziehen. Jetzt muss ich alles waschen. Als wenn man sonst nicht genug zu tun hätte.“

„Wie furchtbar!“

„Am liebsten würde ich überhaupt nicht mehr in unsere Wohnung zurückkehren.“

„Die Taktlosigkeit der Bullen rührt nur von ihrer Wut her, dass ich nicht, wie du, auf sie hereingefallen bin, und mich freiwillig bei ihnen gemeldet habe.“

„Und? Was fange ich jetzt an? – Wo warst du überhaupt gestern Nacht?“

„Na hier!“

„Kommst du wenigstens heute Nacht nach Hause?“

„Nein, ich kann auf keinen Fall in unsere Wohnung zurück. Du musst also erst einmal ohne mich klarkommen. Wir können uns nur so arrangieren, dass du mich ab und an hier besuchst.“

„Du liebe Güte!“

„Wir müssen abwarten, wie die Sache sich weiterentwickelt.“

„Ich verstehe die Welt nicht mehr, hast du denn was verbrochen?“

Einer direkten Antwort wich ich aus, weil ich genau wusste, wie sie reagieren würde. Dann schickte ich sie heim. Für den kommenden Sonntag verabredeten wir uns wieder.

Verschluckt – Wo ist der Kassiber?

Gerade zu der Zeit, wo ich selbst vor jeder Pickelhaube zurückschreckte, weil man mich suchte, kam Fuchs zum ersten Mal von der Front auf Heimaturlaub. Vier Wochen hatte seine Einheit ihm gewährt. Sofort erzählte er mir brühwarm von Tipps, die wir unbedingt abbeißen müssten. Das verblüffte mich, wo er doch so lange weg gewesen war. Er musste sehr, sehr gute Drähte besitzen, die er jederzeit anzapfen konnte.

Der heißeste Tipp war, eine Bettentour bei einem Bäckermeister auszuführen. Da hatte ich überhaupt nichts gegen einzuwenden, konnte ich doch so vielleicht auch noch ein wenig Essbares aus der Backstube für Zuhause mit ergattern. Da Bäcker früh schlafen gehen und nachts schon anfangen zu arbeiten, mussten wir uns ungewöhnlich früh ans Werk machen. Und der Bruch ging glatt. Der Bäcker hatte es uns aber auch sehr leicht gemacht. Der Schlüssel zum Geldschrank lag auf einer Herrenkommode im Korridor seiner Wohnung herum. So brauchte ich nicht einmal das Schlafzimmer zu betreten. Dazu schnarchte der Meister, als wenn er in der Nacht ganze kanadische Tannenwälder abzusägen hätte, sodass wir zudem nicht besonders leise sein mussten. Bei dem Schnarch-Lärm konnte er unsere Trittgeräusche, das Öffnen von Türen und das Entnehmen der wertvollen Dinge aus dem Arnheim gar nicht bemerken. Bei seiner Leibesfülle schien er kein Kostverächter zu sein, sprich selbst seinen Backleistungen immer gut zuzusprechen.

Aber mir ist bis heute schleierhaft, warum Fuchs nach dem Bruch sofort in Verdacht kam. Kaum war er wieder zwei Tage aus Hamburg raus, nahmen die Bullen seine Bude auseinander. Die Brieftasche, die die Kriminalbeamten bei ihm fanden, erkannte der dicke Bäckermeister natürlich sofort als die seine wieder. Ein Gastwirt, der neben dem Bäckermeister wohnte, sagte auch noch, dass er in der fraglichen Nacht ganz sicher zwei Männer vor dem Gebäude des Bäckermeisters gesehen hätte. Als man dem Wirt Fotos aus dem Verbrecheralbum vorlegte, zeigte er sofort auf die Konterfeis von Paul Reinig und mir. Ich brauche wohl kaum zu erwähnen, dass es so erneut einen hübschen Steckbrief von mir zu bewundern gab. Langsam wurden es ein wenig zu viele davon. Das nahm ja Ausmaße eines Skatspiels an!

Verdammt, ich hatte schon so ein mulmiges Gefühl gehabt, als wir loslegten. Zu so früher Stunde schliefen eben noch zu wenige Leute. Und dummerweise gehörte der Gastwirt zu den wenigen, die nicht irgendwie, zumindest als „Informant“ oder „Rekrutierungsoffizier“, auf meiner Lohnliste standen.

Fuchs war also kaum an der Front angekommen, da wurde er inhaftiert und nach Spandau in Untersuchungshaft gebracht. Das war sein Glück, denn dort waren die Wächter so nachlässig, dass ihm noch am gleichen Tag die Flucht gelang. Schon stand er wieder vor meiner Tür. In seine Wohnung konnte er, wie ich auch in meine, nicht zurück, also bot ich ihm an, in meiner jetzigen, heimlichen Bleibe mit unterzuschlüpfen.

Helmi besuchte mich öfters, ich suchte auch den Grafen und seine Frau auf, wenn der Graf denn mal im Lande war. Als hoher Offizier und durch seine damit verbundene Tätigkeit kam das regelmäßig vor, dass er in Hamburg weilte. Er machte mir nun schwere Vorhaltungen, hatte er mir doch nach dem Tod seines Vaters eine hervorragende Stelle im Schloss in Aussicht gestellt. Einen gesuchten Geldschrankknacker und Verbrecher konnte er aber natürlich auf keinen Fall einstellen. Das sah sogar ich ein. Wieder einmal dumm gelaufen. Das wiederholte Mal, dass mir durch eigenes Verschulden eine hervorragende und vor allem ehrliche Stellung durch die Lappen ging.

Helmi hingegen hatte sich offensichtlich inzwischen mit der Situation arrangiert. Nicht ein Wort des Bedauerns, aber sie bohrte auch nicht nach, was ich denn so alles auf dem Kerbholz hätte. Und eines wusste ich nur zu gut: Klar Tisch durfte ich bei ihr sowieso nicht machen.

Die Hungerblockade der Frauen und Kinder hatte ab Dezember wenigstens dazu geführt, dass Lebensmittelmarken ausgegeben wurden. Das Wichtigste war nun, irgendwie zusätzlich Lebensmittel zu ergattern und zu hamstern. Dazu ließ ich natürlich alle meine Drähte spielen.

Fuchs kannte einen Makler in der Richardstraße, Ecke Wandsbecker Chaussee, da wollten wir mal sehen, ob wir nicht irgendwie ins Geschäft kommen konnten. Als wir gerade das Haus des Maklers betraten, fuhr eine Straßenbahn vorbei. Wie es das Schicksal so wollte, blickten ein Kriminalkommissar und ein Oberwachtmeister genau aus dem Fenster der Tram zu der besagten Tür hin und erkannten mich. Tja, langsam war ich bekannt wie ein bunter Hund! In diesem Fall leider!

Als Paul Reinig und ich eine Stunde später ahnungslos die Wohnung des Maklers verließen, lauerten im Parterre des Hauses in einer dunklen Nische schon die beiden Bullen auf uns. Mit einem mächtigen Satz sprangen sie auf uns zu. Fuchs war so geistesgegenwärtig, sich mit einem heftigen Ruck loszureißen und zu türmen. Ich stand leider hinter ihm immer noch auf der Treppe. An den beiden vorbei, das ging nicht, also drehte ich mich auf dem Absatz um und stürmte die Stufen hinauf, immer zwei, drei auf einmal nehmend.

„Petersen, bleiben Sie stehen, Polizei!“

Dummer Spruch, das war erst recht ein Grund zum Flitzen!

„Petersen, haben Sie nicht gehört? Ergeben Sie sich!“

Das Haus hatte vier Stockwerke. Oben gab es nur noch Dachböden zu beiden Seiten, aber die Türen waren jeweils mit Vorhängeschlössern gesichert. Eine Luke zum Dach hoch würde es bestimmt geben, aber die war nun mal auch nicht im Treppenhaus, sondern in einem der Dachböden. Ich saß in der Falle.

Grinsend gingen die beiden Polizisten die letzten Treppenstufen ganz langsam auf mich zu. Der Oberwachtmeister hatte einen Knüppel gezogen, den er sich genüsslich mehrere Male in die offene Handfläche schlug. Es war nicht ratsam, mich mit den beiden weiter anzulegen, das hätte mir nur blaue Flecken oder, noch schlimmer, Knochenbrüche eingebracht. Also gab ich auf und ergab mich. Aber der Oberwachtmeister hatte so einen Brass auf mich, dass er, obwohl ich vom Kriminalkommissar schon in die Fesselzange[76] gelegt war, mit seinem Knüppel wie irrsinnig auf mich eindrosch, dass ich die Sterne des Universums vor meinen Augen Wiener Walzer tanzen sah.

„Hören Sie sofort auf, Huberts, der Verhaftete tut doch gar nichts!“ Doch der wütende Udl prügelte weiter auf mich ein. „Jetzt ist aber Schluss, Huberts, sonst mache ich Meldung über Sie!“

Erst die immer lauter werdende Stimme des Kriminalkommissars brachte den Oberwachtmeister zur Vernunft. Der Udl musste wohl schon unzählige Wege und Zeiten mit meiner Person zugebracht haben, dass er so einen Hass auf mich hatte.

Dann unterzog mich der Kommissar einer sofortigen Leibesvisitation. In der Seitentasche meiner Jacke hatte ich zwei Tausender und einen Hunderter. Der Trottel von einem Kriminalbeamten war aber so flusig bei seiner Arbeit, dass er einen der Tausender übersah. Das war nicht schlecht, war ich so doch weiter nicht mittellos.

Die Polizeiwache lag nur ein kleines Stück weit die Wandsbecker Chaussee hinunter, sodass ich keine fünf Minuten später im Keller des Reviers in Eisen gelegt auf einer harten Pritsche saß.

Dann ging alles ganz schnell. Mit einer Droschke ging es ins Untersuchungsgefängnis, wo man mir mehrere Haftbefehle gegen mich präsentierte. Das Ergebnis war wieder einmal: Einzelhaft. Ich schaffte es irgendwie, dass bei allen Kleidungswechseln der Tausender weiterhin nicht gefunden wurde.

Nun hatte ich doch gerade erst eine längere Haftstrafe verbüßt, und schon hatten sie mich wieder am Haken. Langsam ging mir das gehörig gegen den Strich. Ich saß da noch völlig apathisch, als sich auf einmal die Klappe meiner Zellentür öffnete.

„Schale aus dem Schrank holen, Häftling!“

„Bitte?“

---

[76] Frühere Bezeichnung für Handschellen.

„Na, es gibt jetzt Essen!“

Ich tat, wie mir geheißen und schob die Blechschale durch die Türklappe. Mit einer großen Schöpfkelle goss der Aufseher etwas Undefinierbares in meine Schale.

„Leckere Reissuppe, guten Appetit!“

Ausgerechnet Reissuppe! Reis habe ich noch nie gemocht. Dazu der „köstliche“ Anblick. Die ganze ekelerregende Pampe in einem verbeulten Blechnapf. Vom einmaligen Hingucken war ich schon satt.

Um fünf gab es dann Abendbrot. Kaffee, für den man wahrscheinlich eine Kaffeebohne am Band durch heißes Wasser gezogen hatte, und einen dicken Kanten knallharten, trockenen Schwarzbrotes. Andere Knackies nannten ihn nur „Spitzbubenkuchen“. Auch danach stand mir nicht der Sinn. Um Viertel vor Acht schrillte eine furchtbare Glocke und wenig später wurde das Licht ausgedreht. Nachtruhe war verordnet.

So um die Geisterstunde herum wurden meine trüben Gedanken durch Gesprächsfetzen vertrieben. Ich wollte mehr hören, also nahm ich den Holzschemel und schob den an das vergitterte Fenster, stieg drauf und lauschte durch die Gitterstäbe. Die Unterhaltung fand eindeutig eine Etage tiefer bei zwei Zellennachbarn statt. Ich konnte zwar nicht alles verstehen, aber eines war klar, es ging ums Ausbrechen aus dieser Anstalt.

Als dann noch der Name Hunde-Robert fiel, war ich gar nicht mehr zu bremsen.

„Robert, bist du etwa da unten?“

„Nicht so laut da oben, sonst kommen die Aufseher und machen Rabatz. Wer kennt mich denn da oben?“

„Na, ich bin’s doch, der Adolf!“

„Odsche, König, du? Haben sie dich also auch gekascht!“

„Leider, leider. Aber ihr habt euch da gerade über Ausbruchsmöglichkeiten ausgetauscht, da wäre ich natürlich gern mit von der Partie!“

„Das kann ich mir denken, Odsche, aber warum eigentlich nicht? Ich hab eine Feile hier, mit der kannst du die Gitterstäbe durchsägen, aber wie bekommen wir die zu dir rauf?“

Ich grübelte kurz, dann sagte ich:

„Gib mir ein wenig Zeit, ich versuche, einen stärkeren Bindfaden aus meiner Matratze zu lösen.“

Gesagt getan, wenig später hatte ich die Feile im Besitz. Aber nun musste noch der richtige Zeitpunkt abgepasst werden, um den Fluchtversuch zu unternehmen.

Die Zeiten waren jetzt während des Krieges schlecht, so war es einfach für mich, einen Gefängniswärter zu bestechen, der bereit war, für den verbliebenen Tausender eine Nachricht an meinen Kumpan Paul Reinig draußen zu befördern.

Aber manchmal kommt es erstens anders und zweitens als man denkt. Der bestochene Aufseher wollte den Brief mittags mitnehmen, wurde aber ganz plötzlich krank Hatte er vielleicht von der Reissuppe oder dem „Spitzbubenkuchen“ genascht? Nee, Spaß beiseite, jedenfalls kam das so plötzlich und heftig, dass er mir nicht einmal Bescheid sagen konnte.

Ahnungslos las ich den Brief noch einmal durch, als ohne Vorwarnung seine Vertretung durch den Türspion zu mir hereinglotzte. Nun war die Aufregung beim Wärter groß, er schloss hastig die Tür auf und schrie:

„Her mit dem Kassiber, aber zack, zack.“ Ich zerknüllte das kleine Stück Papier und stopfte es in die Hosentasche der derben Sträflingshose. „Ich hatte gesagt, her damit!“

„Lassen Sie mich das Zettelchen doch einfach wegwerfen, Herr Aufseher!“

„Haben Sie Tomaten auf den Ohren? Sofort zu mir mit dem Wisch!“

„Ich werfe ihn auch ganz bestimmt weg.“

„Das könnte Ihnen so passen. Ein letztes Mal: Kassiber her oder es setzt was!“

Nun sah ich keinen anderen Ausweg mehr, als ihn in den Mund zu stopfen und herunterzuschlucken, das offenbarte ich dem Wächter in aller Ruhe:

„Sie haben es so gewollt! Wenn Sie mir nicht gestatten, den Zettel zu vernichten, dann schlucke ich ihn eben runter.“

Und schon kaute ich auf dem Zettel herum. Allerdings handelte es sich um eine halbe Seite aus einem Schreibblock, sodass ich ordentlich was zu kauen hatte.

„Mitkommen zum Anstaltsarzt, das werden wir ja sehen!“

Auf dem Weg zu seinem Dienstzimmer kaute ich wie verrückt, um den Papierbogen ja rechtzeitig klein zu kriegen. Als der Wärter die Türklinke zum Arztzimmer herunterdrückte, konnte ich endlich das verräterische Stück Papier herunterschlucken.

„Ich verlange, dass der Kerl ein Brechmittel kriegt“, schrie der Wärter völlig aufgebracht.

„Das kommt gar nicht in Frage, das wäre doch nur noch eine unangemessene Folter. Mit dem Zettelbrei aus seinem Magen können sie sowieso nichts mehr anfangen, zu Lesen gibt es da nichts mehr, das ist zu spät.“

Das war natürlich noch nicht das Ende der Angelegenheit. Ich wurde zum Leiter des Untersuchungsgefängnisses geführt.

„Was stand denn nun auf dem Zettel, Petersen“, bemühte sich hier der Chef vom Ganzen in einem väterlichen Tonfall, mich zum Reden herumzukriegen.

„Das sollen Sie doch gerade nicht wissen, sonst hätte ich doch keinen Kassiber nehmen müssen.“

Diese Unverschämtheit sollte für mich nach seiner Auffassung zusätzliche sechs Wochen Arrest bedeuten, aber sein Vorgesetzter, der Direktor, wandelte das in drei Tage ohne warme Mittagskost um. So blieben mir einige Wassersuppen erspart!

Genau nach diesen drei Tagen war auch mein ursprünglicher Aufseher wieder genesen und bei der Arbeit. Natürlich schrieb ich meine Mitteilung an Fuchs nun noch einmal und instruierte ihn, wann und wo er am Sonntagmorgen die Leiter an der Mauer anzusetzen hatte. Um Gewissheit zu erlangen, dass die Nachricht ihn auch wirklich erreichte, ließ ich ihn erstmal den Tag drauf vor den Fenstern des Gefängnisses auf und ab schlendern und einen Gassenhauer pfeifen. Als ich die Melodie „An de Eck steiht 'n Jung mit'n Tüdelband" hörte, war ich doch sehr beruhigt. Der Botendienst hatte geklappt, die tausend Mark waren also gut eingesetzt gewesen.

Die gleiche Nacht setzte ich auch Hunde-Robert darüber in Kenntnis, dass ich am Sonntagmorgen um sieben Uhr auszubrechen gedachte. Das Zersägen der Gitterstäbe musste natürlich äußerst vorsichtig und leise vor sich gehen. Wobei nicht so sehr die Wärter zu fürchten waren, als vielmehr Mitgefangene, die aus Neid oder weil sie sich persönliche Vorteile davon versprachen, nur allzu gern bereit waren, einen „Leidensgenossen" zu verraten. Und so ganz lautlos konnte das Zersägen der Eisenstangen nun einmal nicht vor sich gehen.

Ich feilte daher immer dann rasch, wenn um mich herum viel Lärm auf dem Gang herrschte. In der Nacht an den Gitterstäben herumzusägen, wäre dumm gewesen, denn nie war es im Gefängnis ruhiger als gerade dann.

Erschwerend kam hinzu, dass sich die Dreikantfeile, die mir Hunde-Robert hatte zukommen lassen, nicht gerade besonders gut zum Zersägen der mehr als daumendicken Stangen eignete. Fünf Tage blieben mir nur bis zum vorher bestimmten Ausbruchstag. Am besten eignete sich die Zeit der Essensausgabe, das hatte ich schnell spitz. Das Geklapper der Suppenkellen in den großen Töpfen und das der Blechnäpfe und zerbeulten Becher auf den Durchreichluken übertönte meine verräterischen Arbeitsgeräusche. Mein Werk an den Gitterstäben kaschierte ich mit zerkautem Schwarzbrot, sodass die Aufseher durch die Klappe keine Veränderung an ihnen feststellen konnten.

Allerdings rief das wiederum Störenfriede auf den Plan, mit denen ich gar nicht gerechnet hatte. tagsüber hatte ich nun andauernd mit Sperlingen zu kämpfen, die das zerkaute Brot aus der Feilspur herauspickten. Letztlich gewannen sie doch immer gegen mich, weil ich ja jeden Tag für eine Stunde auf dem Innenhof meine Runden in der frischen Luft zu drehen hatte. Danach musste ich alle Spalten rasch wieder neu mit zerkautem Schwarzbrot verschließen.

Am Abend vor dem großen Augenblick nahm ich dann mein eisernes Bettgestell auseinander. Teile davon brauchte ich, um mir damit eine Leiter zu erstellen. Um die langen Stücke Flachblech, worauf die dünne Matratze lag, zu erhalten, musste ich erst einmal rundherum die Stangen zerbrechen. Aber so ganz traute ich meiner Leiterkonstruktion dann doch nicht über den Weg und verknotete noch mein Bettlaken mit der grauen Wolldecke, falls die eiserne Hängeleiter unter meinem Körpergewicht nachgeben sollte. Ohne Leiter ging es aber auf gar keinen Fall. Meine Zelle lag im dritten Stock, und direkt an der Hauswand lagen noch tiefe Kasematten. Ein Sprung hinab hätte tödliche Folgen haben können.

Der Zeitplan musste am Sonntagmorgen exakt eingehalten werden, denn nur zum Wachwechsel um sieben Uhr befand sich keiner der Aufseher im Hof beziehungsweise blickte in den hinab, da alle Wärter sich an der Pforte zur Übergabe sammelten. Das gab uns etwa acht Minuten Zeit für unser Vorhaben. Ja, ich hatte alles generalstabsmäßig vorbereitet!

Pünktlich wie die Maurer pfiff Fuchs die Erkennungsmelodie „An de Eck steiht 'n Jung mit'n Tüdelband", und wenig später lugte sein Kopf schon über den Mauersims. Es dauerte nicht lange, dann saß der Freund rittlings auf der Mauer und zog die Leiter zu sich hoch. Es war nicht leicht, das große Ding allein über den Kopf zu hieven, um das Sprossenteil im Innenhof anzusetzen.

Nun galt es: Ich brach die Gitterstäbe aus der Verankerung. Diese hatten sowieso nur noch an einem seidenen Faden gehangen. Meine beiden Hilfsleitern ließ ich dann an der Hauswand hinab und befestigte sie, so fest ich nur konnte, an den Resten der durchgefeilten Gitterstäbe, schließlich mussten sie gleich mein ganzes Körpergewicht halten.

Dann kletterte ich vorsichtig aus dem Fenster und ließ mich erst einmal ein Stockwerk hinab, verharrte dort auf dem Fenstersims und lugte zu Hunde-Robert in die Zelle hinein:

„Bist du bereit?“

„Klar, König, im Prinzip sind die Stangen durch, aber die brauchen noch einen kräftigen Tritt von außen!“

„Alle Stangen?“

„Nee, nur die beiden mittleren!“

„Dann geh kurz zur Seite!“

So fest ich konnte, trat ich gegen die betreffenden zwei Gitterstäbe. Doch ich konnte treten wie ich wollte, sie gaben kein Stück nach.

Da hatte der Hunde-Robert sich aber kräftig verrechnet.

„Tut mir Leid, alter Freund, ich kann dir leider nicht helfen. Und ich habe nur noch wenige Minuten, bevor hier wieder Aufseher auftauchen.“

„Ja, ich weiß. Scheuner Schiet!“

Zerknirscht, ja eher schon schuldbewusst sah er mich an. Er hatte einfach nicht gut genug vorgearbeitet.

„Man sieht sich!“

„Hoffentlich, König, hoffentlich!“

Meine Leiterkonstruktion hielt. Wohlbehalten erreichte ich den Hof. Ich rannte quer über das Viereck und stieg dann an der vom Fuchs angelegten Leiter die Mauer hoch. Es kostete mich einige Anstrengung, diese danach hochzuziehen und dann auf der anderen Seite an der Außenmauer anzusetzen. Das wenige Essen der letzten Zeit, das ich zum Teil ja auch noch zweckentfremdet hatte, hatte seine Spuren hinterlassen. Ich war körperlich in einem schlechteren Zustand, als ich mir selbst eingestanden hätte.

Als meine Füße endlich das Straßenpflaster berührten, sah ich unweigerlich zur Turmuhr hoch. Es war genau fünf Minuten nach sieben, als ich wieder in Freiheit war. Ich sah zu, dass ich die Ringstraße auf dem schnellsten Weg wieder verließ.

Ich wollte mir nun so schnell wie möglich Büffel vornehmen, hatte der mich doch erst in die Bredouille gebracht, indem er – um sich selbst zu retten – frech vor den Bullen behauptet hatte, ich hätte den Diebstahl ganz allein ausgeführt, er hätte mir die ganzen Waren nur zu einem extrem günstigen Preis abgekauft. Diese feige Ratte! Das konnte ich natürlich auf keinen Fall so stehen und durchgehen lassen.

Zwar konnte das der Untersuchungsrichter so doch allen Ernstes nicht geglaubt haben, aber erst einmal hatte man mich eingelocht und sich alle Zeit der Welt gelassen, denn bisher hatte man mich noch nicht ein einziges Mal zu den Vorgängen verhört.

Aber irgendwie hatte die Obrigkeit mich wohl inzwischen besonders auf dem Kieker, denn keine zwei Tage später klebten schon in ganz Hamburg, aber diesmal sogar in vielen anderen Städten Deutschlands, Plakate, sogar mit meinem Foto versehen. Darauf stand zu lesen:

Zweihundert Mark Belohnung. Der in Barmbecker Verbrecherkreisen bekannte Julius Adolf Petersen, geboren am 7. Oktober 1882, ist in der Nacht vom 22. auf den 23. Dezember 1917 aus dem Untersuchungsgefängnis ausgebrochen.

Ich stand konsterniert vor einem der Plakate. Das war ja ein nettes Weihnachtsgeschenk! Selbst die Personenbeschreibung war sehr exakt. Der Schreck fuhr mir in die Glieder. Ausbrüche aus dem Knast fanden immer wieder statt, aber das waren doch oft viel, viel üblere Buben, die mehrfache Morde auf dem Buckel hatten. Aber bei mir setzte man alle Hebel in Bewegung, mich wieder in die Finger zu kriegen, als ob es keinen schlimmeren Verbrecher auf Erden gäbe als mich, Julius Adolf Petersen.

Das sollte noch weitere Folgen für mich haben, denn so wurde ich geradezu zu einer negativen Berühmtheit, was die Presse natürlich liebend gern aufgriff, ausschlachtete und immens aufbauschte. Bald schob man mir jeden in Hamburg begangenen Einbruch in die Schuhe, ob Ost ob West, ob Nord ob Süd. Dazu hätte ich mich aber in Dutzende Petersens aufteilen können müssen. Wer nur ein bisschen nachdachte, musste sich schon sagen, dass viele Dinge schon vom Zeitablauf her unmöglich machbar gewesen wären.

Ich musste jetzt also mehr als vorsichtig sein, um nicht gleich wieder im Knast zu landen. Ich konnte natürlich auch nicht einfach hingehen und beim Amt um Lebensmittelkarten anfragen, so war das Besorgen von Essen erst einmal das Allerwichtigste für mich.

Außerdem war Weihnachten, wer möchte nicht an Feiertagen auch etwas besonders Leckeres auf dem Teller haben? Fuchs und ich saßen in der geheimen Wohnung und arbeiteten dazu einen Schlachtplan aus.

„Hier in Barmbeck hat das keinen Sinn."

„Stimmt, hier ist Schmalhans Küchenmeister."

„Lass uns mal lieber bei den reichen Pinkeln am Alsterufer suchen."

„Wir können ja erst mal von der Kloppstockstraße in die Hintergärten der hochherrschaftlichen Häuser reinluschern."

„So wird's gemacht!"

Bald schon waren wir an Ort und Stelle.

„Lass uns mal die Speisekammern der Wohnungen mit der Taschenlampe absuchen."

„Die meisten Fenster sind bestimmt mit Eisenstäben gesichert."

„Ja, das sehe ich auch schon."

„Dann lass uns die Kellerfenster beleuchten, vielleicht haben wir da mehr Glück."

Wir krochen noch an den Kellerfenstern entlang, als über uns plötzlich elektrisches Licht in einem Raum eingeschaltet wurde, das grell in den Garten hineinleuchtete. Sofort klebten wir links und rechts an der Wand neben dem Parterrefenster und lugten vorsichtig hinein.

Ich wollte meinen Augen gar nicht trauen. Das war ja geradezu das reinste Eldorado, was sich da vor uns auftat. Die Dame des Hauses entnahm einem Regalbrett gerade zwei Dosen Erbsen. Aber das ganze Regal quoll vor Konservendosen nur so über. Vom Fußboden bis zur Decke, Dosen, Dosen und nochmal Dosen. Und es sollte noch besser kommen. Auf einer Tischplatte thronte ein Fleischbrett, auf dem ein mindestens vier bis fünf Pfund schwerer Schweinebraten zum Aufschneiden parat lag. Daneben gab es auch noch einen fetten Haufen Hackbraten, dessen Gewicht ich nicht einmal richtig schätzen konnte, so viel Fleisch lag da unweit unserer „entzündeten“ Augen. Und das, wo es doch nur sechzig Gramm Fleischration pro Bürger pro Woche gab! Unfassbar! Diese Fleischmassen konnten also nur vom Schwarzmarkt sein!

Das war aber noch nicht alles. In einer großen Glasschüssel lagen mehrere Tafeln Schokolade zum Aufweichen. Wahrscheinlich wollte die Madame so Trinkschokolade herstellen. Mir lief das Wasser im Mund zusammen. Wann verließ die Dame endlich die prall gefüllte Speisekammer? Aber erst einmal schnitt sie sich die Hälfte des Hackhaufens ab. Hoffentlich nahm die nicht auch zu viel von den anderen Sachen mit in die Küche, schoss es mir durch den Kopf. Wir wollten doch auch noch was abhaben. Falsch, wir wollten am liebsten alles haben! Aber auch ein Paket Butter und diverse Konservendosen sollten noch folgen. Dann schaltete sie endlich das Licht der Speisekammer wieder aus und zog die Tür hinter sich zu.

Sofort machten Fuchs und ich uns an die Untersuchung der Eisenstangen. Es gab keine Querstreben, so konnten wir tatsächlich zwei der Stangen auseinanderbiegen. Alle Minute mussten wir uns aber bei der Auseinanderbiegerei abwechseln, so groß war die Kraftanstrengung. Das Fenster war danach dann ein Klacks. Da Fuchs der schmalere von uns beiden war, machte ich die Räuberleiter, damit er in die Speisekammer einsteigen konnte.

Glücklicherweise lagen mehrere leere Kisten in einer Ecke des Raumes, denn wir hatten weder Sack noch Tüte mitgenommen. Eigentlich hatten wir ja auch eher gedacht, wenn es überhaupt etwas zu Essen zu ergattern gab, dieses sofort gierig an Ort und Stelle zu vertilgen. Aber wer konnte denn auch mit solch einer unfassbaren Menge feinster Speisen rechnen?

So wanderte alles in die Kisten, die ich vor mir im Garten abgestellt hatte. Fuchs reichte mir die guten Dinge nach und nach durch die Stäbe. Butter, das Fleisch und Konserven, so viele nur irgendwie in die beiden Kisten hineinpassten. Dann hieß es, nichts wie weg.

Am Esplanadentunnel konnten wir dann ein Taxi ergattern. Zuvor zogen wir natürlich beide unsere Jacken aus und stülpten sie über die Fressalien, damit der Chauffeur nicht zu Gesicht bekam, was wir da in den Kisten mit uns herumschleppten, denn das hätte nur sein Begehr geweckt. Jetzt in den Kriegszeiten hatte eigentlich jeder immer Hunger.

Unsere Gastgeber, bei denen wir untergetaucht waren, hatten noch zwei minderjährige Kinder. Als wir denen dann plötzlich warme Schokolade kredenzten, betrachteten die uns als die Sendboten des Weihnachtsmanns. Die Hausfrau bekam als Weihnachtsgeschenk einige der Konservendosen. Sie konnte ihr Glück gar nicht fassen. Sie saß unendlich lange in ihrem Lehnstuhl und streichelte die Blechdosen, als ob sie eine Schmusekatze vor sich im Schoß liegen hätte.

In dieser Nacht wollte ich auch endlich Helmi und Hatzel besuchen. Tagsüber wäre das natürlich viel zu gefährlich gewesen. Helmi hatte noch gar nicht gehört, dass ich aus dem Gefängnis ausgebrochen war. Aber da ich ja aus der Gefangenschaft pausenlos Briefe an meine Frau geschrieben hatte, fürchtete ich, dass nun die Polizei die Wohnung meiner Familie ständig überwachen würde. Also musste ich das erst einmal genau eruieren.

Mit einem mit Lebensmittel prall gefüllten Rucksack betrat ich so einen Eingang der Häuserzeile, der acht Türen von unserer Wohnung entfernt war. Natürlich kam ich nur unter Zuhilfenahme eines Dietrichs ins Treppenhaus hinein. Über den Dachboden gelangte ich durch eine Luke auf das Dach. Es regnete Bindfäden, wie man bei uns in Hamburg zu sagen pflegt. Dadurch waren die Dachschindeln höllisch glitschig.

So lief ich übervorsichtig die acht Häuser weiter, teilweise musste ich auf allen vieren krabbeln, weil ein aufrechtes Gehen zu gefährlich gewesen wäre, und musste bei unserem Haus dann die Dachluke aufbrechen, da sie von innen verriegelt war, um ins Treppenhaus hinein zu gelangen. Der Durchschlupf war so dreckig gewesen, dass ich inzwischen schwarz wie ein Schornsteinfeger aussah.

Da alle Menschen die Weihnachtstage für gewöhnlich in ihren Familien verbringen, war tatsächlich keine Menschenseele auf der Straße. So war es einfach für mich, beim Spähen durch ein Fenster des Treppenhauses zu bemerken, dass tatsächlich zwei Udl sich gegenüber unserem Hauseingang in der Kälte die Beine in den Bauch standen. Und das an Weihnachten. Die mussten mich ja eigentlich pausenlos verfluchen!

Es war bereits ein Uhr nachts, als ich vor meiner Wohnungstür stand. Natürlich hatte ich meinen Schlüssel dabei, so schloss ich leise auf und schlich in die Wohnung. Helmi schlief so friedlich, dass ich sie nicht aufwecken wollte.

Ich wartete, aber so um fünf Uhr morgens musste ich los, denn ich brauchte die Dunkelheit, um unerkannt zu bleiben. So baute ich die mitgebrachten Lebensmittel zu einer Weihnachtspyramide auf und schrieb auf einen leeren Zettel, den ich in der Kommode vorfand:

Liebste Helmi!

Heute Nacht wachte ich einige Stunden an Deinem Bett. Dabei schaute ich Dir pausenlos in Dein wunderschönes Antlitz. Ich bin bei Nacht und Nebel wieder verschwunden, da ich weiß, dass Du für meine Lage kein Herz hast. Ich bin aus dem Gefängnis ausgebrochen. Verbrenne diese Zeilen, sobald du sie gelesen hast!

In Liebe

Dein Adolf

PS: Frohe Weihnachten!

Auf demselben Weg, den ich gekommen war, kehrte ich in meinen geheimen Unterschlupf zurück. Die nächste Nacht trieb es mich wieder nach Hause. Doch diesmal weckte ich Helmi mit einem sehnsüchtigen Kuss. Sie sah mich an, als ob ich ein wandelndes Nachtgespenst wäre. Und wieder musste ich schmerzlich erkennen, dass wir nie richtig zueinander finden würden, denn vorwurfsvoll quakte sie sofort:

„Ach Adolf, es ist einfach schrecklich mit dir!“

„Meinst du, für mich ist es einfach?“

„Du weißt wohl gar nicht, was ich hier durchmachen muss. Und keiner ist da, der mich richtig bedauern kann.“

Trotz des Disputs holte ich den mickrigen Tannenbaum, den Helmi fürs Fest besorgt hatte, in die Schlafstube und versuchte, ein wenig Festtagsstimmung und Harmonie nachzuholen. Aber aus ihrer Trübsal konnte ich sie nicht herausholen.

„Meine Zukunft sehe ich nur grau in grau vor mir!“

„Es kommen auch wieder andere Zeiten, Helmi!“

„Wie denn, wie denn? Du kannst dich ja nicht einmal offen auf der Straße sehen lassen.“

„Komm doch erst einmal in meine Arme.“

„Und? Ändert das etwas? Nein!“

Schon war es wieder fünf Uhr durch, und ich musste sehen, dass ich in meinen Unterschlupf kam. Bedauernd drückte ich ihr und Hatzel noch je einen Kuss auf die Stirn und machte, dass ich loskam.

Stadtgespräch – Verwegene Flucht

Fuchs und ich hatten zwar noch für ein paar Tage gut zu essen, aber was kam danach? Inzwischen kannte auch ich ja gar nichts anderes mehr, als an den nächsten Einbruch oder Diebstahl zu denken, so besprachen Paul Reinig und ich, was wir denn als Nächstes aushecken könnten.

Wir suchten nach einer Möglichkeit, uns so richtig gesund zu stoßen, sprich es sollte ein besonderer Bruch werden. Wir sondierten alle in Frage kommenden Geschäfte. Unsere Augen fielen schnell auf ein großes Juweliergeschäft in der Gerhofstraße. Wir taxierten die vielen Schmuckstücke – allein in den Schaufenstern in der Auslage lag Ware im Wert für über eine Million Mark. Das waren auch keine Falsifikate, so gut kannte ich mich inzwischen auch schon mit Geschmeide aus. Unsere Beobachtungen zeigten uns aber auch auf, dass die Ware nachts immer komplett in einem Geldschrank verwahrt wurde. Ganz schön mühsam für den Besitzer, jeden Morgen die unzähligen Ketten, Anhänger, Colliers, Ohrringe und Uhren aufs Neue in der Auslage zu drapieren.

In den frühen Abendstunden, nicht weit vor Dienstschluss, sondierten wir das Terrain, vertieften uns aber auch bei der Gelegenheit in all die kostbaren Herrlichkeiten in den Schaufenstern. Dummerweise hatten vier andere Spitzbuben, von denen ich zuvor noch nie gehört hatte, den gleichen Tag am Morgen kurz nach Öffnung des Geschäfts den Juwelierladen leerräumen wollen, nur auf die sehr plumpe und direkte Art und Weise. Sie wollten große Pflastersteine durch die Fensterscheiben werfen, um sich nach dem Bersten des Glases einfach die kostbarsten Stücke zu greifen und abzuhauen. Ein Fluchtauto stand wenige Schritte entfernt bereit. Doch die Polizei hatte vorher von der Sache Wind bekommen und wartete schon auf die vier Ganoven. Gerade, als sie ihre schweren mitgebrachten Steinbrocken aus Jutesäcken herausholten, wurden sie von einer Vielzahl Polizisten umringt und überwältigt.

Davon wussten Fuchs und ich natürlich nichts. Ein Kriminalbeamter hatte aber wohl noch ein paar Fragen an den Ladenbesitzer gehabt und diesen just zur Zeit unserer Ankunft aufgesucht. Gerade als wir unsere Nasen an der Hauptfensterscheibe platt drückten, verließ dieser Kriminalbeamte das Juweliergeschäft wieder. Neben ihm lief wie üblich sein Hund, ein Airdale-Terrier, der zwar nur noch ein Auge hatte, dafür aber wohl eine umso feinere Spürnase. Der Kriminalbeamte hatte überall in der Stadt herumerzählt, wie sein „Prinz“, so hieß der Airdale nämlich, einmal bei einer Verfolgung eines flüchtigen Schurken auf die Außenplattform der Straßenbahnlinie Drei aufgesprungen war, so den Halunken eingeholt und letztlich überwältigt hatte. Diese Räuberpistole glaube ich allerdings bis heute nicht. Wahrscheinlich wollte der Polizist damit nur allen Ganoven Angst und Schrecken vor seinem Prinz einflößen.

Leider kannte der Kriminalpolizist mich vom Sehen, dafür war ich nun in den letzten Jahren zu oft auf irgendwelchen Polizeiwachen zur Vernehmung gewesen.

Er sah mich und schrie schon:

„Ich werd’ nicht wieder, das ist ja der Petersen!“

„Ach du dickes Ei, da ist ja ein Schmiermichel“, rief Fuchs entsetzt und nahm schon die Füße in die Hand.

Der Polizist blies natürlich augenblicklich wie von Sinnen in seine Signalpfeife.

„Los, erst mal in die Königstraße hinein“, warf ich Paul zu.

„Sieh nur auf einmal all die Menschen, König. Hier in der Innenstadt reagieren sogar die Passanten auf die Signaltröte eines Bullen!“

Und so war es auch. Ein Blick zurück zeigte mir, dass wir inzwischen von einer ganzen Meute verfolgt wurden. Fuchs hatte das Pech, dass ein Baum von einem Kerl ihn hinten am Kragen packte. Ein anderer Verfolger versuchte das auch bei mir, aber ich war so geistesgegenwärtig, im Laufen die Knöpfe zu öffnen und schnell aus der Jacke hinauszuschlüpfen, sodass mein Häscher schwer hintenüber fiel. Das war aber nicht so einfach gewesen, wie es sich jetzt anhört, denn ich hatte schließlich meinen schwarzen Stockschirm dabei, den ich blitzschnell zudem von einer Hand in die andere wechseln musste.

Doch da tauchte knurrend das nächste Problem hinter mir auf. Prinz, der Polizei-Airdale, schnappte nach mir und biss mir in die Hacken. Mit dem Absatz meines rechten Lackstiefels keilte ich wie ein Esel nach hinten aus, was zur Folge hatte, dass der Hund wieder von mir ablassen musste.

Anstatt wieder anzugreifen stürzte Prinz sich auf ein leichteres Opfer, nämlich einen meiner unschuldigen Verfolger. Darüber musste ich natürlich schmunzeln, was für'n blöder Hund!.

Ich bog um die Ecke in die ABC-Straße und schrak jäh zurück. Da kam schon eine nächste Horde, die das Geschrei und das Gepfeife mitbekommen hatten, um sich an der Hatz zu beteiligen. Auf die Gleichgültigkeit der Passanten war heutzutage auch kein Verlass mehr!

Schon war auch der Polizist wieder auf dem Plan und schrie, aber noch weit in meinem Rücken:

„Haltet den Kerl, das ist Petersen, der Verbrecherkönig, es gibt zweihundert Mark Belohnung!“

Wenn ganz Hamburg diesen Aufruf mitbekommen hätte, wären es kaum mehr Verfolger gewesen.

„Ich will ihn haben, lasst mich vor!“

„Nein, verschwinde, ich brauche das Geld, ganz dringend!“

Diese übermäßige Gier verschaffte mir wieder etwas Luft, weil keiner dem anderen gönnte, vorneweg zu laufen und sich viele der Verfolger dabei sogar tüchtig in die Wolle kriegten. Dennoch musste ich mehrmals meinen Stockschirm benutzen, um vor allem Schläge mit anderen Regenschirmen abzuwehren. Fast hatte ich es geschafft, da stand nur noch ein gewichtiges Hindernis im Weg. Ein vierschrötiger Kerl stellte sich mitten auf die Straße, beide Arme weit ausgebreitet, als ob er mich gleich liebevoll umarmen wolle. Ich wusste natürlich genau, was der Heini mit mir vorhatte und tat so, als ob ich genau in ihn hineinrennen würde. Im letzten Augenblick warf ich den Schirm links an ihm vorbei, rollte mich über die linke Schulter ab, und bevor der Kerl sich umdrehen konnte, packte ich den Stockschirm wieder und hatte mich schon auf die Beine hochgerappelt und rannte weiter.

So ging das nicht mehr lange gut, sinnierte ich. Viele Hunde sind nun einmal des Hasen Tod. Fieberhaft suchte ich nach einem Ausweg. Da führte mich das Glück gerade an einer weit offenen Tür eines Mehrfamilienhauses vorbei.

Wie der Blitz schoss ich hinein und polterte die Stufen hoch. Drei Stufen auf einmal war gar nichts, wie ein Känguru hüpfte ich über die knarrenden Treppenstufen. Bloß hinauf, hinauf, hinauf! Ich hastete nach dem Boden, wo ich schwer schnaufend verharrte. Nun muss ich dazu sagen, dass die drei Stockwerke des Hauses hell erleuchtet gewesen waren, die Stiege zum Boden hin aber im Dunkel lag.

Das Heer meiner Verfolger machte vor der dunklen Bodentreppe erst einmal Halt. Es ist seltsam, aber Finsternis ängstigt die meisten Leute oder lässt sie zumindest vorsichtig werden.

Der Vierschrötige warnte mich von unten hoch:

„Kommen Sie sofort runter und ergeben sich, sonst eröffnen wir das Feuer!“

Hielt der Heini mich für völlig verblödet? Bei ihm hatte es sich doch eindeutig um einen Zivilisten und keinen Bullen gehandelt, also trug er bestimmt keine Schusswaffe bei sich. Und die anderen Passanten waren doch ganz bestimmt auch nicht bewaffnet. Wenn der Kriminalbeamte dabei gewesen wäre, wäre der ganz anders aufgetreten, also erwiderte ich, meiner Stimme eine bösartige Färbung gebend:

„Kommen Sie ja nicht zu mir rauf, sonst schieße ich die Treppe runter und dann gibt’s Tote!“

Das war genauso gelogen, hatte ich doch gar keinen Revolver dabei, aber das wussten die Passanten doch nicht. Und würde einer so wahnsinnig sein und leichtfertig mit seinem Leben spielen?

Natürlich wartete ich nicht erst ein Ergebnis ab, sondern fuhrwerkte mit einem Dietrich, so leise ich konnte, an der verschlossenen Vorbodentür herum.

Dabei stieß ich pausenlos weitere finstere und markige Drohungen aus, denn die unten Ausharrenden sollten meine Absicht doch nicht erraten, und ich musste das Geräusch des arbeitenden Dietrichs übertönen:

„Den ersten, der auch nur einen Fuß auf die unterste Treppenstufe setzt, spicke ich mit Blei voll!“

Endlich, die Tür war auf! Ich huschte durch den Durchlass auf den Boden. Fast genau in der Mitte stand eine Leiter angelehnt, die zum Dach hinaufführte. Die Luke brauchte ich nur aufzudrücken und schwang mich auf das Dach. Und schon eilte ich von einem Hausdach auf das nächste. Aber das ging nur zwei weitere Häuser gut, dann stand ich vor dem Abgrund, sprich das nächstfolgende Haus hatte ein Stockwerk weniger.

Der angeblich bewaffnete Vierschrötige wollte wohl unbedingt die zweihundert Mark verdienen, denn sein Kopf tauchte hinter mir in der Luke auf.

Glücklicherweise ging am Nebenhaus ein Schornstein an der Stirnwand des Hauses zu mir hoch. Sofort stieg ich den Schornstein hinab. Ich hatte gerade das drunter liegende Dach erreicht, als über mir der Kopf des Vierschrötigen von der höheren Dachkante herunterlugte.

Verdammt, ich musste diesen lästigen Kerl irgendwie loswerden! Zu meinem Glück bestand der Schornstein, den ich gerade bezwungen hatte, nur aus gelben, zusammengesteckten Steingutröhren, die ich jetzt einfach von unten mit den Schuhspitzen wegtrat.

Das stoppte natürlich den einzigen verbliebenen Verfolger, verblüfft sah er auf mein Treiben. Zu seinem und wohl auch meinem Glück hatte er sich noch nicht an den Abstieg gemacht, denn ohne Vorwarnung krachte der ganze Schornstein auf einmal in sich zusammen. Nicht auszudenken, wenn der Vierschrötige beim Fall Schaden genommen hätte oder sogar ums Leben gekommen wäre.

„Ich wünsche noch einen schönen Abend, der Herr“, konnte ich mir nicht verkneifen, ihm ironisch hinterherzurufen, denn er rannte schon zu der Dachluke zurück, um es irgendwie anders zu versuchen, meiner habhaft zu werden.

Ich floh inzwischen weiter. Haus folgte auf Haus. Bestimmt mehr als zehn Häuser ließ ich so hinter mir, fand aber beim besten Willen keinen Weg vom Dach hinunter.

Immer wieder blickte ich glücklicherweise auch zurück, denn ich erschrak nicht schlecht, als keine drei Dächer hinter mir der Vierschrötige wieder auftauchte.

„Das hätten Sie wohl gern gehabt, Petersen“, höhnte er. „Mich werden Sie so schnell nicht los. Ich hole mir die zweihundert Ditscher, darauf können Sie sich verlassen, so wahr ich Claus Clausen heiße!“

Was hatte der für Flausen, dieser Clausen, schoss es mir reimend durch den Kopf. Manchmal spielt einem das eigene Gehirn die verrücktesten Streiche.

Bis an die Hinterhäuser am Gänsemarkt führte nun meine weitere Flucht. Auf einmal gab es kein Dach mehr, auf das ich hätte überwechseln können, und ich stand an der Abschlusskante eines zweistöckigen Hauses. Zeit hatte ich auch nicht, denn Flausen-Clausen folgte mir verbissen weiter von Dach zu Dach nach.

Vor der gähnenden Tiefe gruselte mich ein wenig, aber der Vierschrötige kam näher und näher. Ich musste etwas unternehmen. Ein Kampf hier auf der Schräge und wir wären beide unweigerlich in die Tiefe gerauscht, dafür war der Spielraum hier viel zu beengt. Also hängte ich mich kurzerhand an die Regenrinne und hangelte mich wie ein Affe bis zum Regenrohr hin, das einen Meter entfernt ich die Tiefe ging. Glücklicherweise war die Rinne stabil genug und brach nicht unter meinem Gewicht ab. Doch die Halterung des Regenrohrs war es nicht, denn kaum wollte ich mich am Rohr herunterhangeln, brach es von der Wand ab, und langsam aber sicher beugte sich die Metallröhre in Richtung Innenhof.

Im letzten Augenblick sprang ich auf den Laternenmast über. Ich dachte, es zerreißt meine Lungen, und der Schmerz war so groß, dass ich meinte, ein, zwei meiner Rippen seien angeknackt. Mein Aufprall war so heftig gewesen, dass die Kuppel der Gaslampe, glücklicherweise zur anderen Seite, vom Sockel herabfiel und in tausend Glasscherben zersprang. Die auf das Pflaster schmetternde Regenrinne machte kaum weniger Radau.

Der Vierschrötige schrie mir noch von oben hinterher:

„Petersen, du verdammter Schuft, gönnst mir die zweihundert Piepen nicht, was?“

„Das stimmt“, sagte ich, lupfte höflich den Bowler und machte, dass ich aus dem Hof rauskam, der für mich sonst leicht zur Falle werden konnte. Durch einen Torweg führte mich meine Flucht in die Schwiegerstraße. Hier vermutete mich aber keiner mehr, sie war menschenleer, sodass ich unbemerkt entkam.

Fuchs war von der Polizeistreife sofort in der Kaserne an der Bundesstraße abgeliefert worden, da er ja derzeit Soldat war, also ausschließlich die Militärbehörde für ihn zuständig war. Noch die gleiche Nacht sollte er ins Militärgefängnis nach Spandau verbracht werden. Um elf Uhr in der Nacht sollte der Militärzug vom Sternschanze-Bahnhof abgehen. Deutlich sagte man Paul Reinig, dass man ihn beim geringsten Fluchtversuch sofort erschießen würde und fuchtelte zur Verdeutlichung dieser Worte auch noch mit den geladenen Gewehren vor seiner Nase herum.

Rechtzeitig brach die Militärstreife mit dem inhaftierten Soldaten zum Bahnhof auf. An dem dem Ausgang entgegengesetzten Ende warteten die drei bewaffneten Begleiter mit Fuchs auf das Eintreffen des Fernzuges nach Berlin. Fuchs stand am Ende des Bahnsteigs. Vier Stufen führten zu den Gleisen hinab.

„Ey, ich muss mal strullern!“, maulte Paul die Bewacher an.

„Auch das noch!“

„Soll ich vielleicht in die Hose machen?“

„Feldwebel, lassen Sie ihn doch da einfach kurz die vier Stufen runtergehen und auf die Gleise pinkeln.“

„Stimmt, zur Toilette wäre mir der Weg auch zu weit.“

Fuchs tapste also die vier Stufen auf die Gleise hinab. Just in dem Moment fuhr auf dem Nebengleis langsam ein Güterzug vorbei. Trotz der Eisenfesselung gelangte Fuchs unter einem der langsam rollenden Waggons hindurch auf die andere Seite. Ein Gleis weiter stand ein Zug zur Abfahrt bereit. Hier war es recht ungefährlich, auch darunter wegzutauchen.

Zuerst standen die drei Soldaten starr vor Schrecken, weil sie dachten, Fuchs wäre in den Tod gesprungen. Als der Güterzug aber aus dem Bahnhof hinausgerollt war, sahen sie, dass da kein toter Fuchs lag, sondern dass er ihnen entwischt war, obwohl man ihnen mehr als deutlich eingeschärft hatte, diesen Schwerverbrecher nicht eine Sekunde aus den Augen zu lassen.

Meine Überraschung kann man sich gut vorstellen, als mitten in der Nacht plötzlich jemand an die Tür klopfte. Da gebranntes Kind, öffnete ich nicht so einfach, sondern spähte durch den Türspion. Ich musste mehrmals hingucken, konnte in der Dunkelheit aber nichts erkennen. Da pfiff er wieder den bekannten Gassenhauer „An de Eck steiht ‘n Jung mit’n Tüdelband“, den wir ja schon öfters als Erkennungszeichen benutzt hatten.

Sofort riss ich die Tür auf.

„König, mach mir bloß die blöden Dinger ab!“

Er hielt mir seine Hände entgegen, die in einer Fesselzange steckten.

„Komm in die Küche, da liegt irgendwo ‘ne große Feile herum!“

„Oh, dauert das lange.“

„Sei nicht so ungeduldig, die Dinger sind ja auch aus gutem deutschem Eisen!“

Es war ungeheuerlich, was den nächsten Tag in den Gazetten der Stadt zu lesen stand. Am meisten ärgerte mich, dass ich bei der Flucht vom Juweliergeschäft angeblich wie ein Wilder um mich geschossen hätte, dabei hatte ich überhaupt keine Waffe dabeigehabt. Der „Wilde Westen“ war nun mal durch Karl May bei den Deutschen sehr beliebt, also dichtete man mir eine „Wild-West-Manier“ an, die ich gar nicht besitze. Aber es war noch so einiges mehr dazu gedichtet worden. Mehrere Verfolger hätte ich auf der Flucht brutal niedergeschlagen. Aber der große Held aller Artikel war der Airdale-Terrier „Prinz“, denn er allein hatte den zweiten Schwerverbrecher dingfest gemacht. Und für dessen spätere Flucht auf dem Sternschanzen-Bahnhof konnte der famose Hund ja nun wirklich nichts. Man hätte lieber den Terrier statt der Soldaten als Bedeckung zum Sternschanzen-Bahnhof mitgeben sollen, war unisono der Kommentar.

Wir konnten ja nicht den ganzen Tag in der Bude hocken, außerdem war unser geplanter Coup ja durch einen blöden Zufall vereitelt worden, also mussten wir uns dringend um ein Folgeprojekt kümmern. Und so ging es einen Tag später schon wieder in den Großstadt-Dschungel hinaus.

Andauernd kamen wir auf unserem Weg an Litfass-Säulen, Plakat-Anschlagewänden und Polizeiwachen vorbei. Noch nie schaute ich so oft in mein eigenes Gesicht, wie an diesem Tag. Würde ich alle Male, die ich in meinem Leben in einen Spiegel geblickt habe, zusammenzählen, käme ich wohl auf eine niedrigere Zahl. Nach kurzer Zeit hielt ich einen meiner Dietriche in der Hand, den ich gar nicht mehr weglegte, und, wenn es irgend ging, das heißt uns gerade keiner beobachtete, zerkratzte ich die Fotografien auf den Steckbriefen bis zur Unkenntlichkeit. Paul Reinig amüsierte sich über dieses Treiben:

„Bist ja wie Don Quijote, nur dass die Windmühlenflügel hier Plakate sind.“

„Wusste gar nicht, dass du mal Werke der Weltliteratur gelesen hast!“

„Auch ein Paul Reinig ist mal vor Urzeiten zur Schule gegangen, mein Freund.“

In der Silvesternacht war ich allerdings so guter Stimmung, dass ich am Jungfernstieg mit einem schwarzen Tintenstift eine zehn vor die zweihundert Mark Belohnung malte, sodass dort nun aberwitzige zehntausendzweihundert Mark ausgelobt standen. Dann zierte ich meine Oberlippenpartie noch mit einem mächtigen Zwirbelbart und malte mir eine Clownsnase. Nie hätte ich allerdings für möglich gehalten, dass später tatsächlich einmal für mich so eine hohe Belohnung ausgesetzt sein würde[77].

Es dauerte nicht lange, dann umringen mich Dutzende von Passanten, die sich im wahrsten Sinne des Wortes „königlich“ amüsierten:

„Seht mal, für diesen Clown gibt es eine so hohe Belohnung!“

Wenn die gewusst hätten, dass dieser Clown mitten unter ihnen stand!

„Und wie hässlich der aussieht, nicht?“, sprach ich dreist den Sprecher auch noch an. „Wahrscheinlich schießt der auch sofort, wenn er sich bedrängt fühlt. Ich würde um den lieber einen ganz weiten Bogen schlagen. Ich meine, was will man von so einem Gewaltverbrecher auch anderes erwarten?“

Der Passant sah mir bei meinen Ausführungen die ganze Zeit mitten ins Gesicht, konnte aber zwischen mir und der entstellten Fotografie absolut keine Ähnlichkeit entdecken. Das war ganz schön riskant, was ich da trieb, denn hätte man mich erkannt, wäre ich bestimmt aus der Menschenmenge nicht mehr herausgekommen.

[77] Nach dem Raub im Postamt am 30. September 1920.

Pfingsten – Ausbruch Nr. 2

Die nächsten drei Monate verliefen ziemlich ereignislos. Ich blieb vorsichtig und unternahm nur einige kleine und einfache „Geschäfte“, um irgendwie über die Runden zu kommen. Außerdem gab es noch genug Bekannte, die mir Geld schuldeten, da wollte ich doch noch so nach und nach bei dem einen oder anderen vorsprechen.

Der Winter neigte sich glücklicherweise dem Ende entgegen. Ich bin absolut kein Freund des Winters. Bei meiner Profession sicherlich nicht sonderlich verwunderlich, behinderte die Kälte doch vor allem die Fingerfertigkeit. Schon als Kind habe ich den Winter gehasst, außer das damit verbundene Schlittenfahren, wenn denn mal genug Schnee lag.

Im Graskeller war ich mit einem Schuldner von mir verabredet. Die Spelunke hieß „Helgoland in Sicht“, wobei „Helgoland in Not“ ein viel passenderer Name gewesen wäre, wenn ich mir das Publikum dort besah. Es war eine heruntergekommene Stehbierhalle, wo alle Gestrandeten der Gesellschaft Unterschlupf suchten. Dummerweise hatte ich bei der Zusage zu diesem Ort nicht daran gedacht, dass ich mich so aber, mitten im Zentrum der Stadt, eigentlich genau in die „Höhle des Löwen“ begab, denn nirgends waren die Polizeistreifen öfter anzutreffen, als dicht beim Stadthaus, das ja nun mal das Polizeipräsidium war.

Mein Bekannter bestellte mir nach meinem Eintreten natürlich sofort ein Bier. Ich drängte zwar auf Bezahlung seiner Schulden, was er auch umgehend ausführte, aber so höflich wollte ich natürlich sein, mit ihm zusammen das spendierte Bier noch bei belanglosem Plausch hinter die Binde zu kippen.

Doch diese wenigen Minuten wurden mir zum Verhängnis. Natürlich ohne Vorwarnung stürmten plötzlich acht behelmte Udl in den Laden ein. Durch das Fenster zur etwas höher gelegenen Straße sah ich sofort, dass es keinen Sinn hatte, durch die Eingangstür flüchten zu wollen, denn ich sah vor dem Fenster nur Polizeistiefel, also standen da bestimmt noch einmal so viele Bullen sich die Füße platt, wie gerade das Lokal stürmten.

Ich drängelte mich also nach hinten, was gar nicht so leicht war, denn bestimmt die Hälfte der Gäste hatte schwer was auf dem Kerbholz und wollte den Pickelhauben unbedingt aus dem Weg gehen. Hinten heraus hatte „Helgoland nun im akuten Notstand“ keine Tür, also war die einzige Fluchtmöglichkeit die Toilette im Keller.

Mit roher Ellenbogengewalt bahnte ich mir meinen Weg. Ein Udl packte mich an der Brust. Mit beiden Händen schubste ich ihn dermaßen heftig, dass er in eine Gruppe von „Stammgästen“ hineinfiel, was zumindest verhinderte, dass er irgendwo schwer aufschlug. Aber er musste sich erst einmal berappeln, was mir etwas Zeit verschaffte.

Ich erreichte den Abgang und sprang sogar die letzten sechs Stufen mit einem einzigen Satz hinab, um ein wenig mehr Zeit zu gewinnen, denn natürlich machten sich auch schon mehrere Polizisten zum Kellerabgang auf den Weg.

Ich öffnete die Toilettentür, und das Entsetzen packte mich. Hier gab es nur zwei winzig kleine Fenster, durch die man unmöglich hindurchschlüpfen konnte. Fast mechanisch öffnete ich trotzdem eines der Fenster. Ach ja, die Fenster gingen ja zu allem Übel auch noch zum Fleet hin. Das hätte ja bedeutet, in das lausig kalte Wasser zu springen, wenn ich denn herausgekommen wäre.

Ich saß in der Falle. Grinsend kamen die Udl mit mehreren Mann auf mich zu.

„Tja, das war wohl nichts, was?“

„Man kann nicht immer gewinnen“, bewahrte ich die Contenance.

„Mitkommen, sofort!“

„Das hatte ich mir schon fast so gedacht.“

Der Behelmte kannte mich aber nicht und hatte sich wohl auch die Steckbriefe, die doch all überall hingen, nicht so genau angesehen, denn er blieb ganz entspannt. Hätte er gewusst, dass er gerade Julius Adolf Petersen, den Verbrecherkönig, inhaftiert hatte, hätte er bestimmt anders reagiert.

Das Stadthaus lag ja nicht einmal eine Minute entfernt, so war es nur ein kurzer Marsch. Wegen der vielen Bullen konnte ich nicht so genau zählen, aber mindestens fünf anderen zwielichtigen Gestalten war es wie mir ergangen, sprich man hatte sie einkassiert.

Der Jubel im Polizeipräsidium war groß, als ein Kriminalbeamter, der es schon mehrfach mit mir zu tun gehabt hatte, schrie:

„Mensch, da schleppt ihr ja den Petersen an. Was für ein Fang! Glückwunsch, Kollegen!“

„Petersen, ist das tatsächlich der Petersen?“

Die Bullen hatte eine Aufregung erfasst, als ob Weihnachten oder Kindergeburtstag wäre.

Keine Stunde später war ich schon auf dem Weg zum Untersuchungsgefängnis. Aber ich fühlte mich nun mehr wie ein Galeerensklave als wie ein Inhaftierter. Jetzt tat es bei mir nicht einmal mehr nur die übliche Fesselzange. An jeder Hand hatte noch ein Beamter das eine Ende einer Eisenkette um die Faust gewickelt. Mit dem anderen Ende war ich zusätzlich an den Unterarmen gefesselt. In meinem Rücken hielt ein weiterer Kriminalbeamter auch noch den ganzen Weg über einen gespannten Revolver auf mich gerichtet.

Mein Gefängnisausbruch vor drei Monaten hatte mich in den Augen der Polizeibehörde zu einem gefährlichen Individuum gemacht. Im Knast sollte es mit dieser „liebevollen“ Behandlung weitergehen. Selbst auf der Pritsche wurde mir die Fesselzange nicht abgenommen.

„Es reicht, Petersen, dass Sie uns ein Bett auseinandergenommen haben!“

Ein Aufseher fügte den Worten des Anstaltsleiters noch hinzu:

„Und auch die Gitterstäbe der Zelle sollen diesmal heil bleiben!“

„Ich werde mich bemühen“, erwiderte ich, um a) überhaupt etwas zu sagen und b) das letzte Wort zu behalten.

„All ihre Sachen haben Sie zur Nacht außerdem durch die Klappe zu reichen, sodass nichts außer der grauen Wolldecke da in der Zelle verbleibt."

„Aber der Notdurft-Eimer geht gar nicht durch die Klappe, meine Herren."

„Ach, was ist er doch für ein Witzbold, unser Petersen!", fauchte der Anstaltsleiter grimmig, der mit meinem Humor wenig bis gar nichts anfangen konnte.

Man hatte mir extra eine Zelle gegeben, in der einer meiner Vorgänger das Klosettbecken in Stücke geschlagen hatte. Die Nachbarzelle war leer und hatte ein nigelnagelneues Klosett, aber für den guten alten Petersen fand man einen zerbeulten Blecheimer gerade passend und gut genug.

Als Strafe für meinen Ausbruch im Dezember wurde ich vom Untersuchungsrichter erst einmal zur „Begrüßung" mit vier Wochen Dunkelarrest bei Wasser und Brot bedacht. Die Angst vor meiner Geschicklichkeit muss so groß gewesen sein, dass zusätzlich noch eine Eisenklappe von innen dicht vor mein Fenster geschraubt wurde. Die Zelle lag nun Tag und Nacht vollständig im Dunkeln.

Mir war elend zumute. Ging man so jemals mit einem Tier um? Ich fühlte mich wie ein lebender Leichnam. Aber sonntags gingen die feinen Herren, die sich das ausgedacht hatten, bestimmt in die Kirche, sangen am lautesten das „Halleluja" und spielten sich als gottesfürchtige Menschen auf, wo sie doch unter der Woche den Teufel im Leib hatten. Und durch solche menschenverachtenden Maßnahmen sollten mit dem Gesetz in Konflikt gekommene Mitbürger wieder auf den rechten Weg zurückfinden? Das konnte ich mir beim besten Willen nicht vorstellen.

Jeden Tag führte man mich eine halbe Stunde auf dem Hof herum. Ein bisschen frische Luft gönnte man mir also noch. Apropos frische Luft: In der Zeit wurde auch die Eisenplatte von meinem Zellenfenster abgeschraubt, damit auch meiner Zelle ein gewisser Luftaustausch widerfuhr. Es war jedes Mal wieder wie ein Schock, wenn meine Augen nach der langen Dunkelheit auf das grelle Sonnenlicht trafen. Ich war überrascht, wie lange ich doch dann brauchte, bis ich mich erneut an das Tageslicht gewöhnt hatte.

Morgens und abends erhielt ich zweihundertfünfzig Gramm Rübenbrot, dessen Nährwert ich als sehr gering erachtete. Das Ende vom Lied war natürlich, dass ich total abmagerte. Da man mir nicht einmal das Rasieren erlaubte, wer weiß, was ich mit so gefährlichen Waffen wie Rasierpinsel, Rasierschaum und Rasierer hätte anrichten können, zierte mein Gesicht bald ein Rauschebart, mit dem ich bei den Passionsspielen in Oberammergau hätte mitspielen können. Für die Rolle des Weihnachtsmanns hätte ich ihn erst weiß einfärben müssen.

Mit der Zeit war ich nicht einmal mehr zum Hofgang in der Lage, weil mir vor Kraftlosigkeit und Gleichgewichtsstörungen schwindelig wurde und ich umkippte. Aber irgendwann geht ja alles zu Ende, so auch meine zusätzliche Arreststrafe. Ich kam nach Beendigung der Haftverschärfung im dritten Stock in Einzelhaft. Die Fesselzange blieb aber mein ständiger Begleiter. Weiterhin musste ich auch nachts all mein Hab und Gut den Aufsehern durch die Klappe herausreichen. Außerdem wurde in meiner Zelle nie das Licht gelöscht, und man klemmte die Luke mit einem Holzkeil fest, sodass jeder Wächter jederzeit ungehindert zu mir hineingucken konnte. War das nicht eine famose Privatsphäre?

Der Anstaltsleiter besuchte mich Wochen später, ihm ging mein letzter Ausbruch einfach nicht aus dem Kopf:

„Petersen, zum Essen lasse ich Ihnen die Fesselzange abnehmen, wenn Sie mir sagen, wo sie vor drei Monaten die Feile versteckt hatten."

„Da ist leider nichts zu machen."

„Ich verstehe das einfach nicht. Die Zellen der Häftlinge werden doch regelmäßig gefilzt."

„Leider kann ich Ihnen da auch nicht helfen."

Er lief rot an und brüllte wie am Spieß:

„Was heißt können? Sie … Sie wollen nur einfach nicht, Petersen, Sie sind ein verfluchter Querulant!“

„Jeder ist eben, was er ist.“

„Nun gut, wie Sie wollen, dann bleibt die Fesselzange eben Tag und Nacht an ihren Armen. Viel Spaß, ich muss das ja nicht aushalten!“

Und mit den Worten rauschte er wütend und beleidigt von dannen. Aber er versuchte es noch ein zweites Mal. Da brachte er mich gleich auf die Palme, allein, wie er mich schon mit seinen kalten Augen, unter seiner schief und leger aufgesetzten Mütze hindurch verächtlich beäugte. Natürlich bat ich wieder um Abnahme der Fesselzange, aber da biss ich bei ihm auf Granit.

Nun packte mich eine blinde Wut, und ich schrie ihn an:

„Sie werden schon sehen, was Sie davon haben, dann breche ich eben wieder aus!“

„Petersen, machen Sie sich doch nicht lächerlich. Aber meinetwegen, machen Sie doch, was Sie wollen. Ich habe extra bewaffnete Beamte des Nachts in den Hof gestellt, die Sie mit Freuden auf der Stelle erschießen würden, wenn Sie da die Mauer herabkämen!“

„Aha!“, entfuhr es mir, weil das eine interessante Nachricht war.

„Sie würden also mit Ihrem Leben spielen, nur zu!“

Und wieder rauschte er grußlos aus meiner Zelle. Wenn etwas nicht nach seinem Willen ging, dann war der Anstaltsleiter eine beleidigte Leberwurst und ein unausstehlicher Mensch.

Wenn mir nochmals eine Flucht gelingen sollte, würde der Mann, glaube ich, total durchdrehen. Mich beschäftigten natürlich tagsüber fast ständig Ausbruchsfantasien, aber nachts gelang mir nicht mal das. Ständig grelles Licht, einen groben, kratzenden Häftlingsschlafanzug an, weil ich ja selbst alle meine Klamotten abends abzugeben hatte, und fast stündlich gehässige Wärter, die absichtlich zu mir hereinsahen und hämisch riefen:

„Petersen, huhu, ich bin’s, dein schlechtes Gewissen!“

Dabei hatte ich gar kein schlechtes Gewissen, sondern Schlafmangel, Hunger und Durst quälten mich. Und wenn ich es wagen wollte, abermals die Fliege zu machen, dann musste das was ganz Neues, Ausgefeiltes und gut Überlegtes sein.

Wie beim Schachspiel schob ich alle Spielsteine (Möglichkeiten) in meinem Gehirnkasten hin und her. Aber noch blieb ich zum Schluss immer nur der dumme Bauer. Eines war mir schnell klar, ohne Hilfe von außen würde das sowieso nicht gehen.

Mittlerweile schrieben wir ja bereits das Jahr 1918. Es waren nur noch acht Tage bis zum Pfingstfest. Ich lag in meinem Wachdämmer und wartete auf die nächste Hässlichkeit eines Aufsehers, als ich den wohlbekannten Gassenhauer „An de Eck steiht 'n Jung mit'n Tüdelband" hörte. Um mich zu ärgern, pfiff Paul Reinig aber zunächst „In der Nacht, in der Nacht, wenn die Liebe erwacht"[78]. Als er aber bei seinem zweiten Lied bei „in der annern Hand 'n Butterbrot mit Käs" angekommen war, schoss ich, als ob ich einen Stromschlag bekommen hätte, vom Bettgestell hoch und vergaß, dass ich ja diese verdammte Fesselzange umhängen hatte und schlug daher hart auf dem Zellenboden auf. Da ich mich nicht vernünftig abstützen konnte, wollte ich mir nicht meine Hände brechen.

Mein Zellenfenster ging zum Holstenglacis hinaus. Ich verrenkte mir fast den Hals und starrte auf die Straße runter. Das konnte doch eigentlich nur Fuchs sein, und es war auch so.

Dann verständigten wir uns zumeist pantomimisch, denn hätte ich gesprochen, wäre bestimmt sofort ein Aufseher an der Klappe aufgetaucht. Wir kamen überein, dass er mir bei meiner Flucht helfen wolle. Wir brauchten fast eine halbe Stunde, bis wir uns gegenseitig verstanden hatten. In zwei Tagen würde er wiederkommen, und dann musste ich ihm mitteilen, wie das vonstatten gehen sollte.

---

[78] Das Lied schrieb Jean Gilbert (* 11. Februar 1879 in Hamburg; † 20. Dezember 1942 in Buenos Aires; eigentlich hieß er Max Winterfeld) war ein deutscher Komponist und Dirigent. Das Lied stammt aus der Operette „Die Kino-Königin".

Natürlich ging mein erster Gedanke dahin, ihm irgendwie einen Kassiber zukommen zu lassen. Wie letztes Mal ging es allein schon daher nicht, weil ich arm wie eine Kirchenmaus war. Diesmal hatte ich keinen Tausender in der Tasche. Außerdem schien es inzwischen auch noch der hinterletzte Aufseher auf mich abgesehen zu haben, so war das eh keine gute Idee, es überhaupt zu versuchen, einen von denen zu bestechen. Von den Häftlingen konnte mir auch keiner helfen, es wurde auch keiner die nächsten Tage entlassen, um eine Nachricht weiterzuleiten, und den Anstaltsgeistlichen hatte ich schon einstellungsmäßig die ganze Zeit gemieden. Außerdem widersprach so ein „verwerfliches" Tun sicherlich seiner Einstellung.

Schießen! Ich musste den Kassiber irgendwie auf die Straße schießen. Welches Material eignete sich dafür besonders? Fieberhaft überlegte ich. Als Erstes meine zwei Strumpfbänder. Die ließ man mir ja sogar in der Nacht, weil man die als harmlos erachtete. Was sollte ich damit schon groß anstellen können? Jetzt stellte es sich auch als positiv heraus, dass wir unsere Zellen immer selbst zu putzen hatten. Aus dem Stiel des Handfegers und dem Holzmesser (eines aus Metall hätte man ja als Waffe nutzen können) fummelte ich eine Art Gabelung zurecht, an deren Enden ich dann die Strumpfbänder verknotete. Mit einem Stück Leder von meinem Stiefellatz, für dessen Abreißen ich ewig lange brauchte, verband ich durch Bindfäden die beiden losen Enden der Strumpfbänder. Nun hatte ich ein Katapult, ähnlich deren, die wir damals als Schüler immer benutzt hatten. Doch Erbsen oder kleine Kieselsteine wollte ich damit ganz bestimmt nicht wie früher abschießen.

Mit dem Katapult konnte ich Fuchs meine Kassiber auf die Straße hinausschießen. Natürlich mussten die zuvor beschwert werden. Dazu eignete sich die Anstaltsseife hervorragend.

Nun wird es ja wohl auch Zeit, dass ich meinen Fluchtplan erkläre, den ich mir zurecht gelegt hatte. Im Untersuchungsgefängnis war es üblich, dass ein Häftling, der nachts zu toben anfing, also dem Gefängniskoller erlag, in den Keller, in eine der sogenannten Tobe-Zellen verbracht wurde, damit die anderen Häftlinge nicht weiter durch den Krach belästigt wurden.

Für meinen Trakt lagen die Tobe-Zellen auf der Arreststation. Durch eine Tür gelangte man in einen Tunnel, der die Verbindung mit dem Gefängnisgebäude herstellte. Durch den Tunnel schaffte man alle Gefangenen, die zur Verhandlung oder zur Vernehmung vor Gericht zu erscheinen hatten.

Natürlich ist diese Tunneltür nachts geschlossen, während am Tage jedes Mal ein Gerichtsbeamter die Tür aufschloss, wenn Gefangene den Untersuchungsrichtern und Vernehmungsbeamten vorgeführt wurden.

Fuchs sollte in der Nacht, in der es losgehen sollte, die wir aber noch vereinbaren mussten, vom Stadtgraben aus ins Gerichtsgebäude eindringen, an besagte Tunneltür heranschleichen und aufschließen. Dann musste er zurück auf die Straße und seinen Gassenhauer pfeifen, damit ich wusste, dass alles bereit war.

Doch ganz so leicht war die Arbeit für Paul nicht, denn er musste auf dem Weg sage und schreibe vier Türen aufschließen, bevor er überhaupt an die Tunneltür herankam. Ich zeichnete eine möglichst genaue Bleistiftskizze, denn mich hatte man ja schon so manches Mal ins Gericht geschleppt, und bezeichnete haargenau die Sperrhaken, die er zum Öffnen der jeweiligen Tür brauchte. Aber Paul Reinig stellte meine Anweisungen sowieso nie in Frage, er wusste, dass er sich auf seinen „König“ verlassen konnte. Das machte das Zusammenarbeiten mit ihm so einfach.

Ertönte das vereinbarte, gepfiffene Lied, musste ich in meiner Zelle nur noch völlig ausrasten und den komplett Durchgedrehten spielen.

Wir vereinbarten per Kassiber, dass es in der Nacht von Pfingstsonntag auf Pfingstmontag losgehen sollte, denn da lag und blieb das Gericht wegen des Feiertages verwaist. Um ein Uhr in der betreffenden Nacht sollte er sich durch Pfeifen des Gassenhauers ankündigen. Sobald alle Türen offen waren, sollte er sich wieder unter der Gefängnishauswand aufstellen und „Deutschland, Deutschland über alles pfeifen“, damit nichts durcheinander kommen konnte. Aber vor allem, weil kein Bulle einen Bürger anhalten würde, der so patriotisch war, dass er nachts, die Nationalhymne vor sich hin pfeifend, nach Hause strebte.

Der Pfingstmontag brach an, der Gassenhauer war zu hören. Dann wurden meine Nerven aufs Schlimmste beansprucht. Es wurde zwei Uhr, dann drei Uhr … War Fuchs etwas zugestoßen?

Dann endlich, endlich die Erleichterung: „Deutschland, Deutschland, über alles". Mir fiel ein Mühlstein vom Herzen. Lange war ich nicht mehr so bange gewesen.

Jetzt war ich an der Reihe. Ich schrie unvermittelt los, schmetterte die Fesselzange gegen die Wand und verlangte nach dem Anstaltsleiter.

„Hilfe, ich soll ermordet werden", brüllte ich. „Es ist der Anstaltsleiter, der will mich umbringen. Zu Hilfe, zu Hilfe!" Ich war mir des Unsinns meiner widersprüchlichen Äußerungen schon bewusst. Dann holte ich kurz Luft, um weiter zu schreien: „Warum kommt der Feigling nicht, damit wir das alles in einem ehrlichen Kampf ausfechten können!" Ich dachte mir den größten Blödsinn aus: „Der Anstaltsleiter hat gesagt, dass ich zweihundert Jahre im Untersuchungsgefängnis sitzen soll. Er will mich hier verrotten lassen. Schweine, alles Schweine!"

Es dauerte erstaunlich lange, aber zehn Minuten später kamen drei Beamte der Nachtwache dann doch zu meiner Zelle gestürmt. Aber vor mir hatten sie so viel Angst, dass sie als Verstärkung sogar noch den Unteroffizier des Soldatenflügels herbeigeholt hatten. Im Untersuchungsgefängnis war nämlich während des Krieges extra ein Flügel für Deserteure und Verbrecher unter den Soldaten eingerichtet worden, in dem natürlich auch wiederum nur Soldaten die Bewachung ihrer straffälligen Kameraden übernahmen.

Alle hatten ihre Revolver im Gürtel dabei. Ja, mein Ruf war mittlerweile offensichtlich sensationell.

„Was ist denn mit Ihnen los, Petersen? Geben Sie endlich Ruhe!"

„Zu Hilfe, man will mich umbringen!"

„Blödsinn, hier will keiner Sie umbringen.“

„Doch, der Anstaltsleiter, er ist mein Feind, er hasst mich wie die Pest! Hilfe, Hilfe, Hilfe!“

„Wenn Sie nicht zur Besinnung kommen, Petersen, dann geht's die Treppe runter in den Keller!“

„Halsabschneider, Mörder, Meuchler, Hilfe!“

„Hören Sie doch auf, die Wand zu demolieren!“

„Er wird mich umbringen, ich weiß es.“

Ich schlug immer wilder um mich und hatte genug Spucke im Mund gesammelt, die ich nun wie Schaum vor meine Lippen schob.

Der Wortführer sah sich das Schauspiel nicht länger an, riss mich aus der Zelle und befahl herrisch:

„Los, vorangehen, Petersen, was genug ist, ist genug, die Tobe-Zelle wartet!“

Genau das hatte ich mir ja erhofft, dass sie mich nicht in die Mitte nehmen würden. Aber das Bewusstsein, dass das Gefängnis ringsum verschlossen war, und weil ich nur Unterhose, Unterhemd und Strümpfe am Leibe trug, dazu die Fesselzange um die Hände, ließ sie sich in Sicherheit wiegen.

Sie argwöhnten auch noch nichts, als der kleine Abstand zwischen uns sich vergrößerte. Auf der letzten Treppe angekommen, gab es für mich kein Halten mehr. Ich raste los. Rasch ab durch die Tunneltür und danach durch die drei weiteren von Fuchs geöffneten Türen des Gerichtsgebäudes. Keine Minute später stand ich in den Grünanlagen am Holstenwall, wo mich Paul auch schon grinsend erwartete:

„Mensch König, das hat ja famos geklappt!“

„Deine Vorarbeit war ja auch allererste Sahne!“

„Gelernt ist halt gelernt.“

„Hoffentlich kannst du das mal bald wieder für einen guten Bruch einsetzen.“

„Das wird in der Tat Zeit, da gibt's nichts dran zu rütteln.“

Die Nachtwache nahm mein Lossausen erst gar nicht richtig ernst, denn tobende Spinner neigten oftmals in den Zellen dazu, ziellos hin und her zu rennen, halt wie ein gefangenes Frettchen im Käfig.

Aber als ich durch die Tunneltür verschwand, da mussten die vier sich erst einmal von ihrer Überraschung erholen. Als sie dann endlich zur Verfolgung aufbrachen, war es schon zu spät. Wenn ich auch zugeben muss, dass es kein leichtes Davonlaufen ist, wenn man die Arme nicht hin und her schlenkern kann.

Im dunklen Torweg auf dem Dammtorwall feilte Fuchs mir erst einmal die Fessel entzwei, dass ich die Arme wieder frei bewegen konnte. Den Rest des Eisens würde er sich später vornehmen. Im Torweg wohnte ein alter Droschkenkutscher, dessen verregneter Zylinderhut draußen an der Wand hing, weil er sich seine Wohnung nicht mit dem Wasser des Hutes volltriefen wollte. Den setzte ich nun auf.

Obwohl ich Fuchs in einem meiner Kassiber darum gebeten hatte, Klamotten für mich mitzubringen, hatte er das lieber nicht gemacht, weil er Angst davor gehabt hatte, mit einem auffälligen Bündel nachts durch die Straßen der Stadt zu schleichen. Ich konnte das irgendwie verstehen, denn jeder Udl hätte da sofort eine Personen- und Taschenkontrolle durchgeführt.

Aber was dafür viel besser war, in der Paulinenstraße hatte er für uns eine neue sichere Unterkunft besorgt. Da der Weg vom Holstenplatz zur Paulinenstraße per pedes recht weit ist, begegneten uns bald schon die ersten Passanten auf dem Weg zur Frühmesse oder zur Pfingsttour. In meinem Aufzug blieb mir nur, die Flucht nach vorn anzutreten. Ich spielte mal den Volldeppen, mal einen Clown, wozu meine modische, mehrfarbige Unterhose zumindest gut passte.

In der Eimsbüttler Straße waren es auf einmal eine ganze Passantenschar und eine Revierpatrouille der Polizei, die auf uns aufmerksam wurden. Wir querten das Heiligengeistfeld. Ich hüpfte mit meinem zerknitterten Zylinderhut auf dem Kopf um die Passanten herum, machte Faxen eines Komikers, dass selbst der Schutzmann schallend lachen musste.

„Na, endlich mal ein lustiger Pfingstausflügler“, wieherte er, immer noch mit Tränen in den Augen.

„Nur in Unterwäsche, hat man so was schon mal gesehen.“

„Dafür aber einen vornehmen Zylinderhut auf dem Koppe.“

„Den hat bestimmt der Eiserne Kanzler[79] schon zum Hofball aufgehabt!“

So gelangten wir tatsächlich sicher in den von Fuchs geschaffenen, neuen Schlupfwinkel. Später erfuhr ich von einem meiner Kumpel, der noch immer im Untersuchungsgefängnis einsaß, dass der Anstaltsleiter völlig durchgedreht sein soll, als er von meiner erneuten Flucht hörte. Und das war auch noch eine Flucht mit Ansage gewesen. Der Anstaltsleiter musste trotz seiner Tobsuchtsanfälle leider aber nicht in die Tobe-Zelle.

[79] So wurde Graf Otto von Bismarck (von 1871 bis 1890 erster Reichskanzler des Deutschen Reiches) im Volksmund genannt.

Hausdurchsuchung – Und dann angeschossen

Die Presse überschlug sich natürlich wieder nach dem spektakulären Ausbruch. Jetzt war ich auf einmal nicht mehr der Verbrecher- sondern der Ausbrecherkönig. Naja, König bleibt immerhin König, oder?

Einige Zeitungen schrieben mit Bewunderung, ja mit Ehrfurcht über mich, wegen der Schläue meiner Handlungen. Regierungsnahe Zeitungen hingegen geißelten mich natürlich als unsympathisches Ekel, das wie ein hässliches Geschwür so schnell wie möglich aus der Gesellschaft rausgeschnitten werden müsse. Das Schlimme war, dass mir von diesen Zeitungen jetzt sogar andauernd Morde in die Schuhe geschoben wurden. Petersen, Petersen, Petersen, überall las man meinen Namen und über meine haarsträubenden Taten.

Einbrüche in Offiziersuniform, als uralte Frau verkleidet oder als Postbote, immer war angeblich ich der Täter. Da hätte ich zuerst einmal ein Karneval-Kostümgeschäft ausrauben müssen, um mich andauernd wechselnd auszustaffieren. Am liebsten las ich eines Morgens die Farce, dass ich endlich geschnappt worden sei. Doch einen Tag später kam das Dementi der Zeitung, was ich natürlich bedauerte, hätte mir das doch bestimmt Luft verschafft. Wenn der große Verbrecher- und Ausbrecherkönig nicht mehr sein Unwesen trieb, dann brauchte doch auch die Polizei nicht mehr so aufmerksam zu sein.

Im November 1918 brach dann die Revolution aus. Natürlich wollten mich viele Kreise vor ihren Karren spannen. Ich konnte die Revoluzzer verstehen. Die Belastungen für die Bevölkerung durch den schon vier Jahre andauernden Krieg waren einfach zu extrem geworden. Aber bei vielen, vielen Menschen saß der Schock auch tief, dass das Kaiserreich den Krieg verloren hatte. Viele Sozialisten unter meinen Nachbarn in Barmbeck dachten nun, den Spieß völlig umdrehen zu können, aber das scheiterte am Widerstand des SPD-Führers Friedrich Ebert. War ich nun schon im Krieg nicht als Soldat in den Krieg gezogen, wollte ich es jetzt als „Held der Arbeiterklasse“ freiwillig auch nicht mehr tun.

Lebensmittel waren wegen der Knappheit das Zauberwort der Zeit. Fuchs und ich versuchten, wo wir konnten, Lebensmittel zu schieben oder zu hamstern. Nach wie vor bekam ich keine Lebensmittelkarten, wie denn auch? Tagsüber ließen wir uns so wenig wie möglich auf den Straßen blicken, aber in der Nacht sind ja alle Katzen grau. Nur dann konnten wir auf unsere Lebensmittelraubzüge aufbrechen.

Viele Nächte versuchten wir alles, aber ohne Erfolg.

„Lass uns in die Stiekumbleibe[80] zurückkehren, Fuchs!“

„Mann, König, habe ich vielleicht eine schlechte Laune.“

„Kann ich verstehen, da schlägt man sich ganze die Nacht um die Ohren und wofür?“

„Du, da gleich kommt doch die Borgfelderstraße.“

„Ich weiß.“

„Da soll doch ein besseres Fettwarengeschäft stehen, wollen wir da noch mal kurz nachgucken, ob da vielleicht was zu machen ist?“

„Dann aber rasch, denn es ist schon vier Uhr durch, und es wird ein wunderschöner Sommermorgen, wie das jetzt schon so aussieht.“

„Da sind wir doch schon. Oh, sieh doch nur im Schaufenster, Mann, mir läuft allein beim Anblick schon das Wasser im Mund zusammen, nur die feinsten Leckereien …“

„Bleib entspannt, Fuchs, sind alles nur Attrappen!“

„Was?“ Er presste seine Nase an das Schaufenster. „Verdammt, tatsächlich, nichts davon ist echt. Wie kann man uns nur so auf den Arm nehmen?“

„Aber wer solche feinen Sachen anpreist, der hat die bestimmt auch im Original …“

„Stimmt, nur eben nicht im Schaufenster!“

---

[80] Heimliche Wohnung.

„Lass uns mal hinten gucken, ob wir irgendwie in den Laden reinkommen."

Schon bogen wir um zwei Ecken und besahen uns das Haus von der Hinterfront.

„Das Hochparterre liegt ihm wahrsten Sinne des Wortes zu hoch. Wir brauchen dafür eine Leiter, sonst wird das nichts!"

„Dann los, irgendwo muss doch sowas Sprossentechnisches zu finden sein."

Wir hatten tatsächlich nicht lange zu gehen. Nur zwei Straßen weiter lehnte eine Leiter eines Laternenanzünders, die dieser für die Reinigung der Lampen brauchte, einsam und friedlich an einem Lampenmast. Wir hätten uns vor uns selbst schämen müssen, wenn wir die dünne Kette nicht mit einem einzigen Knack gelöst bekommen hätten. Mit der Leiter waren wir natürlich schnell in das Geschäft im Hochparterre eingedrungen.

Wir waren noch dabei, einen großen Paketkarton mit Butter und vielen anderen Lebensmitteln vollzupacken, er durfte schon so zwanzig Pfund schwer sein, als wir verdächtige Geräusche vernahmen. Sofort verharrten wir wie eingefroren und lauschten. Es dauerte auch nicht lange, dann folgte die Auflösung. Die ganze Zeit hatten uns drei Kriminalbeamte beobachtet, und als wir in das Lebensmittelgeschäft eingestiegen waren, folgten sie uns einfach still und leise nach und hielten uns nun ihre Waffen vor die Nasen.

Hinten war also versperrt. Vorn die Ladentür war ja verschlossen, blieb also nur das Schaufenster mit den vielen Attrappen. Also nichts wie los! Mit zwei, drei Sprüngen hatte ich das Schaufenster erreicht und sprang schon aus dem Ladenlokal in die Auslage hinein. Mit immer größer werdenden Augen gewahrte ich, dass direkt vor dem Schaufenster eine Pickelhaube mit gezücktem Säbel stand.

Aber ich hatte keine andere Möglichkeit. Es gab schließlich keinen anderen Fluchtweg. Mit einem wilden Sprung drang ich mit den Stiefeln voran auf die Schaufensterscheibe ein. Diese gab dieser brachialen Gewalt sofort nach und überschüttete den Säbelträger mit einem Regen aus Glasscherben, sodass er um sein Leben fürchtete und geistesgegenwärtig aus der Gefahrenzone sprang. Ich war überrascht, wie weit die Glassplitter auf die Straße hinausflogen.

Den Augenblick der Verwirrung nutzte ich, floh aus dem nicht mehr vorhandenen Schaufenster auf die Straße und entkam tatsächlich. Fuchs hatten sie aber leider ergriffen.

Tags drauf überschlugen sich die Zeitungen natürlich wieder: *Erneutes Gastspiel von Petersen. Diesmal in einem Fettwarengeschäft. Wieder einmal ist ihm die Flucht gelungen.*

Meinen Partner sah ich erstmal nicht wieder. Fuchs wurde wieder in die Festung Spandau verbracht. Diesmal gelang ihm die Flucht nicht, wie noch vor Monaten auf dem Sternschanzen-Bahnhof. An den Füßen kettete man ihn in der Zelle an die Mauer. Auch Paul Reinig, der Fuchs, galt als Gewohnheits- oder Schwerverbrecher, der einer besonderen Behandlung bedurfte.

Nun musste ich mir also meine Lebensmittel allein beschaffen. Manchmal konnte ich noch mit viel Geld an die gewünschten Dinge herankommen, oft aber, wegen der schlechten Zeit, auch wieder nicht.

Gerade, als ich meinen Lieblingspartner für lange Zeit verloren hatte, kam mein Bruder Arnold aus dem Kriegseinsatz zurück. Fast den ganzen Krieg über hatte er im Schützengraben zugebracht. Zweimal Heimaturlaub war für ihn alles in den letzten Jahren gewesen. Natürlich ging das Kriegsgeschehen nicht ohne heftigere Blessuren für ihn ab. Bei seiner letzten Verwundung war er dann auch noch verschüttet worden und hatte dabei sein Gehör verloren. So war der Fronteinsatz für ihn beendet gewesen, und er wurde nach Schleswig in die Garnison abkommandiert, wo er frische Rekruten auszubilden hatte.

Es erfüllte sein Bruderherz mit Sorge, dass ich immer losziehen musste, um irgendwie an Nahrung zu kommen, so ließ er seine Verbindungen spielen, die mich fortan mit Lebensmitteln versorgten. Eine Meierei schickte gar so viel Butter, dass ich diese Berge unmöglich mit meinen Angehörigen verbrauchen konnte. Was wir in der Familie nicht benötigten, verkaufte ich an eine Jugendgespielin in Eimsbüttel, die dort ein kleines Feinkostgeschäft unterhielt. Ja, selbst die Händler waren heilfroh, wenn sie Ware bekamen, um überhaupt etwas verkaufen zu können. Bei ihr kaufte sogar heimlich die Frau eines Staatsanwalts Butter ein. Ja, so waren die Zeiten!

Da weiterhin steckbrieflich gesucht, konnte ich natürlich kein normales Familienleben führen. Ich war schon froh, wenn ich die Meinen wenigstens mit dem Allernötigsten versorgen konnte. Aber Helmi hatte wohl inzwischen spitz gekriegt, wie ich immer zu dem vielen Geld gekommen war. Das interessierte sie nicht, solange das nicht öffentlich wurde, aber nun, wo Petersen in aller Munde war, bekam sie auf einmal Gewissensbisse und schämte sich sehr. Es war ihr zuwider, als die Ehefrau des Verbrecherkönigs tituliert zu werden. Erstes Anzeichen für ihre Veränderung für mich war, dass ich mitbekam, dass sie nicht mehr mit mir sprach. Die nächste Stufe der Eskalation wurde es, dass sie fast nichts mehr aß und trank. Ja, ihre atemberaubende Schönheit welkte förmlich dahin. Ich war entsetzt, wenn ich nachts über die Dächer zu uns in die Wohnung schlich. Ich konnte dieses Bild des Jammers kaum ertragen. Aber das Allerschlimmste war, dass sie unseren Sohn völlig vernachlässigte.

Das konnte so nicht weitergehen. Ich wollte meine Familie unter Aufsicht wissen. Vielleicht tat ihr ein regelmäßiger Umgang gut. Ich konnte meine Schwester, die gerade frisch geschieden war, davon überzeugen, mit Helmi und Hatzel zusammenzuziehen. Auch wenn ich nichts offiziell machen konnte, hatte ich ja genug funktionierende Verbindungen. Eine mir treu ergebene Witwe, der ich schon so manche Dienste geleistet hatte (bitte keine schlüpfrigen Gedanken!) vermietete mir eine große Wohnung mit zwei Stuben an der Verbindungsbahn. Ich bezahlte auch gleich die Miete für ein Jahr im Voraus, um ihr aufzuzeigen, was für ein potenter Kunde ich immer noch war. Ich hatte schließlich einen Ruf zu wahren, wenn es auch nur der in der Unterwelt war.

Neben der dahinsiechenden Frau, wurde auch Hatzel noch krank. Aber meine gute Schwester Martha fuhr darum extra einmal wöchentlich raus aufs Land, um frische Eier zu hamstern. Doch man musste das schon geschickt anstellen, denn an den Bahnhöfen wurden oft Taschenkontrollen durchgeführt und schon waren die Eier dann wieder weg. Was mich aber mehr erzürnte, dass die sofort auf alle Zeit verschwunden blieben, sprich die Kontrolleure sich die frische Ware für ihren persönlichen Bedarf einsackten und nicht etwa notleidenden Menschen zukommen ließen.

So schärfte ich meiner Schwester ein, wenn sie erwischt werden sollte, nicht einfach die Tasche aufzumachen, sondern den Inhalt gleich auf den Bahnsteig auszukippen. Und tatsächlich geschah es kurz darauf, als sie mit zwanzig frischen Eiern nach Hamburg zurückkam, dass sie aufgefordert wurde, ihre Tasche zu öffnen. Blitzschnell drehte sie die Tasche um, und die zwanzig Eier klatschten auf den Bahnsteig. So wurde wenigstens kein gieriger Gendarm mit unseren Eiern gemästet!

Das Ergebnis war natürlich eine Anzeige wegen Kriegsvergehen. Vor dem Schöffengericht Hamburg kam es zur Verhandlung gegen Martha. Ich verkleidete mich als Postbote, stülpte eine Perücke über, klebte mir einen Schnurbart an und setzte mich mitten in den Zuschauerraum.

Und wer war wohl der Staatsanwalt? Genau der Strolch, dessen Frau in Eimsbüttel bei meiner Jugendgespielin illegal Butter kaufte. Hier aber eine dröhnende Klagerede hielt:

„Nein, nein, die Ausführungen der Angeklagten überzeugen mich nicht. Viele Bürger haben derzeit kranke Angehörige zu Hause und verstoßen auch nicht gegen die Kriegsgesetze. Jeder ehrbare Bürger ist nun einmal in diesen Zeiten gezwungen, sich an die ihm zugeteilten Rationen zu halten. Ich beantrage eine Verurteilung zu nur einer Geldstrafe, da sich die Angeklagte bisher noch nichts zu Schulden kommen ließ."

Das Urteil: Zweihundert Mark Geldstrafe.

Am liebsten wäre ich aufgesprungen und hätte geschrien:

„Du falscher Fuffziger. Lebst selbst wie die Made im Speck, aber die Kleinen kann man ja ruhig hängen!"

Das tat ich selbstverständlich nicht, denn das hätte mich nur meine Freiheit gekostet. Die Frau des Staatsanwalts blieb natürlich auch weiterhin Stammkundin meiner Jugendgespielin in Eimsbüttel. Alles andere hätte mich auch schwer gewundert. Wer verzichtet schon freiwillig auf einen gewissen Wohlstand?

Nach mehreren Wochen strammer Bettruhe kamen Helmi und Hatzel aber wieder auf die Beine. Ich denke, dass ich ein wenig dazu beitrug, denn ich bemühte mich, bei jedem Besuch lustig und fröhlich zu sein, um der negativen Grundstimmung im Hause entgegenzuwirken.

Natürlich hatte ich auch Frieda, zu der ich nie den Kontakt abgebrochen hatte, die Adresse meiner heimlichen Wohnung mitgeteilt. Ihr Helmis Anschrift zu geben, wäre wahrscheinlich nach hinten losgegangen. Das hätte ich Helmi nie erklären können, wenn da auf einmal die gute Frieda aufgetaucht wäre, auch wenn ich, nachdem ich zu meiner Frau zurückgekehrt war, kein eheähnliches Verhältnis mehr mit meiner Frieda führte, außer dass wir immer noch stark freundschaftlich verbunden waren.

Frieda ließ mich also eines Abends für neun Uhr in die Grünanlagen zwischen Luisen- und Hammerweg bestellen. Was sie und ich nicht wussten, war, dass ihre Wohnung in der Auenstraße schon längere Zeit von der Polizei beschattet wurde. Die Bullen hatten ermittelt, dass ich zu Frieda in Beziehung gestanden hatte. Alle meine möglichen Kontakte, die der Polizei bekannt waren, wurden überwacht. Man wollte mich unbedingt wieder fassen.

Die Udl hatten Frieda längst aufgesucht und sie dabei aushorchen wollen. Bei der Gelegenheit hatte man gleich die ganze Wohnung nach mir durchforscht.

Natürlich fragte man sie auch nach meinem geheimen Unterschlupf, aber auf meine brave Frieda konnte ich mich verlassen, die stand felsenfest zu mir. Kein Sterbenswörtchen würde sie den Bullen erzählen.

Grund für dieses Treffen war, dass Frieda mich von den polizeilichen Nachforschungen unbedingt in Kenntnis setzen wollte, hatte sie doch Angst um mich und wollte unbedingt, dass ich weiter in Freiheit blieb.

Ahnungslos verließ sie rechtzeitig vor dem vereinbarten Treffen das Haus, in dem ihre Wohnung lag. Unauffällig folgten ihr zwei Kriminalbeamte, die sich im Hauseingang genau gegenüber versteckt hatten. Da sie auch noch eine Kopfbedeckung mit einem auffälligen weißen Hutband trug, war Frieda weithin gut sichtbar. Das erleichterte den Bullen die Arbeit natürlich ungemein, konnten sie sich doch in weitem Abstand halten, ohne Frieda aus den Augen zu verlieren.

Friedas und mein Treffpunkt war eine dunkelgrün gestrichene Parkbank am Rande der Grünanlage neben einem Sandweg. Ein warmer Wind rauschte durch die tief hängenden Weiden, es war ein lauschiger Sommerabend, genau richtig für einen ausgedehnten Spaziergang.

Ich setzte mich neben Frieda und streichelte ihr zärtlich die Hand. Hingezogen fühlte ich mich ja zu ihr immer noch, aber man kann schließlich nicht auf mehreren Hochzeiten gleichzeitig tanzen. Sehnsüchtig, fast schmachtend sah sie mich an. Ich weiß, dass ihr ein heißer, inniger Kuss viel, viel lieber gewesen wäre, als mein leichtes Tätscheln und Streicheln.

Da hörte ich ein auffälliges Rascheln und ein Knacken im Unterholz, nicht weit von der Bank entfernt. Schlendernde Liebespaare waren hier im Park abends sicherlich etwas Normales, aber wer schlich denn allein zu dieser Zeit durchs Gebüsch und Unterholz? Es war mir auch nicht bekannt, dass ein nordamerikanischer Indianerstamm seine Jagdgründe nach Hamburg verlegt hatte.

Sofort sprang ich auf und hielt auf die auffälligen Geräusche zu. Inzwischen war es schon recht schummrig, sodass ich genau hinsehen musste, um überhaupt etwas erkennen zu können.

Der Mann, der da wenig später aus dem Busch trat, tat das Gleiche und rief mich gleich herrisch an:

„Wer sind Sie?"

„Was geht Sie das denn an? Dann sagen Sie mir doch erst einmal, wer Sie überhaupt sind!"

„Kein Problem. Da, können Sie das erkennen?"

Trotz der aufziehenden Dämmerung war die Polizeimarke in seiner Handfläche nicht zu übersehen. Ich erschrak. Aber das war noch nicht genug. Mit der anderen Hand zückte er aus seiner Jackentasche sofort einen Revolver, den er mir direkt vor die Brust hielt.

Blitzschnell schlug ich die Hand mit dem Revolver hoch, drehte auf dem Absatz um und rannte in Richtung Luisenweg. Der Kriminalbeamte, denn eine Uniform hatte er nicht getragen, verfolgte mich sofort, rauschte aber in eine Hecke, die er in der Dunkelheit nicht gesehen hatte. Ich war mit einem kühnen Satz zuvor drüber weggesprungen.

Da ich nun einige Meter Vorsprung hatte, fühlte sich der Kerl veranlasst, wie ein Wahnsinniger mit seiner Browning hinter mir her zu schießen. Alle Schüsse, die er zur Verfügung hatte, jagte er auf mich ab. Eine der Kugeln flog durch meinen Oberarm, vorbei an allen Muskeln. Der Schmerz ließ mich kurz zusammenknicken. Verdammt, auch das noch!

Dazu schrie der Kriminalpolizist:

„Haltet ihn, haltet ihn!" Und immer atemloser, da er natürlich die Verfolgung wieder aufnahm. „Polizei, herbei, herbei!"

Die Schmerzen im Arm waren höllisch. Der Arm war völlig lahm und gebrauchsunfähig. Glücklicherweise beeinträchtigte das aber meine Beine nicht. Durch aufgeregtes Zurufen im Rücken merkte ich nur, dass ich es inzwischen nicht mehr nur noch mit dem „Heckenschützen", sondern mit einer ganzen Reihe von Verfolgern zu tun hatte.

Ich sah mich um, und da ich hinten keine Augen hatte, stürzte ich über eine Mülltonne. Dummerweise krachte ich genau auf den angeschossenen Arm. Der Schmerz war so grauenhaft, dass ich Sterne sah, aber ich durfte mich nicht meiner Pein hingeben, sonst würden die Häscher obsiegen. Ich rappelte mich mühsam wieder auf.

„Da ist er ja! Drauf, drauf auf ihn, Männer!"

Meine Flucht führte mich nun in die Eiffestraße, dann weiter in den Hammerweg zurück. Eine lose Holzplanke zog mich magisch an. Ich krabbelte unter ihr hindurch und gelangte so in die Hintergärten des Hammerwegs und Dimpfelwegs.

Erst einmal konnte ich verschnaufen. Ich hörte ganz genau, wie mehrere Verfolger mit laut polternden Schritten vorne an der Plankenwand vorbeiliefen. Langsam kletterte ich nun von Garten zu Garten. Ich hielt es für ratsamer, die offenen Straßen zu meiden.

Da leuchteten vor meinen Augen pralle, reife Äpfel. Wie Eva konnte ich der Versuchung nicht wiederstehen und plückte mir eine Handvoll der saftigen Früchte. Wenn schon der Karton mit den Lebensmitteln durch die Flucht zurückgeblieben war, gab es hier für mich wenigstens ein wenig Ersatz. Zu gern hätte ich die Beete um mich nach anderen Früchten der Erde abgesucht, doch dazu konnte ich mir natürlich keine Zeit nehmen. Ich schlich weiter. So langte ich nach einer Stunde an der Hammer Landstraße an und bog in die Schwarze Straße ein, über die ich endgültig verschwand[81].

In meiner geheimen Bleibe blieb mir nichts anders übrig, als allein die Wunde zu reinigen und zu versorgen. Wochenlang war ich gezwungen, den Arm in einer Schlinge zu tragen. Es dauerte mehr als zwei Monate, bis ich den Arm wieder vollständig bewegen konnte. Spaßeshalber bezeichnete ich mich die Zeit über selbst als „Einarmiger Bandit[82]".

Kaum genesen, trieb es mich natürlich wieder auf die Straße. Um weniger aufzufallen, zog ich mir jetzt eine Militäruniform an.

---

[81] Am 1. Juli 1919 stand über den Vorfall aber im Hamburger Fremdenblatt: Bei einer Hausdurchsuchung lieferten sich der aus dem Gefängnis ausgebrochene Petersen und zwei seiner Komplizen ein Feuergefecht mit der Polizei. Dabei wurde Petersen in den Arm geschossen. Das außerordentliche Kriegsgericht verurteilte ihn zu einem Jahr Gefängnis wegen bewaffneten Widerstandes. Die Polizei schrieb in ihren Unterlagen: Petersens Bande blieb ein Jahr ohne Anführer. (Wieder ein Beleg mehr für Petersens mehr als geschönte Lebenserinnerungen, dass er seine Gefängnisaufenthalte nicht alle offen legte).

[82] Eigentlich Geldspielgerät mit Seitenhebel, erstmals gebaut 1889.

Um mich aber nicht mit fremden Federn zu schmücken, nur die eines gemeinen Soldaten. Nicht mal als Gefreiter wollte ich mich fälschlicherweise ausgeben. Ich wollte ja nur, dass die Polizisten keinen genaueren Blick auf mich warfen, dafür die Verkleidung.

Das ging auch eine ganze Zeit lang gut, bis ich eines Abends an der Alster unterwegs war, als mir ein Leutnant mit seiner Angebeteten über den Weg lief. Ich ging, ganz in Gedanken versunken, an ihm vorbei, ohne zu grüßen, was mir sowieso gegen den Strich ging.

Der frischgebackene Offizier wollte sich aber vor seiner Holden aufplustern und schnauzte mich an, kaum dass ich an den beiden vorbei war:

„Soldat, warum grüßen Sie nicht? Hat man Ihnen in Ihrer Einheit nichts beigebracht? Zeigen Sie mir doch mal Ihren Urlaubsschein!“

Ich stellte mich auch noch lässig vor ihn hin, wie neben einen Freund, mit dem ich ein Bier trinken und ein bisschen quatschen wollte. Verdammt, durchfuhr es mich dann, einen Urlaubsscheinhatte ich natürlich nicht. Ich hätte mir einen fälschen lassen sollen, aber daran hatte ich nicht gedacht. Schon brüllte der Leutnant, immer aufgebrachter:

„Wie stehen Sie da überhaupt vor mir? Stellen Sie sich gefälligst vorschriftsmäßig vor einen Höherrangigen, und nehmen Sie die Hacken zusammen!“

Ich sah zu der jungen Frau rüber, die nicht nur schön anzusehen war, sondern der der ganze Auftritt offenbar zuwider war. Das veranlasste mich, einfach ohne Vorwarnung dem Leutnant meine Faust unter das Kinn zu schlagen. Er schlug hintenüber und glitschte mit seinen gelben Glacéhandschuhen durch den Dreck, denn es hatte geregnet, und die Wege waren recht seifig.

Wieder einmal hieß es, die Beine in die Hand zu nehmen. Ich lenkte meine Schritte in Richtung der Gurlittstraße. Der Leutnant wollte aber nicht als Verlierer dastehen, so rappelte er sich auf und jagte hinter mir her. Dabei schrie er aus Leibeskräften:

„Haltet den Kerl! Haltet ihn! Das ist bestimmt ein Deserteur!“

Oh, wie ich diese Rufe in meinem Rücken hasste, dass man mich aufhalten sollte. Ich sauste in die Lange Reihe, da hielt gerade eine Straßenbahn an der Haltestelle. Ich umrundete den Wagen und brüllte selbst:

„Haltet ihn, haltet ihn doch!"

Mein Mitschreien hatte die Passanten natürlich vollständig verwirrt. Wen verfolgten die beiden Soldaten denn da eigentlich? Ich zeigte nur in die Danziger Straße hinein. Und schon rannte die Meute wie eine Hammelherde hinein, ohne dass jemand wusste, wer denn überhaupt ergriffen werden sollte.

Ich war derweil nicht untätig gewesen, blieb aber im Schutz des mich verbergenden Straßenbahnwagens. Langsam schob ich mich an der Längsseite des Waggons nach vorn. Es wollten noch so viele Fahrgäste einsteigen, dass mit einem plötzlichen Losfahren der Bahn noch längst nicht zu rechnen war.

In dem Augenblick, als hinter dem Wagen der Leutnant vorbeischoss, duckte ich mich vor der Fahrerkabine, dass der Lenker der Tram mich nicht sehen konnte, und war so bald am Ursprungspunkt meiner Straßenbahnumrundung angelangt. Der Leutnant rannte aber blindlings hinter der aufgescheuchten Meute her in die Danziger Straße hinein.

Bald hatte der Leutnant eingesehen, dass da gar keiner verfolgt wurde, denn es war weit und breit keine Uniform auf der Straße auszumachen.

Das konnte doch noch brenzlig werden. Ich sah also zu, dass ich in ein Zigarettengeschäft hineinkam. Die Inhaberin kannte ich gut, ihr Mann hatte mit mir schon so manchen Bruch getätigt. Bei ihr in der Küche konnte ich bei einer guten Tasse Kaffee abwarten und nicht Tee, sondern Kaffee trinken, bis der Leutnant das Feld geräumt hatte.

Aber der Vorfall war mir eine Lehre!

Auf der Straße trat ich von nun an als Feldwebel auf. Natürlich nicht im Spielclub, da waren für mich Bowler und Stockschirm nebst einem feinen Anzug weiterhin Pflicht. Ich habe nach dem Vorkommnis auch nie wieder einen Zusammenstoß mit einem anderen Offizier gehabt. Es war eben so: Wenn ein Feldwebel in Gedanken war, dann traute sich kein Leutnant einfach, diesen anzuschnauzen und schon gar nicht, ihn nach dem Urlaubsschein zu fragen.

Auch das noch – Adelig vernarrt!

Kaufmann Plapp kehrte langsam zu seinem normalen Geschäftsleben zurück, wenn auch anfangs nicht ganz freiwillig. Er hatte durch einen Granatsplitter sein rechtes Auge bei einer Schlacht eingebüßt und wurde daher aus der Armee ehrenhaft entlassen.

So eröffnete er als eine der ersten Unternehmungen in Hamburg wieder einen Spielclub. Die alten Gäste, wenn sie denn den Krieg überlebt hatten, stellten sich rasch wieder ein, so natürlich auch die Baronin und ihre Nichte.

Auch Helmi nahm ich gleich an einem der ersten Abende wieder mit, denn sie war ja inzwischen wieder genesen. Das Ambiente bereitete ihr nach all der Entbehrung sichtlich Freude. Aber ihr Verhältnis und Umgang zu mir war ja noch distanzierter und eisiger geworden. Da mir dieser Eisklotz jeglichen Spaß raubte, ging ich immer öfter lieber allein in den Spielclub.

Natürlich waren auch die Baronin und ihre Nichte meistens anwesend. Die Komtesse hieß Elli, ich nenne sie zumindest in meinen Memoiren so, um sie nicht zu kompromittieren. Ihr Blick traf wieder den meinen, wie schon vor Jahren, und unsere Augen blieben viel, viel länger aneinander haften, als es üblich und schicklich ist. Mir wurden jedenfalls die Knie weich.

Komtesse Elli war zweiundzwanzig Jahre alt, also zwei Jahre jünger als meine Helmi. Sie trug brünette Haare und war gertenschlank, von einem sympathischen Ebenmaß. Das Gesicht war eigentlich gar nicht so berauschend, aber wenn sie sprach, dann zeigte sie zwei Reihen schneeweißer, gesunder Zähne, die mich jedenfalls sofort verzauberten.

Ich hatte den Abend den Roulette-Tisch zu leiten und kam so mit ihr mehrfach leicht ins Gespräch, wenn sie mich auf eine noch zu tätigende Auszahlung hinwies. Da sie ja nicht spielte, war sie eine sehr aufmerksame Beobachterin. Ihren Blicken entging wirklich nicht die geringste Kleinigkeit. Als ich den Abend nach Hause schlenderte, hatte ich nur noch ein Gesicht vor meinem geistigen Auge: Ellis!

Am nächsten Abend musste ich meinem Herzen Luft machen und sprach den Kaufmann darauf an.

„Haben Sie die Komtesse schon einmal lächeln gesehen, Herr Plapp?“

„Na, na!“

„Ich bin von ihrem Wesen ganz geblendet. Und gescheit ist sie auch noch.“

„Ersticken Sie lieber solche Gedanken, Herr Petersen. Denken Sie, aus welchem hochwohlgeborenen Hause das Mädchen stammt. Ich sage immer: Schuster, bleib bei deinen Leisten.“

„Ich glaube, ich kann das nicht, ich will das nicht!“

„Verbrennen Sie sich bloß nicht die Finger, Herr Petersen, ich weiß nicht, was die Baronin dazu sagen würde, wenn Sie auf einmal der jungen Komtesse schöne Augen machen. Hüten Sie sich also!“

„Das ist mir ganz egal.“

„Sie meinen es also wirklich ernst?“

„So ernst war mir selten etwas in meinem Leben.“

„Und Ihre wunderhübsche Frau?“

„Was nützt die Schönheit, wenn das Wesen ein Eisklotz ist.“

„So schlimm?“

„Noch viel schlimmer!“

Er schüttelte den Kopf:

„Sie müssen es ja wissen. Na, dann bin ich aber gespannt, wie diese Liebesaffäre wohl verlaufen wird. Aber vergraulen Sie mir ja nicht meine beste Stammkundin, das kann sich unser Club nicht leisten.“

Das konnte ich ihm nicht versprechen, wusste ich doch selbst nicht, wie mir augenblicklich überhaupt geschah. Und nicht immer siegt der Verstand. Da Plapp mich wieder zu seinem stillen Teilhaber gemacht hatte, stand ich natürlich viel mehr im Mittelpunkt und inzwischen im Wechsel mit ihm jeden Abend, den wir geöffnet hatten, am Bakkarat- und Roulette-Tisch.

Da Elli nicht spielte, unterliefen mir absichtlich Fehler, auf die sie mich Abend für Abend aufmerksam machte. Wie sollte ich die hübsche Komtesse sonst zum Reden bringen? Bei jeder Ansprache sah ich ihr tief und immer tiefer in ihre unergründlichen, rehbraunen Augen. Wenn Plapp den Tisch übernahm, sann ich nur, Komtesse Elli irgendeine Frage zu stellen, um noch ein wenig verweilen zu können, die sie jedes Mal auch artig und gescheit beantwortete.

Die Wochen gingen ins Land. Mittlerweile brannte ich lichterloh. Ich musste aufpassen, dass ich meine Frau nicht zu Hause mit Elli ansprach, denn nichts anderes hatte mehr Platz in meinem Kopf. Helmi nahm ich nicht mehr mit in den Club. Meine Ausrede war, dass ich ja sowieso die ganze Zeit nur arbeiten müsste und keine Zeit für sie hätte.

Jetzt, ein Jahr nach dem Krieg, gab es auch wieder Dinge, die 1918 noch völlig unmöglich gewesen wären: Schokolade, richtiger Bohnenkaffee und kein Muckefuck[83], Cognac, Tee, edle Weine und Butterbrote wurden im Erfrischungszimmer gereicht. Wo Plapp all diese Köstlichkeiten herhatte, habe ich lieber nie gefragt. Und wenn, sprach er ja doch nur immer von seinen „guten Beziehungen".

Dort traf ich dann auch eines Tages den jungen Grafen wieder, der jetzt der alte Graf war, da sein Vater zwei Jahre nach meiner Entwendung des Testaments und der Abschrift desselben gestorben war. Obwohl zum Generalstab gehörig, erschien er im Spielclub in Frack und Zylinder. Wir saßen stundenlang im Erfrischungszimmer zusammen und ließen die letzten Jahre Revue passieren. Vor allem seine Schilderung über die Aufregung, als nach dem Tod des Vaters bemerkt worden war, dass das von allen erwartete Testament verschwunden war, amüsierte mich sehr. Auch der Notar war völlig fassungslos gewesen, als er zur Testamentseröffnung schreiten wollte, aber er dieses in seinem Geld-

---

[83] Kaffee-Ersatz aus Malz und Getreide.

schrank nicht wiederfinden konnte. Der Notar schaltete sogar das Gericht ein, aber auch dies brachte natürlich kein Licht ins Dunkel. So musste wohl oder übel die vorige Fassung des Testaments als rechtsgültig erklärt werden und damit wurde mein Freund Besitzer des Schlosses und der umfangreichen Ländereien.

Kaufmann Plapp war manchmal eine fürchterliche Plaudertasche, erzählte er dem Grafen doch von meinen Sehnsüchten nach Komtesse Elli.

„Oh, oh, Herr Petersen, Finger weg, da laufen Sie nur auf einen Kulminationspunkt ihres Draufgängertums zu."

„Ich kann einfach nicht anders, lieber Graf."

„Mein Gott, Petersen, es gibt doch so viele Väter mit schönen Töchtern."

„Aber selten vereinen sich Schönheit und Intelligenz so zur Perfektion wie bei Komtesse Elli."

Der Graf wandte sich an Plapp:

„Ich sehe schon, der Fall scheint in der Tat ein hoffnungsloser zu sein." Dann wieder zu mir: „Rennen Sie nur nicht in Ihr Verderben!"

Die beiden hatten meinen sprühenden Ehrgeiz durch ihre Warnungen nur noch mehr angestachelt. Noch am gleichen Abend fügte es sich, dass ich mit Elli im Erfrischungszimmer ein längeres, anregendes Gespräch führen konnte. Die Baronin bekam davon gar nichts mit, konnte die sich doch nie vom Roulette-Tisch lösen. Pausen kannte die Baronin nicht, wenn der Spieltrieb sie gepackt hatte.

Das Wichtigste war natürlich herauszufinden, was Elli über Standesunterschiede dachte. Aber sie kannte keinen Standesdünkel und schien eher ein Freigeist zu sein. Sie las mit Begeisterung Thomas Carlyle[84], der ja auch ein Liebhaber der neuen deutschen

---

[84] Thomas Carlyle (* 4. Dezember 1795 in Ecclefechan, Dumfries und Galloway; † 5. Februar 1881 in London) war ein schottischer Essayist und Historiker, der im viktorianischen Großbritannien sehr einflussreich war. Thomas Carlyle vertrat einen sozialen Idealismus (die Würde des Einzelnen sollte ver-

Literatur war. Dann fragte ich sie, den Umstand betreffend, der mir seit langem aufgefallen war:

„Warum spielen Sie eigentlich nie?“

„Ich finde es schändlich, Geld zu verspielen, wenn man weiß, wie hart so viele Menschen dafür arbeiten müssen.“

„Aber jeden Abend sind Sie fast hier.“

„Nur, um die Pflicht gegenüber der Tante zu erfüllen.“

„Sie ist eine so exzessive Spielerin und Sie überhaupt nicht, Komtesse.“

„Sie glauben gar nicht, wie oft ich es versucht habe, die liebe Tante vom Spiel abzubringen, aber das schafft, glaube ich, keiner. Das ist ihre einzige Leidenschaft, die ihr im Alter noch geblieben ist, denn weder aus Essen noch Trinken macht sie sich etwas …“

„Und einen Liebhaber hat sie auch nicht.“

„Na, na, Herr Petersen, in dem Alter meiner Tante wäre das auch sehr unschicklich, oder?“

Hingen Gefühle, ob nun der Liebe oder der Lust, wirklich vom Alter ab? Doch das sagte ich lieber nicht, ich wollte es mir mit Elli doch nicht verscherzen.

„Und warum sehen Sie es als Ihre Pflicht an, die Tante zu begleiten?“

„Eines Nachts hat sie nach einem Besuch des Spielclubs ihre Handtasche in der Droschke liegen lassen.“

„Oh, war der Verlust groß, oder hat die Baronin die Handtasche wiederbekommen?“

„Nein, natürlich nicht. Und es waren immerhin etwa zwanzigtausend Mark und einige Bergwerkaktien darin.“

„Ja, es ist erstaunlich, dass Frauen in ihren Handtaschen immer ihr halbes Leben mit sich herumschleppen müssen.“

Über diesen leicht dreisten Einwurf musste sie doch lachen.

„Seitdem sehe ich es als meine Pflicht an, die Tante zu begleiten, damit ihr in ihrer Nervosität wegen hoher Verluste oder, was

---

wirklicht werden) und bekämpfte den Materialismus. Damit war er einer der Ideengeber für verschiedene soziale Bewegungen.

seltener vorkommt, gemachter Gewinne, so etwas nicht noch mal passiert."

„Dann sind diese Besuche hier im Club ja wahrlich kein Vergnügen für Sie."

„Ich freue mich immer auf den Morgen danach, weil ich mich dann allein stundenlang in der Natur aufhalten kann und so wieder zu mir selbst zurückfinde."

Oh, ich hätte sie an mich drücken können, dieses selbstlose Mädchen. Was war das doch etwas ganz anderes als bei meiner Helmi. Gut, ich war Stadtmensch und kein Freund der Natur, aber mit Elli wäre ich auf der Stelle sofort in die allerfinsterste Wildnis aufgebrochen, nur um mit ihr zusammen zu sein.

Ich richtete es so ein, dass ich beim Schließen des Spielclubs künftig Tante und Nichte nach Hause bringen durfte. Ein befreundeter Kutscher, dem ich so einige Male aus der Patsche geholfen hatte, stand immer schon zur Abfahrt parat. Natürlich ging das nicht ganz ohne Geldzahlung an ihn ab, denn der gute Mietkutscher konnte in all der Wartezeit ja schließlich anderweitig kein Geld verdienen.

Das Problem war ja, dass ich nie so genau sagen konnte, wann es losging. Denn es kam auch vor, dass die Baronin schon sehr früh ihr selbst gesetztes Budget verspielt hatte. So half ich Baronin Elisabeth, wie sie mit Vornamen hieß, ich sie aber natürlich nie anredete, so manches Mal mit hohen Geldbeträgen aus, wenn sie zu schnell am Roulette-Tisch ihr mitgebrachtes Geld verzockt hatte.

Ich muss dazu sagen, dass ich oft bis zu zweihunderttausend Mark in bar in meinen Jackentaschen mit mir führte! Mal half ich ihr mit fünfundzwanzigtausend Mark aus, dafür gab sie mir dann unaufgefordert einen Wechsel über dreiunddreißigtausend Mark. Mal schob ich ihr Chips im Wert von fünfzehntausend über den Spieltisch, die sie wortlos mit einem Scheck in gleicher Höhe quittierte.

Natürlich blieb es so nicht aus, dass die Baronin mich eines Tages fragte, woher ich bloß so viel Geld hätte, denn es war ihr schon bewusst, dass das kein Geld der Bank, sprich des Spielclubs, sondern mein privates war. Ich sagte, ich sei Kaufmann und handle mit dem An- und Verkauf von Juwelen. Das nahm sie mir sofort ab. Glücklicherweise machte sie sich aber selbst nicht viel aus Schmuck, andere Damen hätten mich doch sofort mit leuchtenden Augen zum Vorzeigen einer Kollektion aufgefordert.

So war es eigentlich nicht verwunderlich, dass die Baronin mich irgendwann, ob meines galanten Handelns, zum Fünf-Uhr-Nachmittagstee zu sich einlud. Mein Herz machte einen Sprung. Die Komtesse sollte natürlich auch zugegen sein, was mich doch sehr beruhigte.

Nun erfuhr ich auch bei dieser Gelegenheit, dass Elli sogar noch eine Mutter hatte, die mit ihrer verwitweten Schwester, also der Baronin Elisabeth und der Tochter zusammenlebte.

Die Baronin und Ellis Mutter waren in ihren Ansichten aber wie Feuer und Wasser, gegensätzlicher konnte es gar nicht sein, wie Elli mir zuflüsterte. Die Mutter war stockkonservativ und in den Standesdünkeln gefangen, die Tante dagegen sehr liberal. Insofern war ich froh, dass ich zur Baronin und nicht zur Mutter geladen war.

Doch bei der zweiten Einladung war auch Ellis Mutter zugegen. Höflich stellte mich Elli als Kaufmann Fiedler vor. Dazu muss ich sagen, dass Plapp mich unter eben dem Namen im Spielclub eingeführt hatte. Nur, wenn wir unter uns waren, sprach er mich mit meinem wirklichen Namen an. Mein Name war durch die vielen Steckbriefe ja auch in Hamburg und Umgebung wahrlich verbrannt genug. Dass ein Verbrecherkönig den wohlhabenden Spielern das Geld aus der Tasche zog, das wäre bestimmt nicht so gut bei den vornehmen Herrschaften angekommen.

Ich arbeitete manchmal übrigens noch in einem weiteren Spielclub, davon wusste Plapp aber nichts, dort nannte ich mich Krüger, so konnte es auch keine Probleme geben, wenn sich die Spielclubbesitzer einmal durch Zufall untereinander austauschten.

Ellis Mutter zog mich sofort nach dem Genuss von Tee und Kuchen in ihre Privatgemächer, genauer gesagt in ihren eigenen Salon. Sie hatte im wahrsten Sinne des Wortes einen Vogel, äh … eigentlich bei weitem nicht nur einen! In einer goldenen Voliere piepsten dort vor dem Fenster zwei knallgelbe Kanarienvögel munter und aufgeregt vor sich hin, die aber so zutraulich zu der Frau waren, dass sie, als die Tür des Käfigs geöffnet wurde, sofort auf ihren Arm hüpften und dort verweilten, bis sie wieder in ihr goldenes Gefängnis zurückgesetzt wurden.

Aber das war noch nicht alles, was Vögel anging. Dann ging es erst richtig mit den Piepmätzen los! Sie besaß die mit Abstand größte Sammlung an quietschbunten Singvögeln aus Meißner Porzellan, die ich in meinem Leben je zu Gesicht bekommen habe. Was für ein Wahnsinn, dachte ich mir. So irrsinnig viel Geld für solch einen Kitsch auszugeben. Für die bunten Porzellanviecher hatte sie sich extra vier große Glasvitrinen bauen lassen.

Mit den Wochen erkannte ich bei den Tee-Einladungen auch, warum Elli trotz ihrer Schönheit keine Männerbekanntschaften machte. Die Damen ihrer Familie waren beide so reich, dass ihnen einfach kein junger Mann recht war. Der Tante waren die jungen Männer zu dumm und langweilig, der Mutter bei weitem nicht reich genug. So darbte das hübsche Pflänzchen vor sich hin, was mir nun zu Gute kam. Aber die Tante, die Baronin, hatte, was das Thema „zukünftiger Ehemann“ anging, bei der Mutter sowieso kein Mitspracherecht.

Elli selbst schien auf einen heldenhaften Ritter zu warten, der ihr mehr bot als nur Geld. Sie suchte auch das Abenteuer, aber es war bestimmt fast unmöglich, diesem Idealbild zu genügen. Ich konnte mich aber bei ihr in das richtige Licht setzen, wusste ich doch nun, was sie hören wollte. Ich erzählte ihr Räuberpistolen aus meinem angeblichen Soldatenleben, denn die Zeit der Ritter war nun einmal schon lange vorbei, in der Richtung konnte ich ihr nichts vorflunkern. Mit glühenden Augen wollte Elli immer mehr und immer verwegenere Geschichten hören, dass ich mich ob meiner Fantastereien bald schon selbst als überragenden Feldherrn und Schlachtenlenker sah und aufpassen musste, selbst zu behalten, was ich denn so alles erzählt hatte.

Wie kleine Kinder spielten Elli und ich Verstecken, wenn die Tante im Nebenzimmer an ihrem eigenen Roulette-Tisch die verschiedensten Systeme probierte, bis ich mich irgendwann einfach zum ersten Kuss hinreißen ließ. Aber Elli war mir nicht böse, im Gegenteil, so blieb es nicht bei diesem einen Kuss. Ich schwebte im siebten Himmel. Elli liebte mich. Ich sie ja schon lange.

Es war nicht einfach, dann immer wieder nach Hause zurückzukehren. Die Wohnung, in der Helmi, Martha und Hatzel wohnten, kannte die Obrigkeit ja nicht, sodass ich immer öfter zu Hause und nicht in meiner geheimen Bleibe weilte. Fröhlich pfeifend, betrat ich in der Nacht die Wohnung, schon fauchte mich Helmi an:

„Was ist mit dir los, Adolf, dass du hier fröhlich pfeifend und singend mitten in der Nacht unsere Wohnung betrittst?"

„Ich bin eben guter Laune!"

„Wie kannst du guter Laune sein? Jeden Tag lebe ich in der Furcht, dass die Polizei unser Haus umstellt und die Häscher dich in Ketten abführen."

„Diese Wohnung kennen die Bullen doch noch nicht!"

„Bullen, wie abfällig, Adolf, sag bitte Polizisten, wie jeder halbwegs normale Mensch. Und was, wenn sie dich doch schnappen? Dann stehen Hatzel und ich wieder einmal völlig schutzlos da!"

„So ist es aber nicht."

„Dass du überhaupt noch zum Frohsinn in der Lage bist. Dein schlechtes Gewissen müsste dich doch so belasten, dass du kaum noch gehen kannst."

Wer hatte denn eigentlich das meiste Geld aus meinen Brüchen verschleudert? Ich ganz bestimmt nicht! Aber es hatte mit Helmi einfach keinen Sinn. An diesem Tag zerbrach irgendetwas endgültig in mir. Auch ihre zurückgekehrte Schönheit verführte mich nicht mehr. Sie war ja gerade aus dem Bett gestiegen und bei ihrer gestenreichen Rede hatte sich der Ausschnitt ihres weißen

Nachthemds so geweitet, dass ihr voller Busen frei und schwer vor meinen Augen wogte. Noch vor kurzer Zeit hätte mich das fast um den Verstand gebracht, jetzt aber nicht mehr.

Beichte – Oder was erträgt die Liebe?

Ich sehnte den nächsten Abend herbei, denn da traf ich Elli wieder im Spielclub. Allein wie sie mich jetzt ansah, brachte mich schon fast um den Verstand. Ein sehnsuchtsvoller Blick, der mir zeigte, wir waren ein Herz und eine Seele. Elli erwiderte meine Liebe, wie es meine Helmi einfach nie gekonnt hatte. Genau danach hatte ich all die Jahre gesucht. Natürlich brachte ich meine Geliebte nun jeden Abend nach Hause. So oft es ging, besuchte ich sie unter der Woche und war froh, wenn Mutter oder Tante ihren eigenen Vergnügungen nachhingen und wir Zeit für uns allein hatten.

Mein Verlangen wurde mit den Wochen nur stärker, und ich überlegte, wie ich diese Traumfrau enger an mich binden konnte. Wonach ich mich am meisten sehnte, war, alles inklusive meiner Gesinnung mit ihr teilen zu können. Ich machte es mir aber auch damit nicht leicht. Liesbeth aus Dänemark verglich ich mit Helmi und mit Elli. Ich kann nicht sagen warum, aber Frieda tauchte bei diesen Betrachtungen nirgends auf.

Elli forschte mich natürlich immer weiter aus. Sie wollte einfach alles wissen.

„Na, was soll ich groß sagen, Liebste, ich bin Teilhaber im Spielclub, das weißt du ja. Ich bin felddienstunfähig und wegen eines Herzfehlers vom Soldatendienst befreit!"

„Aber du hast mir doch die gefährlichsten Abenteuer aus den Schützengräben während deines Soldatenlebens erzählt?"

„Äh … äh … da … das war, bevor man meinen Herzfehler entdeckt hat. Ich bin eines Tages beim Dienst zusammengebrochen. Aber keine Angst, wenn ich mich körperlich nicht überanstrenge, dann hat das nichts zu bedeuten!"

Innerlich schwitzte ich Bäche von Schweiß. Tja, Lügen haben halt kurze Beine. Ich musste sehr aufpassen, mein Lügengebilde zusammenzuhalten. Vielleicht sollte ich anfangen, meinen Lebenslauf aufzuschreiben, damit ich ihn selbst zur Kontrolle und zum Auswendiglernen nachlesen konnte.

Dann tönte ich, dass ich von einem nicht unbedeutenden Kapital leben würde. Ich hatte gerade noch einmal die Kurve gekriegt, Elli war nicht misstrauisch geworden.

Und auf einmal tauchte Paul Reinig, der Fuchs, wieder auf. Er war ein Gleichgesinnter im Geiste, so war ihm abermals die Flucht aus Spandau gelungen. Er wartete bis Spielschluss vor dem Spielclub und folgte Elli und mir, bis ich sie zu Hause abgeliefert hatte. Das wurde nun sein allabendliches Ritual, er wollte unbedingt wieder mit mir zusammen losziehen und aktiv werden.

So fing er mich auf meinem Nachhauseweg ab, und wir waren schnell wieder ein Herz und eine Seele. Wir verabredeten einen Bruch für die nächste Nacht. Kaum hatte ich mich tags drauf unter vielen Küssen von Elli verabschiedet, da tauchte Fuchs auch schon auf, und wir gingen in Richtung Lombardsbrücke. Beim Schillerdenkmal setzten wir uns auf eine Bank. Unter der Parkbank hatte Fuchs das Geldschrankgeschirr im Erdreich verbuddelt. Rasch grub er das Werkzeug nun aus. Inzwischen war es schon halb zwei. Fuchs hatte einen schwerreichen Geheimrat ausgespäht, dem wollten wir nun einen kleptomanischen Besuch abstatten.

Rasch säuberten wir das Werkzeug mit Papier von der feuchten, schwarzen Erde. Schon lange hatte ich keinen Geldschrank mehr ins Visier genommen. Wir waren noch in unsere Säuberungsarbeit vertieft, als auf einmal eine Dame, von Seiten der Lombardsbrücke kommend, die wenigen Stufen erklomm, die in diese Grünanlage führten. Um diese Zeit eine Frau allein auf der Straße? Wir waren mehr als verblüfft.

Trotzdem hieß das, genau zu beobachten, wohin die Frau ging. Bestimmt wollte sie diesen Platz nur überqueren, aber Pustekuchen. Zielstrebig hielt die Dame genau auf die Bank zu, auf der Fuchs und ich doch gerade schwer beschäftigt waren.

Als sie nur noch wenige Schritte entfernt war, erkannte ich sie natürlich.

„Elli, was machst du denn hier? Ich hatte dich doch vorhin nach Hause gebracht.“

Etwas Gescheiteres fiel mir in meiner Überraschung nicht ein.

„Das möchte ich eher von dir wissen, Adolf, was du hier treibst? Und den Herrn, der neben dir sitzt, habe ich aus der Ferne ja inzwischen auch schon oft genug gesehen. Schließlich hat der dich ja jeden Abend vor meiner Wohnung in Empfang genommen.“ Ach du liebe Güte, das hatte Elli auch spitzgekriegt! „Allein schon die Uhrzeit, zu der ihr euch immer vor dem Anwesen meiner Familie getroffen habt, hat mich schwer irritiert. Heute hatte ich dann die Nase voll von diesen Heimlichkeiten und bin euch bis hierhin gefolgt.“

Ich war völlig überrumpelt. Nachdem ich mich einigermaßen gefasst hatte, bat ich Elli, sich zu uns zu setzen. Ein Blinder mit Krückstock musste sehen, was zwischen Paul und mir da ausgebreitet auf der Sitzfläche der Bank lag. Fuchs bemerkte das zuerst und versuchte, alles Bruchwerkzeug so unauffällig wie möglich unter die Bank zu befördern, machte dabei aber so viel Krach, dass es besser gewesen wäre, er hätte es gelassen. Mit immer größer werdenden Augen sah Elli dem schlechten Schauspiel zu. Dann sprang sie plötzlich auf, packte sich eine Beißzange, die noch nicht den Weg von der Bank zurück aufs Erdreich genommen hatte, fuchtelte damit gefährlich vor meiner Nase herum, sodass ich fast um meine Zähne fürchtete, und sagte zornig:

„Dieses ganze Werkzeug, was soll das? Das musst du mir aber auf der Stelle gründlich erklären!“ Dann wandte sie sich an Paul Reinig:

„Und Sie, mein Herr, gehen jetzt bitte erst einmal eine Stunde an der Alster spazieren.“

Paul versuchte, von mir Zustimmung oder Ablehnung zu erhalten, aber ich konnte meinen überraschten Blick immer noch nicht von der zornigen Elli abwenden. Nach einem Moment der peinlichen Stille besann er sich und tat genau das Richtige. Wie ein

Dieb in der Nacht (ist das nicht schon wieder Ironie in der Ironie?) schlich er sich von dannen.

Kaum waren wir allein, ergriff Elli meine beiden Hände und flehte:

„Und nun mach reinen Tisch, Adolf. Was hat das alles zu bedeuten?“

„Es ist nicht so einfach …“

„Wenn du mich wirklich liebst, dann sag die Wahrheit, sonst ist es zwischen uns aus. Mit Lügen kann und will ich nicht leben.“

„Das sollst du auch nicht, liebste Elli.“

„Egal wie fürchterlich die Gewissheit wird, aber ich lasse mich nicht verdummen.“

Da es mir immer noch schwer fiel, ich nicht richtig wusste, wie und wo ich anfangen sollte, griff sich Elli inzwischen Stück für Stück unseres Geldschrankknacker-Bestecks. Als sie einen Dietrich hochhob, bemerkte sie erregt:

„Adolf, dieses Ding hier, und davon liegen da auf der Bank ja noch eine ganze Reihe, lässt ja wohl keinen Zweifel offen, oder?“

„N … nein, d … damit öffnet man Türen.“

„Ich will, dass du nichts verschweigst, ich will, ja ich muss alles wissen, nur so kann ich dir doch helfen.“

Zuerst versuchte ich es noch mit Ausreden, aber meine Elli war zu schlau. Jede vermeintliche Ausflucht wurde mit einem leichten Klaps an die Schulter oder auf den Hinterkopf bedacht. Irgendwann hatte sie gesiegt, und ich erzählte einfach alles. In einer Offenheit, wie ich noch nie mit einem Menschen zuvor geredet hatte. Die Worte sprudelten nur so aus meinem Mund heraus. Irgendwie war ich erleichtert, dass der Spuk vorbei war. Sich ständig in einer Lügenwelt aufzuhalten ist nämlich ganz schön anstrengend. Außerdem, man kann machen was man will, andauernd meldet sich doch wieder das schlechte Gewissen.

Es wurde bereits hell. Paul war bestimmt schon mehrmals in Richtung Bank zurückgekehrt, um zu sehen, ob er wieder zu mir kommen könne, hatte aber das richtige Gespür dafür gehabt, dass er bei Elli und mir nur stören würde.

Und wo ich schon dabei war, erzählte ich Elli nicht nur meine Knacker-Karriere, sondern beichtete ihr auch gleich Frau und Sohn, wies aber deutlich darauf hin, dass meine Ehe eigentlich seit zehn Jahren einseitig und unglücklich verlief.

Um fünf Uhr morgens war alles gebeichtet und gesagt. Bevor wir zusammen aus dem Grünstreifen aufbrachen, vergrub ich unsere Werkzeuge wieder sorgfältig unter der Bank.

Natürlich wollte ich sie nach Hause bringen. Ich wunderte mich über Ellis Ruhe. Ich hatte ein furchtbares Donnerwetter erwartet oder dass sie mich auf der Stelle in die Hölle wünschte, aber nichts in dieser Richtung geschah. Elli schwieg und blieb in ihre Gedanken versunken. Sie machte keine Anstalten, von der Bank aufzustehen. Gerade für sie, eine adlige Frau aus schwerreichem Hause, mussten meine Erklärungen doch niederschmetternd, ja geradezu erschütternd gewesen sein.

Irgendwann öffnete sie ihren Mund dann doch wieder und fragte mich:

„Hast du einmal darüber nachgedacht, wie das alles mit unserer Liebe vereinbar ist?“

„Elli, ich war eben ehrlich, wie nie zuvor in meinem Leben.“

„Das habe ich doch wohl auch verdient.“

„Aber natürlich habe ich dieses offene Bekenntnis nur in der Hoffnung getätigt, dich dadurch behalten zu können. Hätte ich diese Vorstellung nicht gehabt, hätte ich ja auch einfach weiter lügen können, dass sich die Balken biegen.“

„Das hätte ich bestimmt gemerkt.“

„Bitte, sag mir nun nicht, dass ich es bereuen muss, dass ich dir die Wahrheit gesagt habe.“

„Du hast gut reden. Nie im Leben hätte ich jemals geglaubt, dass so ein vornehm gewandeter Herr ein … ein Gesetzesbrecher ist.“ Dann sprach sie mehr zu sich, was mich eitel hätte machen können: „So ein stattlicher, gut aussehender, schlanker Mann, das schöne blonde Haar, die himmelblauen Augen, das flotte Oberlippenbärtchen … deine immer tadellose Kleidung, stets blank geputzte Schuhe, Bowler und Stockschirm … nie im Leben wäre ich auf dein Doppelleben gekommen. Aber denk doch auch einmal an mich. Ich muss doch auch auf meine Ehre und den Ruf meiner Familie Rücksicht nehmen. Wenn du nur ein wenig Anstand im Leib hättest, dann würdest du jetzt so viel Abstand wie möglich zwischen uns bringen, um mich nicht noch weiter zu diskreditieren."

„Nein, liebste, über alles geliebte Elli. Das kann ich nicht. Verlang nur das nicht von mir. Eine Trennung von dir wäre für mich der sichere Tod. Ich brauche dich, wie ein Verdurstender in der Wüste dringend einen Schluck Wasser benötigt!"

„Schöne Worte."

„Außerdem, ich habe doch gemerkt, wie sehr du Aufregung und Abenteuer liebst. Dir ist die ganze sogenannte vornehme Gesellschaft doch auch im Innersten zuwider. Du langweilst dich doch viel zu oft bei den Deinen. So lass dich einfach mal auf eine Eskapade mit einem Räuberhauptmann ein. Dein Leben ist dann vielleicht viel interessanter, spannender, anregender als nur unter deinesgleichen."

„Ich weiß nicht …"

„Das Schicksal hat es so gewollt, sonst wären wir nicht zusammen. Verstoße mich jetzt nicht einfach, ich liebe dich doch über alles."

„Adolf, bitte nicht." Ich merkte, dass ich genau den richtigen Ton getroffen hatte, dass sie schon am Zaudern war. „Ich mag gar nicht daran denken, wenn du bei uns zum Tee geladen bist, wo doch überall in Hamburg dein Steckbrief aushängt."

„So schlimm kann das doch gar nicht sein, wenn du ehrlich bist, denn du hast meinen Steckbrief noch nie zu Gesicht bekommen."

„Ich laufe ja auch nicht sinn- und planlos in der Stadt herum oder besuche nur so zum Spaß Polizeiwachen, um mir dort Verbrecherfotos zu betrachten. Nicht auszudenken, wenn wir da so Hand in Hand in meiner Wohnung sitzen und du würdest vom Stück Kuchen weg in Fesselzangen vor meinen Augen inhaftiert und abgeführt."

„Bei euch würde die Polizei doch als Allerallerletztes suchen. Wer käme denn schon auf die Idee, dass ich und eine Komtesse ineinander verliebt sind.“

„Ach Adolf, ich sehe immer noch keinen anderen Ausweg als die Trennung.“

„Wenn es gar nicht anders geht, dann soll es so sein, liebste Elli, aber gib mir noch bis Sonnabend Zeit, so lange gehören wir uns noch. Und mit einem großen Knall soll es dann eben enden, wenn du es gar nicht anders willst!“

„Was heißt großer Knall?“

„Ich drehe ein ganz, ganz großes Ding, nur für dich allein, dass du meine unsagbare Liebe zu dir nie vergisst!“

„Was für ein ganz, ganz großes Ding?“

„In der Rabenstraße wohnt ein Geheimrat, der schwerreich ist. In seine Eckvilla will ich einsteigen und all seine Brillanten stehlen, um dich damit wie ein Christbaum zu behängen, Geliebte! Ich will, ich muss dir meine übergroße Liebe irgendwie beweisen.“

„Bist du völlig verrückt geworden? Gerade, indem du nichts Gesetzeswidriges mehr unternimmst, beweist du mir deine große Liebe. Außerdem könntest du auf frischer Tat ertappt werden und was dann? Wie bist du überhaupt auf die Villa des Geheimrats gekommen?“

„Ein Freund von mir war als Feldwebel im Krieg eingezogen. Da hatte er einen Kameraden, mit dem musste er ständig Wache schieben. Irgendwann gingen die normalen Gesprächsthemen aus, so erzählte er von den schrulligen Gepflogenheiten seines ehemaligen Dienstherrn, eines geheimen Oberregierungsrats.“

„Der in der Rabenstraße wohnt.“

„Genau der. Haarklein legte er meinem Freund die Wohnverhältnisse des Geheimrats offen. Das Wichtigste seines Berichts war, dass sich im ersten Stock des Hauses ein ganzes Zimmer befinden soll, das mit einer modernen Tresortür gesichert ist. In dem Zimmer befindet sich aber nicht nur ein Geldschrank, nein, da sollen gleich mehrere Safes stehen. In der Wohnstube an der Wand hängt außerdem ein unheimlich wertvolles Gemälde, das allein schon ein Vermögen wert ist. Und das Tollste, die Herrschaften sind am Wochenende nie zu Hause, weil sie noch ein Schlösschen an der See besitzen."

„Ach, deshalb willst du, dass wir gerade bis zum Wochenende noch zusammen bleiben. Aber wieso erzählte dir der Feldwebel überhaupt davon?"

„Weil er meine wahre Profession kennt."

„Nett ausgedrückt, Adolf. Aber trotzdem, warum? Wollte der Feldwebel bei dem Einbruch mitmachen?"

„Nein, der ist ehrlich bis auf die Knochen, selbst würde der nie einen Einbruch begehen, aber ich habe ihm und seiner Frau schon so manche hübsche Sachen geschenkt …"

„Geschenkt?"

„Ja, kleine Geschenke erhalten schließlich die Freundschaft. Außerdem bin ich auf sogenannte Tippgeber angewiesen, ich kann doch die Bruchadressen nicht alle selber eruieren."

Sie war so gebannt von den Einzelheiten, dass auf einmal gar nicht mehr von Trennung und Abschied die Rede war.

„Und wie willst du das mit der Villa des Geheimrats anstellen?"

„Natürlich ist es nicht klug, es durch die Vordertür zu versuchen. Ich schleiche mich also von der Alsteruferseite in den Garten des Hauses, klettere an einem dicht am Haus stehenden Baum hoch und steige dann auf den Balkon im ersten Stock. Danach bohre ich das Fenster auf und suche die Schlafstube. Die Wahrscheinlichkeit ist am größten, dass dort irgendwo der Schlüssel für die Tresortür zu finden ist. Zweite Möglichkeit wäre noch das Arbeitszimmer des Geheimrats. Eventuell müsste ich den Schreibsekretär aufbrechen, wenn die Safeschlüssel dort in der Schublade liegen sollten. Der Rest ist einfach. Tür aufschließen, allen Schmuck einsacken und dann genauso lautlos verschwinden, wie ich gerade erst gekommen bin."

Gebannt war sie meinen Ausführungen gefolgt. Floss in ihren Adern etwa noch ein wenig Blut ihrer Ahnen, der Raubritter, die sich höchstwahrscheinlich später irgendwann einfach selbst in den Adelsstand erhoben hatten?

Doch dann kamen die Bedenken:

„Aber liebster Adolf, bei dir hört sich das so einfach an wie ein Spaziergang an der Alster, so läuft das doch aber nicht. Bei der Ausführung stirbst du doch bestimmt tausend Tode. Angstgespenster zerren an deinen Nerven, und du musst entsetzliche Seelenqualen aushalten."

Ich wollte ihr jetzt lieber nicht sagen, dass nach über hundert Brüchen, ich konnte schon lange nicht mehr zählen, solche Gefühle oder Gewissensbisse nicht vorhanden waren, sondern sagte lieber:

„Liebste Elli, wenn ich das Samstag für dich, nur für dich tue, dann treibt mich die Liebe, meine unendliche Liebe zu dir. Die wird alle Schreckgespenster vertreiben."

„Wirklich?"

„Du kannst dich darauf verlassen. Sonnabend führe ich die Sache aus, komme, was da wolle!"

„Da wird nichts draus, denn ich lasse dich die ganze Nacht nicht aus den Fingern, dann kann daraus nichts werden."

Aber dann sinnierte sie plötzlich weiter über mein Räuberleben, Schusswechsel, Verhaftungen und abenteuerliche Fluchten. Hatte sie etwa heimlich Rinaldo Rinaldini[85] gelesen und nicht nur Goethe, Schiller oder Lessing?

Plötzlich schaute sie sehnsüchtig auf die Alster, seufzte und sagte:

„Was für ein grausames Verhängnis, welch verfluchtes Schicksal … wo treibst du mich hin … in welcher Hölle hast du es gelernt, mich so in deinen Bann zu ziehen … mich … zum Gehilfen deiner Untaten zu machen?"

---

[85] Rinaldo Rinaldini ist eine literarische Figur aus Christian August Vulpius' Roman „Rinaldo Rinaldini, der Räuberhauptmann", der im Jahr 1798 in Leipzig in drei Bänden erschien und bis in die Gegenwart zahlreiche Neuauflagen erlebte. Er gilt als der erfolgreichste deutsche Räuberroman des 19. Jahrhunderts.

Hatte ich eben richtig gehört? Sprach meine geliebte Elli etwa schon vom Mitmachen? Wollte sie etwa Komplize meines Einbruchs werden?

Ich blieb ruhig. Ihren Kampf zwischen Abenteuer und Liebe auf der einen Seite und Ehre und Anständigkeit auf der anderen Seite, den musste sie schon selbst ausfechten. Da wäre ein Eingreifen meinerseits nur wenig zielführend gewesen. Ich wartete und wartete und wartete.

Plötzlich hob sie ihr liebreizendes Antlitz und bekannte:

„Von dir lassen kann ich nicht und will ich nicht, also ziehen wir die Sache zusammen durch!“

Eine Euphorie erfasste mich, wie ich sie noch nie gekannt hatte. Wenn Elli meine Komplizin beim Bruch wurde, dann besaß ich sie ganz, dann gab es nichts Trennendes mehr. Es wäre dann wie eine Verschmelzung.

Ich sah zur Uhr. Meine Güte, es war schon acht. Wir hatten drei Stunden auf der Bank zusammengesessen.

Ich brachte Elli nun nach Hause, wollte sie aber nicht lange allein lassen, nicht, dass Gewissensbisse sie von ihrem Vorsatz abbrachten, mich auf dem Bruch zu begleiten und sie mich stattdessen doch noch in die Wüste schickte.

Und Glück muss man haben! Als ich am Nachmittag wieder bei ihr eintraf, war sie mutterseelenallein. Sowohl Mutter als auch Tante waren aushäusig und sollten nicht vor zehn Uhr abends zurückkehren.

Schnell lagen wir in Ellis Bett und hatten fünf Stunden nur für uns. Die schlaflose Nacht forderte allerdings ihren Tribut, und so schlummerten wir schnell ein. Glücklicherweise habe ich eine innere Uhr, sodass ich noch rechtzeitig genug wieder aufwachte, denn Mutter und Tante wussten natürlich nichts von unserer Liebe.

Und heimliches Lieben ist umso aufregender und schöner! In ihren Liebesschwüren im Bett beteuerte Elli sogar, auf mich, wenn es denn sein müsste, ewig zu warten, sollte ich irgendwann doch einmal verhaftet werden. Etwas Lieberes hätte sie gar nicht sagen können.

Unfassbar – Eine Komtesse steht Schmiere

Und dann war der große Tag gekommen. Ich machte diesmal eher als üblich im Spielclub Schluss, was mir den Unmut einiger Spieler einbrachte, aber damit konnte ich umgehen, Spielsüchtige fanden nie ein Ende, erst wenn ihr Geld verspielt und auch kein Kredit mehr zu bekommen war. Ellis Tante setzten wir allein ins Auto und schwindelten, die Nacht wäre so lauschig, dass wir zu Fuß folgen würden.

Kaum waren die Rücklichter des Autos aber um die nächste Straßenecke verschwunden, schwenkten wir um und gingen über den Jungfernstieg, die Esplanade, durch den Tunnel auf das Alsterufer zu. Die weithin sichtbare Weltkugel des Grand Hotels[86] leuchtete uns von dem schneeweißen Gebäude entgegen. Die Kirchtürme der Hauptkirchen der Innenstadt hatten gerade die Mitternachtsstunde eingeläutet.

Die Nacht war für Liebende wie geschaffen. Gerade trat aus einem schimmernden Schleier der Vollmond hervor, glänzend und strahlend wie gleißendes Gold. Das Wasser der Alster wurde durch einen warmen, sanften Wind in plätschernde Wellen verwandelt und spiegelte in abertausenden blinkenden Funken das Mondlicht wider. Nur ungern wandten wir uns von diesem traumhaft schönen Naturschauspiel ab. Es blieb aber natürlich nicht aus, dass wir uns zuvor verliebt einige innige Küsse aufdrückten, bevor wir weiterschlenderten.

Paul Reinig war ich die letzten Tage absichtlich aus dem Weg gegangen. Wie sollte ich dem Kumpel erklären, dass ich einen der größten Brüche meiner Karriere ohne ihn durchziehen wollte? Die

---

[86] Das heutige Hotel Atlantic Kempinski Hamburg wurde im Jahr 1909 als Grand Hotel für die Passagiere der Hamburg-Amerika Linie eröffnet. Seit dem 4. Oktober 2010 steht das Gebäude unter Denkmalschutz.

adlige Begleitung hätte ihn sicherlich zudem vollends aus der Fassung gebracht.

Vorsichtig hakte ich, an der Rabenstraße angekommen, noch einmal nach, ob wir es wirklich zusammen angehen wollten. Für mich gab es kein Zurück, und ich wollte sie unbedingt zu meiner Mitwisserin machen.

Ich sah ihre Angst überdeutlich. Meiner Liebsten war ihr Herz auf einmal in die Hose gerutscht, und sie versuchte ein letztes Mal, mich von meinem Vorhaben abzubringen.

„Lass es, Adolf, lass uns doch einfach nur weiter diese wunderschöne Nacht genießen."

„Nein, Elli, mein Entschluss steht felsenfest."

„Du verlierst mich aber, denn ich … ich überstehe das einfach nicht."

„Doch, das wirst du schon."

„Du bringst mich in eine unmögliche Lage. Willst du, dass ich verzweifle? Ich ... ich schlage Lärm!"

„Tu, was du nicht lassen kannst. Sieh einfach nur her."

Mit großen Augen sah sie, wie ich zwei Paar Socken über meine Schuhe zog. Dann nestelte ich eine kleine Taschenlampe, einen Handbohrer und ein Brecheisen aus den Innentaschen meiner Jacke.

„Nein!"

Erbleichend schlug sie das zarte Händchen vor den Mund.

„Wenn du mich den Häschern ausliefern willst, dann musst du jetzt Lärm schlagen! Du kannst dir dann morgen im Stadthaus auch deinen Judaslohn abholen."

Die entschlossene Härte meiner Worte hatte sie vollständig sprachlos gemacht. Mit weit geöffnetem Mund starrte sie mich nur noch sprachlos an. Ja, es ist immer noch ein großer Schritt von einer abenteuerlichen Schwärmerei für Spannung und Gefahr auf der einen zu der knallharten Realität auf der anderen Seite.

Als ich wortlos in Richtung der Villa losging, zerrte sie an meinem Rockzipfel, umschlang mich mit ihren Armen und wollte mich mit heftigsten Liebkosungen von meinem Tun abhalten.

„Bitte bleib, lieber Adolf!“

„Nein, Elli, durch diese Tat heute Nacht will ich dich endgültig an mich ketten. Ich will, dass du ewig mir gehörst. Es gibt jetzt nur noch zwei Möglichkeiten: Mache mit oder liefere mich der Polizei aus!“

„Liebster Adolf, was verlangst du da von mir? Ergreift dich nicht mein aufgelöster Zustand, meine zerrissene Seele? Lade doch keinen Fluch auf dich. Warum nur willst du mich mitschuldig machen?“

„Ich kann nicht anders. Ich kenne nur noch diesen Ausweg. Mache mit, oder ich verliere dich, das weiß ich.“

Eine Weile rang sie mit sich und jammerte:

„Du Scheusal … ich liebe dich doch … ich hasse dich … ich brauche dich …. Warum nur, warum? … ich begehre dich … es ist zum Verzweifeln …“

Dann hatte meine Beharrlichkeit gesiegt. Schluchzend und weinend warf sie sich an meine Brust. Genauso hatte ich es haben wollen, ein Weib, das mir bedingungslos folgte, ob zum Leben oder in den Tod!

Ich nahm sie bei der Hand und führte sie sanft bis zu der Gartenpforte hin, die das Anwesen des Geheimrats hinten begrenzte. Ihr Widerstand war völlig gebrochen, eine Schaufensterpuppe wäre sperriger zu händeln gewesen, als jetzt die junge Adlige.

Als wir an dem Kastanienbaum anlangten, den es für mich zu besteigen galt, wurde ihr Händedruck noch einmal deutlich fester, aber sie sagte kein Wort. Im Mondlicht sah ich aber Panik, Angst und Schrecken in ihren hübschen Gesichtszügen.

Mehrmals flüsterte ich ihr nun zu, dass sie um jeden Preis unter dem Baum stehen bleiben müsse und dass ich, egal was passierte, auf jeden Fall zu ihr zurückkehren würde. Ich hoffte, dass sie aufnahmefähig genug war, meine folgenden eindringlichen Warnungen aufzunehmen, was sie durch ein etwaiges Fehlverhalten alles auslösen konnte.

Sie war offensichtlich nicht mehr in der Lage, etwas zu sagen, da sie aber ohne weitere Aufforderung unter den Baum ging, schien sie sich mit der Situation abgefunden zu haben.

Inzwischen hatten wir es schon zwei Uhr in der Nacht. Die Zeit drängte. Ich musste loslegen. Ich kraxelte die Kastanie hoch. Meine gute Anzughose würde ich bestimmt total versauen, aber dann musste ich mir eben einen neuen Anzug schneidern lassen. Von einem dicken Ast hangelte ich mich auf den Balkon im ersten Stock hinüber. Elli stand weiterhin stockstarr wie eine griechische Götterstatue unter dem Stamm.

Vor dem Fenster gab es eine Außenjalousie, die natürlich wegen der Abwesenheit der Bewohner heruntergelassen war. Ich bog sie so weit vom Fenster weg, dass ich dahinter kriechen konnte. Mit dem Handbohrer hatte ich das Fenster dann schnell aufgebohrt. Immer mal wieder schaute ich zu Elli, aber sie machte den Eindruck, als ob sie weiterhin zur Salzsäule erstarrt war.

Ich stieg durchs Fenster und sah nach dem Anknipsen der Taschenlampe, dass ich im Schlafzimmer des Geheimrats stand. Aber, oh Wunder, hier stand ja nur ein schmales Bett. War die Ehe des Mannes etwa zerrüttet oder schnarchte er nur so stark, dass sein Weib es mit ihm zur Nacht unmöglich aushalten konnte?

Fieberhaft suchte ich alle Gelasse des Schlafzimmers durch, aber nirgends war ein Schlüssel zu finden. Immer wieder hastete ich zwischendurch zum Fenster, um nach Elli zu sehen. Gerade streckte ich mein Ohr wieder durchs Fenster, als ich unverkennbar die Schritte einer Nachtpatrouille vernahm.

In Windeseile war ich wieder zum Baum hinab, um Elli mit der ungewohnten Situation nicht allein zu lassen. Im Schatten des mächtigen Kastanienbaums konnte der Udl uns unmöglich sehen. Ich legte den Arm um Ellis Schultern. Einerseits um sie zu beruhigen, andererseits aber auch, um ihr bei Bedarf schnell die Hand auf den Mund legen zu können.

Der Polizist war aber auch die Ruhe in Person. Minutenlang lehnte er sich gemächlich an das Gartentor und pfiff einen schlüpfrigen Gassenhauer. Ich kannte das Lied sogar: *Oh Theo-*

dor, du kommst mir so verändert vor. Es handelt von einer Frau, die ihrem Mann heimlich nachfolgt und ihn bei seiner Geliebten, ihrer besten Freundin, findet[87].

Der Bulle schien alle Zeit der Welt zu haben. Ich hielt die Luft an. Elli war sowieso zu keiner Regung mehr fähig. Endlich, endlich trollte der Udl sich wieder.

Die ganze Zeit über hatte ich Ellis Hände umfasst gehalten, um sie irgendwie zu beruhigen. Ich wartete noch zehn Minuten, nachdem ich die letzten Trittgeräusche gehört hatte, dann schwang ich mich wieder den Baum hoch und über den Balkon zurück in die Schlafstube.

Über den Korridor betrat ich den Nebenraum, ganz offensichtlich das Schlafzimmer der Dame des Hauses. Ein verwegenes, fast durchsichtiges Negligé zeugte, da offen über einen hohen Lehnstuhl gehängt, davon, dass die gute Frau nur wegen des Schnarchens ihres Göttergatten auf ein eigenes Schlafzimmer bestanden hatte.

Überrascht war ich schon, hier einen Schreibtisch vorzufinden. Hatte sie etwa in dieser Ehe die Hosen an? Ich öffnete die Schubladen und frohlockte. Da lag doch gleich in der zweiten Schublade das Objekt meiner Begierde, der Tresorschlüssel.

Schnell hatte ich auch die entsprechende Tür gefunden und geöffnet. Ich schaltete in dem Raum das Licht an und war leicht erschrocken, wie grell es das Zimmer sofort durchflutete. Damit der Schein nicht in den Garten oder auf die Straße hinausdringen konnte, zog ich rasch die Tresortür an.

Es überraschte mich dann doch, was die Familie Geheimrat so alles in ihrem Tresorraum aufhob. In einem Regal lagen sogar etwa zwei Dutzend Zigarren. Ich wähnte mich schon im Besitz edler Henry-Clee, doch weit gefehlt, der alte Geizkragen rauchte nur die billigsten Kutscherzigarren, was für eine herbe Enttäuschung. Einen Safe brach ich mit meinem Besteck „kalt" auf, denn dafür konnte ich beim besten Willen nirgends einen Schlüs-

---

[87] Text des Liedes: Käthe Freifrau von Broich, Musik: Johannes Richardy (1913)

sel finden, und steckte allen Schmuck, der sich darin befand, ein. Es handelte sich tatsächlich um einen reinen Schmucksafe. Ich malte mir aus, dass die Dame des Hauses den Schlüssel an einem Goldkettchen stets um den Hals trug. Man kommt manchmal aber auch auf die blödesten Gedanken, oder?

Auf den Regalbrettern standen wunderschöne Kristallweinpokale der Tafelglashütte Annathal in Zwiesel, aber wie sollte ich die kostbaren Gläser unbeschadet den Baum hinunterbringen, außerdem war solche Art Ware mir viel zu voluminös.

In einem weiteren Safe lag ein wenig Geld, aber viel weniger als ich mir erhofft hatte. In der Wohnung des Geheimrats musste ich mich ja nicht so beeilen, da das Haus leer war, aber ich durfte natürlich auch wiederum nicht warten, bis es hell wurde. Außerdem musste ich an Elli denken, nicht, dass die draußen noch etwas Unüberlegtes unternahm. Ein rascher Blick ging über die restlichen Borde, aber da gab es nichts mehr, was zum Einstecken reizte, also machte ich, dass ich zu meiner Angebeteten in den Garten zurückkam.

Sie stand immer noch da, als ob sie sich bisher nicht einmal einen Millimeter bewegt hätte. Ich nahm sie bei der Hand und strebte zur Gartenpforte, blickte nach links und rechts, aber die Luft war rein. Wenig später hatten wir die Rabenstraße wieder erreicht. Mir fiel ein Stein vom Herzen, weil alles so glatt gegangen war. Aber der Eisblock neben mir wollte und wollte nicht wieder auftauen. Einige Straßenecken weiter hielt ich es nicht mehr aus, blieb stehen und schüttelte sie sanft an den Schultern.

Ich stöhnte:

„Elli, es reicht, jetzt rede doch wieder mit mir!"

Aber es war nichts zu machen. Wir konnten hier ja keine Wurzeln schlagen, also zog ich sie weiter mit mir mit. Doch im Harvestehuder Weg hatte ich die Nase endgültig voll und platzierte uns auf eine Bank. Ich neckte sie, bettelte abermals, dass sie doch endlich wieder sprechen solle, dann brach das Eis. Sie weinte, dass die Niagara-Fälle nicht mehr Wasser führen können, dann entwichen ihrem Mund mehrere tiefe Seufzer.

„Redest du wieder, liebste Elli?"

„Adolf, du weißt gar nicht, was ich da unter der Kastanie durchgemacht und gelitten habe."

„War es so schlimm?"

„Noch viel, viel schlimmer. Die ganze Zeit über habe ich nur an Flucht gedacht, aber meine Beine haben einfach nicht mitgespielt."

„Du Ärmste!"

„Dann wollte ich wieder schreien, aber meine Stimme hat versagt!"

„Jetzt ist ja alles gut!"

Darauf sagte sie nichts mehr. Ich führte sie jetzt auf dem schnellsten Weg zu ihrem Hause. Ich verließ das Grundstück erst, als sie die Eingangstür hinter sich zugezogen hatte. Mutter und Tante hatten Ellis Fernbleiben nicht bemerkt.

Nun machte auch ich, dass ich nach Hause kam. Um ungestört zu sein, schloss ich mich im Wohnzimmer ein und begutachtete meine Beute. Neben mehreren Ringen mit dicken Klunkern fand sich darunter ein goldenes Armband mit großem Edelstein, eine Perlenkette und noch so einiges an Ohrringen, Ketten und Armreifen.

Die vierreihige Perlenkette, von mit Brillanten besetzten Platinplatten unterbrochen, war das mit Abstand kostbarste Stück der Sammlung. Das hatte die Frau des Geheimrats bestimmt extra für sich anfertigen lassen. Ich hatte ja schon so manches Juweliergeschäft aufgesucht, aber solch ein gutes Stück war mir noch nie in die Hände gefallen.

Als ich Elli damit am Abend behängte, glitzerten ihre Augen. Sie sah im Spiegel wie eine Königin aus.

Aber das Teil war natürlich viel zu auffällig, es handelte sich schließlich um ein Unikat, wie beim meisten Schmuck der Frau Geheimrat, so suchte ich gleich am nächsten Tag meinen Freund Kunz auf, der mir ein neues Perlenhalsband und dazu noch ein Diadem für Elli erstellte. Die Umarbeitung kostete mich keinen

Pfennig, das verrechneten Kunz und ich mit einigen aus anderen Schmuckstücken herausgebrochenen Edelsteinen.

Als ich Elli mit dem neuen Schmuck ansah, lachte sie das erste Mal wieder. Mein Herz hüpfte voller Freude.

Zwei Tage später, die Familie Geheimrat war vom Schlösschen zurückgekehrt, platzte natürlich die Bombe. Das Hamburger Fremdenblatt schrieb auf seiner Titelseite: *Für einhunderttausend Mark Schmucksachen geraubt.* Weiter stand in dem Artikel, dass der geheime Oberregierungsrat 10% Belohnung ausgelobt hatte. Da musste ich doch schlucken. Ich musste nun höllisch aufpassen, denn das weckte sicherlich selbst in der Unterwelt heftiges Begehr.

Umstellt – Wegen fremder Beute

Elli war wieder die Alte. Durch die hohe Beute brauchte ich auch für längere Zeit nicht mehr zu „arbeiten“. Wir zwei Verliebte lebten wie im Rausch. Kein Mensch wusste von unserer Liebe, außer dem Fuchs, Paul Reinig, aber der hielt dicht. Er ärgerte sich schon, dass ich derzeit keine Unternehmungen plante, dafür gab ich ihm aber ein paar verlässliche Freunde meiner Bande an die Hand, denn er gehörte nicht zu den Kerlen, die gern allein auf Bruch gingen.

Durch meine weitreichenden Verbindungen und ein Netzwerk, das ich mir über all die Jahre aufgebaut hatte, hörte ich, dass die Polizei mich auch für den Bruch beim Geheimrat in der Rabenstraße wieder als den maßgeblichen Täter vermutete. Keiner knackt so geschickt „kalt“ wie der Petersen, sagten die Kriminalbeamten zur Begründung. Die Bullen erhöhten nun ihre Aktivitäten, um meiner habhaft zu werden, und änderten dabei ihre Taktik. Perfide war, dass man nun sann, Spitzel einzusetzen, die mich den Bullen verpfeifen sollten.

Das konnte gefährlich werden, so nahm ich meine „Firma“ noch einmal genauer unter die Lupe. Auf wen konnte ich mich felsenfest verlassen? Vermeintlich unsichere Kandidaten schüchterte ich massiv ein, nicht, dass die auf dumme Gedanken kamen. Mein Ruf, auch in der Unterwelt, kam mir natürlich nun zu Gute. Und da alles von der Presse ja über Jahre märchenhaft aufgebauscht war, hatten nicht wenige furchtbare Angst vor dem „Verbrecherkönig“. Wackelkandidaten versorgte ich ständig mit sinnfreien Informationen, die sie aber immer nur auf die falsche Fährte führten, bis diese Kerle keine Lust mehr verspürten, mit mir zu verkehren und die ewige Fragerei bei mir einstellten.

Zu gern hätte ich Mäuschen gespielt, wenn so ein Spitzel die Polizei mehrfach hintereinander umsonst irgendwohin bemüht hatte. Allein die Vorstellung bereitete mir schon viel Spaß, was so einem Handlanger im Stadthaus dann sicherlich blühte. Hatte man sogenannte kleine Fische vielleicht gar mit Straffreiheit geködert, die sich nun ins Gegenteil verkehrte? Mitleid hatte ich mit solchen Verrätern jedenfalls nicht.

Aber es war auch langsam zum Haare ausraufen. Jeder kleine Ganove, der etwas auf sich hielt, schien in Hamburg damit prahlen zu müssen, zum engeren Zirkel der Barmbecker Einbrechergesellschaft zu gehören. Weil die Bullen so nach und nach das Gefühl bekamen, ich hätte hunderte von treuen Gefolgsleuten, sprach man im Stadthaus bald nur noch vom Petersen-Konzern. Einerseits schmeichelte mir das, fühlte ich mich doch wie ein Großindustrieller, auf der anderen Seite machte mir das aber auch Angst. Wenn das so weiter ging, würde mir noch jeder kleinste Diebstahl eines Apfels auf dem Wochenmarkt in die Schuhe geschoben werden. Außerdem, irgendwann sind viele Hunde des Hasen Tod. Im Geiste sah ich schon den ganzen Polizeiapparat in Hamburg nur noch eine einzige Person jagen: Julius Adolf Petersen.

Dem musste ich rasch entgegenwirken. So musste ich umziehen und Hamburg schleunigst verlassen. Natürlich nicht wirklich, sondern ich musste dieses Gerücht nur glaubhaft verbreiten. So erzählte ich so vielen Strolchen, wie ich konnte, dass mir der Boden unter den Füßen in Hamburg zu heiß geworden sei und ich mir daher südlich der Elbe in Harburg, etwas außerhalb der Nachbarstadt Hamburgs, eine prächtige Villa gekauft hätte.

Durch meine Kontakte in den Polizeiapparat hinein erfuhr ich, dass das Stadthaus nur wenige Tage später schon die Kollegen in Harburg alarmierte, dass der allerschlimmste Schwerverbrecher Deutschlands nun in ihren Einzugsbereich gezogen sei.

Just zu dieser Zeit passierte in Buxtehude ein Raubmord. Da Buxtehude wiederum dicht bei Harburg liegt, lag ja nahe, wer dieser Mordbube nur gewesen sein konnte: Julius Adolf Petersen. Die Zeitungen bauschten den Fall, wie ich es ja schon kannte, noch auf. Demnach war meine Täterschaft eindeutig, da ich im Krankenhaus in Buxtehude um Essen gebettelt hätte. Allen war mein schwerer Rucksack aufgefallen, in dem sich unbedingt die Mordwaffe, der schwere Hammer, befunden haben musste, denn mit dem war ein reicher Kaufmann ausgeraubt und erschlagen worden. Was für ein Wahnsinn. Was sollte ich noch machen? Verbreiten lassen, dass ich in die Südsee ausgewandert wäre? Aber das hätte wiederum keiner geglaubt.

Aber trotz dieser Widernisse fühlte ich mich, als ob ich Bäume ausreißen könnte. Die meisten Tage verbrachte ich, wenn es ging, im Pyjama bei Elli im Salon. Es fehlte mir an nichts.

Doch wenn ich derzeit auch nicht auf Bruch ging, braucht der Körper doch Bewegung, so musste ich wenigstens des Nachts Luft schnappen und für ausreichend Bewegung sorgen.

In einer Maiennacht, in der man allein durch die Wohlgerüche der Natur schon berauscht war, trennte ich mich von der Geliebten um Mitternacht. Wie so oft, unternahm ich nun einen ausgedehnten Spaziergang. Ich stromerte über die Lombardsbrücke an der Alster entlang, dann ging es die Lohmühlenstraße hoch, über das Lübecker Tor in die Borgfelder Straße hinein.

Beim Ausschlägerweg beobachtete ich, wie eine Polizeistreife ein Auto anhielt und kontrollierte. Mit der Taschenlampe wurde der ganze Innenraum des Autos abgesucht, dem Chauffeur wurden noch ein paar Fragen gestellt, dann ließ man den guten Mann wieder seiner Wege ziehen.

Nun war ich doch neugierig, warum man gerade dieses einsame Auto auf der Straße angehalten hatte. Unauffällig schlenderte ich zu der Nachtpatrouille und fragte die Beamten:

„Wieso haben Sie denn dieses Auto eben angehalten, Herr Wachtmeister?“

„Ganz schön neugierig der Herr, was?“

„Sie haben mich ertappt. Ja, das war immer schon eine meiner Schwächen, dass ich unheimlich neugierig bin.“

Jovial und wohl gerade bestens aufgelegt, kam der Udl dann doch meiner freundlich gestellten Anfangsfrage nach:

„Na, ich will mal nicht so sein. Dieser Petersen, dieser schwere Junge, fährt des Nachts nur im Auto durch die Gegend. Er ist leicht für uns auszumachen, da er immer nur besonders fein gekleidet ist. Er sucht sich eine passende Villa und bricht dann da ein."

„Jede Nacht?"

„Jede Nacht nimmt der sich ein anderes Haus vor. Der Kerl ist einfach unersättlich!"

„Nein, das gibt es doch gar nicht."

„Und wir sind rechtzeitig informiert worden, dass er heute in Borgfelde sein Unwesen treiben soll."

„Und von wem haben Sie diese Informationen?"

„Na, das ist doch geheimste Geheimsache."

„Natürlich, ich verstehe, darüber dürfen Sie natürlich nicht reden. Aber was ich so gehört und gelesen habe, muss dieser Petersen ja ein ganz gefährlicher Strolch sein."

„Darum sind wir ja auch schwer bewaffnet."

Bei diesen Worten zückte er seinen Revolver.

„Das ist gut, dann kann Ihnen ja nichts passieren."

„Da können Sie Gift drauf nehmen!"

„Kennen Sie den Petersen denn persönlich, oder haben Sie ihn schon mal gesehen?"

„Jawoll", log plötzlich Bulle Nr. 2. „Ich war ihm vor kurzem auf der Spur. Er stand mir Auge in Auge gegenüber und ist dann leider entkommen, weil ich in einer Pfütze ausgerutscht bin."

Was für ein Lügenbold!

Nun war wieder der Erste an der Reihe:

„Er hat leider hunderte von Helfershelfern und schießt kaltblütig jeden nieder, der sich ihm nur in den Weg stellt. Also sehen Sie sich vor. Dieser Petersen ist bestimmt einen Kopf größer als sie, schwarzhaarig und ziemlich korpulent."

Nun war ich fast beleidigt. Das war ja wohl die Höhe, mich so zu verunstalten. Hatten diese Kerle nicht mal die Steckbriefe gelesen, auf denen ich doch haarklein beschrieben wurde?

Nun schmierte ich ihnen noch ein wenig Honig um den Bart:

„Sie sind nicht zu beneiden, meine Herren, was Sie für einen gefährlichen Beruf haben."

„Das können Sie laut sagen.“

„Darf ich den Herren noch eine feine Zigarre anbieten?“

Bei den Worten zückte ich mein schweinsledernes Zigarrenetui.

„Vielen Dank, aber wir sind im Dienst.“

„Ach, dürfen Sie im Dienst nicht einmal rauchen? Aber stecken Sie sich die Zigarren doch für später ein und rauchen Sie nach Dienstschluss!“

Freudig nahmen beide an. Ich verabschiedete mich herzlich und betonte, dass ich mich nun doch viel sicherer fühlen würde, wo die Obrigkeit doch so gut auf ihre Bürger achtete. Vor Stolz wären die beiden Deppen fast geplatzt.

Mit dem Auto unterwegs. Das beschäftigte mich noch. Ich besaß doch nicht einmal ein Auto!

Schon führten mich meine Füße die Burgstraße hinauf, über die Landwehr, hinüber zur Hamburger Straße. Dann die Dehnhaide entlang, und ich kehrte dann bei einem Bekannten ein, der mich und meine dunklen Geheimnisse kannte und gern mit mir plauderte. Er war so einer der Männer, die man zu jeder Tages- und Nachtzeit wecken konnte. Wie auf Kommando war er hellwach, holte eine Pulle Kümmel aus dem Schrank, und schon palaverten wir bis in die Morgenstunden. Irgendwie fanden wir nie ein Ende. Es gibt Leute, die können über alles mitreden und sind sehr belesen. Zu diesen interessanten Menschen gehörte er.

So war es schon fünf Uhr in der Früh, als ich wieder auf die Straße trat. Doch zu Hause sollte ich nicht ankommen, wie ich mir eigentlich vorgenommen hatte. Wie ich gerade so in Wandsbeck die Langerckestraße abwanderte, traf ich gegen halb sechs zwei Männer, die mir aus der Verbrecherliga bekannt waren und angeblich auf dem Weg zum Wandsbecker Bahnhof waren, um Bargteheide einen Besuch abzustatten. Ein Wirt sollte dort Diebesgut für sie verwahren.

Da unser Weg eine Zeit lang der gleiche war, blieben wir beieinander und plauderten angeregt, bis wir den Wandsbecker Marktplatz überquerten. Wir bogen gerade in die Schlossstraße ein, als auf einmal von allen Seiten Polizisten auf uns zuhielten.

Hatte mich etwa irgendeiner der Bullen auf meinem Weg erkannt und heimlich Verstärkung herbeigeholt? Aber dem war nicht so. Später erfuhr ich, dass auf der Hamburger Straße in Wandsbeck in ein Schuhwarengeschäft eingebrochen worden war. Der oder die Diebe hatten aber ihre Beute in einer Seitengasse zur späteren Abholung zurückgelassen. Diese Beute war zufällig von einer Nachtpatrouille entdeckt und der Revierwache gemeldet worden. Weil die Polizisten annahmen, dass die Täter später die Beute abholen würden, hatte man zur Sicherheit gleich die ganze Gegend umstellt. Nichtsahnend gingen wir so in die gar nicht für uns bestimmte Falle.

Einer der Polizisten trat vor und fragte barsch:

„Wo kommen Sie jetzt her?"

Wenn ich nicht seit langem steckbrieflich gesucht worden wäre, hätte ich ja die Frage, da mir keiner Schuld bewusst, ruhig beantworten können, so aber musste ich einmal mehr einer meiner bevorzugten Tätigkeiten nachgehen: Sie wissen schon – Beine in die Hand!

Ich rannte so schnell ich konnte hinter der Schlossstraße ins Gehölz, wähnte ich mich doch da zwischen den Bäumen sicher. Aber weit gefehlt. Zwischen den Bäumen des Waldrandes standen auch auf einmal überall Polizisten. Sie schossen geradezu wie Pilze aus dem Boden. Apropos schossen ... die Polizisten ballerten wie wild hinter mir her. Ich war entsetzt. Ohne zu wissen, was der Flüchtige überhaupt auf dem Kerbholz hatte, wurde sein Tod billigend in Kauf genommen. Ein Scharfschütze befand sich jedenfalls nicht unter den Bullen, denn keine der Kugeln kam auch nur in meine Nähe.

Doch der Vorsprung sollte nicht ausreichen. Ein aufrechter Bürger, der das Gepfeife und Getröte der Polizisten mitbekommen hatte, riss neugierig sein Fenster auf, als ich gerade an seiner Villa vorbeirauschte, und brüllte wie am Spieß:

„Hierher, da läuft er, da läuft er doch!"

Nun hatte ich keine Chance mehr. Von der Schlossstraße hinter mir, vom Gehölz vor mir und durch die Gärten zu beiden Seiten drangen Polizisten auf mich ein. Ich sah ein, dass Aufgeben das Gescheiteste war, wollte ich nicht doch noch aus Versehen von einem übereifrigen Udl erschossen werden.

So schrie ich:

„Nicht schießen, ich ergebe mich!“

Demonstrativ nahm ich meine Arme in die Höhe. In Sekundenschnelle war ich von über zwanzig Polizisten umringt.

Ich wurde zur neuen, erst provisorisch eingerichteten Revierwache in der Schlossstraße am Wandsbecker Marktplatz verbracht. Dort traf ich auch meine zwei Begleiter aus der Verbrecher-Liga wieder. Durch meine sofortige Flucht hatte ich sie und mich natürlich unter schweren Tatverdacht gebracht, dass wir es waren, die in das Schuhgeschäft eingebrochen waren.

Glücklicherweise kannte beziehungsweise erkannte mich keiner der anwesenden Polizeibeamten.

Herrisch baute sich ein Oberwachtmeister vor mir auf. Reinlichkeit schien nicht seine Stärke zu sein, denn getrocknetes Eigelb auf einem Uniformrock ist kein schöner Anblick. Er fragte:

„Name?“

„Becker.“

„Vorname?“

„Hermann.“

„Wohnhaft?“

„Schumannstraße Nr. 14, in Uhlenhorst, Herr Wachtmeister.“

„Oberwachtmeister, oder können Sie keine Dienstränge lesen?“

Natürlich hatte ich an seiner Epaulette ablesen können, dass er um einen Dienstrang höher stand, als ich ihn titulierte, aber einen kleinen Spaß wollte ich mir doch gönnen. Doch es gab Wichtigeres, so ergänzte ich schnell:

„Die beiden Herren da kenne ich übrigens nicht.“

Das schob ich schnell, wenn auch ein wenig unmotiviert ein. Vor allem laut genug, dass die beiden Kerle das auch hörten. So konnte ich nicht weiter nach deren Namen gefragt werden, sie aber auch nicht nach meinem, was für mich natürlich fatale Folgen gehabt hätte, wenn Sie mich als Julius Adolf Petersen verraten hätten.

Ich hatte die Polizisten wohl tatsächlich vorerst getäuscht, aber damit war die Fragerei natürlich noch lange nicht beendet. Was ich denn so früh auf der Straße mache, was natürlich auch die beiden andern gefragt wurden. Wahrheitsgemäß gaben sie an, mit dem Zug nach Bargteheide fahren zu wollen, aber den Grund dieses Besuches, den verschwiegen sie natürlich lieber. Mein schwacher Hinweis auf einen ausgedehnten Morgenspaziergang klang dagegen weniger glaubwürdig als ihr vorgesehener Gang zum Bahnhof.

„Es ist besser, wir übergeben die Sache den Kriminalinspektoren“, resümierte der Oberwachtmeister. „Da die hohen Herren aber erst zwischen acht und neun Uhr zu arbeiten beginnen und wir hier noch keine Aufbewahrungsmöglichkeit haben, Schulze, nehmen Sie sich doch Ahrens und Meier und bringen die drei ins Karree.“

Damit meinte er das Wandsbecker Gefängnis. An jeden der drei namentlich angesprochenen Udl wurde einer von uns Inhaftierten angekettet. Dann ging es zu Fuß in Richtung des „Café Viereck“. Aber so ganz tatenlos wollte ich das nicht über mich ergehen lassen, also unternahm ich natürlich prompt, als die Revierwache nicht mehr in Sichtweite war, einen Fluchtversuch. Im Nachhinein betrachtet war das ziemlich unsinnig, denn mein Bewacher war ja mit mir verbunden, und ob der überhaupt einen Schlüssel für die Kette hatte, mit der der Oberwachtmeister uns aneinander gekettet hatte, wusste ich nicht einmal.

Außerdem hatte ich es bei Wachtmeister Ahrens mit einem rohen, brutalen Kerl zu tun. Beim ersten Zerren an der Kette sauste schon seine mächtige Faust mitten in mein Gesicht. Dann rief er noch den Wachtmeister Meier zu Hilfe:

„Halt den hier mal kurz, Kuddel!“

„Is’ n’ Aufsässiger, was?“

„Und wie!“

Wachtmeister Meier hielt mich dann fest, dass ich mich nicht bewegen und wehren konnte. Sein Anhängsel aus der Verbrecherliga blieb artig wie ein braves Kind.

Diabolisch grinsend trat Ahrens nun vor mich, sah mich verächtlich an und schlug noch zweimal mit voller Wucht zu. Ganz offensichtlich bereitete er anderen Menschen gerne Schmerzen. Aber ich hatte ja noch meine Füße, und die waren nicht gefesselt. So stark ich konnte, trat ich ihm mit dem Absatz meines linken Schuhs gegen das Schienbein.

Hatte ich nun gedacht, dass es zu einer Eskalation der Gewalt kommen würde, hatte ich mich geirrt, besannen sich die Gefangenentransporteure doch ihrer Aufgabe und brachten uns ins Gefängnis, ohne dass es zu weiteren Gewaltausbrüchen gekommen wäre.

Der Vorgang auf dem Weg wurde von den drei Bullen bei der Ankunft brühwarm gemeldet, aber natürlich nur mein Fluchtversuch und mein Zutreten. Selbst dass mein Gesicht zerschlagen war und ich blutete, wurde weder zur Kenntnis genommen und schon gar nicht notiert. Wie heißt es immer so schön im Volksmund: Eine Krähe hackt der anderen kein Auge aus!

Solch ein renitentes Individuum wie ich wurde natürlich sogleich mit Einzelhaft belegt. Allein schon die Enge der Zelle schien mich zu erdrücken. Es war mir so, als ob ich keine Luft zwischen den vier Wänden bekäme. Wenn ich dann noch an meine Elli dachte, wurde ich fast wahnsinnig. Ich musste hier raus, raus, raus!

Ich prüfte die Gitterstäbe, so dick sahen die gar nicht aus. Aber womit sollte ich arbeiten? Da fiel mein Blick auf den Tisch. Die Tischbeine machten einen recht stabilen Eindruck. Sofort brach ich eines der vier Beine ab und setzte es als Hebel an, um zwei der Stäbe auseinanderzubiegen. Das ging natürlich nicht ganz ohne Geräusche ab.

Da hörte ich etwas Verdächtiges vor der Zellentür. Fieberhaft stellte ich das vierte Tischbein wieder unter die Tischplatte und drapierte das Ensemble mit meiner Jacke, damit die Bruchstelle nicht gleich zu sehen war.

Schon ging die Zellentür unter mächtigem Rasseln eines Schlüsselbundes auf.

„Na, was machen Sie denn da, Becker?“

„Hä? Was meinen Sie denn?“

„Jacke aufnehmen und mitkommen, sofort!“

Verdammt und zugenäht! Ich wurde von dem Aufseher nun in eine andere Zelle verbracht. Lag die erstere nach hinten heraus, sah ich durch die Gitterstäbe der neuen, dass das Fenster zur Straße hinausging.

Dann zog der Aufseher seinen Revolver und bellte mich an:

„Halten Sie uns für dumm? Glauben Sie, wir haben nicht mitbekommen, dass sie ausbrechen wollten?“

Er kam mir bis auf wenige Zentimeter nahe und hielt mir den Lauf des Revolvers ins Nasenloch:

„Glauben Sie ja nicht, dass wir vor Ihnen Angst haben, Becker. Wir sind die Stärkeren! Wenn Sie hier weiter herummucken, dann schieße ich Sie einfach über den Haufen, ist das klar?“

Seelenruhig schob ich den Lauf von meiner Nase, was ich sowieso furchtbar unappetitlich fand, und erwiderte:

„Bitte unterlassen Sie solche unsinnigen Drohungen. Und was wäre, wenn aus Versehen ein Schuss losginge? Dann steckten Sie aber ganz schön in der Klemme. Das könnten Sie doch gar nicht Ihren Vorgesetzten erklären.“

„Wieso? Sie haben in der anderen Zelle doch versucht, die Gitterstäbe zu verbiegen.“

„Eben, in der anderen Zelle. Hier aber nicht!“

Mir war schon bewusst, dass ich mit meinem patzigen Reden einen gefährlichen Drahtseilakt beging. Wäre, aus welchem Grund auch immer, die Waffe losgegangen, hätte er ganz bestimmt danach ausgesagt, er hätte mich nur auf der Flucht erschossen oder ich hätte ihn tätlich angegriffen, und es wäre um sein Leben gegangen.

Doch irgendwie beruhigte sich der Wüterich wieder und schloss hinter sich die Tür zu. Was war an dieser Zelle anders? Ein Blick zum Fenster reichte. Der Durchlass war nur fünfundzwanzig Zentimeter im Quadrat. Die Scheibe aus Milchglas, ein Hindurchsehen war nicht möglich. Der Fensterriegel war zusätzlich mit Draht zugebunden. Den hatte ich natürlich schnell entfernt, aber kaum wollte ich das Fenster öffnen, stand der Wüterich mit seiner Knarre schon wieder hinter mir, hielt mir den kalten Stahl in den Nacken und befahl:

„Wehe, Sie öffnen das Fenster mehr als zwei Zentimeter. Ich beobachte Sie weiter scharf, Becker! Das haben Sie ja wohl jetzt mitgekriegt, oder?"

Gegen Mittag kam dann der untersuchende Kriminalbeamte zu mir in die Zelle:

„Herr Becker, ich war eben in der Schumannstraße Nr. 14, da kennt aber weit und breit niemand einen Becker. Ich hab sogar links und rechts in den Häusern nachgefragt."

Sofort musste ich mit einer anderen Lüge auf seine Nachforschungen parieren. Glücklicherweise arbeitet mein Verstand schnell, so log ich:

„Wieso denn in Nr. 14, ich wohne doch in Haus Nr. 40. Das muss der Oberwachtmeister in der Schlossstraße vorhin wohl falsch verstanden haben. Naja, und in den Eingängen 12 und 16 kennt mich bestimmt keiner mehr, das ist ja von der Nr. 40 auch sehr weit entfernt, nicht."

„Das lässt sich ja leicht feststellen, Becker, dann gehe ich da morgen früh noch mal hin."

Klar, heute war Sonntag, den wollte er bestimmt nicht zur Gänze opfern, um noch mal nach Uhlenhorst zu pilgern. Ich hatte also einen Tag Galgenfrist herausgeschunden, aber würde das reichen?

Nachmittags gegen vier erschien die Frau des einen Kerls aus der Verbrecher-Liga. Sie wollte ihrem Mann etwas zu essen bringen, was durchaus erlaubt war. Durch den Spalt im Fenster sprach ich sie an. Sie erkannte mich sofort und gab diese Neuigkeit nach ihrem Besuch bei ihrem Mann umgehend an meine Bandenmitglieder weiter.

Noch in der gleichen Nacht rückten mindestens zehn verwegene Kerle vor dem Wandsbecker Gefängnis an. Bewaffnet waren sie mit einem riesigen Bolzenschneider, den sie sofort an den Eisenstangen meines Parterrefensters ansetzten.

Der Wachhabende hatte aber die verdächtigen Geräusche des Befreiungsversuchs vernommen und trat auf die Straße hinaus. Gerade noch rechtzeitig konnten sich meine Kumpels hinter Mauervorsprünge, Mülltonnen und in Hauseingänge verdrücken. Glücklicherweise blickte der Wachhabende nicht zum Zellenfenster, sonst hätte er unweigerlich den „Arbeitsversuch“ entdeckt.

Das gleiche Spielchen wiederholte sich noch zwei Mal, denn der Wachhabende hatte offensichtlich Ohren wie ein Luchs. Immer wieder war er auf der Straße, sodass die Befreiung nicht von Erfolg gekrönt war.

Die beiden Männer der Verbrecher-Liga, lagen über meiner Zelle im ersten Stock. Sie hatten alles genau mitbekommen und raunten zu meinen Befreiern hinunter:

„Mensch, ihr seid doch so viele. Drinnen sind nur zwei Wachhabende, die habt ihr doch in Null Komma Nix überwältigt.“

Rudolf Loesch, einer meiner besonders Vertrauten, trat an mein Fenster und fragte:

„König, was meinst du? Sollen wir dich einfach mit Gewalt rausholen?“

„Nein, lieber nicht, Rudolf. Die beiden Nachtwächter haben Frau und kleine Kinder zu Hause. Es kommt dann zwangsläufig zu einem Schusswechsel, und ich will keine Toten.“

„Was aber dann?“

„Gib mir lieber einen eurer Revolver, Rudolf. Ich versuche es dann morgen früh allein, hier irgendwie herauszukommen.“

„Gut, wie du willst. Hier nimm meine Waffe, König. Ich drück dir die Daumen.“

„Bis morgen, Rudolf.“

„Wollen wir's hoffen.“

„Immer positiv denken, Rudolf!“

Nun fühlte ich mich schon besser. Ich packte die Knarre und stopfte sie mir in die geräumige Hosentasche. Schon um sechs Uhr morgens betrat Wüterich wieder meine Zelle und befahl:

„Los, Becker, den Toiletteneimer auf den Hof tragen!“

So etwas Vornehmes wie Wasserklosetts gab es im Karree nicht. Ohne mich durch eine Miene zu verraten, nahm ich den Eimer auf und ging ihm voran. Auf dem Hof stellte ich seelenruhig den Eimer ab, zog die Browning aus der Hosentasche und hielt dem Wüterich die Knarre ans Nasenloch.

Der Mann wurde aschfahl im Gesicht, mit allem hatte er gerechnet, aber nicht damit.

„Schlüssel her und dann Hände hoch, aber plötzlich!“

„J … ja!“

„Und keine falsche Bewegung, sonst knallt's!“

Es kam mir natürlich zugute, dass solche Menschen immer von sich auf andere schließen, insofern glaubte er mir aufs Wort, dass ich sofort abdrücken würde, worüber ich mir ehrlicherweise nicht im Klaren gewesen wäre.

„Dort ins Klohäuschen hinein“, kommandierte ich weiter, nachdem ich mich von meinen Fesseln befreit hatte.

Bei den Worten fuchtelte ich furchterregend mit der gesicherten Waffe vor seiner Nase herum, aber für solche eigentlich entscheidenden Details hatte er keine Augen, wahrscheinlich inzwischen auch viel zu viel Angst. Menschen, die gern andere quälen, sind oft furchtbare Angsthasen und Feiglinge.

Mit schlotternden Knien kam er meiner Aufforderung nach.

„Jetzt Hose und Unterhose ausziehen und auf den Hof herauswerfen, aber plötzlich.“

Ohne Meutern oder Gegenrede folgen die geforderten Kleidungsstücke zu mir auf den Hof heraus. Das dürfte seinen Bewegungsdrang doch deutlich einschränken.

„Und nun von innen verriegeln, aber zack, zack!“

Der große Sprücheklopfer von gestern war fast vor dem völligen Zusammenbrechen. Schon hörte ich das klackende Geräusch, mit dem der Sperr-Riegel vor die Tür geschoben wurde.

„Und wehe, Sie kommen raus, oder ich höre verdächtige Geräusche."

Nun wollte ich zur Haupttür das Karree verlassen, da ging nebenan eine Tür auf. Ich hatte nicht gewusst, dass der Aufseher genau neben dem Gefängnis seine Wohnung hatte. Die war sogar durch einen Durchbruch direkt mit dem Gefängnis verbunden.

Mein herrisches Rufen hatte die Frau des Wüterichs auf den Plan gerufen, die nun kreischend auf mich zu gerannt kam, um mir die Augen auszukratzen, weil sie dachte, ich hätte ihrem Gatten etwas angetan.

Aber es kam noch dicker. Hinter der Frau erschienen auch noch die erwachsene Tochter und der Sohn der Familie. Der Haupteingang war mir also versperrt, wollte ich mir den Weg nicht freischießen.

Die Frau war kaum zu bändigen, als sie da auf mich zuraste. Es blieb mir gar nichts anderes übrig, als sie heftig umzuschubsen. Die ganze Zeit über schrie sie hysterisch wie am Spieß.

„Mein Mann, wo ist mein Mann, Mörder, Mörder!"

„Ihr Mann ist nur auf der Toilette eingesperrt!"

„Lüge, nichts als Lüge! Ich sehe doch die Mordwaffe in Ihren Händen."

„So'n Blödsinn! Haben Sie einen einzigen Schuss gehört? Ich nicht!"

In dem Augenblick traute sich Wüterich, seine Nase durch die Tür des Klohäuschens herauszustecken. Sofort hielt ich wieder die Browning in seine Richtung.

„Tür zu oder es knallt wirklich noch!"

Der Anblick ihres Mannes beruhigte die Alte zwar etwas in ihrem Geifern, aber der Sohn war in der Zwischenzeit nicht untätig gewesen und hatte ein Jagdgewehr herbeigeholt. Auf ein Duell wollte ich es nicht ankommen lassen.

Also blieb mir nur die Flucht über den Hof. Ich sprang auf das Dach des Hühnerstalls, das glücklicherweise nicht unter meinem Gewicht nachgab. Von dort kletterte ich auf die Gefängnismauer, da fiel schon der erste Schuss. Filius meinte es also ernst. Kurz darauf krachte der zweite, der mich aber nur leicht an der Hüfte streifte. Da es sich nur um eine Flinte mit zwei Schuss Munition handelte, musste der junge Mann nun erst einmal nachladen. Die Zeitspanne reichte mir, um über die Mauer hinwegzukommen. Über ein Kohlenlager entkam ich in die Parallelstraße. Die goldene Freiheit hatte mich wieder!

Tags drauf gab es wieder sensationelle Artikel in den Hamburger Zeitungen, die kein gutes Haar an mir ließen: „*Hätte man gewusst, was Geistes Kind man da vor sich hatte, man hätte Petersen, den Lord von Barmbeck, in Eisen gelegt.*“

Herzschmerz – Zurück zu einer alten Liebe

Alles hat ein Ende, nur die Wurst hat zwei! Ich weiß, dass ich schon ganz schön viele Redensarten und Sprichwörter gebraucht habe, aber dieses passt nun einmal wie die Faust aufs Auge zu meiner Beziehung zu Elli. Einige Wochen verbrachten wir noch im Liebesrausch, aber schon die aufkeimende Erkenntnis, dass der Bruch beim Geheimrat nicht mein letzter bleiben sollte, war für Elli unerträglich.

Sie redete mit Engelszungen auf mich ein, aber nur allein die Einkünfte aus dem Spielclub reichten einfach nicht, schließlich hatte ich ja auch noch Frau und Kind zu versorgen, wenn ich die Familie auch nur noch Hatzels wegen aufsuchte, und um Geld für den Lebensunterhalt abzuliefern, denn mit Helmi hatte ich ein für alle Mal abgeschlossen. Die gemeinsame Wohnung hatte ich auch für immer verlassen. Ein Zurück gab es für mich nicht. Inzwischen hatte ich mir eine neue „geheime" Bleibe gesucht und wie üblich auf lange Zeit im Voraus bezahlt, um vor dem Hauswirt Ruhe zu haben. So brauchte ich mich auch nicht etwaigen unangenehmen Fragen auszusetzen.

Ellis Mutter war aber auch nicht ganz von Dummsdorf, also bekam sie mit der Zeit mit, dass da wohl doch mehr zwischen Elli und mir lief als Händchenhalten und Teetrinken. Da ich aber nun so überhaupt nicht in ihre Vorstellungswelt passte, wurden auf einmal Heerscharen von heiratsfähigen, jungen Adligen ins Haus geladen, die meine Elli umschwärmten. Dadurch waren wir immer weniger nur unter uns. So wurde ihr aber auch bewusst, dass es eine große attraktive Männerwelt gab, die nicht nur Julius Adolf Petersen hieß. Zudem machte mich Ellis Mutter nun madig, wo sie nur konnte. Immer wieder betonte sie dabei, dass ich doch ein Kind der Gosse sei und Elli eine hochwohlgeborene Komtesse.

Ich will es kurz machen. Eines schönen Tages schlug Elli mich vor den Kopf, indem sie mir klipp und klar sagte, dass unsere Beziehung keine Zukunft habe, dass sie mit meinen Einbruchstouren einfach nicht leben könne, und sagte sehr bestimmt, ich möge sie nicht mehr aufsuchen. Die Hausmädchen seien schon angewiesen, mich nicht mehr in die Villa einzulassen.

Als wenn mir jemand einen Knüppel über den Schädel gezogen hätte, taumelte ich tagelang ziellos durch die Gegend. Es ist ein Wunder, dass die Polizei mich in der Zeit nicht ergriffen hat, denn ich nahm meine Umwelt gar nicht mehr richtig wahr. Es tat so weh, so furchtbar weh. Wieder einmal hatte ich eine große Liebe, anscheinend für immer, verloren. Aber bei Liesbeth hatte es bei weitem nicht so wehgetan, wie jetzt der Trennungsschmerz von meiner über alles geliebten Elli.

Sie können mich nun für einen schlechten Menschen halten, was ich ja wohl auch durchaus irgendwie bin, denn flugs kroch ich wieder bei Frieda unter. Frieda nahm mich sofort mit offenen Armen auf. Ich war und blieb nun einmal der Schwarm ihres Lebens. Ich konnte gar nicht so schnell gucken, da lag ich schon wieder in ihrem warmen Bett. Anfangs schloss ich bei diesen Gelegenheiten immer die Augen und sah vor meinem geistigen Auge meine Komtesse Elli und nicht die biedere Frieda, was ich ihr natürlich nie unter die Nase rieb.

Aber ich war irgendwie auch dankbar, denn zu Helmi wollte ich ja auf keinen Fall zurück, und ich sehnte mich nach Häuslichkeit und Geborgenheit. Ich empfand es als furchtbar, nachts in eine leere Wohnung zurückzukehren und mich um all die häuslichen Dinge selbst kümmern zu müssen.

Da kam mir die Idee, meiner guten Frieda eine Pension zu kaufen. Damit schlug ich doch zwei Fliegen mit einer Klappe. Zum einen hatte ich so immer die Möglichkeit, irgendwo unterzutauchen, ja, brachte Frieda sogar in eine gewisse Abhängigkeit zu mir. Zum anderen verdiente Frieda so regelmäßig eigenes Geld. Den Spaß ließ ich mir tatsächlich einhunderttausend Mark kosten. Mitten im Zentrum Hamburgs, in den Colonnaden Nr. 21, stand diese Acht-Zimmer-Pension, die ich kurz darauf kaufte. Selbstverständlich wurde auch Frieda als Besitzerin im Grundbuch eingetragen.

Ich versuchte noch viele Wochen, Elli irgendwie für mich zurückzugewinnen, was zu ernsten Auseinandersetzungen mit Frieda führte. Sie war nicht mehr gewillt, mich mit irgendeiner Frau zu teilen. Als ich meine Bemühungen um die schöne Komtesse aufgab, beruhigte sich auch Frieda wieder ganz schnell. Es entsprach viel mehr ihrer Natur, das liebe, brave, leicht devote Hausmütterchen zu sein.

In der Pension konnte ich erstmals so richtig die Rolle des Hausherren spielen, und Frieda ließ mich willig gewähren. Natürlich hatte sich auch für sie das Leben entscheidend verbessert, war sie doch nun ihre eigene Herrin und musste nicht mehr anderen Menschen mit ihrer Arbeit dienen. Und ich war zumeist zugegen, was ihr wohl noch mehr gefiel.

Da ich aber immer so vornehm gewandet im Haus herumstolzierte, wähnten alle Gäste mich immer für den eigentlichen Besitzer und Hotelier. Ich ließ die Kunden natürlich gern in dem Glauben.

Eines Morgens, ich schritt wieder einmal wie Graf Koks den Flur mit den Gästezimmern entlang, öffnete sich auf einmal die Tür von Zimmer Nr. 5 einen Spalt breit, und ein blonder Wuschelkopf blickte hervor.

„Könnten Sie mal kurz bei mir nachschauen, irgendetwas stimmt nicht mit der Nachttischlampe."

Ich wusste, dass in Nr. 5 seit zwei Tagen ein Bankier eines Bremer Privatbankhauses mit seiner Gattin logierte. Der Mann war zu einer Banktagung nach Hamburg geladen, die sich wohl die ganze Woche hinziehen sollte. Er verließ sein Zimmer immer in alle Herrgottsfrühe, ohne zu frühstücken, um erst spät in der Nacht zurückzukehren. Seine Frau verbrachte fast die ganze Zeit über in ihrem Zimmer. Musste ganz schön langweilig sein!

Für gewöhnlich trug sie ihre Haare streng hochgesteckt, schoss es mir noch durch den Kopf, als ich ihre zerzauste Frisur sah.

Galant antwortete ich auf die nette Anfrage:

„Aber gerne doch, gnädige Frau!“, wenn ich ja auch eigentlich hier nicht der Hausmeister war.

Der Türspalt weitete sich, sodass ich gerade eben eintreten konnte. Dann traf mich fast der Schlag. Da stand die Frau mit den gelösten Haaren doch splitterfasernackt vor mir. Mechanisch stieß ich die Tür mit dem linken Schuh zu.

Meine Güte, was für ein fantastischer Anblick! Sofort musste ich an Botticellis Venus[88] denken. Gut, die Muschel unter ihren nackten Füßen fehlte, aber sonst war diese Frau nun eine Eins-zu-Eins-Kopie dieser gemalten Schönheit. Und sie besaß dafür einen Venushügel, der mir fast den Atem raubte.

Natürlich ging es gar nicht um die Nachttischlampe, die war völlig in Ordnung. Sie konnte nur die ewige Einsamkeit nicht länger ertragen. Und ehe ich es mich versah, lag ich bei der Bankiersgattin in den Federn. Ich war der willkommene Ersatz für einen Mann, der nie Zeit für seine Frau hatte. Dieses überraschende Schäferstündchen tat meiner geschundenen Seele sowas von gut, half es mir doch, Elli mehr und mehr zu vergessen. Magda, so hieß die gute Frau, war schier unersättlich. Und wenn ich eines ja zur Genüge hatte, dann war das Zeit.

Allerdings sollte es eine Stunde später zu einer unangenehmen Störung kommen. Frieda lief durch den Gang mit den Gästezimmern und suchte mich:

„Adolf, wo steckst du denn nur? Adolf, so melde dich doch!“

Das wäre natürlich das Letzte gewesen, was ich jetzt gemacht hätte.

---

[88] La nascita di Venere, zu Deutsch „Die Geburt der Venus“, ist ein Gemälde von Sandro Botticelli. Es stellt die Göttin Venus dar. Das Bild befindet sich in den Uffizien in Florenz. Das großformatige Gemälde dürfte, wie auch Botticellis Primavera, eine Auftragsarbeit für Lorenzo di Pierfrancesco de’ Medicis Villa di Castello gewesen sein und eine Huldigung an die Liebe des 1478 während der Pazzi-Verschwörung getöteten Giuliano di Piero de’ Medicis zu Simonetta Vespucci, deren Gesicht es vermutlich darstellt. Als Titel des Bildes wurde ursprünglich „Venus, die dem Meer entsteigt“ überliefert. Erst seit dem frühen 19. Jahrhundert wird es als Geburt der Venus bezeichnet.

Glücklicherweise konnte sie ja nicht ahnen, dass ich in Zimmer Nr. 5 steckte. Magda beziehungsweise sie und ihr Mann blieben noch drei Tage in der Pension und ich so an weiteren drei Tagen immer mal wieder in ihrem Schlafgemach. Frieda hat glücklicherweise von dem amourösen Abenteuer nichts mitbekommen. Als der Bankier und seine Gattin Friedas Pension verließen, kehrte wieder Normalität in unserem Hause ein. Nur der traurige Blick Magdas zeigte mir auf, dass sie die Abreise doch sehr bedauerte.

Überhaupt war jetzt die Zeit gekommen, in der ich meinen Titel „Lord von Barmbeck“ in vollen Zügen genoss, den das Hamburger Fremdenblatt mir vor kurzem verpasst hatte. Ich liebte nun einmal gute Kleidung und lief nicht wie ein Barmbecker Arbeiter durch die Gegend, das hatte wohl zu meinem „Ehrennamen“ geführt.

Am Barmbecker Stadtbahnhof, an dem ja nun auch an zwei Gleisen die Hochbahn auf der Ringstrecke abfuhr, spielten eines Tages fünf entsetzlich verdreckte und verlauste Gören.

Ich grüßte sie mit dem typischen:

„Hummel, Hummel[89]!“

„Mors, Mors!“, kam sofort die Antwort, wie aus der Pistole geschossen.

„Wie seht ihr denn aus?“, fragte ich einen der Schmutzfinken, der mit einem Kieselstein die ganze Zeit versuchte, eine völlig verbeulte leere Konservendose zu treffen.“

„Wie immer Lord, wie immer!“

„Ihr kennt mich?“

„Klar, du bist doch der Lord von Barmbeck!“

---

[89] Der Hamburger Gruß „Hummel, Hummel“ wird stets beantwortet mit „Mors, Mors“ und stammt einer Legende zufolge vom Wasserträger Johann Wilhelm Bentz, der den Spitznamen „Hummel“ trug und bis zu seinem Tod 1854 in Hamburg lebte. Wenn er vorbeikam, riefen ihn die Kinder spöttisch „Hummel, Hummel“. Er antwortete darauf wütend mit „Mors, Mors“ (verkürzend für „Klei mi am Mors“, das plattdeutsche Pendant des Götz-Zitates).

Dass der Dreikäsehoch mich einfach duzte, amüsierte mich nur. Irgendwie hatte er wohl das Gefühl, dass ich – trotz meiner vornehmen Kleidung – zu seiner „Welt“ gehörte.

„Kommt mal mit mir mit, Bengel!“

„Eigentlich dürfen wir mit keinem Fremden mitgehen.“

„Sehe ich etwa wie ein Mitschnacker aus?“

„Nee, wir wissen ja, dass du der Lord bist.“

„Na also!“

Ich nahm also die fünf Proletarierkinder und schleppte sie ins Kaufhaus Barmbeck. In der Abteilung für Kinderkleidung rümpfte der Verkäufer entsetzt die Nase. Das konnte ich schon verstehen, denn die kleinen Strolche müffelten wirklich fürchterlich.

Aber der Verkäufer sah mich da vor sich stehen, im feinsten Nadelstreifenanzug, in gestärktem weißen Hemd, Krawatte, Bowler und Stockschirm, da dachte er sich schon, dass ich potent genug war, die Lümmel einzukleiden. Er kannte mich natürlich nicht, gehörte er doch zu einer ganz anderen Bevölkerungsschicht. Tresorknacker gehörten bestimmt nicht zu seinem Freundeskreis.

„So, Jungs, sucht euch jeder 'ne gescheite Bux, 'n Pulli und 'ne Jacke aus!“

„In echt?“

„Nee, in unecht“, lachte ich über den Rotzlöffel, der das gar nicht glauben wollte.

Es war eine wahre Freude, die Lütten zu sehen, wie sie da, sich fachmännisch gebend, die passenden Klamotten aussuchten. Der Verkäufer sah natürlich seine große Stunde gekommen und fing mit feinster Abendgarderobe für Kinder an, aber das wäre für die Barmbecker Lauser jawohl Quatsch und völlig unpassend gewesen.

Da standen sie dann in ihren neuen Sachen, aufgereiht wie die Zinnsoldaten. Doch ein Blick auf die Füße zeigte mir, dass das so gar nicht ging. Gekleidet wie Kinder aus der gehobenen Mittelschicht und dann Schuhe, wo sich das Leder, wenn man das denn noch so nennen konnte, bereits gefährlich von den Leisten nach oben bog, sodass man dreckige, dicke, schwarze Onkel sah, die sich längst durch die zerschlissenen Wollstrümpfe ihre Freiheit erkämpft hatten. Also ab nach der Bezahlung ins nächste Schuhgeschäft. Ich sah zu, dass die Strolche dicke, stabile Lederschuhe bekamen. Bevor sie die aber anziehen durften, verpasste ich ihnen noch Socken, sonst wären die Schuhe ja gleich schmutzig geworden.

Ihren Kleidungs- und Schuhmüll, denn als was anderes konnte man das nicht mehr bezeichnen, ließ ich auf dem schnellsten Weg in die nächste Mülltonnte wandern. Die Jungs bedankten sich überschwänglich.

„So, hier noch ʽn Groschen für jeden für ʽn paar Bonsche[90].

„Danke, Lord, vielen Dank!"

So waren Kinder! Die Begeisterung für das Bonsche-Geld war fast größer, als für die feine Kleidung. Aber waren mir selbst Spielsachen zu Weihnachten oder zum Geburtstag nicht tausend Mal lieber gewesen, als Klamotten zum Anziehen?

„Und bestellt euren Eltern ʽn schönen Gruß vom Lord von Barmbeck!"

„Wird gemacht, Lord, wird gemacht!"

Der Tag war gelaufen. Ich fühlte mich einfach großartig. Überhaupt sonnte ich mich jetzt auch ein wenig in diesem Ruhm. Allüberall sprach man vom Lord von Barmbeck. Viele Menschen grüßten mich höflich auf der Straße und zogen artig ihre Mützen vor mir. Das wurde langsam richtig unheimlich.

Dazu noch ein Beispiel, wie ich, als „Lord" auftretend, große Freude bereitete:

Frieda erzählte mir eines Abends, als wir gemütlich bei einem Schäferstündchen Arm in Arm in ihrem Bette lagen, dass ihre Nichte nächsten Sonntag Konfirmation haben sollte. Zuhause, bei den Eltern des Kindes, sollte es dann eine kleine Feier im engsten Familienkreise geben, aber da hatte ich ganz andere Vorstellungen.

Der Gottesdienst war um zehn, so wartete ich ab etwa viertel vor elf mit einem riesigen Blumenstrauß draußen vor der Kirche

---

[90] Bonbons.

auf die Konfirmandin. Ich kannte in der Gegend glücklicherweise ein Blumengeschäft, das sonntags geöffnet hatte, sodass ich einen wirklich frisch zusammengestellten, üppigen Strauß kaufen konnte. Vor dem Hauptportal der Heiliggeistkirche[91] Ecke Brucknerstraße/Hufnerstraße wartete ich dann auf das Ende der Veranstaltung. Reinzugehen hatte ich keine Lust, das war ja nicht so mein Ding. Außerdem sollte das Kind den Blumenstrauß doch erst bei meiner Überreichung zu Gesicht bekommen.

Na, die Nichte und natürlich noch mehr meine Frieda staunten nicht schlecht. So einen gewaltigen Blumenstrauß hatten sie noch nie zu Gesicht bekommen. Die Mutter des Kindes war völlig fassungslos.

„Mein Strauß zu meiner eigenen Hochzeit war nicht mal halb so dick!“, staunte sie ob des fantasievollen Blumenarrangements.

Aber ich fand es auch schäbig, so einen Anlass bei ein paar Wurststullen und Kannen Kaffee in einer engen Etagenwohnung zelebrieren zu sollen. Auch da hatte ich bereits anderweitig vorgesorgt. Im vornehmen Hotel Prem[92], einem der ersten Adressen der Stadt, hatte ich eine Feier mit fürstlichem Festmahl vorbereiten lassen. Unter anderem gab es Parfait von Gänseleber in Aspik, Gebratenes Ochsenfleisch Myroton, pikant überkrustet mit Kartoffelmus, Schweinslendchen mit Kümmel überbacken, Pökelrinderzunge in Madeiratunke, Schloss Fürst Birnen und Hausgebäck, apropos Haus … ich weiß, das war wahrlich keine typische

---

[91] Im Jahr 2004 nach einer Gemeindefusion mit der Bugenhagen- und der Kreuzkirche erfolgt der Umzug der Heiliggeist-Gemeinde in die Kreuzkirche. Ein Jahr später, im Jahr 2005, wurde die Kirche entwidmet. Anfang 2008 starteten dann die Abbruchtätigkeiten der Kirche. Es war der erste Abbruch in Hamburgs Kirchengeschichte der Neuzeit. Auf dem Gelände entstand das sogenannte „Barmbeker Turmhaus“, in dessen Komplex der Ostteil des Querhauses zur Erinnerung an die vormalige Kirche integriert wurde.

[92] Das Hotel Prem bestand von 1912 bis zu seiner Schließung im Jahre 2005 aus einem etwa 1830 gebauten Ensemble aus drei weißen Patriziervillen an der Außenalster. Gegründet wurde das Hotel im Jahre 1912 vom gebürtigen Wiener Rudolf Prem, indem er drei nebeneinander liegende Patrizierhäuser erwarb und zusammenlegte.

Hausmannskost, aber ich wollte mich ja nicht lumpen lassen. Die Gäste kriegten jedenfalls ihre Münder gar nicht wieder zu. So fürstlich hatten sie noch nie gespeist.

Meine Frieda kriegte sich gar nicht wieder ein vor Glück. Das war so einer der Ausgleichsmomente für all den Kummer, den ich ihr durch meine „Arbeit“, aber auch durch eine gewisse Treulosigkeit bereitete.

Ich weiß nicht warum, aber die schönen Frauen umschwärmten mich, wie die Motten das Licht. Lag es daran, dass ich mich dem weiblichen Geschlecht gegenüber immer als Kavalier und Ehrenmann gab? Es kann aber auch daran gelegen haben, dass ich schöne Frauen gern mit kostbarem Schmuck behängte. Das sprach sich sicherlich bei der holden Weiblichkeit herum. Nach meinen Brüchen hatte ich ja oft Schmuck im Überfluss, und wenn ich denn wieder einmal einer Schönen und ihren Reizen erlag, bedankte ich mich zumeist mit einem sündhaft teuren Schmuckstück.

Doch ich war ja gerade dabei zu erzählen, wie ich so als „Lord von Barmbeck“ durch mein Reich schwadronierte. Eines Morgens wollte ich mir bei einem Barmbecker Bäcker ‘n paar frische Rundstücke besorgen, weil ich da gerade zufällig vorbeikam. Frieda würde sich sicherlich über das frische Backwerk freuen. Die Bäckerei lag aber so weit von unserer Pension entfernt, dass ich dort noch nie als Kunde aufgetreten war, man mich also eigentlich nicht kennen konnte.

Ich stand brav in der Schlange hinter einer jungen Frau, die gerade mit zartem Stimmchen, fast unhörbar, einen Laib Kastenbrot bestellte.

Der rotgesichtige, glatzköpfige Bäckermeister schüttelte den Kopf und sagte:

„Nee, Frau Kuhrt, nun ist Schluss. Angeschrieben wird nichts mehr, oder können Sie bar bezahlen?

„Wie denn, Herr Krause, wie denn? Mein Mann hat schon seit Monaten keine Arbeit. Ich seh’ den schon gar nicht mehr zu Hause. Immer ist er auf Tour, ob er nicht doch irgendwo Arbeit finden könnte, und wenn es nur als Tagelöhner für ‘n paar Stunden sei.“

„Das ist wirklich traurig, aber ich muss auch irgendwie zurechtkommen, und wenn ich nur noch anschreiben ließe ...“

„Das verstehe ich ja, und Sie glauben gar nicht, wie peinlich mir das ist, aber ich habe doch drei kleine, hungrige Mäuler zu stopfen. Ich hab nicht einen Brotkrümel mehr im Schrank. Und der lütte Heiner ist zudem krank. Seit Wochen hat er rasselnden Husten. Der will und will nicht weggehen.“

Hätte nur noch gefehlt, dass der hartherzige Bäckermeister gesagt hätte, das hätte sie sich ja vorher überlegen können, bevor sie Gören in die Welt setzt!

„Tut mir leid, Frau Kuhrt, wirklich, aber, ich kann einfach nicht mehr.“

Die Schultern der jungen Frau sackten hinab. Sie sagte kein Wort mehr. Als sie sich umdrehte, sah ich nichts außer purer Verzweiflung in ihren verhärmten Gesichtszügen. Entmutigt und beschämt schlurfte sie von dannen.

„Und der Herr?“, fragte mich der rotgesichtige Bäckermeister, den das schwere Schicksal der jungen Frau nicht im Geringsten zu belasten schien, sogleich wieder aufgesetzt fröhlich.

„Wie viel schuldet Ihnen die junge Frau denn?“

„Meinen Sie etwa Frau Kuhrt?“

„Ja, wen sonst!“

„Äh, da muss ich mal in meinem Anschreibe-Buch nachsehen.“

„Dann tun Sie das.“

Der Rotgesichtige wühlte unter seinem Tresen in einer Schublade, bis er eine schwarz eingebundene Kladde gefunden hatte, in der er wild herumblätterte. Selten habe ich so viele Eselsohren in einem Heft gesehen. Mit einem Blick sah ich auch, dass seine Schrift eher die krakelige Kinderschrift eines Schulanfängers, denn die eines erwachsenen Mannes war. Schreiben gehörte wohl nicht gerade zu seinen bevorzugten Fähigkeiten.

„Ah, hier habe ich es“, triumphierte er, nachdem er mehrmals vor und zurückgeblättert hatte. „Achtundsechzig Mark und siebzehn Pfennige!“

Seelenruhig zückte ich meine Brieftasche. Als der Rotgesichtige den dicken Packen Hunderter sah, wurden seine Augen immer größer. Mit spitzen Fingern nahm ich einen der Geldscheine und legte ihn auf den Tresen.

„Sie wollen wirklich für Frau Kuhrt die Schulden bezahlen?"

„Meinen Sie, ich habe nur so zum Spaß gefragt?"

„Nein, nein, äh … schon gut, dann bekommen Sie ja noch etwas zurück … Hundert minus achtundsechzig …"

„Den Rest schreiben Sie bitte an. Aber diesmal als Guthaben. Und wehe ich höre, dass Sie die arme Frau betrügen."

Sein Gesicht lief nun krebsrot an. Es stand fast zu befürchten, dass der Kopf kurz vor dem Platzen zu sein schien.

„Edler Herr, so etwas würde ich doch niemals tun."

„Das will ich stark hoffen. Und dann packen Sie mir mal jetzt zwanzig Rundstücke in eine Tüte und vier in eine andere. Außerdem nehme ich noch drei von den Kastenbroten da rechts im Regal."

Eilfertig bekam ich die gewünschte Ware, säuberlich in fünf Papiertüten verpackt, auf den Glastresen gelegt.

„So, bitte schön, der Herr."

„Hier, ziehen Sie den Betrag davon ab. Bei den Worten legte ich den nächsten Hunderter auf die Verkaufstheke. Fast unterwürfig gab er das Wechselgeld heraus, denn Restgeld kann ich ja schlecht dazu sagen, wo er doch viel, viel mehr zurückgeben musste, als die Brote und Rundstücke überhaupt gekostet haben. Beim Kopfrechnen tat er sich abermals schwer. Es kam wohl nicht so oft vor, dass hier jemand mit einem Hunderter vorbeischneite. Zum Schluss fragte ich noch: „Ach, wo wohnt die Frau Kuhrt eigentlich?"

„Genau gegenüber in Nr. 26, im dritten Stock."

„Danke für die Auskunft und guten Tag."

„Guten Tag, der Herr und beehren Sie uns bald wieder."

Das konnte ich mir eigentlich nicht so recht vorstellen. Ich war auch darüber überrascht, dass die Wartenden hinter mir ruhig geblieben waren, denn mittlerweile passten die Käufer nicht einmal mehr in den Laden hinein und warteten in einer Schlange bis auf die Straße hinaus.

Vor dem Bäckereigeschäft sah ich mich rings um. Gab's hier nicht auch irgendwo eine Apotheke? Und tatsächlich, schräg gegenüber fand ich die Gesuchte. Dort kaufte ich eine riesige, braune Glasflasche mit Hustensaft. Dann begab ich mich in den Eingang Nr. 26 und stieg in den dritten Stock hoch. Auf einem vergilbten, handgeschriebenen Zettel stand an der Tür der Familienname Kuhrt zu lesen, einfach mit einem kleinen Nagelstift angehämmert. Hier fehlte es wahrlich an allem. Also packte ich in die braune Papiertüte mit den Rundstücken noch einen Hunderter dazu und legte diese, die Kastenbrote und die große Flasche Hustensaft auf eine Fußmatte, die so zerschlissen war, dass von den Kokosfasern kaum noch was übrig war.

Ich klopfte kräftig an die Tür, denn Klopfer oder Klingel gab es auch nicht, und lief die Stufen in den ersten Stock hinab, wo ich verharrte. Als im dritten Stock die Tür geöffnet wurde, rief ich zu der jungen Frau hinauf:

„Schönen Gruß vom Lord von Barmbeck", und machte, dass ich aus dem Haus hinauskam.

Und wieder war ich ein paar Zentimeter gewachsen.

Inzwischen war mein jüngerer Bruder Arnold auch Mitglied meiner Bande geworden. Bei einem Heimaturlaub während der Soldatenzeit hatte er mit eigenen Augen erlebt, wie leicht meine Kumpane und ich Einbrüche praktizierten, aber noch mehr erstaunte ihn, wie schnell wir all die Waren wieder vertickt kriegten. Nun, nach Kriegsende konnte er endlich beim Militär seinen Dienst quittieren, denn er war ja sowieso durch seine Kriegsverletzung deutlich gehandicapt, aber stramm gewillt, fest bei mir einzusteigen.

Arnold bewunderte mich. Er begründete seinen Entschluss, der Barmbecker Verbrecher- oder Einbrechergesellschaft (mal hörte man so, mal so, insofern weiß ich auch nicht, wie ich meinen „Laden" eigentlich titulieren soll) angehören zu wollen folgendermaßen:

„Es ist kein Wunder, Adolf, dass du zum Anführer dieser weitverzweigten Einbrecher- und Räuberbande aufgestiegen bist."

„Wieso?"

„Du hast all die Eigenschaften, die man für so eine straffe Führung nun einmal braucht. Du bist schlau, intelligent …"

„Hör auf, ich laufe gleich rot an!"

„ … mit ungewöhnlichen Menschenkenntnissen ausgestattet, zäh, robust und kennst das Milieu aus dem Effeff. Nur eine große Persönlichkeit schafft es, über so viele Jahre solch einen weit verzweigten Laden professionell zusammenzuhalten."

„Straffe Organisation ist das Wichtigste, Arnold, merke dir das!"

„Und die richtigen Komplizen braucht man."

Nun musste ich lachen und fragte, leicht zweifelnd tuend:

„Und dazu gehörst du?"

Er boxte mir spielerisch in die Rippen.

„Blut ist nun mal dicker als Wasser, Bruderherz."

„Das stimmt, kleiner Bruder!"

„Ärgere mich nicht."

„Du kannst machen, was du willst, ich werde immer der Ältere von uns beiden bleiben."

„Da kann ich nichts dran machen, stimmt."

Aber eines war Arnold zuwider. Anfangs war er auch privat mit mir viel zusammen, doch ich merkte, dass er sich immer mehr absonderte. Da fragte ich ihn eines Tages frei heraus:

„Warum machst du dich so rar, Bruderherz?"

„Es ist geradezu unglaublich, wie viele Leute du kennst, Adolf."

„Das ist nun mal in meinen Gewerbe so."

„Ich krieg die Namen schon gar nicht mehr alle auf die Latte: der lange Odje, der Pütscher, die Tatze, der Hinkefuß, der Kneister, der Pollack, das lange Leiden, der Maulkönig …"

„Willst du jetzt vielleicht hier noch alle meine Bandenmitglieder aufzählen?"

„Nein, nein, dann wäre ich ja morgen noch dabei!"

„Und was stört dich so?“

„An diese schrecklichen ‚Individuen‘ habe ich mich mit der Zeit ja gewöhnt, aber wenn ihr zusammenhockt, dann geht es ausschließlich ums Stehlen und Einbrechen. Musst du als König denn immer dabei sein?“

„Wenn ich den Laden zusammenhalten will, dann denke ich schon!“

„Sei mir nicht böse, Adolf, ich bin gern dabei, wenn es losgeht, das weißt du, aber in meiner Freizeit ziehe ich reizende Frauenbegleitung, Witze erzählen und kernige Männergespräche vor.“

„Hab ich nichts dagegen, aber du musst verstehen, dass ich mich da nicht so ganz ausklinken kann.“

„Hab ich was gesagt?“

Da ich, wie gesagt, mein Ohr am Puls der Zeit hatte, merkte ich schnell, dass es die Zeit der Einbrecherkolonnen war. Das konnte aber auch gefährlich werden, wenn sich verschiedene große Kolonnen ins Gehege kamen. So hieß es, deutlich den eigenen Claim abzustecken. Ein großes Pfund hielt ich dabei schon in der Hand, nämlich, dass meine Bande so irrsinnig groß war. Kam mir ein Halunke in die Quere, suchte ich den auf und machte ihm sehr schnell deutlich, wer hier der Herr im Hause war. Kleinere Bandenchefs zogen lieber schnell ganz den Schwanz ein und baten stattdessen um Aufnahme in die „Barmbecker Verbrechergesellschaft“. Dem stimmte ich zumeist zu, denn so hielt ich diese Ganoven unter meiner Kontrolle und Fuchtel.

Bei größeren Gruppierungen war das schon schwieriger. Natürlich gab es da auch Führernaturen, die sich mir nie im Leben unterstellt hätten. Mit denen galt es Reviere zu bestimmen, wobei ich niemals den Bereich rund um die Alster aufgegeben hätte, wohnten da doch die meisten Pfeffersäcke. Doch irgendwie wurde ich mit den anderen Anführern schon einig.

Natürlich setzte ich die Kolonnen für die Einbrüche immer unterschiedlich zusammen. Das richtete sich hauptsächlich nach dem Umfang und der Schwierigkeit des Bruchs. Anteilig zur erbrachten Leistung wurde dann die Beute aufgeteilt. Ich hatte Dutzende von Tippgebern, die mich mit hilfreichen Informationen versahen. Wenn ein Kleinganove aufschnappte, wo es was zu ergattern gab, suchte er mich auch schon auf. Vor allem die Planung der Raubzüge, die ließ ich mir nicht aus der Hand nehmen.

Immer weiter – Die Zeit der großen Brüche

Allein die Organisation meiner Bande belastete mich bald stark, denn es wollten viele Mäuler gestopft werden, und je größer die Bande, umso größer der Anspruch. Wenn die Tipps besonders verheißungsvoll erschienen, dann nahm ich natürlich immer das Heft in die Hand und wollte auch nachts beim Bruch dabei sein, aber eigentlich nur, wenn wenigstens ein fünfstelliger Betrag als Beute herauszuspringen versprach. Für kleine Fische konnten andere unterwegs sein.

Einige Beispiele aus der Zeit gefällig?

Im März brach ich mit meinem jüngeren Bruder Arnold, dem Hunde-Robert, einem Kumpan, der von allen nur „das lange Leiden“ genannt wurde, und einem meiner besonderen Busenfreunde, dem Rudolf Loesch in ein Stofflager in der Hamburger Innenstadt ein. Vier von uns packten die Stoffballen zusammen, als im Treppenhaus ein Schuss fiel.

Sofort ließ ich einen dicken, leuchtendblauen Seidenballen fallen und rannte selbst zum Treppenhaus hin. Was war da vorgefallen?

„Hab’ alles unter Kontrolle, Odsche“, beruhigte mich der Hunde-Robert. „Die Hausmeistersleute sind eben von einem Besuch nach Hause gekommen, aber der Mann hat mir hoch und heilig versprochen, dass sie vernünftig bleiben und nichts unternehmen werden.“

„Auf Ehre, nichts. W … wir bl … bleiben hier still und brav stehen, bis Sie alle wieder verschwunden sind.“

„Ehrlich, ich schwöre das, bei allem was mir heilig ist, nicht mehr schießen, bitte, bitte, bitte!“, ergänzte die völlig verängstigte Frau.

Der Warnschuss allein hatte gereicht. Hunde-Robert hielt das Hausmeisterehepaar mit seiner Knarre in Schach, und wir anderen vier schleppten Ballen auf Ballen und Kolli für Kolli auf den Hof hinaus. Wenig später tauchte ein mir befreundeter Mietkutscher auf, der sich als Gegenleistung für seine Fahrdienste zwei dicke Stoffballen nach dem Abladen im Geheimversteck aussuchen und mitnehmen durfte. Der Reinerlös für die Bande lag bei über dreißigtausend Mark. Der Einkaufswert der Ware lag bestimmt beim Doppelten, aber Hehlerpreise sind nun mal keine ehrlichen Händlerpreise!

Nett war auch ein Einstieg in eine Gemäldegalerie in der Bismarckstraße. Die Ölbilder und Radierungen ließen wir lieber alle hübsch in ihren Rahmen hängen, denn die wären kaum verkäuflich gewesen, weil ja jeder wusste, wo die herkamen, denn der Besitzer hatte nur bekannte Maler der Neuzeit bei sich zum Kauf aushängen. In seinem kleinen Büro hatte er aber zudem einen schnuckeligen neuen Tresor der Firma Fritz Gramm aus Kiel, der auf einem verzierten Holzunterteil thronte. Das war mal wieder so eine typische „Kaltspeise", wie ich sie liebte, die sage und schreibe fünfundzwanzigtausend Mark in bar einbrachte.

Eine Woche später war eine renommierte Schneiderfirma namens Lenius am Alsterdamm dran, einer verdammt vornehmen Adresse. Hier gab es nur die teuerste und feinste Ware. Alles, was uns wertvoll erschien, packten wir zusammen.

Zehn Kolli standen schon abfuhrbereit im Parterre, und Arnold war auf dem Weg, einen Kutscher herbeizuholen, um den Raub abzutransportieren, als zu fast noch nächtlicher Zeit vor sechs Uhr morgens plötzlich ein Mann ins Kontorhaus hineinschneite. Der Mann besaß einen Schlüssel und hatte nichts ahnend die Tür aufgeschlossen. Wir waren ja hinten rum über den Hof durchs Fenster gestiegen, insofern war die Eingangstür der Schneiderfirma natürlich wohl noch verschlossen.

Als der Mann in das Kontor schlurfte, trat ich ihm energisch entgegen und fragte:

„Wer sind Sie, und was machen Sie hier?"

Mein Freund Rudolf Loesch setzte sofort noch einen drauf:

„Ich bin hier der ermittelnde Polizeikommissar. Sie stecken ganz bestimmt mit den Spitzbuben unter einer Decke, was?“

Nun war ich wieder an der Reihe:

„Wenn dem so ist, dann legen Sie lieber gleich ein umfassendes Geständnis ab, das mindert später ihre Gefängnisstrafe!“

„Nein, gute Herren, hier liegt ein Irrtum vor! Ich heiße Mackens, Hubert Mackens und bin bei Herren Lenius als Schneider angestellt. Ich arbeite hier schon seit drei Jahrzehnten, keiner ist so lange dabei wie ich.“

„Sind Sie wirklich Schneider von Beruf, oder gehören Sie zu der Verbrecherbande vom Lord von Barmbeck, die hier heute Nacht eingebrochen ist?“

„Um Himmels willen, d … der L … Lo … Lord von Ba … Barmbeck! Heiliger Homobonus von Cremona[93]! Ich bin wirklich Schneider. Gern weise ich mich Ihnen auf der Stelle aus.“

Zitternd zog er das angesprochene Dokument aus der Rockinnentasche. Natürlich stand in seinem Pass nicht sein Beruf, er wollte mit seiner Offenheit wohl nur seine Ehrlichkeit und Aufrichtigkeit unter Beweis stellen. Nun musste ich natürlich weiter mitspielen und studierte daher sorgfältig seinen Ausweis.

„So, so, geboren am 4. Februar 1859 in Altona. Mensch, da war das ja noch dänisch besetzt.“ Dann sah ich ihm wieder prüfend ins Gesicht. „Wenn ich mir Sie so anschaue, dann kann das Alter durchaus hinkommen!“

Der alte Schneider war erleichtert, als mein Ton mit jedem Satz immer freundlicher wurde. Nicht lange und wir begannen über die neueste Männermode zu fachsimpeln, wobei er sichtlich beeindruckt war, dass ich mich als ein absoluter Kenner der Materie herausstellte.

„Erstaunlich, dass ein Kriminalbeamter sich so gut mit der teuren Herrenmode auskennt, denn bei Ihrem Gehalt dürften solche Kleidungsstücke doch eigentlich unerschwinglich sein.“

---

[93] Schutzpatron der Schneider.

Bevor ich antworten konnte, ging plötzlich helles Licht an, und der Fahrstuhl an der anderen Seite des Raumes begann zu rumpeln.

„Was ist das?“, entfuhr es mir erschrocken.

„Ach, das ist doch nur der Hauswart. Der soll ab und an mal nach dem Rechten sehen“, versuchte der Schneider mich zu beruhigen.

Doch Loesch stürmte gleich zum Fahrstuhl, und als sich die Tür öffnete, hielt er dem ahnungslosen Hauswart sofort die Browning an die Schläfe:

„Heraus mit Ihren Schlüsseln. Hier gab es einen Einbruchsversuch. Ich bin Kriminalkommissar vom Stadthaus und untersuche den Vorgang.“

„Was? Ein Einbruch? Ich habe gar nichts gehört!“

„So, so, das macht Sie ja wohl mehr als verdächtig. Stellen Sie sich sofort da mit dem Gesicht zur Wand!“

„Wa… was?“

„Wird’s bald! Gesicht zur Wand und Füße auseinander. Weiter auseinander, weiter. Stopp, so ist gut.“

Dann klopfte Rudolf Loesch den Mann fachmännisch nach Waffen oder Bruchwerkzeugen ab.

„Keinen Revolver und auch keine Einbruchswerkzeuge gefunden.“

„W … w… was … ich bin der Hau … Hauswart!“

„Sie bitte jetzt auch!“, forderte ich den alten Schneider höflich auf.

Brav stellte er sich neben den Hauswart, genau wie dieser mit dem Gesicht zur Wand.

Gerade in dem Augenblick erschien auch mein Bruder Arnold wieder mit dem Kutscher auf der Bildfläche. In Zeichensprache verständigte ich mich mit Arnold. Die beiden ängstlich mit dem Gesicht zur Wand stehenden Männer bekamen so gar nicht mit, wie wir in aller Gemütsruhe die Kolli auf die Ladefläche der Kutsche aufluden. Zumeist handelte es sich um vorzügliche englische

Ware. Tweed, Shetland und Stoffe im Fischgrätmuster waren dabei vorherrschend.

Loesch warf mir zum Schluss den Schlüssel zu. Ich schloss den Laden hinter mir ab, sodass der alte Schuster und der Hauswart eingesperrt waren und nicht so schnell Hilfe herbeiholen konnten. Dann setzte ich mich neben den Kutscher auf den Bock. Als wir an der Alster vorbeifuhren, warf ich den Schlüsselbund des Hauswarts im weiten Bogen in die Fluten des Flusses.

Der alte Schneider und der Hauswart regten kein Glied und blieben still und bewegungslos auf ihren Plätzen stehen. Ob sie da heute noch so stehen? Ich habe es nicht nachgeprüft.

Es war die Zeit der Textilgeschäftseinbrüche. Mitte Mai war ich abermals mit einer Bande unterwegs. Diesmal waren neben Bruder Arnold, Paul Reinig, also der Fuchs, sowie „Mors" Beyer (der Spitzname kam nicht von ungefähr. Von den Proportionen schien der Mann zur Hälfte aus seinem Hinterteil zu bestehen), Hantke, von dem ich nicht mal den Vornamen wusste, weil alle ihn immer nur schlicht mit Hantke anredeten, und Rudolf Loesch dabei.

Der Abtransport der Ware war diesmal deutlich kommoder, denn Mors hatte einen Freund, der nur knapp drei Minuten von dem Textilgeschäft entfernt seine Wohnung hatte. Dort sollte das Diebesgut erst mal zwischengelagert werden. Mors' Freund wusste genau, dass es ihm mehr als schlecht bekommen würde, wenn er sich einfach was von der Beute abgriff. Er bekam schon einige gute Kleidungsstücke für das zur Verfügung Stellen der Wohnung ab, und das musste ja wohl reichen.

Alles lief wie am Schnürchen. Kein Hauswart, keine neugierigen Nachbarn, kein Wachhund, besser hätte es eigentlich gar nicht laufen können – bis zum letzten Gang, denn wegen des Volumens der gestohlenen Kleidungsstücke mussten wir fünf Mal gehen.

Rudolf Loesch schleppte einen prallvollen Sack, als auf einmal eine Nachtpatrouille um die Ecke kam. Er warf den dicken Beutel auf das Straßenpflaster, zückte sofort seine Browning und erschoss einen gewissen Wachtmeister Brandt, wie es tags drauf im Fremdenblatt stand.

Ich machte ihm schwere Vorhaltungen.

„Mensch, Rudolf, warum bist du nicht einfach abgehauen?“

„König, die waren zu zweit und auch schon drauf und dran, ihre Knarren zu ziehen.“

„Die hatten auch Schusswaffen?“

„Wenn die nur Knüppel oder Säbel gehabt hätten, dann wäre das unnötig gewesen, das weiß ich doch selber, aber so?“

„Aber …“

„Ich weiß, das hast du ja schon tausend Mal gesagt, dass du keine Toten haben willst, aber das war absolute Notwehr. Das hieß, die oder ich!“

„Aber außer deinem einen Schuss habe ich kein Geballer mehr gehört.“

„Ja, warum der zweite Bulle nicht zurückgeschossen hat, ist mir auch rätselhaft. Der hat wahrscheinlich so viel Schiss in der Hose gehabt, dass er sich lieber vor mir versteckten wollte, als weiter als lebende Zielscheibe auf der Straße zu stehen.“

Da blieb mir nicht mehr viel zu sagen. Ich war zwar wütend und ärgerte mich sehr, denn Schusswaffengebrauch, das war absolut nicht mein Ding. Außerdem hatte ich keine Lust, irgendwann lebenslang eingesperrt zu werden, weil man mir irgendeinen Mord in die Schuhe schob. Die Ausbeute des Diebstahls betrug zu Hehlerpreisen übrigens zehntausend Mark, auch nicht von schlechten Eltern, oder?

Dann folgte ein Ding, auf das ich selbst noch stolz bin, denn es erforderte schon eine ausgeklügelte Strategie, das überhaupt durchzuziehen. Über einige Bekannte hatte ich erfahren, dass ein gewisser Wellmann schon länger nach mir suchen ließ, aber ich verbot, ihm mitzuteilen, wo man mich finden konnte. Ich ließ den Mann ein wenig zappeln, ich wollte prüfen, ob er es wirklich ernst meinte, oder ob sein Wunsch nur einer augenblicklichen Laune entsprang. Nachdem mir die Wartezeit lang genug erschien, sandte ich Rudolf Loesch zu Wellmann, um ihm mitzuteilen, wann er mich im Spielclub antreffen könne.

Wellmann war bereits den nächsten Abend da, wartete, bis ich vom Roulette-Tisch befreit war und erzählte mir, was er eigentlich von mir wollte. Er erklärte, dass er am Totalisator[94] der Trabrennbahn in Hamburg-Farmsen beschäftigt sei. Die Tageseinnahmen würden allabendlich mit einer Break[95] zur Filiale der Reichsbank in die Innenstadt gebracht.

„Und was kann dabei herausspringen?"

„Millionen sind da manchmal zu holen, Herr Petersen, Millionen!"

„Na, flunkern Sie nicht?"

„Ich muss das doch wohl am besten wissen, wo ich alltäglich direkt an der Quelle, nämlich am Totalisator sitze."

„Hört sich interessant an, Herr Wellmann, das sollte ich mir einmal etwas näher ansehen."

„Kommen Sie doch am besten noch morgen Abend auf die Rennbahn."

„Mmh, das wird sich zeigen."

„Und was springt für mich dabei heraus?"

„Gemach, gemach, wenn das Ding glattgeht, wird das nicht Ihr Schaden sein."

„Da vertraue ich Ihnen voll und ganz, der Lord von Barmbeck soll ja ein Ehrenmann sein!"

Das entbehrte nicht einer gewissen Komik, mich als „Ehrenmann" zu bezeichnen. Aber der Coup reizte mich sehr, so fing ich an, Pläne in die Richtung zu schmieden. Ich verfolgte die Break auf ihrem Weg zur Bank höchstpersönlich an mindestens fünf, sechs Abenden, um zu sehen, ob die Kutsche immer den gleichen

---

[94] Der Totalisator ist ein Verfahren zur Bestimmung der Gewinnhöhen bei Wetten auf Pferderennen, dem Toto, dem Lotto u. ä Gewinnspielen. Am Totalisator wetten die Wett-Teilnehmer untereinander und nicht gegen einen Buchmacher, wie es bei Sportwetten zu festen Quoten der Fall ist.

[95] Die Break ist in der Regel eine schwere Wagonette: ein schweres und hohes Fuhrwerk, meist ohne Spritzbrett, zum Einfahren („Brechen", engl. to break, daher der Name) junger Pferde.

Weg nahm und an welcher Stelle ein Überfall am besten durchzuführen sei.

Dann war es soweit. Mein Plan stand. Ich sammelte die passenden Leute aus meiner Bande um mich, und wir machten uns des Abends auf den Weg. Aber mehrere Polizeipatrouillen kamen uns viel zu dicht bei der Break in die Quere, sodass ich den Überfall abbrechen ließ. Die wären ja in Nullkommanix zur Stelle gewesen, wenn es einem der Bewacher des Geldes gelang, Alarm zu schlagen. Natürlich ging das Abblasen nachher nicht ohne Gemaule einiger Teilnehmer ab. Es gibt immer wieder Spießgesellen, denen die Gier rasch den Verstand ausschaltet.

Am 2. September 1920 wagte ich dann den zweiten Versuch. Für so ein großes Ding nahm ich elf Leute mit. Meyer musste den Kundschafter spielen und mit dem Fahrrad vorausfahren. Er sollte dem Rest der Bande das Herannahen der Kutsche ankündigen. Sobald der Wagen dann um die Straßenecke bog, war es Püttjers Aufgabe, sofort die Gaslaterne auf dem Bürgersteig mit einer Zwille[96] auszuschießen.

Arnold und Lau sprangen vor und griffen den Pferden in die Zügel. Ich hüpfte auf den Wagen und schrie die Bedeckung an:

„Hände hoch!"

Einer von der Wachmannschaft wollte aus dem Wagen rausspringen und schwang schon die Faust, um mich außer Gefecht zu setzen. Blitzschnell duckte ich mich unter der geballten Hand weg, riss meinen Gummischlauch aus der Jackentasche und zog ihm voll einen drüber. Da es stockdunkel war, kann ich nicht sagen, ob ich seine Schulter oder sogar seinen Kopf traf.

Dann griff ich mir den Segeltuchsack, der zu meinen Füßen lag, da krachte draußen ein Schuss. Püttjer war nervös geworden und hatte Gespenster gesehen. Er dachte, es käme eine Nachtpatrouille um die Ecke, aber da war nichts. Natürlich war so ein Schuss in der Nacht meilenweit zu hören, so war nun wirklich schnell mit einer Polizeistreife zu rechnen.

---

[96] Steinschleuder.

Das machte den Fahrer des Fluchtautos, eines Dürrkopp P 24, sofort nervös, sodass der gar nicht mehr auf mich wartete, sondern einfach losbrauste. Mit Ach und Krach schaffte ich es noch, auf das anfahrende Auto aufzuspringen.

Alle Beteiligten bestellte ich am 4. September abends in den Stadtpark zur Verteilung der Beute. Im Schein der Taschenlampen saßen wir in einem dichten Gesträuch beisammmen. Jetzt, im Dunklen, trieb sich keine Menschenseele mehr in dem riesigen Park herum, sodass auch nicht mit Udln zu rechnen war. In einer Kneipe konnten wir ja schlecht den Segeltuchsack einfach auf einem Tisch auskippen und das Vermögen dann seelenruhig zählen und aufteilen. Auch eine geheime Wohnung kam diesmal dafür nicht in Frage. Bei insgesamt zwölf Spießgesellen, die nach und nach ein Wohnhaus betreten mussten, roch das ja mehr nach einer politischen, konspirativen Sitzung. Da war der Stadtpark schon genau der richtige Treffpunkt. Meine Zweifel an Wellmanns angeblichen Millionen waren begründet gewesen, denn die Beute ergab nur einhundertneunzigtausend Mark. Was heißt nur? Immerhin war das bisher unser größter Fisch! Ich verteilte an Lau, Meyer, meinem Bruder Arnold und mich als Hauptausführende je vierzigtausend Mark, die übrigen mussten sich den schäbigen Rest teilen. Einige der Kerle hatten ja gar nichts machen müssen, als nur dabeizustehen. Wellmann würde ich schon ein paar Scheine von meinem Anteil zukommen lassen. Der Überfall erregte in ganz Deutschland mächtiges Aufsehen in der Presse. Er wurde gar mit den Postkutschenüberfällen im „Wilden Westen“ verglichen. Und es wurde die Frage aufgeworfen, wer denn der verwegene Cowboy sei, der so etwas in der zivilisierten Stadt Hamburg durchführen könne. Natürlich wurde gleich wieder von der Blätterwelt die Frage aufgeworfen: Kann das nicht auch ein Werk von Julius Adolf Petersen gewesen sein?

Es war jedenfalls eine geschäftige Zeit für mich, denn am 6. September stieg ich bereits wieder mit Lau und Paul Reinig, dem Fuchs, in ein Kontorhaus an der Esplanade ein. Dort knackten wir zwei Geldschränke einer kaufmännischen Krankenkasse.

„Diesmal übernehme ich das Kneistern“, bemerkte Fuchs, „natürlich nur, wenn du nichts dagegen hast, König.“

„Nein, dann übernehmen Lau und ich die Arbeit mit dem Knabbergeschirr.“

Und wieder hatte mich mein Gefühl nicht getrogen, auch hier war die Beute fünfstellig: Dreißigtausend Mark lagen bar in den beiden Geldschränken.

Ein Spitzel bei der Polizei, den ich gut schmierte, teilte mir tags drauf mit:

„Bei uns brennt der Baum, Adolf.“

„Das kann ich mir gut vorstellen.“

„Auf deine Falle sind inzwischen die zwei Kriminalwachtmeister Henne und Kamprath von der Inspektion für Kapitalverbrechen angesetzt.“

„Oh, was für eine Ehre!“

„Bei den beiden im Zimmer stapeln sich die Akten der ungeklärten Fälle, das sind Hunderte.“

„Was? Wie soll ich denn so viele Brüche begangen haben?“

„Ständig gehen Tipps aus der Unterwelt bei uns ein. Immer wieder fällt dein Name.“

„Und hat das was gebracht?“

„Ach was, die Kriminalwachtmeister sind noch keinen Schritt weitergekommen.“

„Das ist gut zu wissen, Willem, hier hast du wieder zwei Blaue!“ Gierig griff der Udl nach den zwei Hundertmarkscheinen. „Und du weißt ja …“

Ich sprach absichtlich nicht weiter.

„Ja, ja, für jede Information aus dem Stadthaus fließt die Marie, ich weiß!“

„Ganz genau, dann bis demnächst, Willem. Du weißt ja, wie du mich findest!“

Diese „Helfer“ waren für mich inzwischen immens wichtig, ich musste doch wissen, was die Gegenseite so machte und plante.

Der September sollte für meine Mannen und mich überhaupt der „Goldene Monat“ werden, denn am 26. September war die

Amtskasse der hoch über dem Hamburger Hafen gelegene Seewarte dran, die wir zu sechst ausräumten. Dieses Mal betrug die Beute dreiundfünfzigtausend Mark. Arnold und ich sprach ich je vierzehntausend Mark davon zu, der Rest ging an die vier Kumpane.

Ich hatte doch gerade vom „Goldenen Monat“ gesprochen, den wollten wir am letzten Tag des Monats endgültig vergolden. Seit Wochen hatte ich mit dem harten Kern meiner Mannschaft ein ganz verwegenes Ding durchdiskutiert. Es ging um den Geldschrank des Postamts 6 in der Susannenstraße. Erst wollte ich nicht so richtig, weil ich fürchtete, dafür nicht das passende Geschirr zu besitzen, ließ mich dann aber von meinen Kumpanen doch zu der Tat breitschlagen.

Noch vor Mitternacht, am 29. September 1920, stiegen wir, alle schwarz maskiert, mit Revolvern in den Taschen über diverse Hinterhöfe, einen Bahndamm, einige Zäune und Mauern, bis wir auf diesem Weg endlich in den Posthof gelangten. Dieses Mal hatte ich mich, was meine Begleiter anging, für meinen Bruder Arnold, außerdem für Paul Reinig, Lau und Matofsky entschieden.

Paul und ich sollten die Lage peilen, die anderen so lange auf dem Posthof warten. Als wir durch das Fenster in das Kabäuschen[97] des Nachtwächters hineinlugten, staunten wir nicht schlecht, schob er doch gerade mit einem leichten Mädchen eine Nummer. Dazu hatte er sich nicht einmal ausgezogen, sondern nur die Uniformhose bis zu den Schuhen herabgelassen. Es war kein schöner Anblick, wie sein eklig behaartes Hinterteil da auf und ab hüpfte. Sollten wir ihn beim Verkehr stören oder noch warten? Ich entschied mich für das Warten, war doch zu vermuten, dass er nach der Kopulation das Blondchen schnell wegschickte, denn heimlicher Geschlechtsverkehr während der Arbeitszeit gehörte bestimmt nicht zu seinen ihm anvertrauten Aufgaben.

---

[97] Kleinstzimmer, in dem beispielsweise nur ein Bett und ein Nachttisch Platz finden.

Und tatsächlich, nicht mal zwei Minuten später, grunzte der dicke Nachtwächter einmal laut auf. Mir tat das zierliche Mädchen unter ihm eigentlich ein bisschen leid, war sie ihm vom Körpergewicht her doch mindestens dreifach unterlegen. Und schon entließ er das junge Ding. Immer wieder erschütterte mich, dass sich so junge Mädchen für so was hergaben. Kaum hatte die Blonde sich wieder angezogen, ihr Geld kassiert und das Postamt verlassen, betraten Paul und ich das Kabuff.

„Einen wunderschönen Abend, der Herr!"

Entsetzt starrte der Nachtwächter auf unsere schwarzen Gesichtsmasken und noch mehr auf Pauls gezückte Browning. Dann streckte ich höflich die Hand vor, die der Dicke artig drückte. Eben noch im siebten Himmel geschwebt und wenige Minuten später so brutal aus der Euphorie herausgerissen zu werden, war bestimmt nicht leicht.

„Wenn Sie sich ruhig verhalten, dann wird Ihnen nichts geschehen, darauf gebe ich Ihnen mein Wort!"

„Ich mach nichts, da können Sie sich drauf verlassen, bin doch nicht lebensmüde!"

„Haben Sie Frau und Kinder zu Hause?"

„Ja!"

„Altes Schwein!", konnte Paul sich nicht zurückhalten.

Ich fuhr fort:

„Ich wusste doch, dass Sie ein kluger Mann sind."

„Ja … aaa …"

„Ich muss Sie aber leider nun bitten, hier in diesen Spind zu steigen."

„Warum denn das?"

„Ach wissen Sie, sicher ist sicher!"

Paul brauchte nur ein wenig mit der Browning vor dem Gesicht des Dicken herumzufuchteln, und wir konnten gar nicht so schnell gucken, wie der Nachtwächter schon in dem schmalen Schrank steckte. In selbigem hingen ausschließlich seine Privatklamotten. Zur Nachtwache zog er also immer die Hausuniform an. Kaum hockte er in dem schmalen Kleiderschrank, sperrte ich ihn schon ein, indem ich den Schlüssel im Schloss herumdrehte.

„Bekommen Sie genug Luft da drinnen?“

Etwas dumpf kam es zurück:

„Wenn es nicht Tage dauert, wird es schon gehen.“

„Keine Angst, die Nacht ist noch nicht zu Ende, dann sind wir wieder weg.“

Ein Grund, ihn im Schrank verschwinden zu lassen war, dass er sich unsere Körpergrößen und Kleidungsstücke gar nicht erst zu genau einprägen durfte, denn die Polizei würde ihn ganz bestimmt später vernehmen und eben danach fragen.

Der folgende „kalte“ Bruch war kein großes Problem, dafür hatte ich das in den letzten Jahren viel zu oft gemacht. Dieser Einbruch erregte aber ein Aufsehen wie keiner zuvor. Selbst in New York berichtete man darüber in allen Gazetten. *„German king of thiefs![98]“* wurde ich in Amerika nun genannt. Leider würde mir dieser „Titel“ zu keiner Anstellung im Land der unbegrenzten Möglichkeiten verhelfen. Wir ergaunerten sage und schreibe zweihundertzweiundzwanzigtausenddreihundert Mark in bar und nochmal dreihundertsechsundfünfzigtausend Mark in Briefmarken. Man konnte die Aufregung förmlich in der ganzen Stadt spüren. Den Überfall auf die Break der Trabrennbahn hatten wir sosomit noch einmal deutlich getoppt.

Ach so, wir befreiten den Nachtwächter übrigens nach dem Einbruch nicht, damit er nicht gleich Alarm schlagen konnte. Ich bat ihn von außen, bevor wir türmten, jeweils von den Wänden des Gelasses wegzutreten, und verwandelte mit meinem Handbohrer den Spind äußerlich in einen Schweizer Käse, um dadurch für mehr Luftlöcher zu sorgen, nicht, dass der Dicke mir da drin doch noch wegstarb.

Zehn Tage später traf ich mich wieder mit meinem Informanten vom Stadthaus, dem guten Willem:

„Kriminalinspektor Theodor Harder ist jetzt auf dich angesetzt, Adolf.“

---

[98] Der deutsche König der Diebe.

„So, so!“

„Gestern hat er die Vermutung ausgesprochen, dass nur du im Postamt 6 das Ding gedreht haben kannst.“

„Wie kam Harder darauf?“

„Na, er sagte in großer Runde beim Gedankenaustausch der Kriminalbeamten, der Bruch trüge eindeutig deine Handschrift. Das wäre genau deine übliche Arbeitstechnik. Nur du könntest auf diese Weise Geldschränke knacken. Keiner würde so die kalte Knabbertechnik beherrschen, wie Julius Adolf Petersen. Er nahm dann seine Aufzeichnungen zur Hand und präzisierte seine Aussagen. Erst im Türschloss mit Drehbohrern mehrere Löcher, diese mit spitzen Brecheisen vergrößert und dann mit dem eigentlichen Knabberbesteck, dem Büchsenöffner, Stück für Stück der Türplatte um das Schloss aufgebrochen.“

„Stimmt, ganz genauso habe ich es gemacht, das hat Harder gut beobachtet!“

„Fingerabdrücke wurden aber wie immer nicht gefunden.“

„Na, bin ich etwa blöd?“

„Es wird aber langsam ernst, Adolf. Die haben jetzt eine Sonderkommission Harder eingesetzt. Dieser berühmteste Kriminalbeamte Hamburgs soll sich nur noch ausschließlich um dich und deine Verbrechen kümmern.“

Das hörte ich natürlich nicht gern. Ich bedankte mich bei Willem, und wieder wanderten zwei Blaue in seinen Besitz über. Es wurde immer wichtiger, dass ich auf dem Laufenden blieb, dessen war ich mir mehr als bewusst.

Alles aus – Die Glückssträhne ist vorbei!

Natürlich gab es nicht immer Geldschränke, die nur darauf warteten, von uns geknackt zu werden. Aber dann taten es eben auch mal Lebensmittel, Stoffe, Kleidungsstücke aller Art, kostbare Bestecke, Leder- und Pelzmäntel und Juwelen, die wir uns einverleibten.

Es gab nichts, wofür ich keine Abnehmer fand. Der Hehler-Ring zog immer weitere Kreise. Es meldeten sich selbst Kaufwillige aus dem Ruhrgebiet, aus Oberschlesien und Pommern über Mittelsmänner bei mir.

Meinem älteren Bruder Karl, der längst in Amerika sein Glück gemacht hatte, schickte ich auffällige Schmuckstücke zum Verkauf, denn Kunz hätte das alles unmöglich mehr verarbeiten können, was so durch meine Bande ständig reinkam. Karl schickte mir nach dem Verkauf des wertvollen Schmucks darauf im Gegenzug beträchtliche Geldbeträge.

Privat ging es auch turbulent zu. Meine Eltern hatten sich inzwischen scheiden lassen. Ich hatte ja eingangs schon erwähnt, dass sie intellektuell einfach nicht zusammenpassten. Plötzlich hatte ich dadurch einen Stiefvater, der Heinrich Mohnsen hieß und Sattler von Beruf war. Wenn ich ehrlich bin, passte der auch deutlich besser zu meiner Mutter.

Lange lebte ich ja von Helmi schon getrennt von Bett und Tisch, wie man immer so schön sagt. Da war es kein Wunder, dass wir das dann auch amtlich machten. Im März 1921 erfolgte die Scheidung. Als Gegenleistung verlangte ich von ihr das Sorgerecht für unseren Sohn Hatzel, aber das verwehrte sie mir natürlich.

Ach so, habe ich eigentlich schon gesagt, wie Hatzel eigentlich mit bürgerlichem Namen hieß? Adolf, wie ich, da mussten wir uns ja einfach einen Spitznamen ausdenken, damit wir überhaupt wussten, wer von uns gerufen wurde. Im Laufe der Jahre hätte ich fast vergessen, wie sein eigentlicher Vorname war, denn nie hörte ich jemanden ihn Adolf rufen. Für alle in der Familie und im Freundeskreis war er immer nur Hatzel.

Helmi wäre allerdings nicht Helmi gewesen, wenn sie nicht sofort einen neuen Versorger gefunden hätte. Wichtig war nur, dass er auch genug Geld hatte, damit sie sich nicht in ihrem Lebensrhythmus einzuschränken hatte, so ehelichte sie schon wenige Monate nach unserer Scheidung einen weit über Hamburg hinaus angesehenen Restaurator. Irgendwie tat mir der Mann leid, denn hoffentlich verdiente er in seinem Beruf mehr Geld, als Helmi mit vollen Händen zum Fenster hinauswarf.

Inzwischen war ich natürlich ganz zu meiner Frieda in ihre Pension umgezogen. Meine heimlichen Buden sahen nach kurzer Zeit ja auch immer ganz schön verwahrlost aus, so war ich froh, dieses Thema zu den Akten zu legen. Der letzte Hausverwalter war allerdings bass erstaunt, dass ich ihm die Wohnungsschlüssel zurückgab, wo ich doch noch für die nächsten acht Monate Miete bei ihm gut hatte. Als ich nicht mal mit ihm um eine Teilrückerstattung verhandelte, strahlte der gute Mann über das ganze Gesicht. Selbstverständlich würde die Wohnung noch die nächsten Tage einen Folgemieter finden, und er kassierte so acht Monate lang doppelt. Tja, so war heute eben Weihnachten für ihn. Aber zurück zu meinem endgültigen Einzug bei Frieda in der Pension. Ich bin einfach nicht einer von denen, die sich gern um Haushalt und so was kümmern. Außerdem warteten dort immer willig ein warmes Bett und mehr auf mich.

Wenn es mal nicht mitten in der Nacht war, dass ich nach „Hause“ kam, fiel mein Blick unweigerlich auf das Wäschegeschäft Lau, in der Straße, in der Friedas Pension lag. Lau hatte seinen Laden in der Nr. 104 der Colonnaden. Natürlich hatte ich durch meine Tippgeber längst in Erfahrung gebracht, dass der alte Lau einen Geldschrank in seinem Geschäft besaß. Außerdem lag das Wäschereigeschäft geradezu verführerisch günstig zum Einbrechen. Damit meine ich jetzt nicht die Nähe zu meiner Bleibe, sondern die Ladentür befand sich verborgen im Treppenhaus. Von der Straße würde also keine Pickelhauben-Streife mitbekommen, wenn ich da ein wenig am Schloss herumfuhrwerkte.

Am 5. Juni 1921 wollte ich dort mit drei Begleitern an die Arbeit gehen. Arnold ließ ich vorher in dem Wäschereigeschäft zu später Stunde anrufen, nicht, dass der alte Lau noch über den Geschäftsbüchern hing und gerade seinen Monatsgewinn für den Mai ausrechnete. Aber es nahm niemand im Laden ab. Ein Kollege namens Speiten, ein Motorwickler, der auch zu meiner Bande gehörte, hatte sich das Türschloss vorher mehrmals genau betrachtet und so die richtigen Schlüssel dafür. Es war also kein Problem für uns, in den Laden hineinzukommen. Manchmal ist es schwieriger, mit dem dafür vorgesehenen Schlüssel eine Tür zu öffnen. Aber der Tresor war einer von den ganz modernen. Ich konnte machen, was ich wollte, den kriegte ich mit meinem Knabberbesteck einfach nicht auf. Man sagt ja immer so schön, die moderne Technik hinke oft den Verbrechermethoden hinterher, aber hier war es nicht so.

Allein die Niederlage einzugestehen, wäre mir schon schwergefallen, so befahl ich:

„Stopft euch von der feinen Damenwäsche unter die Mäntel, was ihr nur könnt."

„König, wir können die Sachen alle erst mal in mein Elektrogeschäft hier um die Ecke bringen."

„Sehr gute Idee, Emil! Das vereinfacht die Sache natürlich ungemein, dann können wir ja auch ruhig ein paar Mal laufen."

„Guck, mal Adolf, hier stehen doch auch ein paar leere Kisten im Gang, wollen wir die nicht für den Transport benutzten?"

„Sehr gut, Arnold, auch die voll machen bis zum Rand."

Wir gingen insgesamt dreimal. Aber als Emil dann den Wäscheberg bei sich im Laden liegen sah, war ihm das dann doch zu viel des Guten.

„König, ich kann unmöglich das alles bei mir lagern. Schau dir nur diese irre Menge an Klamotten an!"

„Das verstehe ich, das soll ja schließlich auch niemand Unbefugtes zu Gesicht bekommen. Lasst uns die Hälfte der Ware zu mir in die Pension rübertragen."

„Dann man zu, wird schließlich bald wieder hell!"

Gesagt, getan. Die Hälfte der edlen Klamotten wanderte in die Pension. Bei Frieda wusste ich, dort würde es kein Meutern geben, keinen Zank und erst recht keine dummen Fragen. Den Großteil der Beute verkaufte ich keine zwei Tage später für einen wahnsinnig guten Preis an einen ausländischen Großhehler. Nur die Ware der sogenannten 2. Wahl, die nahm er mir nicht ab. Immerhin kamen durch den Verkauf der Wäsche auf jeden von uns vieren über viertausend Mark Erlös.

Aber dann beging ich einen schweren Fehler. Ich erlaubte, dass die restlichen Kleidungsstücke an Frauen aus unserem Umfeld direkt verkauft wurden. Und diese Sabbeltrienen konnten natürlich ihren Mund nicht halten und prahlten überall in der Nachbarschaft herum, wie außerordentlich billig sie doch die edle Damenmode erwerben konnten, die sie sich sonst nie hätten leisten können. So bekam man im Stadthaus Wind von der Sache. Emil, der Elektrohändler, wanderte als Erstes ins Gefängnis, da man bei ihm noch einen Rest der Beute bei einer Durchsuchung auffand.

Am 28. Juni wollte ich mal bei Emils Frau horchen, wie es ihrem Mann denn so ginge und was sie von ihm bei ihrem Besuch im Untersuchungsgefängnis erfahren hätte.

Ich trat gerade ins Kontor, da gingen bei mir im Schädel alle Alarmleuchten an. Vor Emils Frau standen zwei Männer in Zivil, aber ich wusste sofort, das konnten nur Kriminalbeamte sein.

Die gute Frau wollte mich wohl auch warnen, denn sie rief mir sofort entgegen:

„Stell dir vor, die Herren von der Kriminalpolizei hier, die Kriminalwachtmeister Kamprath und Henne, wollen mich verhaften."

Die Alarmsirenen in meinem Kopf heulten immer schriller. Genau diese beiden Beamten waren doch nach dem Überfall auf den Geldtransport der Trabrennbahn und nach dem Bruch in die Kaufmännische Krankenkasse auf mich angesetzt worden. Für die beiden wäre doch Ostern, eigener Geburtstag, Silvester und Weihnachten zusammen, wenn sie wüssten, wen sie da gerade vor sich hatten.

„Lass dich nicht einschüchtern, Karla, du hast doch nichts verbrochen.“

„Habe ich doch auch nicht.“

„Dir wird schon nichts passieren, die Herren wollen sicherlich nur ein wenig mit dir plaudern.“

„Plaudern? Wir sind hier nicht zu einem Sonntagskränzchen“, fauchte einer der beiden Kriminalbeamten von der Sonderkommission Julius Adolf Petersen.

Ich muss auch irgendwie ziemlich blass geworden sein, denn scharf beäugten mich die beiden. Der mit Henne Vorgestellte fragte sogleich:

„Und wer sind Sie?“

„Ein Freund des Hauses. Hubertus Rettkowsky mein Name.“

„Und was wollen Sie hier?“

„Ich hatte zwei neue Oberhemden bestellt gehabt.“

„Leider ist die Ware noch nicht geliefert worden, lieber Hubertus.“

Mensch, die gute Karla war aber wirklich geistesgegenwärtig, sprang sie doch auf mein Spielchen sofort ein. Bedauernd antwortete ich:

„Das ist aber schade!“

„Komm man in einer Woche noch mal wieder, dann sind die beiden Hemden bestimmt da.“

Ich hatte noch einmal Glück. Da sie mir hier ja nun überhaupt nichts außer einem Besuch bei einer Freundin unterstellen konnten, bei der ich zwei Oberhemden bestellt hatte, ließen sie mich laufen.

Doch meine Freude sollte nur von kurzer Dauer sein. Einen Tag später, am 29. Juni 1921 abends gegen acht Uhr dreißig, stürmten die Hüter des Gesetzes die Pension in den Colonnaden.

Barsch fragte der Wortführer sofort:

„Wo befindet sich Julius Adolf Petersen?“

„Der ist nicht hier!“

„Das werden wir ja gleich sehen. Männer, alle Zimmer durchsuchen!“

Anfangs hatte ich oben an der Treppe gestanden, nun suchte ich fieberhaft nach einer Möglichkeit zu entkommen. Aber durchs Fenster ging nicht, da würde ich mir alle Knochen brechen, und die Außenmauer war so glatt, dass selbst ein erfahrener Fassadenkletterer sich das kaum zugetraut hätte, da hinunterzusteigen.

Ich hörte schon die dumpfen Stiefeltritte der Bullen auf dem Treppenläufer. Ich wusste ja, welche Zimmer mit Gästen belegt waren und welche nicht, so wählte ich das allerletzte, die Nr. 8, denn das war unvermietet. Die Tür war nicht verschlossen, denn wenn kein Gast in einem Zimmer wohnte, ließ Frieda die Türen für gewöhnlich immer offen, das machte die Arbeit für die Putzfrauen leichter, und was sollte man in den Gästezimmern schon klauen? Ich besaß aber natürlich einen Generalschlüssel für alle Türen der Pension. So huschte ich nun in Windeseile in das Zimmer Nr. 8 und schloss hinter mir ab. Nicht genug, versteckte ich mich zusätzlich auch noch im Kleiderschrank des Zimmers.

Die Udl öffneten Tür auf Tür des Ganges. Aus Nr. 5 drang ein schriller Schrei. Das Zimmer war belegt. Ein älterer Herr hatte sich da mit einer viel jüngeren Rothaarigen für ein paar Stunden einquartiert. Der schrille Schrei belegte, dass das ungleiche Paar soeben wohl von der Polizei bei irgendetwas gestört worden war.

Plötzlich vernahm ich ein Rütteln an meiner Tür.

„Frau Goedje, warum ist die Nr. 8 verschlossen?“

Leider war Frieda nicht sehr helle, denn anstatt zu sagen, dass Zimmer sei vermietet und der Gast gerade in der Stadt unterwegs, sagte sie genau das Gegenteil:

„Das weiß ich auch nicht, da wohnt doch gerade gar kein Gast drin!“

„Hochkommen, Frau Goedje, und sofort öffnen“, schrie der Bulle, dass man es in der ganzen Pension hören musste.

Ich sah die Hoffnungslosigkeit meiner Situation ein. Es sah doch sicherlich noch viel dümmer aus, wenn die Udl mich im

Kleiderschrank versteckt vorfinden würden, so stieg ich gerade aus meinem Versteck, als sich die Zimmertür schon öffnete:

„Ah, im Schrank versteckt, wen haben wir denn da?"

Bevor sie mich abführten, übergab ich Frieda noch eine Brieftasche, in der sich fünfzigtausend Mark in bar, ein Wechsel und ein Scheck über insgesamt achtundvierzigtausend Mark von Baronin Elisabeth befanden (denn das Ende der Liaison mit Komtesse Elli hatte natürlich nicht die Spielsucht der Tante beendet). Aber ich gab ihr auch Verträge über Teppiche, Schmuck, ein silbernes Kaffeeservice und Hyothekenpapiere, die ich alle in den Rockinnentaschen mit mir führte. Mein eigener Körper war mir immer der sicherste Safe gewesen. Außerdem steckte ich ihr vier Brillantringe zu, die ich noch in der Hosentasche hatte. Vielleicht war ich ein wenig naiv, denn die Polizisten bekamen das natürlich mit, dafür waren es der Augen einfach zu viele gewesen. So beschlagnahmten sie nicht nur alles auf der Stelle, sondern verhafteten meine Frieda gleich mit.

Im Stadthaus traf ich natürlich, wie sollte es anders sein, Kriminalwachtmeister Henne wieder:

„Ach, wen haben wir denn da? Haben wir uns die Tage nicht schon einmal gesehen?"

„Stimmt, als ich eine gute Freundin von mir besuchte."

„Genau, in deren Elektrogeschäft wir im Lager eigenartig feinste Damenwäsche gefunden haben."

„Nanu? Vielleicht war nicht genug Platz im ehelichen Kleiderschrank?"

„Doch, da war ausreichend Platz für neue Wäsche, aber die, die da hing, war längst nicht so kostbar wie die im Lager. Was sagen Sie denn dazu?"

„Was soll ich denn dazu sagen? Ich bin doch kein Hellseher!"

„Und im Elektrogeschäft hießen Sie noch Hubertus Rettkowsky und nun heißen Sie auf einmal ganz anders. Ts, ts, ts, Sachen gibt das."

„Wie das Leben halt so spielt, nicht?"

„Sie waren aber nicht zufällig am Einbruch auf das Wäschegeschäft beteiligt, Herr Petersen?"

Also war es mit dem Herumalbern nun vorbei.

Ich war heilfroh, dass in der Pension nicht ein Stück der Beute zurückgeblieben war und dass ich auch nicht so eitel gewesen war, Frieda einige der schönsten Röcke, Blusen oder Negligees zu schenken. Nicht ein einziges Kleidungsstück hatte ich ihr davon geschenkt. Mein Glück! So antwortete ich im Brustton der Überzeugung:

„Aber ich doch nicht, Herr Kriminalwachtmeister!"

„Wo waren Sie denn in der Nacht zum 5. Juni dieses Jahres, Petersen?"

„Lassen Sie mich mal kurz scharf überlegen, am 5. Juni, mmh, … am 5. Juni, ach natürlich, da war doch die Verlobung meiner Schwester Martha. Da gab es bei uns zu Hause eine große Verlobungsfeier."

Das Alibi war vorher wie immer peinlichst genau abgesprochen worden. Wie oft hatte uns das in den letzten Jahren gerettet, dass wir immer massenweise Entlastungszeugen vorweisen konnten. Aber mit Kriminalwachtmeister Henne hatte ich einen Meister seines Fachs zum Gegner.

„Dann erzählen Sie mir doch mal die genaue Speisenfolge der Feier, Herr Petersen!"

„Wie bitte?"

„Na, Sie werden doch wohl noch wissen, was es zu so einem freudigen Anlass Besonderes zu essen und zu trinken gab."

„Äh … also zu trinken gab es Wein und Bier …?"

„Was für Wein?"

„Weiß ich doch nicht, ich bin kein Weintrinker. Ich weiß nur noch, dass es Weißwein war."

„Und welche Biermarke?"

„Eigentlich trinke ich immer das Bavaria St. Pauli!"

Er fragte weiter nach den Suppen, Brötchen, deren Belag, nach den Torten zum Nachtisch. Haarklein musste ich alles darlegen. Und vor allem, wie viele Gäste bei der Verlobungsfeier zugegen waren. Achtzehn Namen hatte ich aufgezählt. Alle von mir benannten Personen wurden ebenfalls vernommen und genauso haarklein und akribisch wie ich befragt.

Freudestrahlend kam Kriminalwachtmeister Henne nach zwei Tagen wieder zu mir in die Arrestzelle und sagte:

„Ist ja erstaunlich Petersen, ganz erstaunlich. Von so einer Feier habe ich noch nie gehört: Sie haben Bavaria St. Pauli Bier getrunken, Ihr Bruder Arnold dagegen Holsten, Ihr Stiefvater gar Bill-Bräu, Ihr zukünftiger Schwager ein Deetjen und Schröder von der Veddel, der Nachbar Bülthuis ein Pils vom Winterhuder Brauhaus, wollen Sie mich eigentlich für dumm verkaufen? Soll ich mit den Torten fortfahren? Mal gab es Himbeertorte, mal Bickbeer[99] … Ihr Kartenhaus aus Lügen ist zusammengebrochen, Petersen, aber endgültig!“

An alles hatte ich gedacht, aber nicht daran, die vermeintliche Speisenfolge genau mit der Familie abzusprechen.

Aber es kam noch schlimmer. Nur wenige Tage nach der Verhaftung fand man bei der Durchsuchung von Mudders Wohnung ein Schmuckcollier, feinstes Silberbesteck, und was das Schlimmste war, ein Notizbuch von Stiefvater Mohnsen, in dem er peinlichst genau Aufzeichnungen über verauslagte Botengelder für Arnold und mich aufgelistet hatte. Dann benahm der Blödmann sich auch noch so auffällig, dass man, als er angeblich kurz mal auf die Toilette wollte, ihm einen Kassiber entreißen konnte, in dem ich haargenaue Anweisungen gegeben hatte, was sie auszusagen hätten.

Dass einige Leute aber auch alles aufbewahren müssen! Es fanden sich zusätzlich bei Mudder noch Briefe von meinem ältesten Bruder Karl aus Amerika, aus denen Goldverkäufe in Übersee und Geldtransaktionen zurück nach Deutschland hervorgingen. Der Jubel der Bullen war aber am größten, als man dort auch meine Sparbücher fand. Mehrere Hunderttausend Mark hatte ich auf verschiedene Banken und Sparkassen verteilt. Man glaubte mir auch nicht, dass das Geld, das auf einem Bankbuch für meinen Sohn

---

[99] Plattdeutsch für Blaubeer.

Hatzel mündelsicher angelegt war, von seinem Patenonkel Karl aus Amerika stammte.

Bei dem Bruch ins Wäschereigeschäft war ja ein Kumpel beteiligt gewesen, der Speiten hieß und, wie ich schon erwähnte, Motorwickler von Beruf war. Als die Polizei ihn in seiner Wohnung in der Böckmannstraße verhaften wollte, sprang er in Panik aus dem Fenster im zweiten Stock und verletzte sich schwer. Im Hafenkrankenhaus flickte man ihn wieder einigermaßen zusammen. Aber der Wille des Mannes war gebrochen, und er legte ein umfassendes Geständnis ab.

Wo Speiten schon einmal dabei war, gab er auch den Raub der Gelder der Trabrennbahn Farmsen, den Bruch in die Kaufmännischen Krankenkasse, ins Postamt 6 und ins Stationsgebäude der Eisenbahn am Billhorner Deich zu.

Dadurch wurden einige weitere meiner engsten Kumpane verhaftet, insgesamt achtzehn an der Zahl! Freund Lau versteckte sich vor der Ergreifung noch im Hühnerstall seines Hauses, aber auch dort spürten ihn die Pickelhauben auf.

Kriminalwachtmeister Henne verbiss sich förmlich in die Akte beziehungsweise den Aktenberg „Petersen-Konzern".

Höhnisch teilte er mir immer wieder seine neu gewonnenen Erkenntnisse brühwarm mit:

„Langsam kommt Licht in das Dunkel, Petersen. Ganz schön clever, immer nur bestimmte Mitglieder Ihrer Bande zu den Brüchen hinzuzuziehen, und wieder andere aus Ihrer Verbrechergesellschaft mussten Ihnen, Ihren Kumpanen, Helfern und den Hehlern dann jeweils ein ‚wasserdichtes' Alibi geben!"

„Wenn Sie meinen!"

„Geben Sie es doch endlich zu, Petersen!"

„Ich wüsste nicht was, Herr Henne!"

„Sie und Ihre Unteranführer müssen den ‚normalen' Mitgliedern Ihrer Bande ja Rache bis aufs Blut und was weiß ich für Furchtbares, wenn nicht sogar den Tod angedroht haben, wenn sie nur den Mund aufmachen."

„Unteranführer?"

„Tun Sie doch nicht dümmer, als Sie sind. Kollege Harder hat schon angefangen, mehrere hundert Zeugen zu vernehmen. Das Organigramm bei uns an der Wand wird immer bunter. Ihren Machtstrukturen und Abhängigkeiten, denen kommen wir schon vollständig auf die Schliche, da können Sie Gift drauf nehmen!"

Nun das – Folter, Verhöre, Knast und Ausbruchsversuche

Doch mich ließ man natürlich die ganze Zeit über bei weitem auch nicht in Ruhe. Die Verhöre bei der Polizei waren ja noch ein Klacks gewesen. Im Untersuchungsgefängnis wurde es viel, viel schlimmer. Die ersten zehn Monate meiner fast zweijährigen Untersuchungshaft focht ich einen harten Kampf gegen den Untersuchungsrichter aus.

Man hatte von mir und meinem „Petersen-Konzern" so die Nase voll, dass man auch vor tätlichen Übergriffen nicht zurückschreckte. *Der Umfang und die Bedeutung der einzelnen Straftaten für die Sicherung des Hamburger Großstadtlebens erfordern nun einmal besondere Maßnahmen*, argumentierte man.

Aber der Ring zog sich tatsächlich immer enger um uns zusammen. Perfide war, dass sich die Bullen natürlich bei ihren Vernehmungen hauptsächlich auf die nicht voll integrierten Mitglieder der Bande konzentrierten. Einige davon hatten schon Wut auf mich, weil sie zum Beispiel bei ihrer letzten Teilnahme an einem Bruch nicht den zugesagten Beuteanteil erhalten hatten. Aber was hätte ich denn machen sollen, wenn die Ausbeute viel geringer ausfiel, als die Tippgeber mir zuvor zugeflötet hatten?

Wir Gefangenen wurden streng isoliert. Untereinander wurde jeder Kontakt unterbunden, zur Außenwelt aber auch, denn selbst unsere Anwälte durften nicht zu uns. Man wollte Absprachen unter uns in jedem Fall verhindern.

Ich versuchte alles und bestach wieder einmal einen Gefängniswärter. Was ich aber nicht wusste, der Kassiber wurde abgefangen, ausgewertet, kopiert und dann zugestellt, als ob nichts vorgefallen wäre. Natürlich benutzte ich in meinen Briefen nur noch eine Geheimsprache, die sogenannte Kesselklopper-Sprache, um vor allem massive Drohungen auszusprechen nach dem Motto: Wehe, einer von euch singt!

Partout wollte man vor allem von mir ein Geständnis erzwingen. Über fünf Monate lang legte man mir allabendlich Folterketten an. Meine Handgelenke schwollen dermaßen an, dass die Haut aufplatzte und sich alles schrecklich entzündete, aber auch das brach meinen Willen nicht.

Als der Untersuchungsrichter einsah, dass selbst fünfzehn Pfund schwere Folterketten kein Ergebnis erzielten, wechselte er die Taktik.

Jeden Tag schleppte man mich vom Untersuchungs- ins Polizeigefängnis, wo mir der Untersuchungsrichter jedes Mal freudestrahlend die Neuigkeiten auftischte. Jedes Geständnis eines Bandenmitglieds wurde mir haarklein und in allen Einzelheiten unterbreitet. Vor allem natürlich dann, wenn ich als Mittäter oder noch besser als Hauptschuldiger vom „Singenden" gebrandmarkt worden war. Aber auch das konnte mich nicht schocken. Ich blieb standhaft.

Doch der Untersuchungsrichter gab nicht klein bei. Fast flehentlich beschwor er mich immer wieder:

„Petersen, schließen Sie doch endlich ab mit Ihrer Vergangenheit. Dann wird es Ihnen auch gleich viel besser gehen. Sie haben doch keine Chance mehr. Aus der Kiste kommen Sie nicht mehr raus. Denken Sie doch mal an sich selbst."

„Wie meinen Sie das?"

„Es ist doch nie zu spät. Ich würde gern einen Paulus aus Ihnen machen."

„Und was müsste der Saulus dafür tun?"

„Einfach ein allumfassendes Geständnis ablegen. Ich verspreche Ihnen, dass sie dann auch keinen Tag länger als fünf Jahre im Gefängnis schmachten müssen."

„Wirklich?"

„Sie können sich darauf verlassen! Ich habe den Senator Dr. Nöldeck, den Oberstaatsanwalt und den Direktor Koch der Fuhlsbüttler Strafanstalt hinter mir. Die sind alle mit meinem Plan einverstanden."

„Aha."

„Das ist aber noch nicht alles! Selbst die Senats-Kommission im Petersen-Prozess, die für Eingaben von Gnadengesuchen zuständig ist, selbst die habe ich inzwischen auf meiner Seite. Aber Grundvoraussetzung ist ein lückenloses, allumfassendes Geständnis."

Ich will gar nicht auf die anderen Umstände eingehen, die mich endlich schwach werden ließen, aber in dem Untersuchungsrichter hatte ich einfach einen Ehrenmann gesehen. Das war ein Mann, dem ich vertraute. Ich gestand also meine gesetzeswidrigen Handlungen. Der Untersuchungsrichter flippte förmlich vor Begeisterung aus:

„Mensch, Petersen", jubelte er jovial, „Sie sind ja tatsächlich ein Ehrenmann! Meine größte Bewunderung und Anerkennung haben Sie."

Man gewährte mir sogar danach Freigang, was ich nie im Leben erwartet hatte.

Auf vierundneunzig Folioseiten schrieb ich neunundvierzig bandenmäßig verübte Einbrüche und Räubereien nieder. Mein Hauptgeständnis deckte dreiundsechzig Mittäter und Hehler auf, von denen fünfundzwanzig zu meinem inneren Führungszirkel gehörten.

Mit meinem „Freund", dem Untersuchungsrichter, war ich dann ständig mit dem Auto oder dem Fahrrad, je nach Entfernung, zu den einzelnen Tatorten unterwegs. Auch dort dachte ich in keinem einzigen Fall an Flucht und kehrte immer wieder brav ins Gefängnis zurück. Obwohl die Richter, die Staatsanwälte und die Kriminalbeamten mich des Öfteren bei diesen „Ortsbegehungen" unbeobachtet ließen, sodass mir eine Flucht ein Leichtes gewesen wäre. Der Gefängnisdirektor, Herr Koch, reichte mir eines schönen Tages sogar beim Rapport eine Zigarre, weil ich ein so braver und folgsamer Mensch sei.

Doch gab es klitzekleine helle Flecken am Ende des Tunnels für mich, kamen schon wieder andere Ereignisse auf mich zu, die mich voll runterrissen. In diese Zeit fiel nämlich leider der Tod meines Vaters. Egal, wie gut oder schlecht unser Verhältnis gewesen war, es ist immer grausam, eines seiner Elternteile zu verlieren. Das ist so was Endgültiges, etwas, das man nicht mehr rückgängig machen kann. Nie hab ich so viel an Vadder gedacht wie damals, als ich von seinem Tod erfuhr.

Ich war zudem nicht ganz unschuldig an der Angelegenheit. Da ich bei all den Brüchen oft nicht wusste, wohin mit dem ganzen Diebesgut, hatte ich, natürlich ohne mit ihm zu sprechen, so manches in seiner Bude beziehungsweise vornehmlich in seinem Keller und auf seinem Dachboden deponiert. Mein Vater hätte sowieso nie etwas davon wissen dürfen, das hätte er nicht geduldet! Die Polizei kam auch dahinter und nahm den alten Mann, immerhin schon weit über siebzig, und meine Schwester Martha daraufhin gefangen.

Dies war für meinen alten Herrn zu viel. Ihm ging seine Ehre über alles, so erhängte er sich aus Gram und Scham in der ersten Nacht in seiner Zelle. Mehr als fünfzig Kränze sollen auf dem Friedhof Ohlsdorf nachher auf seinem Grab gelegen haben. Meine Schwester sorgte dann später auch für einen großen Stein mit der Inschrift: *Wenn Liebe könnte Wunder tun und Tränen Tote wecken, dann würde dich gewiss nicht hier die kühle Erde decken.*

Mein Bruder Arnold hat mir den Tod des Vaters nie verziehen, wie er mir in einem Kassiber in den Knast sehr deutlich machte. Das tat mir natürlich auch sehr weh, war er doch immerhin mein engster Vertrauter.

Im Sommer 1922 war es dann aber schlagartig mit den Freiheiten und Erleichterungen für mich vorbei. Ich durfte das Untersuchungsgefängnis nicht mehr verlassen und wurde auch nicht mehr ins Stadthaus oder anderswohin bestellt. Obwohl der Untersuchungsrichter mir sogar schriftlich gab, dass mein Verhalten und meine eigens dadurch herbeigeführte Verurteilung verdiente Würdigung in der Gnadeninstanz finden müssten.

Mein Geständnis hatte in der Presse und Öffentlichkeit natürlich schweres Aufsehen erregt. Die Zeitungen waren wochenlang davon voll. Der Prozess begann endlich am 10. Dezember 1922. Es mussten gar Prozessberechtigungskarten ausgegeben werden, da die Zuschauerränge ständig völlig überfüllt waren. Der „Lord von Barmbeck“ war Gegenstand der Neugierde und Sensation. Ich war das Stadtgespräch schlechthin, und natürlich wurde alles, was mit mir zusammenhing, unglaublich aufgebauscht. Und jeder, der sich ein wenig gruseln und fürchten wollte, wollte dafür einen Blick auf diesen schrecklichen Schurken werfen.

Selbst noch Jahre nach meiner Verurteilung kamen Besucher in die Strafanstalt, die nur mal den „Lord von Barmbeck“ sehen wollten. Da konnte man sich wie ein Affe in Hagenbecks Tierpark fühlen. Aber sogar der Senat war so neugierig auf Julius Adolf Petersen, dass man mich, schwer bedeckt, dort zur Schau stellte.

Meine umfangreichen Geständnisse hatten mir natürlich viele Feinde eingebracht. Mehrmals gab es danach unwahre Denunziationen, in denen mir versuchte Ausbrüche unterstellt wurden. Da ich, was das anging, ja ein „Vorleben“ hatte, wurde solchen Behauptungen vorbehaltslos von Staatsanwaltschaft, Gericht und Strafanstaltsleitung geglaubt. Zwar klärten sich einige dieser angeblichen Ausbrüche auf, aber ich war dennoch der Leidtragende, denn Vergünstigungen, die ich mir durch meine gute Führung bereits erarbeitet hatte, wurden wieder gestrichen und endgültig einkassiert.

Natürlich konnte sich keiner mehr an die mir vor meinem Geständnis gegebenen Versprechungen erinnern, wollte dafür aber seine eigene Rolle in der Zerschlagung der Petersen-Bande umso glorreicher darstellen. Ob Untersuchungsrichter, Oberstaatsanwalt oder Kriminalbeamte, alle erhielten im Hamburger Fremdenblatt ihre Plattform, mich noch grausamer, monströser und abgefeimter darzustellen, als ich überhaupt war. Ohne ihr großes Dazutun würde ich bestimmt immer noch in Hamburgs ehrbarer Gesellschaft Angst und Schrecken verbreiten, war der gemeinsame Tenor dieser Selbstbeweihräucherungen.

Die Gerichte räumten derweil tüchtig weiter auf. Im März 1923 wurden zwei Kriminalwachtmeister zu je vier Jahren Zuchthaus verurteilt, weil sie nachweislich bei Einbrüchen der Petersen-Bande Schmiere gestanden hatten. Ja, ich wusste die finanzielle

Not dieser Leute schon für meine Zwecke zu nutzen, was nicht immer gut für sie war.

Im Mai 1923 erging dann das letzte Urteil gegen mich. Jeder Einbruch wurde dabei als Einzelfall betrachtet und so auch einzeln vor Gericht gebracht. Immer war mein Ankläger Dr. Rücker, den ich bald schon nicht mehr sehen konnte, weil es ja doch immer wieder das Gleiche war. Einundzwanzig Verurteilungen hatte er allein gegen mich erwirkt. Das Gesamturteil lautete fünfzig Jahre, drei Monate und zwei Wochen Zuchthaus sowie sechs Monate Gefängnis, dazu fünfundzwanzig Jahre Ehrverlust! Wie war das noch mit den maximal fünf Jahren gewesen? Kein Mensch konnte sich daran mehr erinnern. Und mit dem Wisch des Untersuchungsrichters hätte ich mir den Hintern abwischen können, so viel war der wert.

All die gebrochenen Versprechen und all die Lügen erhöhten natürlich mit der Zeit auch meine Verbitterung, sodass ich dann tatsächlich wieder nur an eines dachte, nämlich an Ausbruch. Ich hatte auch rasch einen Zuchthausaufseher ausgemacht, den ich bestechen konnte. Meine Drähte nach draußen waren trotz meines Geständnisses noch immer so gut, dass er bei einem meiner ehemaligen Komplizen das Schmiergeld ausgehändigt bekam, dass wir vorher vereinbart hatten: zweitausend Mark.

Im Oktober brachte er mir dann einen Rohrschneider, einen Dietrich, eine Eisensäge und einen nachgemachten Zellenschlüssel heimlich in der Nacht in meine Einzelzelle. Ich war schon mit den Vorbereitungen zum Ausbruch beschäftigt, als man mir ankündigte, dass ich überraschend in eine andere Zelle verlegt werden sollte. Zu meinem Glück kündigte man das eine Stunde vorher an, damit ich meine Siebensachen zusammenpacken konnte. Das Erste, was ich daraufhin natürlich tat, war, meine Fluchtwerkzeuge aus dem Fenster zu werfen.

Als man die netten Dinge im Hof fand, war das Theater im Zuchthaus natürlich groß. Es gab Einzelbefragungen aller Häftlinge, wem denn die Ausbruchswerkzeuge wohl gehörten, aber ich war ja nicht so dumm gewesen, jemandem meinen Plan mitzuteilen, und der Aufseher wäre der Letzte gewesen, der darüber geplaudert hätte. So verlief die Suche im Sande, und nach einer Woche normalisierte sich der Zuchthausalltag auch wieder.

Doch damit hatte sich die Angelegenheit für mich natürlich nicht erledigt. Auch einer weiteren größeren Geldzahlung gegenüber war der gleiche Aufseher, der mir all die Werkzeuge besorgt hatte, nicht abgeneigt. Bei Paul Reinig gab's wieder zwanzig Blaue bar auf die Kralle. Im Gegenzug erhielt der Fuchs meine detaillierten, schriftlichen Anweisungen. Ich forderte den Freund auf, mir eine Leiter an der Mauer anzusetzen. Um halb eins in der Nacht sollte er parat stehen und drei Mal kurz seine Taschenlampe aufleuchten lassen. Der Aufseher hatte mich zuvor in der Anstaltskapelle eingeschlossen und mir einen Nachschlüssel und eine Feile heimlich zugesteckt. Die Feile wollte ich nur haben, weil ich Nachschlüsseln nie so ganz traue, dass sie tadellos funktionieren. Vielleicht musste ich da mit Hilfe der Feile noch ein wenig nacharbeiten.

Als die Turmuhr halb eins schlug, verließ ich die Kapelle, aber das Lichtsignal von Paul Reinig blieb aus. Hatte mich der alte Freund etwa im Stich gelassen? Es fehlte auch eine Leiter, und die Mauer war sehr, sehr hoch. Fieberhaft sah ich mich um und entdeckte doch tatsächlich zwei lange Balken in der Hofecke. Ich begab mich dorthin, um diese an mich zu nehmen, das musste der Nachtwächter gehört haben, denn ich konnte noch nicht einmal den ersten Balken an die Mauer anlehnen, da war ich auch schon von mehreren Vollzugsbeamten gestellt und umstellt. Bedrohlich waren einige Gewehre auf meinen Körper gerichtet. Ich ergab mich. Paul erschien erst eine Viertelstunde später zum vereinbarten Treffpunkt. Zu spät. Zu dumm!

Die Gerichtsbarkeit ließ in ihren Bemühungen in alle Richtungen, was mich anging, nicht locker. Auf einmal war mein „Lieblingsaufseher" nicht mehr da.

„Wo ist denn der Gustav geblieben?", fragte ich seinen Nachfolger.

„Petersen, du hast doch Schuld an seinen vier Jahren Knast, tu man nicht so. Noch vier andere Aufseher und achtzehn weitere Personen sind wegen unerlaubter Hilfeleistung an Gefangenen zu drastischen Haftstrafen verurteilt worden."

„Was denn für Hilfeleistungen?"

„Im schlimmsten Fall Hilfe zum Ausbruch, die minderschweren Vergehen waren Schmuggel von Kassibern!"

Auch da zog sich der Ring immer enger zusammen. Man ließ uns einfach keine Ruhe!

Dann gab es auch mal etwas Erfreuliches in eigener Sache: Man fasste am 31. März 1924 in einem Beschluss des Landgerichts Hamburg all meine Einzelstrafen zu einer Gesamtstrafe von fünfzehn Jahren Zuchthaus und zehn Jahren Ehrverlust zusammen, wenn das auch nur ein schwacher Trost war.

Oh, wie ich das Zuchthaus hasste! Am schlimmsten all die Jahre im Knast war aber die nervtötende Monotonie. Immer die ewig gleichen Abläufe, die stupide Deppen-Arbeit, nur eine Stunde Hofgang am Tag, das entsetzlich schlechte und meist viel zu knapp bemessene Essen, dazu die unsägliche Einsamkeit.

Nach meinem umfassenden Geständnis durfte Frieda endlich zu den allgemeinen Besuchszeiten bei mir vorbeikommen, denn sie selbst war rasch wieder auf freien Fuß gesetzt worden, da man ihr, außer der Beziehung zu mir, nichts nachweisen konnte. Und eine Liebesbeziehung zu einem Verbrecher mündet glücklicherweise noch nicht zwangsläufig in eigener Gefängnisstrafe.

Ach Frieda! Die gute Frau ist mir tatsächlich all die langen, langen Jahre über treu geblieben, wenn ich da noch an meine Exfrau Helmi zurückdachte, die sich sofort einen Konsul aufgerissen hatte, ... aber diese raren Stunden des ausschließlichen Gesprächs ersetzten natürlich nicht annähernd das Leben, das ich draußen geführt hatte. Und das Fehlen jeglicher körperlichen Nähe ist einfach nur schrecklich!

Die Zeit in der Zelle nutzte ich natürlich auch zur kritischen Selbstreflexion. Wie war das eigentlich alles so gekommen? Hätte es anders laufen können? Hatte ich es so gewollt, oder war ich nur durch die Verkettung dummer Umstände in mein Verbrecherleben hineingeschliddert?

Wenn ich das so im Nachhinein betrachte: Für mich selbst habe ich eigentlich zeit meines Lebens immer sehr wenig Geld gebraucht. Ich fuhr kein eigenes Auto, hatte mir keine noble Villa an der Alster zugelegt und frönte auch keinen teuren Hobbies. Ich trank nur mäßig und dann auch lieber 'n kühles Blondes, als Champagner oder edle Weine. Auch im Essen war ich eher mäßig und gar nicht auf die ausgefallensten Speisen fixiert. Gute Hausmannskost war mir da viel lieber. Das Einzige war vielleicht mein Spleen, was gute Kleidung angeht, aber einen Tick hat doch jeder, oder?

Dazu kam im Knast in den ersten Jahren eine nicht ganz unbegründete Angst, die latent mitschwang. Schließlich war ich mit schuld daran, dass viele meiner ehemaligen Bandenmitglieder nun durch mein Verpfeifen lange Haftstrafen absitzen mussten. Der Hass vieler ehemaliger Freunde oder zumindest guter Bekannter auf ihren alten „König“ musste daher groß sein. Gut, ich saß in einer Einzelzelle, aber es gab immer wieder Gelegenheiten auf dem Weg zum Zwangsarbeitseinsatz, auf dem Weg zu und in den Gemeinschaftsduschen und während des Freigangs im Hof des Zuchthauses, wo ich den anderen Gefangenen begegnete beziehungsweise ausgeliefert war. Musste ich um mein Leben fürchten? Zwar waren unter meinen alten Kumpanen keine Mörder zu finden, Rudolf Loesch mal ausgenommen, der damals nach dem Einbruch in ein Textilgeschäft einen der beiden Polizisten der Nachtpatrouille erschossen hatte. Aber es hätte durchaus einer meiner alten Spießgesellen einen der inhaftierten Massenmörder im Knast für einen Mordanschlag auf mich anheuern können. Eine lebenslängliche Haftstrafe konnte sich schließlich nicht verlängern. Lange Zeit war diese Angst um mein Leben mein ständiger Begleiter. Immer wieder sah ich mich auf den Gängen um und beäugte die Mitinsassen misstrauisch, wenn sie mir denn zu nahe kamen.

Im Knast hörte ich auch, vornehmlich natürlich bei den Besuchen von Frieda, was alles Abenteuerliches über mich im Hamburger Fremdenblatt und in den anderen Gazetten geschrieben wurde. Immer wieder verschlug es mir die Sprache: Lüge, Lüge, Lüge schrie es in meinem Inneren. Aber Papier ist nun einmal geduldig. So kam mir auf einmal die Idee, meine Lebensgeschichte aufzuschreiben.

Frieda brachte mir bei ihrem nächsten Besuch einen dicken Packen Papier und einen teuren Füllfederhalter von Montblanc mit. Wochenlang schrieb ich nun auf dem wackeligen Holztisch, unter dessen eines, zu kurzes Bein ich immer wieder ein Stück mehrfach zusammengefaltetes Papier schieben musste, damit mich das Wackeln nicht zu sehr bei der Arbeit behinderte, Bogen für Bogen voll. Wie oft rutschte mir so die Feder ab, wenn ich einmal nicht daran gedacht hatte, erst zu überprüfen, ob der Tisch vor Beginn der Schreibarbeit noch wackelte oder nicht. Das Schreiben verschaffte mir eine Befriedigung und einen inneren Seelenfrieden. Auch war ich nun in meiner Freizeit beschäftigt, was die Einsamkeit für mich erträglicher machte.

Immer wieder stellte ich fortan natürlich Gnadengesuche und appellierte an die Gerichte, aber ergebnislos. Einen kleinen Teilsieg konnte ich zumindest durch meine vielen Eingaben am 23. Juni 1931 erzielen. Die Landesjustizverwaltung wandelte die restliche Zuchthausstrafe in eine Gefängnisstrafe um.

Seltsam – Wieder draußen

Doch das war mir natürlich nicht genug. Weiter drängte ich auf eine vorzeitige Entlassung. In dem Vorsteher der Strafanstalt Fuhlsbüttel fand ich sogar Unterstützung, schrieb der doch ein Gutachten, das zu meinen Gunsten ausfiel:

„Petersen ist ein Gefangener, der den Beamten einen gewissen Respekt abzwingt. Er ist höflich, ruhig und bescheiden, ohne kriecherische Unterwürfigkeit zu betreiben. Die Führung ist nur als vorbildlich zu beschreiben. Nie hat Petersen Anstaltseinrichtungen kritisiert, nie genörgelt, sich nie einen Tadel zugezogen. Anderen Gefangenen gegenüber Abstand wahrend, arbeitet er als zuverlässige Stütze seines Vorgesetzten auf einem Vertrauensposten. Diese Selbstdisziplin in der elf Jahre langen Monotonie des Gefängnislebens bringt nur eine eiserne Natur, ein starker Wille, ein ganzer Mann auf!"

Und dann, als ich schon fast alle Hoffnung aufgegeben hatte, öffneten sich für mich auf einmal am 29. April 1932 morgens um neun Uhr die Gefängnistore. Ich war zwar nicht entlassen, sondern nur probeweise und jederzeit widerruflich beurlaubt, aber auf solche Wortklaubereien gab ich gar nichts mehr. Ich war draußen, endlich, endlich wieder draußen.

Sofort fuhr ich zu den Colonnaden. Frieda kriegte sich kaum wieder ein vor Freude und Glück. Es war gar keine Frage, dass ich wieder mit ihr zusammen in der Pension lebte. Ich teilte so auch nicht das Los Abermillionen armer Menschen in Deutschland als Spätfolgen der Weltwirtschaftskrise. 16,3% Arbeitslosigkeit gab es 1932 bei uns, dazu die Hyperinflation. Haufenweise gingen kleinere und mittlere Betriebe in Konkurs. Die Weimarer Republik unter Reichskanzler Heinrich Brüning versuchte, die Währung durch eine Sparpolitik zu stärken, die es so noch nie gegeben hatte, was mit rapidem Sozialabbau einherging. Beamtengehälter, Renten, Pensionen und Sozialleistungen wurden brachial gekürzt. Dies trug zu einer Radikalisierung der Politik bei, die den Aufstieg des Nationalsozialismus begünstigte. Bei den Wahlen im Juli kam die NSDAP auf 33,7% der Stimmen.

Arbeit hätte ich sowieso im Leben als „Ex-Knacki“ keine mehr gefunden, aber wir hatten mit der Pension ja unser bescheidenes Auskommen. Da auch Frieda genügsam war, reichte das sogar für uns beide.

Zwei Tage nach meiner Freilassung ging ich mit Frieda ins Filmtheater. In der Schauburg Barmbeck, in der Dehnhaide, lief der neue Film „Der Sieger“ mit Hans Albers. Beeindruckend für mich, wie sich das Medium Film doch in den letzten elf Jahren weiterentwickelt hatte. Inzwischen gab es sogar sprechende Bilder.

„Tonfilm nennt man das, mein Lieber“, berichtigte mich Frieda auf der Stelle.

So verliefen die ersten Wochen insgesamt harmonisch und friedlich. Aber ein Tag hat nun einmal vierundzwanzig Stunden, und ich war nicht dazu geboren, im Ohrensessel gemütlich ein Pfeifchen zu schmauchen und den halben lieben Tag das Hamburger Fremdenblatt zu lesen. Natürlich sprach es sich auch in gewissen Kreisen herum: Der „Lord“ ist wieder draußen. Der „König“ ist wieder da!

Und wie heißt es ja selbst so schön im Sprichwort: Die Katze lässt das Mausen nicht, so war auch ich sehr anfällig für Anfragen in diese Richtung. Bald schon war ich in eine neue Einbruchsserie involviert. Eigentlich hatte ich mir geschworen, nun ein nützliches Mitglied der menschlichen Gesellschaft zu werden und wollte mit meinem früheren Leben vollständig abschließen, aber ich fühlte überdeutlich, dass ich in all den Jahren zu einem hoffnungslosen Außenseiter der Gesellschaft geworden war. Irgendwie besaß ich nicht mehr die Kraft und den Willen, mich aus meinem vormaligen Milieu zu befreien. Ich kann gar nicht sagen warum, aber wenn ich mein Leben so Revue passieren lasse, dann hielt mich dieses Milieu eigentlich seit meinen frühesten Kindertagen in seinen dämonischen Klauen gefangen.

Mir wurde durch Willem, meinem immer noch lebenden Informanten, zugetragen, dass Oberstaatsanwalt Dr. Rücker ein Jahr nach meiner Entlassung bei Henne, der nun zum Kriminalinspektor aufgestiegen war, nachfragte, ob es Bedenken gegen die Bewilligung einer Bewährungsfrist für meine Reststrafe gäbe. Kriminalinspektor Henne sprach seine schweren Bedenken aus, weil er meinte, dass es Anzeichen dafür gäbe, dass ich mit einem gewissen Ernst Hannack verbündet sei, einem steckbrieflich gesuchten Einbrecher, Räuber und Mörder, der aus dem Zuchthaus Oslebshausen bei Bremen ausgebrochen war und sich seitdem in Hamburg versteckt hielt.

In der Tat hatte sich dieser Ernst Hannack längst mit mir in Verbindung gesetzt. Fast hätte man ihn am 28. März auf St. Pauli erwischt, aber in einer haarsträubenden Flucht über die Dächer mehrerer Häuserblocks konnte er mit Ach und Krach entkommen. Das erinnerte mich an so manche „Jugendsünde“. Wie viele Dächer hatten mich auf meinen Fluchten vor der Ergreifung gerettet?

Schon vorher, im Februar, buchtete man meinen Bruder Arnold wieder ein, der ja schon viele Jahre vor mir wieder draußen war, schließlich war er ja nicht der Chef des Petersen-Konzerns gewesen. Seit letztem Herbst hatte er mit seinen Kumpanen selbstgedruckte Zwanzig-Mark-Scheine in ganz Deutschland in Umlauf gebracht. Es wurde von der Polizei sofort die Vermutung aufgestellt, dass ich der eigentliche Kopf der Falschgeldbande sei, man konnte mir aber nichts nachweisen. Ich will ehrlich sein, ich war tatsächlich der Kopf der Bande gewesen. Aber mein Bruder hielt bei seiner Verhaftung dicht. So blieb ich weiterhin ein freier Mann.

Nichts Böses ahnend, lag ich mit meiner Frieda am 14. Juni 1933 noch in den warmen Federn, als auf einmal zwei Kriminalassistenten Einlass in die Pension fanden. Plötzlich standen sie mitten in unserem Schlafzimmer am Fußende des Doppelbetts und fragten:

„Sind Sie Julius Adolf Petersen?“

„Seit meiner Geburt an, das ist so.“

„Wir haben hier einen Haftbefehl gegen Sie."
„Aber was soll ich denn verbrochen haben?"
„Bei Ihnen reichen schon ausreichende Verdachtsmomente aus, schließlich sind Sie nur auf Haftunterbrechung frei." Das war ja eine böse Geschichte. „Ziehen Sie sich bitte unverzüglich etwas an."
„Könnten Sie dafür bitte das Zimmer kurz verlassen?"
„Das könnte Ihnen so passen, Petersen, und dann hauen Sie uns durchs Fenster ab? Außerdem sehe ich, glaube ich, ähnlich aus wie Sie, kann Ihnen also nichts abgucken."
Frieda weinte sofort bitterlich. Ging das alles wieder von vorne los?
Als ich gerade meine Hose anziehen wollte, riss der zweite Bulle diese erst einmal an sich und vollzog eine genaue Taschenkontrolle.
„Sind nur neun Mark fuffzig in der Büx, die kann der Petersen ruhig behalten, was?"
Na, das war ja gnädig von den Herren, die sich mit Neubauer und Radam ansprachen und Kriminalassistenten waren, wie sie selbst stolz betonten, kannte ich mich doch mit den verschiedenen Rängen bei der Polizei längst nicht mehr aus. Aber was hatten sie eigentlich in meinen Hosentaschen vermutet? Etwa einen Revolver?
Ich wurde zum Arrestposten ins Stadthaus gebracht und dort zum Abtransport in den Knast übergeben. Ich musste beim Transport nach Santa Fu[100] unweigerlich an die junge Bordsteinschwalbe Erna aus meiner Jugendzeit denken, was mochte wohl aus ihr geworden sein? Hatte sie den Absprung aus ihrer „Karriere" irgendwann gefunden? Oder war sie, wie ich, mit all dem Unrat der Großstadt in die Kloake gespült worden?
Ich sah mich schon wieder auf Jahre im Knast verrotten, doch erstens kommt es oft anders und zweitens als man denkt. Nur sechs Wochen später, am 25. Juli, wurde ich wieder auf freien Fuß gesetzt. Und das, obwohl mein sofortiges Gnadengesuch vom Juni

---

[100] Bezeichnung der Strafanstalt Fuhlsbüttel im Verbrecherjargon.

gleich wieder abgelehnt worden war. Die NS proklamierte eine auf Vernichtung abzielende Bekämpfung des Berufsverbrechertums, und ich galt in ihren Augen als eines der schlimmsten Exemplare, so die Begründung.

Und dann das? Doch die Aufklärung sollte nur wenige Wochen später folgen. Ich wurde zu den Großen Bleichen 23 zitiert. Was sollte ich da? Wer hatte da seinen Sitz? Eine Polizeidienststelle?

Ich fragte mich bei meinen Kumpeln durch, die wussten sofort Bescheid:

„Du, seit März hat der Chef der Hamburger Ordnungspolizei, ein gewisser Ernst Simon, aus sechsunddreißig Polizeibeamten, die als politisch zuverlässig gelten und als besonders skrupellos bekannt sind, das KZBV gegründet!“

„KZBV, was heißt das denn?“

„Kommando zur besonderen Verwendung. Der Führer dieser Spezialeinheit ist Polizeioberleutnant Franz Kosa, ein fanatischer Kämpfer der NSDAP.“

„Und wozu ist dieses KZBV da?“

„Zu den Aufgaben des KZBV sollen Razzien ganzer Straßenzüge gehören, unangekündigte Hausdurchsuchungen und vor allem Festnahmen politischer Gegnerinnen und Gegner.“

„Na, denn Mahlzeit!“

„Das Kommando ist überall gefürchtet, König, denn es verübt an den Inhaftierten schwere Misshandlungen und erpresst mit brutaler Gewalt erste und vor allem sofortige Geständnisse.“

Mir war auf einmal ganz mulmig zumute. Nur zu gut erinnerte ich mich an die schwere Kettenfesselung, die man bei mir angewendet hatte, um mich zum Geständnis und Verpfeifen meiner Kumpane zu bewegen. Aber das war wohl noch ein Zuckerschlecken gegen die neuen Methoden gewesen.

Sollte ich in Wirklichkeit gar nicht frei kommen, sondern nur wieder gefoltert werden, um erneut irgendwelche Geständnisse aus mir herauszupressen?

Ich erwog auf der Stelle die Flucht ins Ausland, aber derzeit war ich fast mittellos, hatte keinen Reisepass, und was sollte ich in diesen schrecklichen Zeiten im Ausland anfangen, um dort irgendwie über die Runden zu kommen?

Also ging ich schweren Herzens doch zum Hauptquartier der Spezialeinheit KZBV."

Polizeioberleutnant Franz Kosa begrüßte mich höchstpersönlich, was mich sofort tief schockierte, aber der Mann war überfreundlich:

„Das ist nett, dass Sie meiner Einladung gefolgt sind, Petersen."

Einladung ist gut, dachte ich mir.

„Ich weiß nur nicht, worum es überhaupt geht, Herr Oberleutnant."

„Das sollen Sie schnell erfahren, Petersen. Eigentlich fällt das, worum ich Sie gleich bitte, gar nicht in unser Ressort, aber die Kriminalpolizei hat mich um Mithilfe gebeten, und da hilft man sich doch kollegial gerne aus, nicht?"

Noch immer ließ er die Katze nicht aus dem Sack.

„Und was kann ich für Sie dabei tun?"

„Das geht genau in diese Richtung, Petersen, Sie sollen nämlich etwas für mich tun. Der Hamburger Polizei ist seit Längerem ein Mann ein ganz besonderer Dorn im Auge und zwar ein gewisser Ernst Hannack. Ich hörte, Sie kennen ihn gut." Dazu sagte ich jetzt lieber nichts. „Es ist der Polizei trotz intensivster Bemühungen bisher nicht gelungen, diesen Schurken dingfest zu machen."

Mir schwante, was sie von mir wollten.

„Und nun soll ich Ihnen dabei helfen ihn zu verhaften!"

„Ganz genau, es wird Ihr Schaden auch nicht sein, das verspreche ich Ihnen!"

Mir war schon so viel versprochen worden und dann war davon nichts gehalten worden, aber was blieb mir anderes übrig? Ich wollte nicht wieder für Jahre nach Santa Fu. In der Mithilfe sah ich meine einzige Chance, dieses zu verhindern. War das überhaupt der Grund, warum ich so schnell wieder draußen war? Weil man mich als lebenden Köder brauchte? Also spielte ich mit.

Über Mittelsmänner verabredete ich mich mit Ernst Hannack am 24. Oktober 1933 um siebzehn Uhr bei der Johanniskirche in

Harvestehude. Das KZBV und die Kriminalpolizei hatten das Gelände vorher weiträumig umstellt, aber so unauffällig, dass der Gesuchte das auf keinen Fall mitkriegen konnte.

Pünktlich wie die Maurer erschien Ernst Hannack auf dem Kirchvorplatz. Er pfiff einmal kurz aus weiterer Entfernung zur Erkennung. Die Dunkelheit brach gerade an, so konnte er mich nicht genau erkennen, also fragte er:

„Bist du das, Adolf?“

„Klar, Ernst, wer sonst!“

„Warum dieses merkwürdige Treffen? Und dann dieser seltsame Treffpunkt? Oder gehst du jetzt in die Kirche?“

„Die ist doch längst zu.“

„Eben.“

Ich hob meinen Arm, wie ich es mit dem Oberleutnant vereinbart hatte, sodass die Ordnungshüter rundum Bescheid wussten, dass der gesuchte Schwerverbrecher tatsächlich vor Ort war.

„Was soll dieses Handzeichen, Adolf?“, kreischte Hannack sofort panisch und zückte seinen Revolver.

Ohne noch ein weiteres Wort zu verlieren, schoss er sofort auf mich. Für Verräter kannte er keine Gnade. Auf die kurze Distanz konnte er mich gar nicht verfehlen. Ich hatte aber Glück im Unglück, die Kugel war als glatter Durchschuss nur durch meinen linken Oberarm gefahren.

Der Schuss wirkte für die Polizei wie ein Angriffssignal. Hinter jedem Busch, hinter jedem Baum, hinter jedem Holzstapel, hinter jeder Mülltonne und aus jedem tiefer gelegenen Hauseingang stürmten nun Polizisten von allen Seiten sternförmig auf uns auf den Kirchvorplatz zu.

Ernst Hannack merkte, dass ich wahrlich die geringste Bedrohung für ihn darstellte, und ballerte, sich im Kreis drehend, rundherum auf die anstürmenden Beamten, die sich aber alle blitzschnell zu Boden warfen, um nicht von den heranpfeifenden Kugeln getroffen zu werden.

Den ersten Augenblick der allgemeinen Verwirrung nutzte ich und machte einmal wieder das, was ich in meinem Leben am besten gelernt hatte, ich türmte.

In meinem Rücken war nun inzwischen ein wildes Feuergefecht im Gange.

„Da links rüber, Männer, da läuft er doch!“, schrie einer der Vorgesetzten und sofort jagte alles, was Beine hatte, in die aufgezeigte Richtung. Um mich kümmerte sich keiner. Ich war den Beamten völlig egal.

Ich schleppte mich unter großen Schmerzen zur Pension. Frieda und ihre Schwester, die ein paar Tage zu Besuch war, betteten mich auf die Couch im Salon, wuschen die Wunde aus und verbanden mich. Zum Glück war ja keine Kugel aus dem Arm zu entfernen.

Aber das Glück war nur von kurzer Dauer. Zwei Tage später rückte die Kriminalpolizei schon wieder an. Ich lag gerade zum Ausruhen auf der Couch, denn mein Arm bereitete mir doch immer noch arge Probleme.

„Was ist denn nun schon wieder, meine Herren? Was wollen Sie denn schon wieder von mir? Ich habe doch voll und ganz kooperiert.“

„Das schon, Petersen, aber heute Morgen haben wir Ernst Hannack nach einer schweren Schießerei im Bergedorfer Schlosspark endlich einbuchten können.“

„Das ist doch schön für Sie!“

„Aber nicht für Sie, Petersen. Ernst Hannack hat nämlich gleich danach im Stadthaus gesungen, wie das herzallerliebste Kanarienvögelchen.“

„Und?“

„Gestanden, mehr als zwanzig Einbrüche mit Ihnen gemeinsam ausgeführt zu haben.“

Es war wieder einmal alles vorbei. Nach meiner Inhaftierung stieg die Zahl der Brüche, die ich angeblich mit dem berühmten Fassadenkletterer Ernst Hannack begangen haben sollte, sogar auf fünfundzwanzig. Ich konnte mich allerdings nur an siebzehn davon erinnern, die ich dann auch letztlich zugab.

Knast. Wieder in der Einzelzelle, und das wohl für viele, viele Jahre? Das ist einfach zu viel! Ich bin in einer ganz, ganz düsteren Stimmung! Ich sehe keinen Lichtblick mehr! Es gibt keine Hoffnung und keine Zukunft mehr. Schlagartig fällt mir auch der Selbstmord meines Vaters ein. Erhängt hat er sich, erhängt!

Wenn ich Pech habe, muss ich erst wieder Jahre auf den oder die Prozesse warten … und ich als Berufsverbrecher … Wiederholungstäter … Weiteres zu meinem Leben werde ich nicht mehr schreiben können… ich kann einfach nicht mehr, ich will nicht mehr … aus, es ist alles aus …

Bericht der Anstaltsleitung vom 21. November 1933:

„Der seit dem 20. November 1933 wegen schweren Diebstahls für II R 3909/33 A III in Untersuchungshaft befindliche Julius Adolf Petersen (Lord von Barmbeck), geboren am 7. Oktober 1882 zu Hamburg, geschieden, Kaufmann, hat sich am 21. November 1933 in der Zeit zwischen 19.38 und 20.19 Uhr in seiner Zelle erhängt. Petersen befand sich in Zelle 185 in Einzelhaft und ist bei dem Revisionsgang 19.38 Uhr von dem Aufseher Nasselich noch lebend in seiner Zelle beobachtet worden. Als jedoch der Nachtrevisionsbeamte, Aufseher Klock, um 20.19 Uhr durch den Spion der Zelle 185 sah und das Zellenlicht einschaltete, fand er das Bett Petersens leer. Nach Aufschluss der Zelle wurde Petersen mit einer Schlinge aus zwei Strümpfen und einem Taschentuch um den Hals in der linken Ecke hinter der Zellentür auf dem Fußboden in zusammengekauerter Stellung aufgefunden. Die Schlinge ist sofort von dem Aufseher gelöst worden. Von den Aufsehern Klock und Reyer, Werkmeister Rohwedder und dem inzwischen erschienenen Heilgehilfen Dettmer sofort angestellte Wiederbelebungsversuche waren erfolglos. Petersen befand sich seit dem 26.

Oktober 1933 als Polizeigefangener im Untersuchungsgefängnis in Einzelhaft und ist von allen Gefangenen streng getrennt gehalten und in den letzten Tagen fast täglich von Kriminalbeamten vernommen worden. Er ist vorschriftsmäßig und korrekt behandelt worden und zeigte auch keine deprimierte Stimmung. Seine Führung war wie immer mustergültig. Das Motiv seiner Tat ist nicht bekannt geworden.“

Nachwort

Wie ich dazu kam, diesen Roman zu schreiben? Schon seit vielen Jahren ging ich mit dieser Idee „schwanger“. Schließlich bin ich selbst in Barmbek groß geworden und habe dort von 1957 bis 1992 gewohnt und gelebt, bis ich mir einen Stadtteil weiter ein kleines Endreihenhaus kaufte.

Der „Lord von Barmbeck“ ist eine von Barmbeks bekanntesten und sicherlich berühmtesten Persönlichkeiten, wenn es sich bei ihm auch nicht gerade um ein besonders positives Mitglied der Gesellschaft gehandelt hat. Der Lord von Barmbeck war zumindest eine ambivalente, vielschichtige und faszinierende Persönlichkeit.

Er wuchs in einem Stadtteil auf, der zum Ende des 19. Jahrhunderts in wenigen Jahren von 3.000 auf über 90.000 Einwohner anwuchs. So entstand das sogenannte „enge“ Barmbek. Die Häuser standen dicht an dicht. Zumeist handelte es sich bei den Zugezogenen um Hafenarbeiter, die ob der Hafenerweiterung, der Erweiterung der Speicherstadt oder durch Ausdehnung der sogenannten „besseren“ Stadtteile ihre Bleibe verloren, und um die vielen Zuwanderer aus Mecklenburg und Pommern, die es der Hoffnung auf Arbeit wegen magnetisch in die große Stadt an der Elbe, nach Hamburg zog.

Julius Adolf Petersen schrieb 1927 im Gefängnis (Zuchthaus Fuhlsbüttel) selbst seine „Lebensbeichte“, die er natürlich deutlich verklärte. Gern hätte er sich ausschließlich als modernen „Robin Hood“ gesehen. Es stimmt schon, er hat nur die Reichen oder Reicheren bestohlen und hat ab und an auch etwas an die Armen gegeben. Wenn er Geld in der Tasche hatte, war er ein mehr als freigebiger Mann. Er sah sich selbst eher als Ausbrecher aus dem System, denn als Einbrecher oder Kriminellen. Er meinte nur, erlittenes Unrecht durch seine Taten wieder auszugleichen. Doch die Tatsachen sprechen massiv gegen diese Schutzbehauptung.

Immer wieder betonte Julius Adolf Petersen auch, dass er nie zur Waffe gegriffen habe, um jemanden zu verletzen oder gar zu erschießen. Er trug Schusswaffen ausschließlich zur Abschreckung. Aber seine Kumpane hatten diese Skrupel nicht, sodass es oft nur Glück war, wenn es keine Toten gab. Auch Polizei- und Presseberichte sprechen von Feuergefechten, sodass Petersen diese Tatsachen wohl in seiner Lebensbeichte einfach nur ungeschehen machen wollte.

Er sah sich als einen sogenannten „Gentleman-Räuber". Seine Großmannssucht sieht man schon an seiner bevorzugten Kleidung. Er glich eher den vornehmen Bankbeamten, den Börsianern an der Hamburger Wertpapierbörse oder den Croupiers in den vielen heimlichen, illegalen Spielcasinos der Stadt, denn einem typischen jungen Mann aus der Arbeiterklasse. Seine untrüglichen Markenzeichen waren der steife Bowlerhut und ein schwarzer Stockschirm, von denen er sich am liebsten überhaupt nicht trennte. Gewandet war er gern in Nadelstreifenanzüge mit Weste und trug dazu feinste Hemden und Krawatten. Auch Schmuckaccessoires waren gern gesehen.

Schon zu Lebzeiten war er in Hamburg eine Berühmtheit, wurde doch gar eine Komödie über ihn unter dem Titel „Der Lord von Barmbeck" im Theater aufgeführt und es gab massenweise Zeitungsartikel, die über seine begangenen und vermeintlichen Untaten berichteten. Natürlich bauschte die Boulevardpresse die Vergehen dramatisch auf. Vielleicht führte auch Petersens Verärgerung über die vielen Falschdarstellungen in den Gazetten und unter der Bevölkerung auf der Straße zu seiner „Lebensbeichte", die er in deutscher Schreibschrift auf über 717 Seiten verfasste (Scan eines Blattes davon auf der folgenden Seite). Felsenfest dachte er, diese Autobiografie würde sofort veröffentlicht werden, doch weit gefehlt.

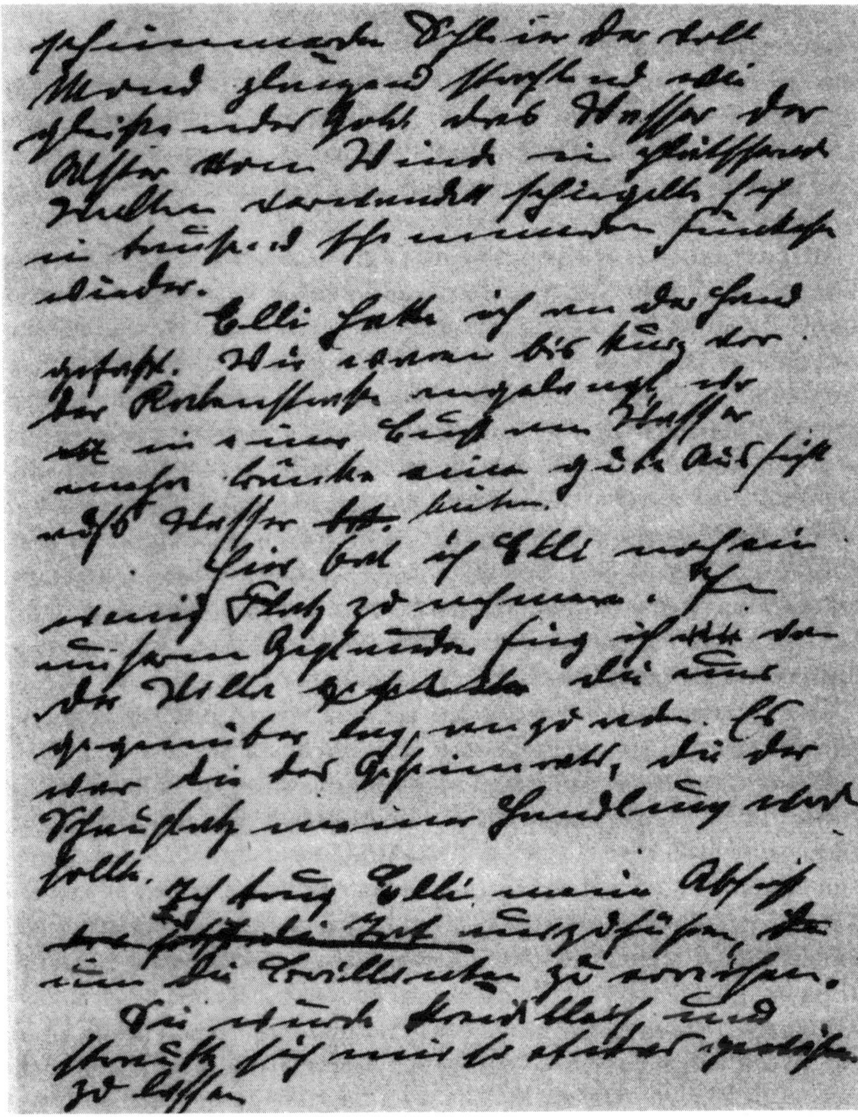

In welchem Umfeld fand seine „Karriere“ statt? Das junge Nachkriegsdeutschland steckte damals in einer schweren Wirtschaftskrise. Der Kapp-Putsch (Vom 13. März 1920 fand ein nach fünf Tagen gescheiterter Putschversuch gegen die Weimarer Republik statt. Anführer war General Walther von Lüttwitz mit Unterstützung von Erich Ludendorff, während Wolfgang Kapp mit seiner „Nationalen Vereinigung“ eigentlich nur eine Nebenrolle spielte), ständige Hungersunruhen und Ausnahmezustände bestimmten das Leben in Hamburg. Sehr viele Hamburger lebten zum Ausklang des Kaiserreichs und in der Weimarer Republik an der Armutsgrenze. Das Elend auch persönlich zu ertragen, kam für ihn nicht in Frage.

Bei Inflationsraten von mehr als 100 Prozent reichten selbst die Gehälter der Beamten kaum mehr aus, um ihre Familien zu ernähren. So war es für Julius Adolf Petersen einfach, immer wieder Amtspersonen zu bestechen und so lange – trotz unzähliger Einbruchsdelikte – auf freiem Fuß zu bleiben. Zeitgenössische Dokumente widersprechen sich, was die Anzahl seiner Gefolgsleute in der „Barmbeker Einbrechergesellschaft“, die später „Petersen-Konzern“ genannt wurde, angeht. Die Schätzungen gehen von 70 bis zu 400 Mitgliedern aus. Eigentlich unfassbar, wenn man sich das heute so überlegt.

Die Hamburger Polizei legte jedenfalls im Laufe seiner „Verbrecherkarriere“ 20 laufende Meter Aktenordner über ihn an. 200 seiner Straftaten kamen zur Verhandlung. Mehr als 400 Personen wurden als Zeugen vernommen. Nach seinen umfassenden Geständnissen wurden etwa 3.000 Haftbefehle ausgestellt.

Das Haus, in dem Petersen seine Kneipe unterhielt, gibt es übrigens heute noch. Das Gebäude sollte nach dem Jahre 2011 abgerissen werden. Lokaler Widerstand aus der Bevölkerung konnte das letztlich verhindern. Das Haus wurde darauf von der Stadt unter Denkmalschutz gestellt. Ab dem Herbst 2013 wurde es aufwändig saniert. Die Firma, die nun die hochpreisigen Eigentumswohnungen darin anbietet, nennt sich passenderweise selbst „Lord-von-Barmbeck“.

Neben dem „Hamburger Fremdenblatt“ aus der Zeit von Julius Adolf Petersens Treiben und einigen Auszügen aus Polizeidokumenten, war mir vor allem das Buch von Helmut Ebeling bei der Erstellung dieses Romans eine große Hilfe. Ebeling war in Hamburg Kriminalbeamter und stieß bei seinen Recherchen auf das handschriftliche Manuskript von Julius Adolf Petersen, das bis dahin über 40 Jahre unveröffentlicht geblieben war. Außer dem Nachwort Ebelings beinhaltet das Buch *„Der Lord von Barmbeck – Das Leben des berüchtigten Ein- und Ausbrechers Julius Adolf Petersen von ihm selbst erzählt“* (Rowohlt Verlag, 1973, Hamburg), fast ausschließlich Petersens Lebensbeichte.

Ich hielt mich eng an diese Lebensbeichte, machte es mir in meinem Roman aber zur Aufgabe, diese subjektiven Darstellungen von Julius Adolf Petersen, wo es ging, durch Fakten abzuändern oder durch meine Erkenntnisse zu ergänzen. Natürlich wollte ich auch längere Dialoge in meinem Roman haben, die ausschließlich meiner Fantasie und Feder entstammen und nirgendwo schriftlich überliefert sind. Zudem wollte ich ein wenig mehr Lokalkolorit in dem Werk wissen. Die Leser sollen ein bisschen mehr über Hamburg und Umgebung zurzeit Julius Adolf Petersens erfahren.

Hier möchte ich noch einmal betonen, dass ich einen Roman und keine Biografie schreiben wollte, zumal es eine Autobiografie ja, wie gesagt, schon gibt. Da Petersen wohl bewusst in seiner Lebensbeichte kaum Namen erwähnt hat, um die Personen damals nicht zu kompromittieren, habe ich der besseren Lesbarkeit wegen einigen Personen Namen gegeben, die ich mir selbst ausgedacht habe. Da, wo ich die echten Namen herausgefunden habe, habe ich natürlich diese benutzt.

Im gleichen Jahr, in dem das Buch von Helmut Ebeling erschien, kam übrigens unter der Regie von Ottokar Runze mit Martin Lüttge in der Titelrolle eine Filmbiografie „Der Lord von Barmbeck“ heraus, die heutzutage leider weder als Video noch als DVD erhältlich ist. Mit Judy Winter, Simone Rethel, Heinz Reincke, Helga Feddersen, Benno Hoffmann, Wolfgang Borchert unter anderen, spielte eine illustre Schauspielerriege in dem Spielfilm mit, der seinerzeit gute Kritiken erhielt.

Weiteres Quellenmaterial war für mich die Tonaufzeichnung einer Veranstaltung aus dem Jahr 2002 mit Rolf Becker und Patrick Wagner. Erzählungen des „Lords“ waren Auswertungen der Hamburger Polizeiakten gegenübergestellt.

2005 gab es dann im St. Pauli-Theater noch ein Theaterstück mit Musik, in dem Ulrich Tukur die Hauptrolle als „Lord von Barmbeck“ übernahm, was ich aber selbst nicht gesehen habe. Die Tageszeitung „Die Welt“ urteilte damals: *„Mit altmodischer Schiebermütze statt Lord-Melone und einem schwarzen, unzeitgemäßen Jackett, das nicht nur über den Rippen verdächtig spannte, wäre Adolf Julius Petersen niemals in die Öffentlichkeit getreten.“* Wenn auch der Rest der Kritik über das Stück eher positiv ausfiel.

Das neue Polizeimuseum Hamburg wurde am 28. Februar 2014 im ehemaligen Wirtschaftsgebäude auf dem Gelände der Akademie der Polizei Hamburg, Carl-Cohn-Straße 39, mit einer deutlich erweiterten Ausstellungsfläche eröffnet. Im Dachgeschoss befindet sich die Ausstellung „Die Hamburger Polizei ermittelt“. Acht Kriminalfälle, die in der Öffentlichkeit überregional Aufmerksamkeit erlangten, demonstrieren anschaulich und beispielhaft den beruflichen Alltag der Hamburger Polizei. In der Rubrik „Spektakuläre Kriminalfälle“ dürfen die Beutezüge des Lords von Barmbeck natürlich nicht fehlen.

Ich fand es jedenfalls an der Zeit, dass wieder einmal jemand sich mit dieser illustren Person etwas länger auseinandersetzte. Ich hoffe, ich konnte Ihnen mit diesem Werk ein wenig Freude, Unterhaltung und Spannung bereiten.

Ihr

Reinhard Marheinecke

Hat Ihnen das Buch gefallen? Dann hier ein weiterer großer historischer Roman aus unserem Verlag:

Von
Jutta Laroche

420 Seiten
Hardcovereinband

ISBN:
978-3-932053-66-5

„Schon sein Gesichtsausdruck und Augen verrieten das Feuer seines Geistes“, so beschreibt der Zeitgenosse Velleius Paterculus den römischen Offizier und Cheruskerfürsten Arminius, der mit seinen Anhängern im Jahre 9 n. Chr. drei Legionen vernichtend schlug. Dieser historische Roman erzählt von seinen Kämpfen, seiner Liebe, seiner Ermordung. Die Autorin verzichtet dabei weitgehend auf fantasievolle Ausschmückungen, sie hält sich stattdessen an die Überlieferungen römischer Geschichtsschreiber. Herausgekommen ist das faszinierende Bild einer seit zweitausend Jahren zurückliegenden Zeit und die einfühlsam geschilderte Lebensgeschichte eines Mannes, der einst ein Weltreich herausforderte. Eine Geschichte, so spannend und lebendig, dass sie den Leser von der ersten bis zur letzten Seite nicht mehr loslässt!

Oder wie wäre es hiermit?

Von
Jutta Laroche

448 Seiten

Hardcover

ISBN:
978-3-932053-77-1

„Cäsar - oder nichts" ist ein Roman über das Leben des Cesare Borgia im Italien des 15./16. Jahrhunderts. Der Sohn des umstrittenen Papstes Alexander VI. aus der skandalumwitterten Familie der Borgia wird gegen seinen Willen in jungen Jahren zum Kardinal ernannt, legt später das Amt nieder und erobert große Teile Mittelitaliens. Sein Aufstieg zum Herzog der Romagna ist ebenso spektakulär wie sein früher Fall, der mit dem Tod des päpstlichen Vaters beginnt. Cesare Borgia, in der Renaissance ebenso gefürchtet wie bewundert, gilt allgemein als der Inbegriff des Bösen. Rücksichtslose Brutalität, Mord und Inzest werden ihm vorgeworfen. Dieser Roman versucht, seinem komplizierten Charakter gerecht zu werden und dabei weder zu beschönigen noch zu verdammen. Denn: Welcher Mensch ist nur gut - welcher Mensch ist nur böse?